Lilyan C. Wood
Sturmmädchen

Besuchen Sie uns im Internet:
www.zeilengold-verlag.de

Nadine Skonetzki
Blütenhang 19
78333 Stockach
info@zeilengold-verlag.de

1. Auflage
Copyright © Zeilengold Verlag, Stockach 2018
Vermittelt über die Agentur Ashera GbR
Buchcoverdesign: Christin Giessel, www.giessel-design.de
Satz & Kapitelzierde: saje design, www.saje-design.de
Lektorat: Sabrina Uhlirsch, www.spreadandread.de
Korrektorat: Roswitha Uhlirsch, www.spreadandread.de

ISBN Print: 978-3-946955-18-4
ISBN E-Book: 978-3-946955-78-8

Alle Rechte vorbehalten.

Die Deutsche Nationalbibliothek verzeichnet diese
Publikation in der Deutschen Nationalbibliografie;
detaillierte bibliografische Daten sind im Internet über
http://dnb.dnb.de abrufbar.

Sturmmädchen

LILYAN C. WOOD

ZEILENGOLD

1. KAPITEL

Seit Stunden sind wir bereits auf der West Coast Road unterwegs und ein Berg nach dem anderen zieht an meiner Scheibe vorbei. Mum und Dad haben das Radio aufgedreht und die Musik ihrer Jugendzeit erfüllt das Auto. Wahrscheinlich können sie die bedrückende Stille nicht ertragen. Soll mir recht sein. So versuchen sie wenigstens nicht, mich aufzuheitern und auf andere Gedanken zu bringen.

Ich puste mir die hellblonden Ponyfransen aus den Augen, lehne mich an die Tür unseres Hondas und drücke mir die Nase an der Scheibe platt.

Fels, Fels, noch ein Fels ... oh, ein Baum. Das werden bestimmt aufregende Sommerferien!

»Müssen wir wirklich drei Wochen in den Bergen verbringen?«, frage ich.

Dad dreht die Musik leiser. »Dir wird es am Castle Hill gefallen, mein Spatz. Wir können wandern gehen und zum See fahren. Abends machen wir ein Lagerfeuer und nachts kann man die Sterne betrachten«, zählt er auf und überschlägt sich dabei beinahe vor Begeisterung, nur ich teile diese leider nicht. Nach den vergangenen Ereignissen kann ich es einfach nicht.

Lustlos richte ich mich auf und sehe seine blauen Augen im Rückspiegel. Sie sind voller Mitleid. Nun dreht sich auch Mum zu mir um und lächelt mir aufmunternd zu.

»Es wird dich auf andere Gedanken bringen, Liv«, erklärt sie sanft, aber ihre Worte sind für mich wie ein Schlag in den Magen.

»Das bezweifle ich«, entgegne ich knapp, verschränke die Arme und starre erneut hinaus. Meine Mum seufzt, als sie sich wieder nach vorne wendet und Dad die Musik aufdreht.

»Ist doch so«, setze ich nach und wische mir eine Träne aus den Augenwinkeln. Für meine sechzehn Jahre benehme ich mich momentan wie ein kleines, trotziges Kind und meine Eltern verdienen das nicht, aber die Trauer und der Schmerz haben mich verändert. Wie sollte ich je die alte Liv werden oder auf andere Gedanken kommen, wenn mir Donna jedes Mal erscheint, sobald ich die Augen schließe? Ich sehe, wie sie mich entsetzt und mit zu einem Schrei aufgerissenem Mund anstarrt, als der Blitz in ihren Körper fährt und sie vom Fahrrad kippt. Wie sie zuckend am Boden

liegt und ich nichts weiter tun kann, als um Hilfe zu rufen und mit anzusehen, wie meine beste Freundin stirbt.

Tief atme ich durch und versuche die Bilder aus meinem Kopf zu vertreiben. Tränen schießen mir in die Augen und ich bemühe mich verzweifelt sie wegzublinzeln. Meine Brust zieht sich schmerzhaft zusammen und ich habe das Gefühl, keine Luft mehr zu bekommen. Kurz denke ich darüber nach, einfach die Tür aufzureißen und aus dem fahrenden Auto zu springen. Die Enge in seinem Inneren erdrückt mich.

Ich bin schuld an Donnas Tod. Das werde ich mir nie verzeihen.

»Gleich sind wir da«, reißt mich Dad aus meinen Gedanken und ich bemerke, wie sich die Umgebung verändert.

Die Berge, die zu beiden Seiten der West Coast Road in den Himmel wachsen, werden immer gigantischer. Majestätisch ragen sie empor, kesseln uns ein und geben mir das Gefühl, winzig klein und unbedeutend zu sein. Womöglich bin ich es auch.

Wir biegen nach rechts ab und Dad steuert zielsicher auf die Häuser zu, die am Castle Hill und in der Nähe des Mount Enys liegen. Vor unserem Ferienhaus stoppt er und ich komme gar nicht schnell genug ins Freie, um frische Luft in meine Lungen zu saugen. Mit geschlossenen Augen recke ich das Gesicht zum Himmel empor und spüre die warmen Sonnenstrahlen auf meiner Haut. Allmählich lässt der Druck in meiner Brust nach und ich kann freier atmen.

Passend zum restlichen Ambiente leuchtet der Himmel in einem Blau, das uns einen schönen Tag verspricht. Könnte ich ihn doch nur genießen ...

»Hilf uns mal, Liv«, stöhnt Dad und hievt die Taschen aus dem Kofferraum.

»Wenn's sein muss«, murmle ich, schnappe mir meine Reisetasche und folge Mum ins Haus.

Sie hat bereits damit begonnen, die Fenster zu öffnen und Luft in die stickigen Räume zu lassen.

»Das hier wird mein Zimmer«, rufe ich, als ich eines der Schlafzimmer mit Blick auf die Berge betrete und meine Tasche aufs Bett schleudere. Als ich mich auf die Matratze setze, federt diese leicht auf und ab. Immerhin ist mein Schlafplatz für die nächste Zeit bequem.

»Na, wie gefällt dir dein Zimmer?«, fragt Mum, als sie den Kopf durch die Tür streckt.

»Ist ganz okay«, antworte ich und vermeide es, ihr in die Augen zu schauen. Zu meinem Entsetzen höre ich, wie sie näher kommt, und dann senkt sich die Matratze, weil sie sich neben mich setzt. Sie legt den Arm um meine Schulter und drückt mich an sich.

»Gib uns und diesem Urlaub eine Chance, Liv. Du musst über Donnas Tod hinwegkommen«, flüstert sie und haucht mir einen Kuss auf den Haarscheitel.

»Du weißt doch, dass ich nicht darüber reden will«, weiche ich mit schwacher Stimme aus, während mir erneut Tränen in die Augen schießen.

Es ist meine Schuld, höre ich die Stimme in meinem Kopf. Rasch entziehe ich mich Mums Umarmung und stehe auf.

»Ich schaue mich mal draußen um.« Ohne meiner Mum noch einen Blick zuzuwerfen, stürme ich hinaus.

Dad betritt gerade vollbeladen das Haus, als ich an ihm vorbeisause und seinen Aufschrei ignoriere, weil er durch mich gefährlich ins Wanken gerät.

Zielstrebig steuere ich auf einen Baum in der Nähe des Hauses zu und lasse mich an seinem breiten Stamm hinabsinken. Nachdem ich meine Beine angewinkelt habe, schlinge ich die Arme darum und stütze mein Kinn auf. Aus der Ferne beobachte ich meine Eltern, die wie fleißige Ameisen hin und her wuseln, um unser Gepäck aus dem Auto zu holen und zu verstauen. Sie legen all ihre Hoffnungen in diesen Urlaub, aber ich kann nicht so einfach aus meiner Haut.

Donnas Tod bedrückt mich und verfolgt mich bis in meine Träume. Es ist erst zwei Monate her. Wäre ich nicht so wütend auf sie gewesen, würde sie noch leben. Wäre ich normal, verbrächte ich meinen Sommer mit ihr anstatt mit meinen Eltern mitten im Nirgendwo.

Aber ich bin nicht wie die anderen. Seit einigen Monaten habe ich das Gefühl, dass in mir etwas existiert, das ich nicht kontrollieren kann. Mit meinen Eltern oder dem Psychologen will ich darüber nicht sprechen. Sie würden mich doch nur für verrückt halten. Wie sollte ich es ihnen auch verständlich erklären? Es ist ein Gefühl oder auch nur eine

Ahnung. Manchmal kribbelt mein Körper, als würde Strom durch meine Adern fließen. Stimmen flüstern mir seltsame Dinge zu, obwohl ich allein bin. Immer wieder habe ich das Gefühl, nicht atmen zu können. Erst wenn ich ins Freie komme, lässt die Anspannung nach. Wie sollte ich all das jemandem erklären, ohne sofort eingewiesen zu werden?

Die irre Liv, die denkt, sie wäre so etwas wie ein Mutant.

Nein danke!

Das Gesicht in meinem Pulli vergraben, schließe ich die Augen. Ich bin so müde. Seit Wochen träume ich jede Nacht von diesem schrecklichen Tag, der mein Leben auf einen Schlag verändert hat.

Die Schwärze hinter meinen Augenlidern lässt mich zur Ruhe kommen und so schlummere ich langsam ein.

Der Wind wiegt mich in seinen Armen, säuselt mir beruhigende Worte zu und bettet mich sanft auf Wolken. Um mich herum das Plätschern tausender Regentropfen. Ein Rinnsal wird zu einem reißenden Fluss, der mich aufnimmt und mit sich davonträgt. Donner grollt in der Ferne und hüllt mich in Geborgenheit. Ich liebe Gewitter. Wenn ein Blitz die Nacht erhellt und Donnerschläge die Welt erschüttern, fühle ich mich wohl. Tief in mir spüre ich, dass das alles zu mir gehört.

Doch es war ein Blitz, der mir meine Freundin nahm. Ein Blitz, geboren aus meiner Wut.

»Olivia«, flüstert eine Frauenstimme meinen Namen.
Woher kommt sie?
»Olivia, komm zu uns!«, wispert jemand und ich will mich umsehen.
Es ist dunkel. Ich kann nichts sehen und will rufen, doch kein Ton verlässt meine Kehle. Plötzlich durchdringen leuchtende Farben die Dunkelheit. Sie ziehen sich als Wirbel durch das Schwarz und explodieren in einem Funkenregen. Der Wind frischt auf und zerrt erneut an mir.
»Olivia«, ruft die Frauenstimme noch einmal und ich schrecke hoch.

»Liv, bist du etwa eingeschlafen?«, fragt Mum, die sich lächelnd über mich beugt.

Verschlafen reibe ich mir die Augen, blinzle mehrmals und versuche mich zu orientieren. Noch immer lehne ich an dem Baum. Rasch richte ich mich auf und zupfe ein paar Blätter aus den zerzausten Haaren.

»Sieht so aus«, nuschle ich müde.

Mum reicht mir die Hand und hilft mir hoch. »Es war eine lange Fahrt.«

»Hm«, stimme ich ihr zu und sehe sie prüfend an. »Wie oft hast du nach mir gerufen?«

»Wie meinst du das? Als ich zu dir kam, bist du gerade aufgewacht und ich habe dich angesprochen.«

Das ist ja seltsam. Jemand hat meinen Namen gerufen, das könnte ich schwören. Habe ich nur geträumt? Immer noch spüre ich den Wind, der mich getragen hat, und höre den Donner in meinen Ohren nachhallen.

Okay, nun ist es amtlich: Ich bin verrückt!

»Lass uns reingehen, das Abendessen ist bereits fertig. Außerdem wird es dunkel«, sagt Mum und geht auf das Ferienhaus zu. »Kommst du?«, ruft sie über die Schulter zurück und ich schlurfe hinterher.

Violette und rötliche Streifen färben den Himmel und tauchen die Umgebung in dumpfes Licht. Die Berge wirken wie eine Märchenlandschaft, in der Fabelwesen hausen könnten.

Es ist herrlich still. Fernab vom hektischen Treiben der Großstadt kann man die Seele baumeln lassen. Zumindest wenn man nicht wie ich von bedrückenden Gedanken und schmerzhaften Erinnerungen gequält wird.

»Olivia«, säuselt eine zarte Stimme und eine Windböe kitzelt mich am Ohr.

Suchend umherblickend drehe ich mich im Kreis, kann jedoch niemanden entdecken. Ein Schauer kriecht langsam meinen Rücken hinab und lässt mich erzittern. Am Himmel funkeln mit einem Mal die wildesten Farben, ziehen wie Schlangen über die Dämmerung, ehe sie schließlich einem

Feuerwerk gleich explodieren und sich wie Sterne am Himmelszelt verteilen.

Mehrmals blinzle ich, bis das farbenfrohe Funkeln endlich vergeht und sich wieder ein normaler Abendhimmel über mir erstreckt.

Mit meinem Zeigefinger kreise ich neben meiner Schläfe. »Verrühüückt«, säusle ich und schüttle über mich selbst den Kopf, bevor ich hineingehe.

Ich bringe das Abendessen schnell hinter mich und verschwinde danach, mit der Ausrede müde zu sein, in meinem Zimmer.

Eine volle Stunde habe ich mir vergeblich am Fenster die Nase plattgedrückt, in der Hoffnung dieses Farbenspiel würde noch einmal erscheinen. Doch nichts passierte. Am Ende krieche ich seufzend und todmüde unter die Bettdecke und beschließe, am nächsten Morgen auf Erkundungstour zu gehen. Denn, da bin ich mir ganz sicher, diese Berge hüten ein Geheimnis, das ich ergründen muss. Vielleicht kann ich mich dadurch von Donna ablenken.

Mit diesem Vorsatz schlummere ich rasch ein.

2. KAPITEL

»Geh nicht zu weit weg!«, ruft Mum mir hinterher, als ich mich nach dem Frühstück auf den Weg in die Berge mache.

»Mich wird schon kein Bär fressen«, antworte ich und höre, wie sie schnaubt. »Ist gut, ich passe auf«, setze ich nach und winke ihr über die Schulter noch einmal zu.

Zum Glück akzeptieren meine Eltern, dass ich Zeit für mich brauche, schließlich werde ich demnächst siebzehn und kann auf mich selbst aufpassen.

Es ist erst neun Uhr und auf dem Pfad hinauf ins Gebirge ist nichts los. Vögel zwitschern in den umstehenden Bäumen und der Wind lässt leise die Blätter rascheln.

Die Sonne strahlt vom wolkenlosen Himmel und wärmt mit ihren Strahlen das graue Gestein. Ein heißer Sommertag steht bevor, daher habe ich bloß kurze Shorts und ein

weißes T-Shirt an. Meine hellblonden Haare sind zu einem Zopf gebunden und so genieße ich die kühlende Brise im Nacken. Missmutig starre ich auf mein Handy, das ich aus der Hosentasche gezogen habe. Blödes Funkloch, hier hat man kaum Empfang. Murrend stecke ich es wieder weg und lege einen Zahn zu.

Der steinige Pfad steigt schnell an und bald bin ich außer Puste. Kurz bleibe ich stehen, stemme die Hände in die Hüften und drehe mich zur Siedlung um, die bereits weit unter mir liegt. Die Häuser scheinen winzig zu sein und die Autos wirken wie Spielzeuge.

Plötzlich raschelt es ganz in der Nähe und ich zucke erschrocken zusammen. Gibt es hier doch Bären?

»Hallo?«, rufe ich in der Hoffnung, dass es kein wildes Tier ist, und frage mich gleichzeitig, welche Antwort ich auf meine Frage erwarte. Aufmerksam sehe ich mich nach allen Seiten um. Rechts und links vom Weg wuchern Büsche und dazwischen vereinzelt Bäume. Kein Lebewesen ist zu entdecken.

»Nicht nur verrückt, jetzt bin ich auch noch paranoid«, murmle ich. »Und Selbstgespräche führe ich ebenfalls«, stöhne ich und setze mich wieder in Bewegung.

Je höher ich komme, desto karger wird die Landschaft und zu meinen Seiten erheben sich riesige Felsen. Neugierig werfe ich einen Blick auf meine Uhr.

Kurz vor Zwölf, höchste Zeit für eine Pause.

Meine Beinmuskeln machen sich bereits bemerkbar und Schweiß, den ich mit dem Handrücken wegwische,

steht mir auf der Stirn. Erschöpft lasse ich mich in den Schatten eines Baumes sinken. Mit dem Rücken gegen den Stamm gelehnt atme ich tief durch. Die Luft hier oben ist viel reiner als im Tal.

Ein kleiner gelber Vogel landet nicht weit entfernt von mir und pickt in der steinigen Erde herum. Er hüpft umher, bis er mich entdeckt und mit seinen schwarzen Augen betrachtet.

»Na, suchst du auch die Einsamkeit?«, frage ich.

Da frischt der Wind auf und lässt das Gebüsch hinter mir rascheln. Der Vogel schreckt auf und erhebt sich kreischend in den Himmel.

War es wirklich nur das Geräusch, das ihn erschreckt hat? Nervös erhebe ich mich, betrachte das Gebüsch und suche nach einem Hinweis, dass ich nicht mehr allein bin.

»Olivia«, haucht eine weibliche Stimme, als der Wind erneut durch die Blätter fegt.

Angespannt schweift mein Blick über die Umgebung und ich versuche zu verstehen, woher die Rufe kommen, die ich bereits in meinen Träumen gehört habe.

»Olivia, komm zu uns! Vertraue mir.«

Mitten auf einem Bergweg ruft jemand Fremdes meinen Namen und ich soll ihm vertrauen? Noch immer kann ich niemanden in meiner Nähe entdecken. Soll ich umdrehen und zusehen, dass ich so schnell wie möglich zu meinen Eltern zurückkehre? Seltsamerweise verspüre ich keine Angst, sondern den Drang, den Rufen zu folgen.

»Olivia, bitte!«, wispert die Stimme und ich kann die Dringlichkeit und den Schmerz darin hören.

Jemand braucht meine Hilfe, da bin ich mir plötzlich sicher. Schritt für Schritt wage ich mich ins Gebüsch und drücke Zweige beiseite, die über meine nackte Haut kratzen. Nach wenigen Metern entdecke ich einen schmalen Pfad, der zwischen zwei niedrigen Felsen hindurchführt.

Erneut ruft jemand meinen Namen. Anscheinend komme ich demjenigen näher, denn die Stimme wird lauter, als ich dem leicht ansteigenden Weg folge, der zu einem Hochplateau führt. Je weiter ich mich vorwage, desto sicherer fühle ich mich. Es ist seltsam, dass ich dieses Vertrauen spüre, dessen Ursprung ich mir nicht erklären kann.

Der Pfad endet und vor mir ragen Steinwände senkrecht in die Höhe. Die Rufe haben geendet und ich frage mich, ob man mich in die Irre geführt hat. Hier geht es nicht weiter und so beschließe ich, unverrichteter Dinge zum Hauptweg zurückzukehren. Nach wenigen Schritten jedoch beginnt die Luft zu knistern. Meine Haare heben ab, als wären sie statisch geladen. Schnell streiche ich sie wieder glatt und bekomme einen Schlag, der mich zusammenzucken lässt. Gibt es hier etwa ein elektrisches Feld? Es sind keine Strommasten oder Leitungen zu sehen.

In der Ferne grollt es bedrohlich und ich sehe alarmiert zum Himmel hinauf. Gewitterwolken schieben sich vor die Sonne und von einem Moment auf den anderen wird es düster. Ein Blitz zuckt über den Himmel und lässt mich zusammenschrecken. Der Wind nimmt zu und bläst mir die Haare ins Gesicht. Kleine Steinchen werden aufgewirbelt und schlagen mir schmerzhaft gegen die Beine. Der Sturm bringt Kälte und es fröstelt mich.

Wie kann das so schnell gehen?

Zitternd schlinge ich die Arme um den Körper, während der Wind fortwährend stärker wird, an meiner Kleidung zerrt und mich taumeln lässt. Blind vom aufgewirbelten Staub stolpere ich vorwärts und auf eine Felswand zu. Die Sicht nimmt immer weiter ab, die Dunkelheit legt sich über das Gebirge und droht mich zu verschlucken.

Plötzlich entdecke ich die leuchtenden Farben wieder. Wie ein schillernder Regenbogen tanzen sie vor meinen Augen und winden sich, bis sie sich zu einem Strudel zusammenfinden. Farbschlangen wirbeln umeinander und umschmeicheln das Zentrum des Strudels, das silbern erstrahlt.

»Olivia«, höre ich den Wind erneut säuseln, der mich auf den Strudel zuträgt.

Was geht hier vor? Träume ich?

Von diesem Wirbel geht eine unglaubliche Spannung aus, die mich anzieht. Es bleibt mir nichts anderes, als dem Drängen des Windes nachzugeben, der mittlerweile so stark ist, dass er mich beinahe umwirft. Meine Neugierde überwältigt mich. Mit zittrigen Knien strecke ich eine Hand aus, um diese Erscheinung vor mir zu berühren. Mein Zeigefinger erreicht den leuchtenden Punkt in der Mitte des Strudels und ein Windstoß treibt mich nach vorne. Mit einem Aufschrei greife ich durch den Strudel hindurch, der mich in seinen Schlund zieht.

Ein starker Sog zerrt mich in die Tiefe, die in allen möglichen Farben schillert. Meine Umgebung verschwimmt zu einer bunten Röhre, an deren Wänden die Farben ineinander verlaufen, als wären es Wasserfarben. Es fühlt sich an, als befände ich mich mitten in einem bunten Tornado. Meine Schreie gehen in dem Getöse unter. Tränen schießen mir in die Augen, während ich mich immer wieder um die eigene Achse drehe und alles andere verschwimmt. Das Haargummi löst sich, sodass meine Haare umherwirbeln. Mein Magen hebt sich und ich schließe die Augen. Ich drohe zu zerreißen, so sehr zerrt der Sog an mir. Die Hände zu Fäusten geballt schreie ich weiter.

Blitze zucken um mich herum und ein Grollen zieht sich durch den Strudel, das noch in meinem Magen vibriert. Der Wind umschmeichelt mich, hüllt mich ein und stoppt plötzlich meinen Fall. Die Farben leuchten auf, bevor sie verblassen und den Blick auf meine Umgebung freigeben.

Scharf ziehe ich die Luft ein, denn ich schwebe mehrere Meter über der Erde und nähere mich langsam dem Boden. Unter mir erstreckt sich eine endlos scheinende Graslandschaft, welche sich an ein Gebirge schmiegt. Ist das noch Castle Hill?

Kurz vor dem Erdboden spuckt mich der Strudel aus und ich lande unsanft im Gras.

»Was zur Hölle war das?«, schimpfe ich, während ich mich mühsam aufrapple. Mein Körper schmerzt und mein Kopf droht zu zerbersten.

»So muss sich Dorothy gefühlt haben, als sie in Oz vom Wirbelsturm ausgespuckt wurde«, murmle ich, wische mir Dreck aus dem Gesicht und streiche Grashalme von meinem ehemals weißen Shirt. Dann folgt mein Blick dem farbenfrohen Tornado, der sich wieder in den Himmel emporschraubt. Mein Blick schweift weiter.

Ein riesiger feuerroter Planet thront am Himmel. So nah habe ich den Mond noch nie gesehen. Und seit wann wirkt er, als stünde er in Flammen?

Die Finger an meine Schläfen gepresst stöhne ich auf. Womöglich bin ich mit dem Kopf irgendwo angestoßen und eine Gehirnerschütterung und Halluzinationen quälen mich.

»Ich hätte heute im Bett bleiben sollen«, murmle ich und lasse die Arme sinken. Allmählich klingen die Schmerzen ab und ich kann wieder klar denken. Rasch ziehe ich mein Handy aus der Hosentasche.

»O nein. Kein Netz.« Na super! Frustriert stecke ich es wieder ein und sehe mich um.

Die Graslandschaft erstreckt sich so weit, dass ich das Ende nicht sehen kann. Sie wirkt wie ein unendliches Meer aus Halmen, durch das sich Wellen, getrieben vom Wind, ziehen. Eine kalte Brise lässt mich erschauern.

Hinter mir beginnt ein Gebirge, dessen wolkenverhan-

gene Gipfel hoch in den Himmel ragen. Ihr Ende ist nicht auszumachen.

Mich drehend starre ich erneut zu dem roten Planeten empor. »Wo bin ich hier bloß?«

In dem Wissen, dass ich so keine Antwort auf meine Frage bekommen werde, sehe ich mich weiter um. »Okay, Liv, dir bleibt nichts anderes übrig, als Hilfe zu suchen«, sage ich laut und ermahne mich gleich darauf, weil ich schon wieder Selbstgespräche führe.

Ich beschließe, auf das Gebirge zuzugehen, doch nach nur wenigen Schritten höre ich ein gewaltiges Rauschen in der Ferne und mich beschleicht ein ungutes Gefühl. Eilig blicke ich mich um. Nichts zu sehen. Schulterzuckend gehe ich weiter, aber da ertönt das Geräusch noch einmal, diesmal näher. In immer kürzeren Abständen rauscht es und wird dabei lauter und lauter. Plötzlich fegt ein riesiger Schatten über mich hinweg und ich bleibe wie angewurzelt stehen. Eine Windböe erfasst mich und ich höre über mir schweres Atmen. Langsam hebe ich meinen Kopf, während mein Puls rast.

Ängstlich sauge ich die Luft ein und ich will aufschreien, doch kein Laut kommt mir über die Lippen. Nur wenige Meter über mir schwebt ein Wesen, das einem grausigen Märchenbuch entsprungen sein könnte. Es sieht aus wie ein Drache mit einer langen Schnauze und schuppiger Haut, die in allen Regenbogenfarben leuchtet. Feuerrote Raubtieraugen ruhen auf mir wie auf einem Beutestück. Dunkle ledrige

Flügel mit kleinen Krallen an den Enden schlagen kräftig, um das schwere Tier in der Luft zu halten. Zwei nach oben gebogene Hörner sprießen ihm aus dem Kopf und geben mit den Stacheln, die den ganzen Körper bedecken, ein schauerliches Bild ab. Am Ende des spitz zulaufenden Schwanzes trägt das Wesen zu allem Überfluss noch Dornen, mit denen es mich spielend leicht aufspießen könnte. Die vier Beine enden in einer Art Adlerklauen mit immensen Krallen.

Rauch quillt aus dem Maul des Tieres und umhüllt die spitzen Reißzähne wie Nebel. Mir entweicht ein klägliches Wimmern bei diesem Anblick.

»Wenn das ein Albtraum ist, würde ich jetzt gerne aufwachen. Bitte!«, flüstere ich und entferne mich von dem Ungeheuer, ohne meinen Blick von ihm abzuwenden.

Es schnaubt, bis der Rauch auch aus seinen großen Nasenlöchern dringt. Dann reißt es sein Maul auf und stößt einen grellen Schrei aus, der mir das Blut in den Adern gefrieren lässt. Aufschreiend presse ich mir die Hände auf die Ohren und stolpere rückwärts. Das Tier bäumt sich am Himmel wie ein steigendes Pferd auf und speit einen Schwall Feuer in meine Richtung.

Im letzten Moment springe ich zur Seite, lande im Dreck und starre entsetzt auf die verkohlte Stelle, an der ich Sekunden zuvor noch gestanden habe.

Instinktiv springe ich wieder auf die Beine und renne los. Hinter mir höre ich es fauchen, bevor das Rauschen der gewaltigen Flügel erneut einsetzt. Ich mobilisiere all meine

Kräfte und rase förmlich über die Wiese. Doch vergeblich. Das Ungeheuer holt auf, stelle ich nach einem Blick über die Schulter fest. Sein Kreischen treibt mir die Tränen in die Augen, meine Lungen protestieren bereits und meine Muskeln verkrampfen. Taumelnd schreie ich auf. Ich kann nicht mehr!

Der Schatten des Tieres hat mich eingeholt und schwebt über mir. Meinen Kopf einziehend beiße ich die Zähne zusammen und setze zu einem letzten Sprint an. Vor mir ist nichts als eine weite Ebene, die Berge in unerreichbarer Ferne.

Das drachenähnliche Wesen ist mittlerweile ganz nah. Entsetzt reiße ich die Augen auf und stolpere im gleichen Moment über meine eigenen Füße. Wild um mich schlagend drohe ich zu fallen, da packt mich plötzlich eine Hand und zieht mich hoch.

Ehe ich mich versehe, sitze ich auf einem schwarzen Pferd. Einem geflügelten Pferd!

Hinter mir schlingt jemand die Arme um meinen Bauch und zieht an den Zügeln, bis das Pferd in einer scharfen Linkskurve abdreht und auf die Berge zuprescht. Es geht alles so schnell, dass ich einen Moment brauche, um es zu begreifen. Dann sehe ich nach hinten und entdecke das Ungeheuer, welches wütend aufschreit und uns hinterherjagt. Nur schemenhaft erkenne ich in meinem Hintermann einen Jungen mit braunem Haar, der verbissen nach vorne blickt.

»Schneller, es holt auf!«, rufe ich ihm zu, drehe mich wieder um und kralle mich in die goldene Mähne des Pferdes, dessen Körper wie ein Pfeil gespannt ist. Die schwarzen Flügel liegen eng an seinem Rumpf an und bedecken meine Beine.

Das Ungeheuer spuckt eine Ladung Feuer in unsere Richtung und verfehlt uns nur um Haaresbreite.

»Bist du schwindelfrei?«, kommt es von hinten und ich schlucke schwer, während ich zaghaft nicke.

»Gut, halt dich fest!«

Das Pferd stößt ein Wiehern aus, bevor es die Flügel ausbreitet und wir an Tempo verlieren. Mein Herz pocht so heftig, dass meine Brust zu explodieren droht. Das Ungeheuer hat aufgeholt und fliegt nun neben uns. Wie ein Adler streckt es seine Hinterbeine aus, als wolle es uns mit seinen Krallen im Flug aufspießen.

»Auf, Taran!«, ruft der Junge hinter mir und das Pferd schlägt mit den Flügeln. Mit einem Ruck erheben wir uns in die Luft und ich schließe angsterfüllt die Augen, während die Erschütterung meinen Körper durchrüttelt.

Das Tier schwingt herum und wir streifen das Ungeheuer, welches einen überraschten Schrei ausstößt. Hinter mir höre ich ein schabendes Geräusch und ich sehe gerade noch, wie der Junge ein Schwert zwischen zwei Schuppen hindurch in den Unterleib des Monsters stößt. Das Wesen kreischt auf und wendet, während mein Retter seine Waffe zurückzieht und sie in einer ledernen Scheide an seinem Gürtel verstaut. Das Ungeheuer leckt seine blutende Wunde und unser Reittier nutzt den Moment, um möglichst viel Abstand zu gewinnen.

In rasendem Tempo nähern wir uns den Bergen. Noch einmal sehe ich prüfend nach hinten. Unser Widersacher versucht uns nachzusetzen, doch als wir zwischen Felsen hindurchsausen, hält er inne und dreht kreischend ab.

Ich atme tief durch, wobei mein Brustkorb schmerzt. Anscheinend habe ich mich die ganze Zeit über verkrampft. Kein Wunder, wenn man von einem Drachenwesen gejagt und von einem Unbekannten auf einem geflügelten Pferd aufgegabelt wird, um kurz darauf durch die Luft zu sausen. Das glaubt mir doch kein Mensch.

Das Pferd gleitet so nah an den Felsen vorbei, als würde es einem unsichtbaren Pfad folgen. Wir gelangen immer tiefer ins Gebirge, bis das Tier schließlich langsamer wird und auf den Boden hinabsinkt. Es tänzelt kurz auf der Stelle, ehe es seine Flügel anlegt und gemächlich auf einen Felsspalt zutrottet.

Erst jetzt bemerke ich, dass der Junge hinter mir noch immer seinen Arm um meinen Bauch gelegt hat.

Dezent räuspere ich mich und er zieht ihn eilig weg. »Du solltest dich festhalten«, rät er und greift die Zügel mit beiden Händen.

Mit einem Schnalzen treibt er das Pferd zum Trab an und ich quietsche auf, als es holprig wird. Verzweifelt beuge ich den Oberkörper nach vorne, kralle meine Finger in die Mähne und presse die Beine an den Körper des Tieres, um nicht zu rutschen. Der Junge lacht leise, was ich mit einem Schnauben beantworte.

Er brummt beruhigend und sofort fällt das Pferd in einen gemütlichen Schritt.

»Danke«, murmle ich kaum hörbar und richte mich zittrig wieder auf.

»Entschuldige, aber ich habe dich nicht verstanden.«

»Danke!«, sage ich lauter.

»Für das langsame Tempo oder deine Rettung?«

»Für beides«, gebe ich knapp zurück und versuche zu realisieren, was geschehen ist.

»Nichts zu danken. Man hat nicht jeden Tag die Gelegenheit, eine hübsche Lady zu retten«, erklärt er und ich kann das belustigte Zucken meiner Mundwinkel nicht verhindern.

Plötzlich hält er das Pferd an und schwingt sich vom Rücken des Tieres. Als er mir seine Hand entgegenstreckt, sehe ich zu Boden und stelle bestürzt fest, dass dieses Pferd verdammt groß ist.

»Das schaffe ich allein«, erkläre ich und versuche meine Unsicherheit zu verbergen. Noch bin ich mir nicht sicher, was ich von dem Jungen halten soll, dessen hellgrüne Augen geduldig auf mir ruhen.

Seine Lippen verziehen sich zu einem frechen Grinsen, bevor er einen Schritt zurückweicht und mich mit einer ausladenden Geste auffordert, abzusteigen.

So schwer kann es nicht sein, elegant wie ein Reiter abzusteigen. Den Oberkörper nach vorne gebeugt schwinge ich mein rechtes Bein auf die linke Seite, um mich hinabrutschen zu lassen, doch ich bleibe am Flügel des Pferdes

hängen, verliere das Gleichgewicht und plumpse zu Boden. Mit einem Poltern knalle ich auf das Gestein und verziehe das Gesicht, als ein stechender Schmerz von meinem Hinterteil bis hoch in den Rücken schießt.

»Au«, murre ich, rapple mich hoch und reibe mir über den Allerwertesten, der schmerzhaft pocht. Hätte ich seine Hilfe bloß angenommen.

»Sehr elegant«, kommentiert der Junge und mustert mich mit verschränkten Armen.

Vor Scham schießt mir das Blut in die Wangen und rasch drehe ich mich zu dem Pferd um, das mich am Rücken angestupst hat.

»Was für ein atemberaubendes Tier«, staune ich und streiche über den Kopf, den es gegen meine Brust lehnt.

»Er heißt Taran«, erklärt der Junge und tritt neben mich. Das Pferd blubbert leise und ich muss kichern, weil sich dieses Tier ganz schnell in mein Herz gestohlen hat.

»Er ist wunderschön«, staune ich und betrachte sein glänzend schwarzes Fell, das an den Flügelansätzen in schwarze Federn übergeht, die goldene Mähne und den Schweif, der im selben Goldton leuchtet. »Ich habe noch nie ein solches Wesen gesehen.«

»Er ist ein Pegasum. Wir züchten sie schon seit mehreren Generationen. Taran ist der schönste und mutigste von allen«, sagt der Junge voller Stolz.

»Bei uns gibt es bloß gewöhnliche Pferde. Solche Wesen mit Flügeln existieren nur in Märchen und Legenden.«

»Wo ist *bei uns*?«

Nachdenklich sehe ich ihn an und betrachte sein Gesicht, das mir kurzzeitig wieder das Blut in die Wangen treibt. Seine Haut ist leicht gebräunt und die grünen Augen faszinieren mich. Die braunen Haare sind zerzaust und hängen ihm in die Stirn. Er ist gut einen Kopf größer als ich und wirkt sportlich. Schnell blicke ich in den Himmel, der zwischen den Felsen hervorblitzt.

»Neuseeland.« Ein beklemmendes Gefühl macht sich in mir breit und ich presse mir die Hände auf den Bauch, weil mir übel wird. Schwindel erfasst mich und ich muss mich an Taran festhalten, um nicht umzukippen. »Ein Tornado hat mich ausgespuckt«, hauche ich und starre den Jungen an. »Als ich in den Bergen war, spürte ich diese elektrische Spannung. Ich muss einen Stromschlag bekommen haben und träumen. Sicher bin ich in diesem Moment ohnmächtig oder mein Gehirn ist bereits Matsch und trichtert mir diesen Albtraum ein«, sprudelt es so schnell aus mir heraus, dass ich nach Atem ringen muss.

»Redest du immer so viel?«, fragt der Junge, sieht mich misstrauisch an und kratzt sich am Kopf.

»Wie?«, entgegne ich und starre ihn fassungslos an. »Wahrscheinlich hyperventiliere ich gerade und bin einem Nervenzusammenbruch nahe und das ist das Einzige, was dir einfällt?« Tränen schießen mir in die Augen.

»Wovon sprichst du denn?«, fragt er, ergreift meine Hand und zieht mich zu sich heran.

Überrascht sauge ich die Luft ein. Er drückt mich an seine Brust, während er beruhigend brummt.

»Ein Sturm hat dich ausgespuckt und kurz darauf bist du von einem Dra'oga gejagt worden. Es ist vollkommen normal, dass du durcheinander bist«, erklärt er mit sanfter Stimme und ich spüre, wie meine Panik etwas abflaut. »Ob dein Gehirn Matsch ist, weiß ich nicht, aber ich kann dir versprechen, dass du nicht träumst«, fügt er hinzu und ich versuche erst gar nicht, all das zu verstehen. Das übersteigt definitiv meine Vorstellungskraft.

Der Junge riecht nach Pferd und Leder und ich schmiege mich an ihn, bevor mir klar wird, dass ich in den Armen eines völlig Fremden liege und mich peinlich berührt von ihm abstoße. Weil meine Wangen glühen und er mich amüsiert ansieht, wende ich mich von ihm ab.

»Was sind Dra'ogas?«, frage ich, um abzulenken.

»Du hattest das Vergnügen einen kennenzulernen. Es gibt sie schon seit Jahrtausenden in Ru'una. Früher waren sie friedlich, doch seit vielen Jahren missbraucht sie Gorloch für seine Zwecke und festigt mit ihnen seine unrechtmäßige Herrschaft.«

»Ru'una? Gorloch?« Mir schwirrt der Kopf.

»Du bist also wirklich nicht von hier?«, hakt der Junge nach und mustert mich von oben bis unten.

Seltsamerweise komme ich mir entblößt vor und schlinge die Arme um meinen Oberkörper, während ich den Kopf schüttle.

»Dann herzlich willkommen in Ru'una!«, tönt der Junge und breitet die Arme aus, als wolle er die Umgebung einbeziehen.

»Ähm, danke«, stammle ich. »Wieso sprichst du eigentlich meine Sprache?«

»Du sprichst doch eher meine Sprache«, entgegnet er und sieht mich spöttisch an. »Wie soll ich denn sonst sprechen?«

»Vielleicht ru'unaisch?«, frage ich und klinge irgendwie leicht hysterisch.

»Es heißt ru'unisch und ja, das ist unsere Sprache. Die du übrigens gerade sprichst.«

»Das ist Englisch«, antworte ich.

»Mein Name lautet übrigens Tristan«, wechselt der Junge das Thema, nachdem er mich angesehen hat, als wäre ich übergeschnappt.

»Liv. Also eigentlich Olivia, aber ich mag meinen Spitznamen lieber«, plappere ich nervös und stecke die Hände in meine Hosentaschen. Als ich mein Handy berühre, zucke ich zusammen. Rasch hole ich es hervor und stöhne. Noch immer kein Netz, natürlich. Scheinbar befinde ich mich wirklich nicht mehr in meiner Heimat.

»Was ist das?«, fragt Tristan, kommt näher und nimmt mir das Smartphone aus der Hand.

»He!«, beschwere ich mich und will es ihm entreißen, doch er drückt mich mit der freien Hand weg. Egal, wie sehr ich mich gegen ihn wehre, er hält mich mühelos auf Abstand, während er mein Handy von allen Seiten betrachtet.

»So was habe ich noch nie gesehen«, staunt er und drückt auf dem Display herum.

Zähneknirschend gebe ich mich geschlagen. »Das ist ein Telefon. Ein Handy, wenn du es genau wissen willst. Normalerweise kann ich damit jeden anrufen, der auch so ein Teil hat. Oder mit anderen schreiben. Weil ich hier aber kein Netz habe, ist es absolut nutzlos. Außer ich will Musik hören.«

»Musik?«

»Gib her, dann zeige ich es dir.« Auffordernd strecke ich meine Hand aus und Tristan gibt mir das Smartphone widerwillig zurück. Mit geübten Griffen entsperre ich das Display und wähle eine Musikliste aus.

Tristan springt erschrocken rückwärts, als die ersten Töne meines Lieblingsliedes aus dem Lautsprecher dringen. Nachdem ich es lauter gestellt habe, strecke ich ihm mein Handy erneut hin. Zaghaft ergreift er es und hält es sich ans Ohr.

»Die Musik kommt aus diesem Ding«, staunt er.

»Woher soll sie denn sonst kommen?«, frage ich amüsiert, bevor ich in den Himmel blicke und die Hände über dem Kopf zusammenschlage. »Wo bin ich hier nur gelandet?«

»Willst du einen Regentanz machen?«

»Was? Wie kommst du darauf?«

»Meine Großmutter macht dasselbe wie du, wenn sie versucht, den Regen herbeizurufen«, erklärt er und sein Fuß wippt im Takt der Musik auf und ab.

»Ru'una muss eine steinzeitliche Welt, weit weg von meinem Zuhause sein«, rede ich mit mir selbst, während ich mir mit dem Zeigefinger gegen die Unterlippe tippe.

Tristans braune Wildlederhose und das beige Leinenhemd wirken sehr altertümlich und bestätigen meinen Eindruck.

»Eine Welt, in der es Dra'ogas und Pegasums gibt«, setze ich nach.

»Pegasa«, verbessert mich Tristan und ich starre ihn fassungslos an.

»Pegasa«, wiederhole ich übertrieben und schnappe mir mein Handy, um es auszuschalten. Ich kann weder auf ein Ladekabel noch auf eine Steckdose hoffen, also sollte ich sparsam mit dem Akku umgehen.

»Wer ist dieser Gorloch, von dem du gesprochen hast?«, frage ich und setze mich auf einen Felsen. Taran trottet neben mich und widmet sich einigen Grasbüscheln, die zwischen dem Gestein hervorsprießen.

Tristan fährt sich durchs Haar, bevor er zu mir kommt und sich neben mich auf den Felsen zwängt. Es scheint ihn nicht zu stören, dass er mich dabei beinahe hinunterstößt.

»Gorloch ist ein bösartiger Hexer, der unseren König vor sieben Jahren mithilfe eines magischen Kristalls vom Thron gestoßen hat. Seitdem herrscht er über Ru'una, unterdrückt die Bewohner und rottet nach und nach sämtliche Völker aus. Er befiehlt den Dra'ogas, unsere Dörfer niederzubrennen und Flüchtende zu jagen.« Tristan starrt

finster auf einen Stein, als wolle er ihn allein durch seinen Blick zerquetschen.

»Das ist ja schrecklich«, hauche ich und starre ebenfalls zu Boden.

»Das ist es. Nach den ersten Angriffen fanden sich Menschen zusammen, die sich gegen Gorloch auflehnten – die Rebellen. Wir verschanzen uns, angeführt von meinem Vater, in den Bergen, trainieren und scharren noch mehr Leute um uns, die bereit sind für Ru'una und seine Bevölkerung zu kämpfen. Viele Tode müssen gerächt werden.«

Für einen flüchtigen Moment schimmern Tränen in seinen Augen und ich frage mich, ob auch dieser Junge, der nicht viel älter sein kann als ich, jemanden durch diese Angriffe verloren hat.

»Wie viele seid ihr?«, hake ich nach.

»Hier in unserem Lager um die vierzig. Es gibt noch weitere Lager, die ebenfalls jeweils um die vierzig Widerständler beherbergen.«

»Und wie viele Streitkräfte befehligt Gorloch?«

»Wir schätzen, dass um die zwanzig Menschen in seiner Festung leben, die ihm dienen. Er braucht keine Wachen oder Soldaten, er hat die Dra'ogas.«

Tristan tritt zu mir und fordert mich mit einem Kopfnicken auf, ihm zu folgen. Er greift nach Tarans Zügeln, der seine Grasbüschel nur widerwillig verlassen will, und geht auf einen Spalt zu, der sich nur wenige Schritte vor uns zwischen zwei hoch aufragenden Felsen abzeichnet.

»Du gehörst also auch zu diesen Rebellen?«, hake ich nach und beschleunige meinen Schritt, um aufzuschließen.

Er wirft mir einen belustigten Blick zu. »Natürlich«, gibt er zurück und klopft Tarans Hals. »Mit Tarans Hilfe habe ich schon mehr Dra'ogas getötet als mein Vater.«

Für einen Moment bin ich beeindruckt, da ich an das Ungeheuer zurückdenke, das mir bestimmt in dem einen oder anderen Albtraum begegnen wird. Dann denke ich daran, dass diese Wesen von Gorloch missbraucht werden und vielleicht unter einem Bann stehen.

»Früher waren die Dra'ogas friedlich?«

»Ja, eigentlich interessierten sie sich nicht für uns Menschen. Es sind Grasfresser, auch wenn sie nicht so aussehen. Mit dem magischen Kristall hat Gorloch ihr Denken vergiftet. Kurz nachdem die Dra'ogas schlüpfen, wirkt sein Zauber bereits auf sie.«

»Dann ist jeder Tod dieser Wesen unnötig«, murmle ich und empfinde Mitleid mit den drachenähnlichen Geschöpfen, die gegen ihre Natur handeln.

»Wir kommen nicht an Gorloch heran. Er lebt in einer Festung, die in einen Berg geschlagen ist. Dra'ogas lauern auf den Felsen, den Türmen und der Ebene vor der Burg. Fleischfressende Monster leben dort unter der Erde. Wir kommen momentan nicht mal auf hundert Schritte an diese Festung heran, ohne gegrillt, aufgespießt oder gefressen zu werden.«

Tristan geht durch den Spalt und führt Taran hinter

sich her. Ich eile ihnen nach und will gerade etwas erwidern, als es mir die Sprache verschlägt. Staunend bleibe ich stehen und sehe mich um. Ein Pfad führt hinab in ein riesiges Lager aus Zelten und einfachen Holzhütten, eingekesselt von Felsen, die sich zu Bergen auftürmen. Es wirkt wie eine große Höhle, da sich das Gestein in der Höhe wölbt und das Lager vor Blicken aus der Luft schützt. Ideal um sich vor Dra'ogas zu verbergen.

»Das ist ja Wahnsinn«, hauche ich.

»Willst du hier stehen bleiben oder kommst du mit?«, fragt Tristan, der einige Schritte von mir entfernt auf dem abfallenden Pfad steht. »Die Sonne geht bereits unter. Du kannst auch gerne im Freien schlafen.«

Ein kleiner, blonder Junge in zerlumpter Kleidung rennt den schmalen Weg hinauf, schnappt sich Tarans Zügel und führt den Pegasum zu den Ställen hinunter, die sich am linken Rand des Lagers befinden. Widerwillig reiße ich mich von dem Anblick los und setze mich in Bewegung.

»In unserem Dorf lebte es sich angenehmer, aber hier sind wir geschützt. Der Felsen verbirgt uns vor den Augen Gorlochs. Mit seinem Kristall kann er sich in die Dra'ogas hineinversetzen und durch ihre Augen sehen.«

»Das ist ja wie in einem dieser Märchenbücher«, antworte ich und begleite Tristan hinab zum Lager.

»Was sind Märchenbücher?«

»Ansammlungen von erfundenen Geschichten. Gibt es bei euch keine Bücher?«

»Die wenigsten können lesen oder schreiben. Geschichten werden bei uns erzählt. Weshalb sollte man sie aufschreiben, damit sie in einem Buch vergessen werden?« Er bleibt stehen und sieht zu mir hinauf.

»Durch Bücher werden Geschichten in meiner Welt lebendig. Die Buchstaben ziehen uns hinein in fremde Welten und zeigen uns wundervolle Orte«, schwärme ich.

»Du meinst, so wie der Sturm dich in diese Welt gebracht hat?«, fragt er grinsend und setzt seinen Weg fort.

»Nicht ganz«, entgegne ich lachend und schaue mich um. Sollte dies ein Traum sein – was ich weiterhin hoffe –, dann ist er so real wie noch kein Traum zuvor.

Frauen, Männer und Kinder wuseln im Lager herum. Alle tragen einfache Kleidung aus dickem Stoff oder Leinen. Erdtöne scheinen hier im Trend zu liegen. Hühner laufen mir über die Füße, getrieben von lachenden Kindern mit dünnen Zweigen in den Händen.

Sehe ich in die Gesichter der Erwachsenen, erkenne ich jedoch nichts als Kummer und Schmerz. Dank Tristans Erzählung kann ich erahnen, was diese Menschen bereits erlebt und gesehen haben müssen. Es muss grausam gewesen sein.

Tristan nimmt mich an der Hand und führt mich an den Behausungen vorbei, während mich die Menschen neugierig betrachten. Eine alte Frau greift nach meinen Haaren, als wir an ihr vorbeigehen.

Erschrocken wirble ich zu ihr herum und sehe in ihre tränenverschleierten Augen. Ihr Gesicht ist rußgeschwärzt.

»Sie gehört zu den Neuen, die heute Morgen angekommen sind. Ihr Dorf wurde in der Nacht von Dra'ogas angegriffen. Nur sie und zwei kleine Mädchen haben überlebt«, erklärt Tristan und zieht mich weiter.

Entsetzt sehe ich noch einmal zu der grauhaarigen Frau, die mir traurig hinterherstarrt, als wäre sie mit den Gedanken in einer anderen Welt.

»Das ist ja schrecklich«, hauche ich und schlage mir eine Hand vor den Mund.

»Das ist Alltag in Ru'una«, entgegnet Tristan voller Verbitterung.

Mir fehlen die Worte und so folge ich ihm stumm durchs Lager, bis wir zu einer Hütte kommen, die sich an den Felsen schmiegt. Er öffnet die klapprige Tür und bittet mich mit einer Geste, zuerst einzutreten.

Zaghaft betrete ich das Innere, welches durch ein schwaches Feuer in der Mitte nur wenig erhellt wird. Es raschelt und dann kommt eine Gestalt auf uns zu.

»Tristan, wie schön, dass du unversehrt zurück bist«, ertönt eine weibliche Stimme, bevor eine alte Frau ins Licht tritt und Tristan in ihre Arme schließt.

Ich hingegen zucke zusammen, während das Blut in meinen Ohren zu rauschen beginnt. Diese Stimme ... ich kenne sie.

»Wen hast du uns denn mitgebracht?«, fragt die Alte und wendet sich mir zu. Ihre langen weißen Haare hängen ihr wirr ins Gesicht und zartgrüne Augen ruhen forschend auf mir. Sie dürfte um die siebzig sein, schätze ich. Auch sie trägt ein beiges Gewand, das bis zum Boden reicht. Sie streckt eine runzlige Hand nach mir aus, die ich ergreife, ohne darüber nachzudenken.

»Liv fiel vom Himmel, nachdem ein Sturm sie gebracht hat, Großmutter«, erklärt Tristan augenzwinkernd und geht zur Feuerstelle, um sich dort Wasser in einen hölzernen Becher zu gießen.

»Interessant«, murmelt die Alte und drückt meine Hand.

»Sie waren das«, flüstere ich und ein Lächeln breitet sich auf ihrem Gesicht aus. »Sie haben mich gerufen.«

»Richtig, mein Kind«, bestätigt die Frau.

Ihre Stimme war es, die ich am Tag zuvor in meinem Traum gehört habe. Was hat das zu bedeuten?

»Was hast du wieder angestellt, Großmutter?«, schaltet sich Tristan ein und die Alte kichert.

»Ich habe der jungen Dame lediglich einen leichten Schubs in die richtige Richtung gegeben«, erklärt sie mit unschuldiger Miene, bevor sie mir zuzwinkert.

»Würde mich bitte jemand aufklären«, gehe ich dazwischen und schwanke zu einem Stuhl, auf den ich mich plumpsen lasse.

»Das hat Zeit bis morgen, meine Liebe«, entgegnet die Frau. Sie geht zu Tristan, flüstert ihm etwas zu, woraufhin dieser mir zulächelt und mit eiligen Schritten die Hütte verlässt.

Verwirrt sehe ich ihm nach, als die Alte plötzlich mit einem Becher in der Hand neben mir steht.

»Ich bin Maora, Tristans Großmutter«, sagt sie sanft und reicht mir den Becher, den ich zögerlich entgegennehme.

Prüfend rieche ich daran, doch die dunkle Flüssigkeit verströmt keinen Geruch.

»Du kannst es beruhigt trinken, es ist nicht giftig.«

»Ein Strudel zieht mich in eine andere Welt, in der mich ein Ungeheuer jagt und ich von einem Jungen auf einem geflügelten Pferd gerettet werde. Dann lande ich in diesem Lager mitten in den Bergen, in dem Menschen leben, die sich gegen einen bösen Hexer auflehnen. Da darf ich ja wohl misstrauisch sein«, erkläre ich verzweifelt und höre Maora leise lachen.

»Du bist nicht auf den Mund gefallen, das gefällt mir. Trink! Es wird dir helfen, diese Nacht zu schlafen.«

Nachdenklich wiege ich den Becher so lange in der Hand, bis die Flüssigkeit über den Rand schwappt und dunkelrot auf meinen Daumen tropft. Unschlüssig, ob ich es wagen soll, hebe ich das Getränk an meine Lippen und nippe daran. Es ist vollkommen geschmacklos und so kippe ich es in wenigen Zügen hinunter. Als ich Maora den Becher zurückgebe, wird die Tür aufgerissen und eine große Gestalt starrt mir aus der Türöffnung entgegen.

»Bei unseren Ahnen, ist sie das?«, fragt eine dunkle Stimme, dann zwängt sich Tristan an dem Mann vorbei, um neben mich zu treten.

»Sieht so aus, Vater«, erklärt er und klopft mir auf die Schulter.

Der Mann ist mit wenigen Schritten bei mir, geht in die Knie und mustert mich aus grünen Augen.

Peinlich berührt lache ich, denn ich fühle mich unter den Blicken unwohl. »Das hier ist doch etwas seltsam, findet ihr nicht?«, stammle ich und rutsche unruhig auf dem Stuhl herum.

»Sie ist sehr schmächtig. Bist du sicher, dass sie uns helfen kann, Mutter?«, wendet sich der dunkelhaarige Mann an Maora.

»Hat sich Roanin je geirrt, Amphir?«, fragt sie entrüstet und erhält ein Kopfschütteln zur Antwort.

»Wer ist Roanin?«, versuche ich mich erneut einzuklinken und blicke von dem Mann namens Amphir zu Maora zu Tristan, der gerade zu einer Nische geht und den Vorhang davor zur Seite schiebt. Ein Bett kommt dahinter zum Vorschein und ich bemerke weitere solcher Nischen in der Hütte.

»Du wirst ihn morgen kennenlernen, mein Kind«, sagt Maora.

»Mein Name ist Liv«, sage ich. »Wieso ...«, setze ich an und auf einmal will mir meine Zunge nicht mehr gehorchen. Mein Mund fühlt sich an, als wäre er mit Fusseln ausgestopft und meine Kehle ist staubtrocken. Mich erfüllt ein Gefühl, als wäre ich in Watte gepackt. Verwirrt blinzle ich, dann kippe ich nach vorne und spüre warme Hände, die mich auffangen. Der Mann hebt mich hoch und trägt mich zum Bett hinüber, vor dem Tristan noch immer steht. Ich nehme alles nur noch wie durch dichten Nebel wahr.

»Schlaf dich aus. Du musst morgen ausgeruht sein«, erklärt Maora, die uns gefolgt ist. Ihre Stimme klingt, als wäre sie weit entfernt. »Du kannst Amphirs Bett haben, während du bei uns bleibst.«

Weich empfängt mich mein Schlafplatz. Die alte Frau deckt mich zu und streicht mir zärtlich den Pony aus der Stirn, bevor sie zurücktritt und Tristan den Vorhang zuzieht. Meine Umgebung verschwimmt, die Müdigkeit zerrt an mir. Mühsam versuche ich wach zu bleiben, doch der Schlaf trägt mich mit sich fort und hüllt mich in Dunkelheit.

3. KAPITEL

Ich falle.

Etwas zieht mich in die Tiefe und wirbelt mich herum, als sei ich lediglich der Spielball einer höheren Macht.

Farben umschmeicheln mich und schlängeln sich um meine Beine. Vergeblich will ich sie verscheuchen, doch mein Körper gehorcht mir nicht.

Blitze zucken um mich herum und entladen sich in ohrenbetäubendem Donner. Das Bunt schlingt sich eng um mich, bevor es von mir ablässt und zu durchscheinenden Windböen wird, die mich einem Wirbelsturm gleich umschließen und in der Luft halten. Zart spüre ich, wie die Winde mich tragen.

Ein Blick hinunter genügt, um mich zutiefst erschrecken zu lassen. Viele Meter unter mir erstreckt sich ein Dorf

aus einfachen Holzhütten mit Strohdächern. Menschen, so klein wie Insekten, laufen aufgeregt zwischen den Behausungen hin und her. Ein Horn ertönt mehrmals. Der Ton jagt mir kalte Schauer über den Rücken.

Plötzlich höre ich nah bei mir das seltsam bekannte Rauschen von Flügeln. Zwei Dra'ogas nähern sich dem Dorf im Sturzflug.

»Nein!«, will ich schreien, aber aus meiner Kehle dringt nur ein Krächzen. Wild strample ich mit den Beinen, versuche mich mit rudernden Bewegungen auf das Dorf zuzuschieben, doch es ist zwecklos. Der Sturm hält mich gefangen.

Die Schreie der Dorfbewohner hallen zu mir hinauf. Mit Grauen muss ich zusehen, wie die Dra'ogas ihre Nüstern aufblähen, kurz bevor sie ihr Feuer über die Hütten ergießen.

Tränen verschleiern mir die Sicht, als die Strohdächer in Brand geraten.

Wieso muss ich das mit ansehen? Die armen Menschen ...

Ein Schluchzer erschüttert meinen Körper und ich schließe die Augen.

»Sieh hin!«, flüstert der Wind sanft und ich schnappe überrascht nach Luft. Diese Stimme ...

Das Dorf brennt lichterloh und ich entdecke mehrere Gestalten, die aus der Feuerhölle flüchten und auf das Gebirge zulaufen. Aus dem Augenwinkel sehe ich einen der Dra'ogas abdrehen und auf die kleine Gruppe zusteuern.

Alles in mir begehrt gegen den Wind auf. Jemand muss sie warnen!

»Du kannst nicht eingreifen, denn du bist nur Zuschauer in einer Erinnerung«, säuselt er, als hätte er meine Gedanken gelesen.

Der Dra'oga kreischt und die Flüchtenden wirbeln herum. Da endlich erkenne ich sie: Tristan, seinen Vater und Maora. Eine Frau hält Tristan an der Hand. Sie stolpert, als das Ungeheuer wild mit den Flügeln schlägt. Tristans Vater ergreift den Jungen und ein alter Mann eilt zu der Frau, die scheinbar nicht mehr aufstehen kann. Sie umklammert ihren Knöchel und jagt Tristans Vater fort, der hektisch auf sie einredet und sie mit sich ziehen will. Maora packt ihren Sohn und ihren Enkel an den Handgelenken und zerrt sie mit sich. Auch andere Flüchtende liegen auf dem Boden und versuchen auf die Beine zu kommen. Erde wirbelt auf, als der Dra'oga erneut mit den Flügeln über den Boden fegt, bevor er abermals in die Lüfte steigt, nur um im Sturzflug auf die kleine Gruppe zuzuschießen.

Mein Herz will stehen bleiben, während ich zusehen muss, wie das Ungeheuer die Flüchtenden in eine Wolke aus Feuer hüllt. Sekunden vergehen, erscheinen mir wie Stunden, bevor ich Tristan, seinen Vater und Maora entdecke, die aus den Flammen stürzen und kurz darauf zwischen den naheliegenden Felsen verschwinden. Mit klopfendem Herzen starre ich auf die Feuersbrunst, doch niemand kommt mehr nach.

Stille legt sich über die Grasfläche und wird nur vom unheimlichen Knacken und Knistern der Flammen unterbrochen, die von dem Dorf nichts als Asche zurücklassen.

»Wieso zeigst du mir das?«, frage ich, endlich wieder Herr über meine Stimmbänder. Tränen rinnen mir immer noch die Wangen hinab.

»Du sollst verstehen«, erklärt der Wind.

»Was soll ich verstehen? Dass diese Welt grausam ist?«

»Nicht diese Welt ist grausam. Auch nicht die Dra'ogas. Gorloch ist es, der das Grauen über Ru'una gebracht hat. Er zerstört Familien, tötet Unschuldige und zwingt friedvolle Tiere dazu, Monster zu werden.«

»Gorloch«, wiederhole ich den Namen. »Er ist für all das verantwortlich?«

»Er will Ru'una und seine Bewohner beherrschen. Dafür ist ihm jedes Mittel recht.«

Meine Hände formen sich zu Fäusten und ich spüre unbändige Wut in mir. Wie kann eine einzelne Person so viel Leid über eine ganze Welt bringen?

»Nun weißt du, wofür wir kämpfen. Wofür auch du kämpfen musst.«

»Wieso ich? Ich bin doch nur ein Mädchen, das in einer fremden Welt gelandet ist und sich wünscht, nach Hause zu kommen.«

»Akzeptiere, dass dies dein Schicksal ist und dass es hier Menschen gibt, die dich brauchen. Du wirst es noch verstehen, Sturmmädchen«, sagt die Stimme, die mit einem

Mal männlicher klingt und gleichzeitig immer leiser wird, als würde sie sich entfernen.

»Sturmmädchen?«, hake ich nach, doch ich erhalte keine Antwort mehr.

Plötzlich erfasst mich ein Sog, ähnlich dem, der mich in diese Welt gezogen hat, wirbelt mich herum und droht, meine Eingeweide zu zerreißen. Ein gellender Schrei verlässt meine schmerzverzerrten Lippen.

»Liv, ganz ruhig«, höre ich eine Stimme wie aus weiter Ferne. Während ich nach Luft ringe, schnelle ich hoch und reiße die Augen auf. Hände umfassen meinen Arm und streichen mir beruhigend über den Rücken.

»Mum, Dad?«, frage ich und blinzle. Es ist so schummrig hier, dass ich erst langsam erkenne, dass Tristan an meinem Bett sitzt und mich sorgenvoll betrachtet.

Mein Kopf pocht unaufhörlich. »Au«, jammere ich und beuge mich nach vorne.

»Soll ich dir etwas zu trinken holen?«, fragt Tristan.

»Nur wenn nicht wieder dieses Teufelszeug drin ist, das mir diese scheußlichen Albträume beschert hat.«

»Auch wenn ich nicht weiß, wovon du sprichst, aber ich kann dir Wasser bringen.« Tristan sieht mich an, als würde ich spinnen. Bevor ich etwas erwidern kann, springt er bereits auf.

Er huscht zur Feuerstelle, von der diesmal keine Flamme die Hütte erhellt.

Mir fallen die Bilder meines Albtraumes wieder ein und ich beobachte Tristan aufmerksam, während er Wasser aus einem Topf schöpft. »In meinem Albtraum haben Dra'ogas ein Dorf angegriffen. Du bist ebenfalls darin vorgekommen«, erzähle ich zögerlich.

Der Junge blickt hoch und ich sehe, wie sich seine Finger um den Becher verkrampfen.

»Maora und dein Vater waren auch da«, wage ich mich weiter vor, während er auf mich zutritt.

Er lässt sich neben mir auf dem Bett nieder und reicht mir das Getränk, welches ich entgegennehme und gierig mehrere Schlucke trinke. »Vor sechs Jahren kamen meine Mutter und mein Großvater bei einem Angriff um. Unser Dorf brannte lichterloh. Viele hatten keine Chance«, berichtet er zögerlich, als wisse er nicht, ob er mir so etwas Persönliches anvertrauen könne.

»Das tut mir leid«, flüstere ich und denke an die Frau und den alten Mann aus meinem Albtraum.

Er will etwas dazu sagen, als die Tür aufgeht und Licht ins Innere der Hütte strömt. Sofort springt Tristan auf.

»Ah, unser Gast ist wach«, freut sich Maora, während sie eintritt und zur Wand geht, um mehrere Bretter zu entfernen, die zwei Fenster verborgen hielten.

Sonnenlicht flutet den Raum und ich kann mich endlich umsehen. Die Behausung ist sehr spärlich eingerichtet. Au-

ßer den Schlafnischen gibt es nur die Feuerstelle, über der ein Topf an einer Kette baumelt, einen großen Holztisch, mehrere Stühle und Truhen.

»Liv hat schlecht geträumt«, erklärt Tristan an Maora gewandt, während er sie aufmerksam beobachtet.

»Ich weiß. Es tut mir leid, Liv, aber es ging nicht anders. Du musstest diese Bilder sehen«, sagt die alte Frau und setzt sich zu mir.

»Welche Bilder genau, Großmutter?«, hakt Tristan nach und sieht Maora streng an.

»Ach, so dies und das«, wehrt sie ab und tätschelt mein Bein.

»Großmutter!« Tristan zieht das Wort bewusst in die Länge.

»Was bedeutet Sturmmädchen?«, unterbreche ich das Wortgefecht der beiden und ernte nur verwirrte Blicke. »Du hast mich in diesem Traum so genannt.«

»Nein, ich habe dir nur die Bilder gezeigt und sie dir erklärt«, sagt Maora.

»Aber jemand nannte mich Sturmmädchen. Deine Stimme klang auf einmal männlich.«

»Roanin«, haucht Maora, bevor sie auflacht.

Roanin ... Hatte sie diesen Namen nicht bereits gestern Abend erwähnt?

»Dieser Schlingel«, seufzt sie kopfschüttelnd »Die Verbindung zwischen uns brach plötzlich ab, als ich dir meine Erinnerungen gezeigt habe.«

»Verbindung?«

»In Ru'una existiert mehr, als wir mit bloßem Auge sehen oder gar mit unserem Verstand begreifen können«, lacht Maora.

»Ja. Leider«, seufzt Tristan und verlässt die Hütte.

»Hör nicht auf ihn. Er gibt dem Übersinnlichen an allem die Schuld. Er ist so verbittert, weil er trauert«, erklärt sie leise.

»Um seine Mutter und seinen Großvater.«

»Ja«, sagt sie traurig und ihre Augen schimmern feucht.

Voller Mitleid ergreife ich ihre Hand und drücke sie. »Es tut mir so leid, Maora.«

»Danke für dein Mitgefühl. Es ist notwendig, damit du dich für unsere Seite entscheidest.«

»Im Traum hast du das auch schon erwähnt, aber wie soll ich euch helfen? Ich bin nur ein Mensch, der nicht einmal hierher gehört.«

»Du bist etwas Besonderes, mein Kind«, flüstert sie und legt ihre Hand an meine Wange. »Du bist das Sturmmädchen, auf das wir lange gewartet haben«, fügt sie kaum hörbar hinzu.

Hastig rücke ich von ihr fort und springe auf. »Wie soll ich euch helfen, wenn ich mir noch nicht einmal selbst helfen kann?«, frage ich leise und schaffe es nicht, die Tränen länger zurückzuhalten. All die Informationen und Eindrücke, die auf mich einströmen, überfordern mich vollkommen. Was erwarten diese Menschen von mir? »Maora, ich bin nicht dieses Sturmmädchen, auf das ihr hofft.«

Die Alte steht auf und kommt mit einem mitleidigen Gesichtsausdruck auf mich zu. Sie will nach mir greifen, doch ich weiche zurück.

»Tut mir leid, aber ich brauche einen Moment für mich«, sage ich hastig, eile mit großen Schritten aus der Hütte und renne dabei fast den erstaunten Tristan über den Haufen, der gerade zurückkommt.

Aufgewühlt irre ich durch das Lager und versuche die Bewohner zu ignorieren, die sich nach mir umdrehen. Ich fühle mich wie ein Tier in einem Käfig, das alle anstarren.

»Liv«, ruft Tristan mir nach, aber ich beachte ihn nicht.

Endlich entdecke ich den schmalen Pfad, den wir gestern hinabgestiegen sind. Erleichtert lasse ich die Hütten und Zelte hinter mir, als sich plötzlich eine Wolke vor die Sonne schiebt und das Lager verdunkelt. Schreie ertönen, Frauen kreischen hysterisch, Kinder weinen. Verwundert drehe ich mich zu den Menschen um, die panisch in ihre Hütten flüchten oder sich auf dem Boden zusammenkauern.

»Es ist nur eine Wolke«, höre ich jemanden beruhigend rufen, bevor sich die ersten Menschen wieder vorsichtig auf die Wege trauen. Panik und Angst liegen noch immer in der Luft. Für einen Moment vergesse ich meine Überforderung und habe Mitleid mit diesen armen Seelen, die Dinge gesehen und erlebt haben, die man nicht einmal seinem ärgsten Feind wünscht. Sie sind so traumatisiert, dass eine harmlose Wolke ihre Albträume lebendig werden lässt.

Als ich Tristan auf mich zulaufen sehe, setze ich mich wieder in Bewegung und renne den Pfad, so schnell ich kann, hinauf. Das Lager scheint mich förmlich zu erdrücken. Auf der Anhöhe angelangt trete ich durch den Felsspalt, hebe mein Gesicht gen Himmel und atme tief ein. Der Wind frischt auf, spielt mit meinen Haaren und schenkt mir Ruhe. Seufzend lasse ich mich auf dem Felsen nieder, auf dem ich gestern mit Tristan gesessen habe, ziehe die Beine an und schlinge die Arme darum, um mein Gesicht darin zu vergraben. So sitze ich eine ganze Weile reglos da. Es ist noch früher Morgen und die Sonnenstrahlen wärmen mich kaum, sodass ich bald zu zittern beginne.

So sehr ich es auch versuche, aber ich kann das alles nicht begreifen. Was ist mit mir geschehen? Es fühlt sich alles zu echt und zu intensiv an, um Einbildung zu sein.

Schritte nähern sich. Erst noch zaghaft, dann schneller, bis ich spüre, wie sich jemand neben mir niederlässt und seinen Arm um meine Schulter legt.

»Ich will nach Hause«, murmle ich kaum hörbar. Noch nie habe ich mich so verloren gefühlt. Selbst als Donna gestorben ist, waren Mum und Dad immer für mich da, um mich aufzufangen. Auch wenn ich es ihnen nicht leicht gemacht und sie von mir gestoßen habe, so oft es ging.

»Am liebsten würde ich dir sagen, dass alles gut wird und du wieder nach Hause kommst, aber ich will dich nicht belügen«, vernehme ich Tristans Stimme nahe an meinem Ohr und ich hebe langsam den Kopf, um ihn anzusehen.

»Das ist nicht gerade das, was ich hören wollte«, erwidere ich und lächle unsicher.

»Roanin wird dir bestimmt auf deine Fragen antworten können. Er ist ein weiser Magier.«

»Du hältst doch nichts von Magie.«

»Bisher brachte sie uns auch lediglich Grauen und Tod«, erklärt er verbittert und ich werfe ihm einen Blick zu.

»Liegt das nicht an dem Mann, der sie einsetzt? Ist dieser magische Kristall denn an sich schlecht?«, frage ich und Tristan blickt nachdenklich in den Himmel.

»Gorloch hat den Kristall mit seiner Machtgier vergiftet«, erklärt er nach einer Weile. »Die Magie war einmal hell und rein. Unser früherer Herrscher, König Herlosh, benutzte ihn, um Gutes zu bewirken. Doch eines Tages stürzte Gorloch ihn und nahm den Kristall an sich. Die Magie darin verfinsterte sich, und während er früher in allen Farben gefunkelt hatte, färbte er sich nun schwarz. So schwarz wie die Seele Gorlochs«, erzählt er und sieht mich an. »Wir müssen den Kristall zerstören, um auf diese Weise Gorlochs Macht über die Magie zu brechen. Ohne sein Artefakt ist er zu schwach, um gegen uns zu bestehen. Die Dra'ogas würden ihm nicht mehr gehorchen. Dann wären wir endlich wieder frei.«

»Frei«, wiederhole ich nachdenklich. »Das wäre ich auch gerne.«

Tristan sieht mich fragend an und ich atme tief ein.

»Meine beste Freundin starb durch meine Schuld. Nacht für Nacht quälen mich seitdem Albträume und hal-

ten mich gefangen in einer Welt, die nur aus Schuldgefühlen und Selbsthass besteht. Auch wenn mir jeder einreden will, dass es ein seltenes Wetterphänomen war und der Blitz in Donna einschlug, weil sie auf dem Rad saß und ich nicht, so weiß ich doch, dass es nicht stimmt. Wir hatten uns gestritten, deshalb war ich wütend, und dann grollte es ganz in der Nähe, bevor ein Blitz meine Freundin traf. Sie hatte keine Chance«, ende ich mit brüchiger Stimme, schlage mir die Hände vors Gesicht und schluchze auf.

Tristan legt seine Hand tröstend an meinen Rücken, während ich meinen Tränen freien Lauf lasse. Es dauert eine ganze Weile, bis sie versiegen und ich mich wieder einigermaßen im Griff habe.

»Ich bin ein Monster«, flüstere ich.

»Gorloch ist ein Monster, aber du nicht«, entgegnet er und steht auf, um sich vor mir aufzubauen. »Du mochtest diese Donna?«

»Sie war meine beste Freundin und sie fehlt mir so sehr.«

»Dann kannst du nicht an ihrem Tod schuld sein. Großmutter sagt, dass du etwas Besonderes bist und in dir eine reine Seele wohnt. Es ist also gar nicht möglich, dass du dir den Tod deiner Freundin gewünscht hast. Manchmal geschehen grausame Zufälle. Wir können sie ebenso wenig rückgängig machen wie die Taten böser Menschen. Trotzdem müssen wir lernen, mit ihren Folgen zu leben.«

»Hast du denn den Tod deiner Mutter und deines Großvaters überwunden?«

Tristan verzieht seinen Mund zu einem schmalen Strich und ballt die Fäuste. Das bedeutet wohl *Nein*.

»Siehst du, es ist nicht so einfach, etwas zu akzeptieren, das unser Verstand nicht begreifen möchte«, sage ich und rutsche vom Felsen. »Du kennst mich nicht. Woher willst du also wissen, dass dieser Blitz nicht doch aus meiner Wut heraus entstanden ist?«

»Kannst du so etwas denn?«

»Manchmal reagiert das Wetter auf meine Gefühle. Es klingt verrückt, ich weiß. Aber tief in mir spüre ich, dass mich irgendwas mit dem Wind, dem Regen, den Blitzen und dem Donner verbindet, aber ich hasse es. Wäre ich normal, würde Donna noch leben.«

»Weißt du das?«

»Ja.«

»Wieso bist du dir so sicher?«, hakt Tristan nach.

»Ich weiß es einfach«, entgegne ich etwas zu pampig.

»Schon gut, reg dich nicht gleich auf, Sturmmädchen«, versucht er mich zu besänftigen und lacht.

Stumm beobachte ich ihn und versuche mir zu erklären, weshalb ich mich bei ihm so wohl fühle. Bei einem Fremden in einer mir fremden Welt.

»Du siehst niedlich aus, wenn du wütend bist, weißt du das?«, neckt er mich, dreht sich um und schlendert auf den Felsspalt zu, hinter dem es zum Lager hinabgeht.

»Was?«, frage ich mit piepsiger Stimme und räuspere mich. »He, du kannst mich nicht einfach so stehen lassen!«,

rufe ich ihm nach, doch er winkt mir lediglich zu, ohne sich noch einmal umzudrehen, und setzt seinen Weg unbeirrt fort.

»Warte auf mich!« Schnell laufe ich ihm hinterher und ziehe an seinem beigen Oberteil, bevor er den Pfad hinabsteigen kann.

»Wieso nennt ihr mich alle Sturmmädchen?«

»Ein Sturm hat dich doch nach Ru'una gebracht, oder nicht?«

»Ja – Nein! Es war ein Wirbel aus Farben, der mich in einen Sturm befördert hat«, erkläre ich und komme mir dabei dumm vor. Das glaubt mir ohnehin kein Mensch ...

»Also doch ein Sturm.«

Während ich noch immer über all das grüble, folge ich Tristan, der zum Lager hinabgeht. Was soll ich von Maoras und Tristans Offenbarungen halten? Kann ich ihnen überhaupt vertrauen? Mir bleibt vermutlich nichts anderes übrig, als diesen Magier kennenzulernen und ihn um Rat zu bitten. Bis ich einen Weg nach Hause gefunden habe, liegt mein Schicksal wohl oder übel in den Händen dieser Rebellen.

»Lass uns zu Roanin reiten. Dann kannst du ihm deine Fragen stellen«, schlägt Tristan in diesem Moment vor und ich sehe zu den unterschiedlich farbigen Pegasa, die in ihren Stallungen stehen und Gras aus den Haufen knabbern, die ein Junge auf dem Boden verteilt.

»Sag mal, kamen vor mir schon andere mit einem Sturm nach Ru'una? Menschen, die wie ich aus einer anderen Welt

stammen?«, frage ich vorsichtig und Tristan bleibt stehen, um sich zu mir umzudrehen.

»Nicht, dass ich wüsste«, erklärt er und nimmt mir damit alle Hoffnung, auf einen Erdenbewohner zu stoßen, der mir helfen könnte nach Hause zu gelangen. Tristan scheint meine Enttäuschung zu bemerken, kommt die wenigen Schritte auf mich zu und drückt sanft meine Hand.

»Keine Sorge, solltest du nicht mehr zurückfinden, kannst du gerne bei uns bleiben«, sagt er und zwinkert mir zu.

»Oh, ich, ähm, danke, das ist nett, aber …«, stammle ich und spüre wieder, wie mir heiß wird.

Tristan lacht laut auf und drückt meine Hand noch einmal, bevor er sie loslässt und auf die Stallungen zugeht. Sprachlos sehe ich ihm hinterher.

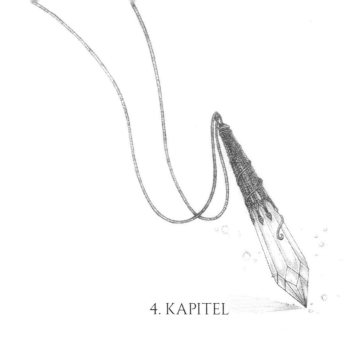

4. KAPITEL

Unsicher klammere ich mich an Tristan, während wir auf Taran aus dem Lager reiten. Es geht bergauf und ich sitze hinter dem Sattel, daher laufe ich Gefahr, mit meiner neuen Kleidung vom glatten Rücken des Pegasums zu rutschen. Maora hatte für mich eine beige Stoffhose und ein dunkelbraunes Hemd organisiert, da es in meiner Kleidung zu kühl wurde. Der Sommer in Neuseeland ist eindeutig heißer als in Ru'una.

Kurz schaue ich zum Lager zurück. Maora und Amphir stehen bei den Stallungen und winken uns zum Abschied. Tristans Vater wirkt skeptisch, wohingegen seine Großmutter freudig strahlt. Sie scheint mehr in mir zu sehen als ihr Sohn. Ich persönlich tendiere eher dazu, dass ich ihrer Truppe keine Hilfe bin. Wie auch? Soll ich Gorloch etwa mit meinem Handy erschlagen?

»Halt dich gut fest, wir heben gleich ab«, warnt mich Tristan und ich beuge mich zur Seite, um an ihm vorbeizuschauen.

Wir haben das Gebirge bereits hinter uns gelassen und vor uns erstreckt sich die Graslandschaft, auf der mich der Sturm am Tag zuvor recht unsanft abgesetzt hat.

»Wo verstecken sich die Dra'ogas, wenn sie nicht gerade jagen oder Dörfer terrorisieren?«, frage ich.

Tristan wirft mir einen kurzen Blick über die Schulter zu. »Ein Teil bewacht Gorlochs Festung, die anderen lauern in Höhlen oder drehen ihre Runden über Ru'una.«

»Heißt das, wir könnten einem begegnen, wenn wir zu diesem Roanin fliegen?«

»So sieht's aus«, antwortet er knapp und schnalzt, um Taran anzutreiben.

»Das sind ja tolle Aussichten«, murmle ich, lehne mich nach vorne und presse mich an Tristans Rücken.

Der Pegasum fällt in einen leichten Trab und lockert seine Flügel, bevor er sie ausbreitet und sich mit einem Ruck in die Lüfte erhebt.

Wir steigen rasch höher, während das Gebirge unter uns kleiner wird. Erst noch steif und verkrampft klammere ich meine Beine um Tarans Körper und kralle die Finger in Tristans Oberteil, bis ich hinabblicke und mich der atemberaubende Ausblick ablenkt. Das Lager ist nicht zu sehen, die Felsvorsprünge verbergen es tatsächlich vor den Blicken der Dra'ogas. Sanft gleitet der Pegasum durch die Luft. Eine

leichte Brise spielt mit meinen Haaren und zupft an meiner Kleidung.

»Behalte die Umgebung im Auge! Sobald du etwas Dunkles am Himmel siehst, musst du Bescheid sagen«, ruft mir Tristan zu und ich nicke, bis ich bemerke, dass er es nicht sehen kann. Daher beuge ich mich zu seinem Ohr.

»Okay. Ich habe keine Lust auf Gesellschaft.«

»Mit mir allein ist es ja auch viel schöner, nicht wahr?«, ruft er und lacht.

Dieses Selbstbewusstsein verschlägt mir die Sprache und so kann ich nur lachend den Kopf schütteln, während ich gleichzeitig anfange, seine Neckereien zu genießen.

»Da vorne ist es«, erklärt er nach einer Weile und zeigt auf einen dichten Wald, der sich in der Ferne an den Fuß eines gewaltigen Berges schmiegt.

Gerade beuge ich mich zur Seite, um mir den Forst genauer anzusehen, als Taran zum Sturzflug übergeht und mein Herz einen Satz macht. Quietschend vor Schreck klammere ich mich an Tristan, dessen Körper vor Lachen vibriert.

Taran legt die Flügel an und klemmt meine Beine damit ein, sodass ich mich sicherer fühle und meine Umklammerung löse, um mich umzusehen.

»Tristan, ein Dra'oga«, schreie ich, als weit von uns entfernt ein bunter Fleck am blauen Himmel erscheint, der sich rasch nähert.

»Habe ich bereits gesehen«, ruft mir Tristan über die Schulter zu und der Pegasum sinkt schneller und steiler.

Wir rasen auf die Erde zu und der Wind treibt mir Tränen in die Augen. Wenn Taran nicht bald langsamer wird, werden wir auf dem Boden zerschellen, denke ich und drehe mich noch einmal zu dem Dra'oga um, der uns beinahe eingeholt hat.

»Tristaaaaaaaan«, rufe ich nach vorne. »Das wird verdammt knapp.«

»Beruhige dich, Liv, wir tauchen gleich ab.«

»Wir machen was?«

»Halt dich gut fest!«, antwortet er und ich klammere mich wieder an seinen Rücken. Über seine Schulter hinweg kann ich die meterhohen Bäume sehen, denen wir uns rasend schnell nähern.

Taran wird doch nicht ...?

»Zieh den Kopf ein!«, befiehlt Tristan und ich mache mich auf dem Rücken des Pegasums so klein wie möglich, als bereits Zweige und Blätter um meinen Körper peitschen.

Ein Blick zur Seite lässt mich kurzzeitig den Atem anhalten. Wir sausen verdammt nah an gewaltigen Baumstämmen entlang. Vorsichtig drehe ich mich um und entdecke den Dra'oga, der kurz vor den Baumwipfeln abbremst und einen schrillen Schrei ausstößt. Verärgert speit er Feuer in die Luft, dann dreht er ab.

»Wir haben ihn abgehängt«, informiere ich Tristan, der daraufhin brummt, sodass Taran die Flügel leicht anhebt und sich unser Tempo verlangsamt. Doch wir sinken noch immer viel zu schnell.

»Tristan? Sollten wir nicht so langsam abbremsen?«

»Taran hat nicht genügend Platz, um seine Flügel auszubreiten.«

»Was?« Ich blicke nach vorne und unterdrücke einen Aufschrei, da der Boden rasant näherkommt. Doch keine Sekunde zu früh lichtet sich der Wald auf einmal und Taran kann im letzten Moment unseren Sturz abfangen. Ein kräftiger Ruck lässt uns langsamer werden und schließlich landen wir mit einem Poltern auf dem weichen Erdboden. Dennoch schüttelt mich der Aufprall ordentlich durch und ich rutsche benommen vom Rücken des Pegasums.

»Das nenne ich eine unsanfte Landung«, stöhne ich und presse mir eine Hand auf den Bauch, während Tristan ebenfalls absteigt. Ich sehe nach oben und kann die Baumkronen kaum erkennen, so hoch sind sie gewachsen. Laub- und Nadelbäume reihen sich am Rande der Schneise, durch die wir geflogen sind, aneinander. Goldene Sonnenstrahlen reichen bis auf den dunklen Waldboden, der von Moos und Pflanzen überwuchert ist.

»Für deinen ersten Sturzflug warst du sehr mutig«, sagt Tristan und zupft mir kleine Zweige und Blätter aus den Haaren, bevor er sich selbst durch seine Frisur fährt.

»Mutig? Ich hätte mir vor Schreck beinahe in die Hosen gemacht«, gebe ich zu und ernte einen belustigten Blick. »So sagt man das bei uns«, erkläre ich und versuche Tristans breites Grinsen zu ignorieren. Eilig stapfe ich zu Taran, um ihm die Blätter aus der Mähne zu fischen.

»Du musst in Ru'una jederzeit bereit sein, dir eine Fluchtmöglichkeit oder ein Versteck zu suchen, wenn Dra'ogas am Himmel auftauchen. Sie fliegen sehr schnell und können einen Pegasum mit Leichtigkeit auf langen Strecken einholen.« Er tritt neben mich und krault Taran am Hals, was das Tier mit einem zufriedenen Brummen würdigt.

»Aber weshalb ist uns der Dra'oga nicht gefolgt? Mit seinem Körper könnte er die Bäume doch mühelos zerschlagen. Die sind für ihn sicherlich bloß Zahnstocher.«

»Was sind ...«, setzt Tristan an.

»Kleine Hölzer, mit denen man sich Essensreste zwischen den Zähnen herauspulen kann. Wie macht ihr das denn in Ru'una?«

»Wir benutzen dafür die Finger«, bemerkt er schulterzuckend und ich fühle mich wieder einmal an das Mittelalter erinnert.

»Dieser Wald wird von Roanin geschützt. Daher können die Dra'ogas ihn nicht betreten. Es existiert eine unsichtbare Barriere, die ihnen Schmerzen zufügen und sie töten würde, wenn sie in den Wald eindringen und länger hier verweilen. Selbst Gorloch kann hier nicht rein.«

Erstaunt wende ich mich Tristan zu und lasse meine Hand auf Tarans Kopf liegen. »Weshalb leben die Rebellen nicht hier, wo sie vor Gorloch und den Dra'ogas geschützt wären?«

»Der Wald ist zu klein, um allen Rebellen Zuflucht zu gewähren. Wir müssten die Bäume fällen, um Platz für

Hütten und Zelte zu schaffen, doch der Wald ist mit dem Schutzzauber verwoben. Außerdem würden die vielen Leben den Zauber womöglich überlasten und er könnte seine Wirkung verlieren.«

»Ist Roanin denn mächtig? Weshalb könnt ihr euch nicht gegen Gorloch wehren, wenn ihr selbst einen großen Magier an eurer Seite habt?«

Tristan lacht freudlos, bevor er sich Tarans Zügel greift und mir mit einem Kopfnicken andeutet, ihm zu folgen. »Roanin ist nicht mächtig. Der Kristallsplitter ist es, der ihm die nötige Kraft verleiht, um die Barriere zu erschaffen. Er aktiviert erst die magische Begabung, die Roanin besitzt.«

»Kristallsplitter? Du meinst, so ein Kristall wie der, den Gorloch besitzt?«

Wir laufen tiefer in den Wald hinein und treffen auf einen schmalen Pfad, der in Richtung des Berges führt. Zwischen den Baumwipfeln kann ich das graue Gestein vor uns ausmachen.

»Der Splitter stammt sogar von Gorlochs Kristall. Aber das vermag dir Roanin besser zu erklären. Wir müssten seine Höhle gleich erreichen«, erklärt Tristan und tätschelt Tarans Hals.

Während Tristan in nachdenkliches Schweigen verfällt, schaue ich mich um. Unter meinen Füßen federt der Boden leicht. Die Erde ist überwiegend mit Moos bewachsen, das teilweise an den Bäumen emporwuchert. Die Sonnenstrahlen scheinen sich in diesem Teil des Waldes selten bis hier unten vorzukämpfen. Die Bäume wirken inzwischen wie ein undurchdringlicher Käfig, der uns vor den Dra'ogas schützt. Das gibt mir ein Gefühl von Sicherheit. Der Geruch von Tannennadeln und feuchter Erde erfüllt die Luft und ich atme ihn tief ein. Es riecht fast wie zu Hause.

Da höre ich plötzlich ein Knacken abseits des Weges und bleibe erschrocken stehen, um nach der Ursache zu suchen.

»Was zur Hölle ist *das*?«, stoße ich aus. Als mich Tristan mit hochgezogenen Brauen mustert, zeige ich mit dem Finger auf das Wesen im Unterholz.

»Ah, ein Hula«, antwortet er, als würde allein der Name alles erklären.

»Ein Hula, natürlich«, gebe ich zurück und betrachte das Tier, das mich an einen Waschbären erinnert. Bloß komplett in Weiß und mit den Ohren und dem Puschelschwanz eines Kaninchens. Es stellt sich auf die Hinterbeine und legt den Kopf schief, während es mich mit strahlendblauen Augen beobachtet.

»Ist er ... ein Fleischfresser?«, frage ich und gehe vorsichtig einen Schritt näher.

»Ja.«

Kurz stocke ich, doch dann gibt der Hula ein Fiepen von sich, das mein Herz erweicht, und putzt sich die winzige Schnauze. »Oh, ist der niedlich. Ob ich ihn wohl streicheln darf?«, frage ich, während ich vorsichtig einen Fuß vor den anderen setze, um das Tierchen nicht zu verjagen.

Hinter mir räuspert sich Tristan. »Wenn du einen oder zwei Finger verlieren willst, tu dir keinen Zwang an.«

Mitten in der Bewegung halte ich inne und starre das kleine Tier an, das mich nicht aus den Augen lässt. Es reibt seine Vorderpfoten aneinander, als würde es sie waschen.

»Stehen wir auf ihrer Nahrungsliste?«, frage ich zögerlich und drehe mich leicht zu Tristan um.

Der Hula beginnt sofort zu knurren, sodass ich erneut innehalte und es kaum wage, mich zu bewegen. Das Tier läuft auf allen vieren mehrere Schritte auf mich zu, bis es nur noch eine Armlänge von mir entfernt ist und sich wieder auf die Hinterbeine stellt.

»Tristan?«, hauche ich und verziehe ängstlich das Gesicht. Die Arme an die Brust gepresst, versuche ich meine Hände zu schützen, denn ich will keine Finger verlieren.

»Nicht bewegen!«, rät mir Tristan leise.

Der Hula überbrückt die letzten Schritte und schnuppert an meinen Schuhen. Nur schwer kann ich dem Drang widerstehen, die Füße anzuheben oder wegzulaufen.

»Aber er ist doch so niedlich«, wispere ich und betrachte das Wesen, das einmal um mich herumläuft, um sich dann wieder vor mir auf die Hinterbeine zu stellen und sich am Bauch zu kratzen.

»Es wirkt nicht, als wolle es mich fressen«, stelle ich fest und entspanne mich allmählich. Vorsichtig gehe ich in die Hocke und behalte den Hula dabei im Auge. Nach vorne gebeugt strecke ich langsam die Hand aus, bis meine Finger das weiche Fell am Kopf des Tieres berühren. Leise höre ich das Wesen schnaufen. Ich will die Hand gerade hinabsenken, um es am Kopf zu streicheln, als es die Augen aufreißt und ein Zucken durch seinen Körper fährt.

»Buh«, kommt es mit dunkler Stimme von dem Tier und ich schreie erschrocken auf, ziehe meine Hand ruckartig zurück, verliere das Gleichgewicht und plumpse auf mein Hinterteil.

Der Hula hält sich den Bauch und lacht schallend.

Sind das etwa Tränen in den blauen Augen des Tieres?

Tristan stimmt in das Lachen ein und ich verstehe die Welt nicht mehr. Als mein Herzschlag sich endlich beruhigt, springe ich auf und starre das Tier böse an.

»Du hättest dich sehen sollen, Kind«, prustet der Hula und wischt sich eine Träne aus dem Augenwinkel.

»Was bist du?«, frage ich, bevor ich zu Tristan hinübergehe und ihm kräftig mit der Faust gegen seine Schulter boxe.

»He, mich brauchst du nicht zu schlagen! Hau lieber ihn!«, beschwert er sich und zeigt auf das Tier.

»Ein Hula, mein Kind. Na ja, jedenfalls im Moment. Mein Name ist Roanin«, stellt sich der Hula mit männlicher Stimme vor und ich blinzle mehrmals verwirrt, während ich versuche, das Gehörte zu verstehen.

»*Du* willst behaupten, dass du der Magier bist, der uns helfen kann?«, frage ich ungläubig.

»Exakt. Genauso wie *du* das Sturmmädchen bist, das

uns aus diesem Schlamassel retten wird«, antwortet das Wesen und blitzt mich herausfordernd an.

»Dann bist du kein Magier. Denn ich bin nicht dieses Sturmmädchen, auf das alle gewartet haben«, gebe ich zurück, stemme die Hände in die Hüften und erwidere seinen Blick mit grimmiger Entschlossenheit.

»Oh ja, in dir tobt ein Sturm. Dein Temperament beweist es, mein Kind. Nun kommt endlich in meine Höhle, damit ich euch gebührend empfangen kann«, sagt das Wesen, und während ich mich noch über seine Worte wundere, geht ein Ruck durch das Tier und es fiept laut. Hastig sieht es sich um, scharrt auf dem weichen Waldboden und rennt davon.

»Was war das?«, frage ich verdutzt.

»Du erinnerst dich, dass Gorloch mithilfe des Kristalls durch die Augen der Dra'ogas sehen kann? Das hier funktioniert so ähnlich. Eben nur mit kleineren Tieren, da Roanin bloß einen Splitter besitzt. Er liebt diese Scherze. Nimm es nicht persönlich«, erklärt Tristan und verkneift sich ein Lachen, als ich beleidigt den Mund verziehe.

»Ein richtiger Scherzkeks, der gute Roanin ...«, murmle ich und folge Tristan weiter in die Tiefen des Waldes.

Nach wenigen Minuten endet der Pfad an einem Höhleneingang, der in den schroffen Felsen geschlagen wurde. Die

Öffnung ist so groß, dass selbst ein Riese hindurchpassen würde. Licht flackert in der Dunkelheit, die uns erwartet.

Tristan macht Tarans Zügel an der Trense fest und gibt dem Pegasum einen Klaps. Das Pferd setzt sich in Bewegung und bleibt nicht weit entfernt stehen, um sogleich sein Maul im feuchten Moos zu versenken.

»Läuft er nicht weg?«, frage ich neugierig.

»Er ist auf mich fixiert. Er würde sich nie freiwillig von mir entfernen. Wir sind schon ein Team, seitdem er ein Fohlen war.«

Ich werfe dem schwarzen Pegasum, dessen Ohren leicht zucken, einen Blick zu, während er einzelne Grasbüschel ausreißt. Treue Begleiter sind im Kampf gegen die Monster dieser seltsamen Welt bestimmt Gold wert.

»Komm schon, Roanin wird ungeduldig, wenn wir ihn noch länger warten lassen«, sagt Tristan und betritt die Höhle.

Es dauert, bis sich meine Augen an die Dunkelheit und das spärliche Licht vereinzelter Kerzen gewöhnen. Hier drinnen ist es kühl und leise höre ich Wassertropfen auf das Gestein plätschern.

Was mich in diesem Berg wohl erwartet? Hoffentlich erhalte ich endlich Antworten auf meine Fragen und erfahre, wie ich wieder nach Hause komme.

Mitten im engen Tunnel, der bis tief in den Berg zu führen scheint, bleibe ich stehen und starre auf Tristans Rücken, der sich immer weiter entfernt. Meine Eltern sind sicher schon krank vor Sorge. Dabei habe ich Mum noch versprochen, mich nicht von einem Bären fressen zu lassen ... Was, wenn sie denken, ich wäre weggelaufen?

Wenn sie bloß wüssten, was wirklich geschehen ist. Okay, das würde mir niemand glauben. Schließlich glaube ich es ja selbst kaum.

»Was stehst du denn rum und träumst, Liv?«, ertönt eine genervte Stimme aus der Dunkelheit vor mir und reißt mich aus den Gedanken.

»Komme ja schon«, gebe ich zurück und eile Tristan hinterher, der unbeirrt weiter durch den Tunnel stapft.

5. KAPITEL

»Willkommen in meinem bescheidenen Reich«, begrüßt uns kurz darauf Roanins Stimme, nachdem wir das Ende des Ganges erreicht haben.

Staunend sehe ich mich in der Höhle um, an deren Wänden Kerzen in kleinen Nischen flackern und gedämpftes Licht verbreiten. Eine leichte Brise weht durch den Tunnel herein und lässt die Flammen gespenstisch tanzen. Von der hohen Decke hängen Stalaktiten wie steinerne Eiszapfen herab. An einer Seite befindet sich ein einfaches Holzbett mit einer Truhe am Fußende. In der Höhlenmitte steht ein riesiger Tisch aus dunklem Holz, der mich an eine Tafel aus einer Ritterburg erinnert. Glasgefäße in jeder erdenklichen Größe und Form bedecken beinahe die gesamte Tischplatte. Es gibt welche in Form einer Birne, einer Kugel oder auch

einer Spirale. In ihnen schimmern Flüssigkeiten in den Farben des Regenbogens, die das Licht der Kerzen als leuchtende Punkte an die Gesteinswände werfen. Von diesem Anblick angezogen trete ich näher und strecke eine Hand nach einer Ampulle aus, deren Inhalt grün leuchtet.

»Das würde ich nicht anfassen, mein Kind«, hält mich die Stimme des Magiers zurück und ich drehe mich zu dem Mann um, der mich um einen Kopf überragt. Langsam gleitet mein Blick an der Gestalt hinauf, die in einen langen graublauen Mantel gekleidet ist und einen spitzzulaufenden weißen Bart trägt, der dem alten Mann bis zur Brust reicht. Ein schneeweißer Schnurrbart umrahmt den Mund und scheint unter dem Kinn mit dem Bart eins zu werden. Buschige Augenbrauen in derselben Farbe sind misstrauisch über dunklen, beinahe schwarzen Augen zusammengezogen. Seine langen grauen Haare sind zu einem dünnen Zopf gebunden.

Seltsamerweise entspricht er genau meiner Vorstellung eines Magiers, was mich schmunzeln lässt.

»Braust du hier Zaubertränke?«, frage ich, nachdem ich mich wieder den schillernden Flüssigkeiten in den Gläsern zugewandt habe.

Tristan tritt neben mich und hebt eines der Gefäße an, in dem eine dunkelrote Masse wabert. Neugierig hält er es an seine Nase und schnuppert daran.

»Tristan, nicht!«, will ihn Roanin stoppen und ihm das Glas abnehmen, doch er ist zu langsam.

Der Rebellenjunge verdreht die Augen und ein langgezogenes Stöhnen entweicht ihm, als seine Beine wegknicken und er zusammensackt. Im letzten Moment schaffe ich es nach dem Glas zu greifen, bevor es zu Boden fällt und dort zerschellt. Roanin greift Tristan unter die Arme und federt so dessen Sturz ab. Vor sich hinmurmelnd legt er den Jungen ab und reißt mir den Trank aus der Hand, um ihn von allen Seiten zu begutachten.

»Immerhin weiß ich jetzt, dass der Schlaftrank wirkt«, sagt er, schnappt sich einen Korken vom Tisch und verschließt damit das Gefäß. »Bin gespannt, wie lange die Wirkung anhält.«

»Du braust hier Tränke, ohne zu wissen, wie sie wirken?«, frage ich erstaunt und sehe mir die zahlreichen Behältnisse an, die den Tisch beinahe zum Bersten bringen.

»Hast du zufällig Unterlagen über die Zusammensetzung und Wirkung der Tränke? Nein? Dann bleibt mir nichts, außer es auszuprobieren. Normalerweise nutze ich die Tiere dieses Waldes als Versuchsobjekte. Schließlich braue ich nichts Tödliches. Mir stehen lediglich Kräuter und Tiersubstanzen zur Verfügung. Und der Kristallsplitter«, erklärt er und kramt in einer Tasche, die in seinem Mantel verborgen ist.

»Ah, da ist er ja.« Mit einem triumphierenden Lächeln zieht er seine Hand hervor. Zwischen Daumen und Zeigefinger hält er einen länglichen Gegenstand.

Um ihn genauer zu betrachten, trete ich näher. Er ist kaum größer als ein Radiergummi.

»Ist das der Kristallsplitter?«, frage ich unnötigerweise und Roanin streckt ihn mir entgegen.

»Nimm ihn, Sturmmädchen«, flüstert er und ich spüre einen Sog, als wäre ich eine Elster, die einem Schmuckstück nicht widerstehen kann.

Nur kurz berühren, denke ich. Der Splitter, der zuvor durchsichtig wie Glas schien, beginnt silbern zu leuchten. Bereits eine Hand ausgestreckt, um ihn entgegenzunehmen, stocke ich mit einem Mal und sehe Roanin ins Gesicht. Seine dunklen Augen fixieren mich und mir läuft eine Gänsehaut den Rücken hinab.

»Dieses Silber habe ich schon einmal gesehen. Es leuchtete im Zentrum des Strudels, der mich hierher gebracht hat.«

Roanin nickt langsam, während er sich vorbeugt und mir den Kristallsplitter auf diese Weise näherbringt, ohne seinen Blick von mir zu nehmen.

Ohne weiter zu zögern, fasse ich zu und sofort funkelt der Splitter in allen Regenbogenfarben, die in dem Kristallstück umherfließen und die Höhle erhellen. Bunte Tupfen tanzen flackernd an den Wänden. Eine angenehme Wärme geht von dem kleinen Splitter aus und durchströmt meinen Arm, um in meinen Körper einzudringen. Ich schließe die Augen und sehe den Farbstrudel vor mir, der mich in diesen Tornado aus Farbwinden befördert hat.

»Der Kristall brachte dich in diese Welt, mein Kind. Er hat dich gerufen, weil du die Einzige bist, die ihn und die Bevölkerung von Ru'una von Gorloch befreien kann«, höre ich Roanin erklären und tauche nur widerwillig aus meinem Traum auf.

»Aber Maora hat mich gerufen«, wende ich ein und denke an die Stimme, die mich im Tal und auch im Wirbelsturm rief.

Roanin nimmt mir den Splitter ab, dessen Farben erlöschen und einen durchsichtigen Kristall hinterlassen. Die Wärme weicht und zurückbleibt die Kühle der Höhle.

»Was ich mithilfe des Kristallsplitters tat«, ertönt Maoras Stimme. Überrascht wende ich mich dem Eingang zu. Die alte Frau nähert sich und lächelt mich an, bis sie Tristan auf dem Boden entdeckt und Roanin einen bösen Blick zuwirft. »Roanin!«, schimpft sie, rennt die letzten Schritte zu ihrem Enkel und lässt sich neben ihm auf die Knie sinken, während der Magier den Kopf einzieht. »Habe ich mich nicht klar ausgedrückt?«

»Es war nicht meine Schuld, Maora. Der Junge konnte seine Finger nicht bei sich behalten und hat an meinem Schlaftrunk gerochen«, verteidigt sich der Magier mit erhobenen Händen.

»Das kann ich bezeugen«, stehe ich Roanin zur Seite, der mich dankbar anlächelt.

Maora schnaubt entrüstet und streicht Tristan die braunen Haare aus der Stirn. In gleichmäßigem Rhythmus hebt und senkt sich seine Brust. Er muss tief schlafen.

»Beantwortet ihr mir nun meine Fragen?«, versuche ich die Aufmerksamkeit der beiden wieder auf mich zu

lenken. Wenn ich nicht endlich erfahre, was es mit diesem Sturmmädchen und meiner Reise hierher auf sich hat, platze ich noch vor Ungeduld.

Maora erhebt sich mit einem Ächzen und greift nach meinem Arm, um mich sanft in Richtung eines weiteren Tunnels zu führen, der aus der Höhle heraus- und tiefer in den Berg hineinführt. Roanin tritt an meine andere Seite und hält den Splitter in die Höhe, der daraufhin erneut zu funkeln beginnt. Wieder tanzen Farben an den Wänden des Ganges und weisen uns den Weg.

»Der Kristall birgt eine große Macht, die nie in Gorlochs Hände hätte geraten dürfen. Früher stand der Hexer in König Herlosh' Diensten, doch er hat ihn hintergangen und reingelegt. Mit seinen Machenschaften konnte er andere um sich scharen, den Kristall entwenden und so den König stürzen. Nur derjenige, der die Macht des magischen Kristalls besitzt, kann über Ru'una herrschen«, erklärt Maora und ich betrachte den Splitter.

»Woher hast du ihn?«, frage ich Roanin und weise auf seine Hand.

»Früher war ich selbst ein treuer Diener des Königs und Magier an dessen Hof. Gorloch hat es nie gefallen, dass ich höher in der Gunst des Königs stand als er. Für meine Dienste und meine Experimente mit den Tränken erhielt ich diesen magischen Splitter. Gorloch muss es unglaublich wütend machen, dass ich ihn noch immer besitze und der Kristall somit nicht seine volle Macht entfalten kann.

Würde der Splitter in den Kristall zurückkehren, könnte Gorloch damit nicht nur Ru'una in die Knie zwingen, sondern auch andere Planeten unter seine Kontrolle bringen. Sogar die Erde«, erzählt er.

»Er darf den Kristallsplitter nie in die Finger bekommen«, sage ich andächtig. Keine Waffe meiner Heimat könnte gegen Magie bestehen. Bei diesem Gedanken stocke ich. Wann habe ich akzeptiert, dass es Magie gibt? Als ich den Splitter in meiner Hand hielt, musste sich etwas in mir verändert haben. Mit einem Mal existiert in mir eine Gewissheit, dass all das real ist – und kein schlechter Traum.

»Woher weißt du eigentlich, wie meine Heimat heißt?« Roanin scheint mehr zu wissen als die anderen.

»Durch den Splitter erhielt ich davon Kenntnis. Er überträgt Wissen. Der Kristall weiß über das gesamte Universum Bescheid. Daher hat auch sein Besitzer Zugang zu all der Weisheit, die der Magie innewohnt. Doch was wir wissen, weiß Gorloch ebenfalls. Sobald du Ru'una betreten hattest, wusste er es. Er kennt all die Planeten dort draußen. Unsere Welt ist ihm nicht genug. Ein Grund mehr, warum du uns helfen solltest, ihn aufzuhalten.«

»Er ist größenwahnsinnig«, stelle ich fest, woraufhin mir die beiden zustimmen.

»Da wären wir«, sagt Roanin auf einmal und Licht flutet den engen Gang. Wir treten in eine kleinere Höhle, deren Decke jedoch viel höher ist als die der vorherigen. Vereinzelt ragen auch hier Stalaktiten in die Tiefe. Zarte Risse in

den Wänden lassen Tageslicht hinein, das helle Lichtpunkte in die Höhle zeichnet. Vorhin dachte ich noch, wir wären tiefer in den Berg vorgedrungen, doch damit hatte ich mich wohl getäuscht.

»Wo sind wir?«, frage ich und gehe auf die gegenüberliegende Wand zu, auf der ich Malereien entdecke.

»Hier kann ich meinen Geist schweifen lassen und sehen«, antwortet Roanin und ich bleibe stehen, um ihn fragend anzusehen.

»Eine Art spiritueller Ort?«

»Exakt. Der Splitter zeigt mir hier andere Welten und unser Sonnensystem, das deinem ähneln dürfte.«

»So wie diesen brennenden Planeten, der bei euch am Himmel steht?«, werfe ich ein und denke an die feuerrote Kugel, die ich am Tag zuvor gesehen habe.

»Das ist Vashnerin, der Flammenplanet. Dort leben Wesen aus flüssigem Feuer und Ungeheuer, denen wir nicht begegnen wollen«, sagt er und blickt nachdenklich zur Decke, bevor er den Kopf schüttelt und sich anscheinend wieder fokussiert. »Zudem sehe ich, was auf Ru'una geschieht. Der Schmerz und meine Wut über die Grauen, die Gorloch zu verantworten hat, haben eine Vision ausgelöst. Eine Prophezeiung nahm in meinem Kopf Gestalt an, die ich in Form von Bildern festgehalten habe. Ich malte diese Zeichnungen an die Höhlenwand.« Er eilt an mir vorbei und stellt sich vor die Wand, um mit funkelnden Augen auf die farbenprächtigen Bilder zu weisen. »Der Splitter wies mir einen Ausweg

aus diesem Albtraum, der unsere Welt gefangen hält. Es war wie eine Offenbarung«, hallt seine Stimme durch die Höhle und beinahe meine ich, das Licht flackern zu sehen.

Neugierig trete ich näher und betrachte den Teil der Felswand, auf den Roanin zeigt. Ein Mädchen mit weißem, wehendem Haar schwebt am Himmel. Es ist von bunten Farbschlangen umgeben, die an einen Regenbogen erinnern. Blaue Augen leuchten in dem Gesicht, das mir seltsam vertraut vorkommt. Als ich noch näher trete, zucke ich zusammen. Mir blickt mein Ebenbild entgegen. Sanft lächelt mir das Mädchen zu und ich strecke ungläubig eine Hand aus, um das Bild zu berühren. Roanin ergreift wieder das Wort und ich lasse den Arm sinken, während ich die Farben bewundere, die das Mädchen wie ein Wirbelsturm umgeben.

»Es war, als wolle mir der Splitter sagen ›Fürchte dich nicht, Roanin, dies ist eure Rettung. Ein Sturm wird euch die Erlösung bringen, aus einer weit entfernten Welt. Die Rettung ist nah. Ein Mädchen – eine Kriegerin. Sie bringt euch den Sturm, den Regen, den Donner und den Blitz.‹ Bilder entstanden vor meinem inneren Auge und so zeichnete ich sie auf diesen Felsen, um sie festzuhalten.«

»Ein Sturm bringt die Erlösung. Eine Kriegerin«, wiederhole ich andächtig und fixiere das Gesicht des Mädchens – mein Gesicht.

»Das Sturmmädchen«, raunt Maora und heftet ihren Blick auf die Zeichnung. »Es bringt uns die Naturgewalten, die den Hexer in die Knie zwingen können.«

Für einen Moment denke ich an meine Ahnung, dass das Wetter auf mich und meine Gefühle reagiert. Kann es denn sein, dass ich wahrhaftig dieses Sturmmädchen bin? Roanin treffe ich heute zum ersten Mal. Woher sollte er also mein Gesicht kennen?

Ungläubig gehe ich weiter und sehe dasselbe Mädchen inmitten von Dra'ogas stehen. Es trägt ein Kleid in den Farben des Regenbogens. Silberne Winde wirbeln wie Spiralen um es herum, wachsen bis hinauf zum Himmel und verlieren sich in den Wolken über dem Schlachtfeld, auf dem Menschen in Rüstungen miteinander kämpfen. Ein goldener Blitz fährt vom dunklen Himmel herab und Regentropfen fallen auf die Erde. Das Mädchen trägt eine Kette um den Hals, an dem der Kristallsplitter in allen Farben leuchtet. Am anderen Ende des Schlachtfeldes steht eine in einen schwarzen Umhang gekleidete Person, die einen dunklen Kristall hält. Die Kapuze verdeckt ihr Gesicht.

»Ist das Gorloch?«, frage ich.

Maora brummt zustimmend. »Möge diese Bestie durch die Hand des Sturmmädchens zu Fall gebracht werden«, fordert sie mit brüchiger Stimme.

Als ich zu ihr blicke, sehe ich Tränen in ihren grünen Augen schimmern. Mir werden ihre Erinnerungen erneut bewusst. Tristans Mutter und sein Großvater, die es nicht geschafft haben. Ich gehe zu ihr hin und lege meine Hand auf ihre geballte Faust.

»Dein Verlust tut mir von Herzen leid, Maora. Aber ich

weiß nicht, ob ich tatsächlich dieses Sturmmädchen bin«, sage ich leise.

Maora entzieht sich mir, um mit festen Schritten zur Felswand zu gehen.

Sie weist auf das Mädchen mit dem weißen Haar.

»Sieh sie dir an, Liv! Das bist du. Die Haarfarbe, deine Augen. Deine Gesichtszüge. Ein Sturm hat dich hergebracht. Du hast auf mein Rufen reagiert. Nur das Sturmmädchen – die Erlöserin – konnte diesen Ruf vernehmen.« Die Verzweiflung in ihrer Stimme ist nicht zu überhören. »Olivia«, haucht sie und klingt wie vor zwei Tagen, als ich sie im Traum gehört habe. Als ich unter dem Baum vor unserem Ferienhaus eingeschlafen bin.

Stumm starre ich auf die Zeichnung und kann es doch nicht begreifen.

Roanin tritt neben mich und legt mir die Hand auf die Schulter.

»Niemand hat gesagt, es wäre einfach, sein Schicksal anzunehmen«, sagt er. »Es braucht Mut, über sich hinauszuwachsen. Um sein Wohl hinten anzustellen und für das Gute zu kämpfen.«

»Kämpfen?« Ein Brummen schwillt in meinem Kopf an und ich fahre mir mit zittriger Hand an die Stirn. Wie soll ich den Menschen helfen, wenn ich nicht kämpfen kann? Gott, ich habe einmal in meinem Leben Karate versucht und mir dabei beinahe die Nase gebrochen.

Plötzlich höre ich aus dem Gang ein langgezogenes

Stöhnen. Schritte hallen zu uns in die Höhle und schließlich tritt Tristan aus den Schatten. Er hält sich den Kopf und schwankt beträchtlich.

»Roanin«, grummelt er und stützt sich an der Felswand ab, während er dem Magier einen vernichtenden Blick zuwirft. Dann schweifen seine Augen zu der Felswand und er richtet sich überrascht auf.

»Liv, das bist ja du«, ruft er aus und tritt neugierig näher. »Sieh nur, da hinten flüchtest du vor dem Dra'oga«, sagt er und weist in eine Ecke, die ich übersehen haben muss.

Meine Augen weiten sich, als ich die Zeichnung sehe. Das weißhaarige Mädchen rennt über eine Wiese, während ein Dra'oga ihm aus der Luft gefährlich nahe kommt. Es trägt dieselbe Kleidung wie ich bei meiner Ankunft in Ru'una. Gebannt starre ich auf den Dra'oga, dessen Klauen nach dem Mädchen schnappen.

»Das kann nicht sein«, hauche ich.

»Kind, verschließe dich nicht vor der Wahrheit. Du bist die Erlöserin. Das Sturmmädchen«, wendet sich Roanin wieder an mich und streckt mir den Splitter entgegen, den ich zögerlich ergreife und in meiner Handfläche wiege.

Mein Blick huscht erneut zu der Zeichnung, auf der das Mädchen die Kette mit dem Anhänger trägt. »Ich soll den Kristall tragen?« Meine Hand schließt sich und ich spüre erneut die Wärme, die von dem Splitter ausgeht. »Dann kannst du deinen Wald nicht mehr vor Gorloch und den Dra'ogas schützen«, wende ich ein.

»Der Zauber hält auch noch eine Weile, nachdem der Kristall entfernt wurde. Mach dir keine Sorgen. Aber du hast eine Gabe, die Gorloch zum Verhängnis werden kann. Der Kristallsplitter stärkt alles Magische und Übernatürliche, das in uns Menschen existiert«, erklärt Roanin.

Magie ... in mir? Ich besitze keine Magie, will ich entgegnen, doch dann sehe ich zu Tristan, der zu seiner Großmutter geht und ihre Hand ergreift.

Diese sieht mich weiterhin nur stumm aus traurigen Augen an. Noch kenne ich sie nicht lange. Eigentlich weiß ich kaum etwas über sie, doch ich fühle mich ihr verbunden. Sie rief mich zu sich. Dank ihr bin ich erst in die Berge gegangen, um sie zu erkunden. Der Strudel brachte mich dann hierher. Der Strudel ...

»Der Kristallsplitter hat den Strudel entstehen lassen?«, frage ich, da mir eine Idee kommt.

»Nicht nur der Splitter. Er allein wäre nicht mächtig genug, um einen Weltenstrudel entstehen zu lassen. Der magische Kristall ist in seiner Natur rein und gut. Er wird nur von Gorloch missbraucht. Der Kristall selbst hat dich hergebracht. Tief in seinem Innern ist er noch immer rein, da der Splitter fehlt und er somit unvollständig ist. Womöglich ahnte König Herlosh damals etwas. Genialer Zug von ihm«, sagt Roanin und betrachtet die Zeichnungen. Er scheint mit seinen Gedanken abzudriften.

»Wenn ich den Kristall hätte, könnte ich also einen Weltenstrudel entstehen lassen, der mich wieder nach Hause bringt?«, stelle ich endlich die Frage, die mir unter den Nägeln brennt.

»Hm?«, fragt Roanin geistesabwesend und mit verklärtem Blick.

»Kann mich der Kristall nach Hause bringen?«, wiederhole ich ungeduldig, nachdem ich mich direkt vor Roanin gestellt habe.

»Durchaus, das müsste möglich sein.«

Seit ich in Ru'una gelandet bin, spüre ich das erste Mal Hoffnung. Es existiert ein Weg zurück ... Aber dafür brauche ich den magischen Kristall. Um ihn zu erlangen, muss ich den Rebellen dabei helfen, Gorloch zu besiegen.

Resigniert lasse ich den Kristallsplitter in meine Hosentasche gleiten. Tristan, Maora und Roanin sehen mich stumm an, als würden sie auf meine Antwort warten. Eine Antwort auf die unausgesprochene Frage, ob ich an ihrer Seite kämpfe. Nicht ich – das Sturmmädchen.

Die Erinnerung an den Tag, an dem Donna starb, wird wieder lebendig. Als der Blitz in ihren Körper einschlug. Sie war meine Schuld, diese Naturgewalt, die aus heiterem Himmel zugeschlagen hatte. Nicht unüblich für das schwüle Sommerwetter, das zu dem Zeitpunkt geherrscht hat. So haben es die Experten gesagt.

Seit Monaten glaube ich, dass in mir etwas existiert, das ich nicht verstehe. Kann es wirklich eine Gabe sein? Existiert in mir tatsächlich Magie?

»Ich weiß nicht, ob ich schaffe, was ihr von mir erwartet. Ob ihr nicht mehr in mir seht, als ich zu bieten habe«, spreche ich meine Unsicherheit aus.

»Wie wäre es zur Abwechslung mal mit etwas Vertrauen in dich selbst? Wir jedenfalls vertrauen dir. Wir glauben an dich. Jetzt musst nur noch du an dich und deine Gabe glauben«, sagt Maora und lächelt mir aufmunternd zu.

»Welche Gabe?«, frage ich schulterzuckend.

»Das Sturmmädchen trägt seinen Namen nicht nur, weil es mit einem Sturm in unsere Welt reist. Es beherrscht die Winde auch. Es befiehlt den Regen, den Donner und die Blitze. Die Naturgewalten folgen ihrem Willen«, wiederholt Roanin einen Teil der Prophezeiung und ich spüre, wie mich Tristan anstarrt.

»Du weißt, dass es wahr ist, oder?«, fragt er daraufhin.

»Mir sind das zu viele Neuigkeiten. Gebt mir bitte Zeit zum Nachdenken. Entschuldigt mich«, sage ich schnell, als es in meinen Ohren zu rauschen beginnt, und wende mich bereits dem Tunnel zu. Bevor jemand etwas einwenden kann, renne ich los und flüchte in die Dunkelheit des Ganges.

6. KAPITEL

Tief atme ich die frische Waldluft ein, als ich wenige Minuten später ins Freie trete. Taran steht nicht weit entfernt und grast friedlich. Neben ihm kaut ein weißer Pegasum mit silberner Mähne und Schweif genüsslich auf einem Grasbüschel herum und betrachtet mich neugierig. Mit ihm muss Maora hierhergekommen sein.

Der Weg, den ich mit Tristan gekommen bin, führt mich tiefer in den Wald. Seit ich mich in dieser Welt befinde, habe ich keine Gelegenheit mehr gehabt, in Ruhe nachzudenken. Ständig war jemand um mich und betrachtete mich mit diesem hoffnungsvollen Blick. Auch wenn sie es gut meinen und mich beschützen wollen, mich sogar brauchen, so sehne ich mich nach der Einsamkeit, um meine Gedanken zu sortieren.

Mein Blick schweift über die Bäume, welche hier seit Jahrhunderten wachsen müssen. Die Natur strahlt einen trügerischen Frieden aus und ich spüre, wie die Anspannung aus meinen Gliedern weicht. Begierig sauge ich die Stille in mich auf. Einzig das Rascheln der Blätter im Wind und meine Schritte auf dem erdigen Boden begleiten mich.

Der Weg wird immer schmaler, bis er in bemoosten Waldboden übergeht und ich mich der Wiesenebene nähere, die Ru'una zu beherrschen scheint. Ob es hier noch etwas anderes gibt als Berge, weite Wiesenlandschaften und Wälder? Gäbe es Städte, hätte Gorloch sie mit Sicherheit zerstört. Wie groß ist Ru'una eigentlich? Wenn ein einziger Mann über diese Welt herrschen kann, dann muss der Planet sehr klein sein.

Plötzlich bleibe ich stehen und sehe mich erschrocken um. Vertieft in meine Gedanken habe ich nicht bemerkt, dass ich aus dem Wald hinauslaufe. Lange Grashalme streifen meine Beine, die Waldgrenze befindet sich mehrere Meter von mir entfernt. Ich stehe mitten auf der Wiese, die sich bis zum Horizont erstreckt.

Keine Panik, versuche ich mich zu beruhigen, es ist bloß eine Wiese. Nichts Besonderes.

Doch mein Puls beginnt zu rasen und es läuft mir eiskalt den Rücken hinab. Beobachtet mich jemand?

Langsam drehe ich mich zum Wald um, hinter dem der Berg in den strahlend blauen Himmel ragt. Kein Wölkchen ist zu sehen. Kein bunter Fleck prangt am Himmel, kein Schatten. Wovor also habe ich solche Angst?

Um Ruhe bemüht reiße ich einen Grashalm aus und zerrupfe ihn, während ich mich zwinge, langsam zum Wald zurückzugehen. Trotz meiner Angst werde ich nicht panisch herumrennen wie ein aufgescheuchtes Huhn. Da höre ich das Knacken von Ästen und ein schabendes Geräusch. Es raschelt und eine Welle zieht sich durchs Gras, bis sie an meinen Beinen erzittert. Die Reste des Halmes gleiten mir durch die Finger und ich starre zum Wald. Ein Schatten schiebt sich geduckt am Waldrand entlang. Dann erhebt sich das Wesen in die Luft und die Erde erbebt, als es vor der ersten Baumreihe aufsetzt. Der Zugang zum Wald ist versperrt. Der Dra'oga muss sich versteckt haben, um auf unsere Rückkehr zu lauern.

Rote Augen starren mir entgegen. Die Schuppen leuchten in allen möglichen Farben im Sonnenlicht und erinnern mich an den Kristallsplitter, den ich in meiner Hosentasche spüre.

Ein Wimmern dringt aus meiner Kehle, als ich die scharfen Reißzähne sehe, von denen der Geifer tropft. Der Dra'oga bläht seine Nüstern, als versuche er meinen Geruch aufzunehmen.

Was soll ich bloß tun?

Meine Hände beginnen zu zittern. Dieses Ungeheuer würde mich mit einem Happs verschlingen, sollte ich versuchen, in den Wald zu gelangen. Doch auf der Wiese bin ich dem Dra'oga ebenfalls schutzlos ausgeliefert.

Weshalb nur bin ich so unbedacht aus dem Wald hinausgelaufen? Damit habe ich mein eigenes Schicksal besiegelt.

Das Drachenwesen neigt die Beine und duckt sich. Es erinnert mich an eine Katze auf Mäusejagd. Langsam und beinahe lautlos macht das Wesen einen Schritt auf mich zu, während ich zurückweiche.

»Tristan!«, rufe ich mit zittriger Stimme, in der Hoffnung, dass er meinen Hilferuf hört.

Der Dra'oga schnaubt und weißer Nebel wabert aus seinem Maul und seinen Nüstern. Ein dunkles Knurren ertönt und geht in ein unheimliches Gluckern über, das mir Gänsehaut beschert.

Das Wesen folgt mir unbeirrbar, während ich weiter zurückweiche. Plötzlich richtet es sich zu voller Größe auf, streckt den Kopf in die Höhe und zieht Luft ein, bevor es seinen Hals und seine Backen aufbläht.

Die schrecklichen Bilder aus meinem Traum kommen mir in den Sinn und ich sehe mich bereits verkohlt auf der Wiese liegen, als der Dra'oga einen Schwall Feuer in meine Richtung speit. Im letzten Moment kann ich den Flammen ausweichen, doch mein Oberteil fängt Feuer. Schreiend werfe ich mich zu Boden und rolle mich hin und her, bis auch die letzte Glut erstickt ist. Der Boden vibriert, als das Wesen auf mich zurennt. Hastig rapple ich mich wieder hoch und sprinte los.

Tränen verschleiern mir die Sicht und somit renne ich blind, so schnell mich meine Füße tragen, und schlage Haken wie ein verängstigtes Kaninchen. Aus dem Augenwinkel erkenne ich verschwommen den riesigen Schatten, der mir näher kommt. Ein Rauschen ertönt und ein Luftzug streift mich, als sich der Dra'oga in die Lüfte erhebt. Sein Schatten ist bereits über mir, als ich stolpere und der Länge nach ins hohe Gras falle. Am Rücken spüre ich die Berührung der Krallen, die mir das Oberteil zerreißen und über meine Haut kratzen. Ein brennender Schmerz schießt durch meinen Körper und lässt mich schreien. Auf meine Arme gestützt blicke ich zum Himmel und entdecke den Dra'oga, der in einiger Entfernung wendet. Sofort springe ich wieder auf die Beine und erkenne meine Chance, zum Wald zu gelangen. Um vor dem Wesen die rettenden Bäume zu erreichen, renne ich los, doch nach wenigen Schritten pocht mein rechter Knöchel so sehr, dass ich nur noch humpelnd vorankomme. Ich muss mich bei meinem Sturz verletzt haben.

»Scheiße!«, fluche ich, während mir die Tränen die Wangen hinabrinnen. Mit zusammengebissenen Zähnen laufe ich weiter, zucke jedoch bei jedem Schritt zusammen. Die Sekunden verrinnen und der Wald erscheint mir immer unerreichbarer. Als könnten die Bäume sie ergreifen und mich in Sicherheit ziehen, strecke ich meine Hand nach ihnen aus.

»Hilfe!«, rufe ich noch einmal, doch hier ist niemand. Bestimmt denken die anderen, dass ich nicht so dumm bin aus dem Wald hinauszulaufen, und warten in der Höhle. Ohne den Kristallsplitter kann Roanin nicht durch die Augen der Tiere sehen. Niemand bekommt mit, dass ich in Lebensgefahr schwebe.

Ich kann nicht mehr! Meine Beine zittern und versagen mir den Dienst. Kraftlos sacke ich zusammen und versuche, mich noch einmal aufzurappeln, nur um von dem Dra'oga, der mich eingeholt hat, umgestoßen zu werden. Im hohen Bogen fliege ich nach vorne und schaffe es meinen Sturz gerade noch mit den Händen abzufangen. Mein Gesicht ist dem erdigen Boden, der sich unter dem Gras verbirgt, ganz nah und ich höre das Blut in meinen Ohren rauschen. Schluchzer winden sich aus meiner Kehle und Tränen färben die trockene Erde dunkel.

Etwas packt mich am Oberteil und hebt mich empor. Vergebens strample ich mit den Beinen und schlage um mich. Der Dra'oga hält mich in seiner Klaue gefangen und dreht bereits ab. Unter mir rauscht das Gras vorbei und ich werde bei jedem Flügelschlag durchgeschüttelt. Mit Schrecken bemerke ich, dass wir uns immer weiter vom Wald und somit von Tristan, Roanin und Maora entfernen. Wohin bringt mich das Biest? Es hätte mich mit Leichtigkeit an Ort und Stelle töten können.

Erschöpft lasse ich Arme und Beine hängen und streife dabei die Spitzen der Grashalme. Lediglich das Pfeifen des Windes und das Rauschen der Flügel durchbrechen die Stille, die hier draußen auf der weiten Grasebene herrscht.

Der Wind ...

Mit geschlossenen Augen lausche ich dem Geräusch, das mich sofort einlullt. Es ist, als würde ich schweben. Die Krallen um meinen Bauch spüre ich kaum noch. Plötz-

lich durchbrechen Farben die Dunkelheit hinter meinen geschlossenen Lidern. Sie wirbeln herum, als würde der Wind mit ihnen spielen. Dann finden sie sich zusammen, schmiegen sich aneinander und bilden einen Gegenstand, der langsam Form annimmt. Er ist nur etwas größer als ein Radiergummi und birgt in sich den Regenbogen. Es ist der Kristallsplitter, der aufleuchtet, und von dem eine unglaubliche Anziehungskraft ausgeht. Meine Hand gleitet wie von selbst auf die Hosentasche, in der ich Roanins Geschenk verwahre. Der Splitter erwärmt sich und mit einem Mal wird mir klar, wohin mich der Dra'oga bringt.

Gorloch ...

Er will den Splitter. Und er will mich.

Schlagartig erwacht mein Kampfeswillen zu neuem Leben. Meine Gliedmaßen beginnen zu zucken, als würde Strom durch meine Adern fließen und sich bis in meine Fingerspitzen ausbreiten. Der Splitter in meiner Hosentasche wird heiß, das spüre ich an meinem Bein. Der Wind frischt auf und ich balle die Hände zu Fäusten, während ich beschließe, nicht kampflos aufzugeben.

Mit neuem Mut beginne ich wieder zu strampeln und mich im Griff des Dra'ogas zu winden. Sein Flug wird unruhiger und ich höre ihn fauchen. Er strauchelt, als der Wind aufbauscht und ihn immer weiter bremst.

»Olivia«, höre ich eine leise Stimme, die ich nicht zuordnen kann. Es ist nicht Maora, die mich ruft. Doch wer ist es dann? Der Wind trägt die Stimme erneut zu mir, die weder Mann noch Frau zu gehören scheint. »Sturmmädchen«, flüstert der Wind.

Der Wind liebkost mich und schmiegt sich um meinen Körper. Als ich hinab zu meiner Hosentasche blicke, sehe ich den Splitter silbern durch den dünnen Stoff leuchten.

»Wehr dich, Sturmmädchen!«, fordert der Wind nun drängender.

Das Blau des Himmels musste mittlerweile dunkelgrauen, beinahe schwarzen Wolken weichen. Selbst der Flammenplanet ist nicht mehr zu sehen. Eine tiefe Sehnsucht erfasst mich bei ihrem Anblick. Die unbändige Kraft der Naturgewalten lauert darin. Energie, die nur darauf wartet, von mir entfesselt zu werden.

Mit den Augen folge ich den Lebenslinien auf meinen Handflächen, die zart silbern aufleuchten. Was geschieht mit mir?

Der Dra'oga kommt heftig ins Straucheln, und als ihn eine kräftige Böe erfasst, sackt er ein Stück hinab, sodass ich den Boden streife. Haltsuchend greife ich nach den Grashalmen, doch sie reißen sofort und ich werde in die Höhe geschleudert, als das Drachenwesen zu stark mit den Flügeln schlägt und ins Schlingern gerät.

Mein Magen hebt sich und zügellose Wut staut sich in mir. Als ich laut schreie, fühlt es sich an, als würden meine Gefühle explodieren. Im selben Moment erhellt ein Blitz den Himmel und ein Donnerschlag, der sich mit meiner Stimme vermischt und den Dra'oga zusammenzucken lässt, erschüttert die Ebene. Nur Sekunden später schießt ein weiterer silberner Blitz hinab und schlägt kurz vor dem Wesen im Boden ein. Erdbrocken fliegen umher, während sich der Dra'oga vor Schreck aufbäumt und mich fallenlässt. Sofort versinke ich im hohen Gras und sehe noch, wie das Biest nach hinten kippt, wild mit den Flügeln flattert und mit den Beinen zappelt, doch es kann sich nicht mehr fangen. Mit einem lauten Poltern schlägt es auf der Erde auf.

Ungläubig blicke ich zu der Stelle, an welcher der Blitz eingeschlagen ist. Ein Krater zeugt von der Heftigkeit der Naturgewalt und weißer Rauch steigt in den dunklen Himmel hinauf, an dem vereinzelt Blitze zucken. Immer wieder dröhnt Donner in meinen Ohren. Das Gewitter muss genau über mir sein.

Schmerzen quälen mich, als ich mich stöhnend aufrapple. Jeder einzelne Muskel bereitet mir endlose Pein. Der Wind zerrt an meinen Haaren und meiner Kleidung. Ein kalter Zug streift mich am Rücken, dort, wo das Oberteil von den Krallen des Dra'ogas zerfetzt wurde. Langsam drehe ich mich um und beobachte das Tier, das sich herumwälzt und versucht, auf die Beine zu kommen.

So viele Fragen strömen auf mich ein, doch ich schiebe sie beiseite. Noch bin ich in Gefahr. Der Wald und selbst der Berg, in dem Roanin haust, sind nicht mehr zu sehen und die Weite der Graslandschaft scheint unendlich. Es gibt keine Möglichkeit mich zu verstecken. Ich muss mich gegen dieses Biest zu wehren. So wie der Wind es mir befohlen hat.

Das Wesen blickt suchend umher, bis seine roten Augen mich gefunden haben. Der Dra'oga richtet sich auf und fixiert mich von oben herab.

»Nie werde ich mit dir gehen!«, rufe ich dem Wesen zu, das daraufhin schnaubt.

Sieht dieser Hexer vielleicht gerade jetzt durch die Augen des Dra'ogas?

»Hörst du, Gorloch? Ich ergebe mich nicht!«

Das Wesen stößt einen lauten Schrei aus, der mir durch Mark und Bein geht. Flammen züngeln an den Reißzähnen. Die Schuppen, die eigentlich in allen Regenbogenfarben leuchten sollten, färben sich schwarz.

Auch der magische Kristall hat sich durch den Hass des Hexers schwarz gefärbt. Rasch greife ich in meine Hosentasche und nehme den Splitter heraus. Er wiegt kaum etwas und verströmt noch immer eine angenehme Wärme.

Der Dra'oga keucht, und als ich aufblicke, weiche ich erschrocken zurück. Das Wesen stiert den Splitter aus schwarzen Augen an.

»Dieser Wurm hat dir tatsächlich den Splitter gegeben«, ertönt eine tiefe, metallische Stimme, die vor Abscheu nur so trieft.

»Gorloch«, hauche ich, schließe die Faust, um den Splitter zu verbergen, und weiche zurück.

»Gib ihn mir!«, fordert die Stimme und der Dra'oga reckt den Hals in meine Richtung.

»Niemals!« Um mich mutiger zu geben, als ich bin,

straffe ich die Schultern. Meine Beine zittern und ich befürchte, dass sie mir gleich den Dienst versagen. Mein Herz pocht nervös und am liebsten würde ich wegrennen.

»Was hast du zu verlieren, Mädchen? Dies ist nicht deine Welt. Gib mir den Splitter und ich sorge dafür, dass du nach Hause kommst. Im Nu bist du wieder bei deinen Eltern in Neuseeland.«

Vor meinem inneren Auge sehe ich meine Eltern und das Herz wird mir schwer, die Sehnsucht immer größer.

Ich könnte heim, denke ich und schließe für einen Moment die Augen.

Mum, Dad ...

Doch dann stocke ich und besinne mich. Gorloch will mich nur loswerden. Falls er mich überhaupt nach Hause schickt, wenn ich einwillige. Doch vermutlich wird er mich töten, um mich ein für alle Mal aus dem Weg zu räumen.

»Wenn ich dir den Splitter überlasse, sind die Menschen in Ru'una verloren.«

Der Rumpf des Dra'ogas erzittert. Mit seinen schwarzen Schuppen wirkt er wie aus einem Albtraum entstiegen. Sein Kopf zuckt von einer Seite auf die andere und er reißt die Augen auf. Die Atmung geht stoßweise. Der gewaltige Körper scheint in regelmäßigen Abständen von Krämpfen geschüttelt zu werden.

Als Roanin durch den Hula gesprochen hat, ging es dem Tier nicht so schlecht.

»Was kümmern dich die Menschen in Ru'una, meine

Liebe?«, ertönt die metallische Stimme, doch ich höre ihr nur mit halbem Ohr zu.

Aufmerksam beobachte ich stattdessen den Körper des Dra'ogas und trete einen Schritt näher. Es wirkt, als würde sich das Wesen gegen Gorloch wehren. Als wäre es besessen von einem Dämon, den es loswerden will. Es scheint ihm Schmerzen zu bereiten, von dem Magier benutzt zu werden.

»Hörst du mir überhaupt zu, Mädchen?«, fragt die Stimme ungeduldig, während ich mich einen weiteren Schritt auf den Dra'oga zu wage.

Gorlochs Stimme wirkt verzerrt, als würde bei einem Radio der Funk gestört werden. Prüfend traue ich mich noch näher an das Wesen heran und strecke dabei die Hand aus, in der ich den Splitter verberge. Eine verrückte Idee nimmt allmählich in meinem Kopf Form an.

»Hat es dir die Sprache verschlagen? Antworte mir!«, fordert der Magier ungehalten, doch seine Worte sind kaum mehr als ein Krächzen.

Der Splitter! Er stört tatsächlich Gorlochs Verbindung zu dem Dra'oga, was mich Hoffnung schöpfen lässt. Wenn er diese drachenähnlichen Wesen mit Hilfe der Magie des Kristalls beherrschen kann, dann müsste das auch mit dem Splitter möglich sein.

Sollte sich diese Theorie allerdings als falsch herausstellen ... Darüber will ich lieber nicht nachdenken.

»Du bekommst den Splitter nicht, Gorloch!« Die Hand mit dem Kristallstück erhoben renne ich auf den Dra'oga zu.

Dieser wirft den Kopf in die Höhe und stößt einen langgezogenen Schrei aus. Je näher ich komme, desto leiser wird Gorlochs Stimme und der Klang des Dra'ogas lauter.

Nur eine Armlänge von dem Wesen entfernt bleibe ich stehen, als das Biest sein Haupt senkt und mich mit roten Augen anstarrt. Das Schwarz der Schuppen verblasst und hinterlässt leuchtende Farben. Das Zucken der Muskeln endet und ich sehe, wie sich die schuppige Brust des Wesens rhythmisch hebt und senkt. Es fixiert den Splitter, den ich zwischen meinen Fingern halte.

Plötzlich knurrt der Dra'oga und fletscht die Zähne. Schwarzer Nebel wabert in seinen roten Augen und die Schuppen verdunkeln sich erneut. Gorloch will wohl mit aller Macht die Herrschaft über das Wesen zurückerlangen. Vor Schreck stolpere ich einen Schritt zurück, verliere das Gleichgewicht und lande auf dem Rücken. Der Dra'oga prescht mit weit aufgerissenem Maul auf mich zu. Panik überfällt mich und lässt mich die Luft anhalten.

»Nein!«, schreie ich, kneife die Augen zu und hebe abwehrend die freie Hand, während ich den Splitter mit der anderen fest umklammere.

Ein Windstoß erfasst mich und hüllt meinen Körper ein, als würde er mit mir verschmelzen wollen. Er saust und pfeift durch meinen Kopf, bis er zu einem lauten, heulenden Sturm wird. Über mir wirbeln Grashalme in der Luft und dünne, silbrige Fäden finden sich zu einem Tornado zusammen. Es ist, als hätte die Zeit ihren Lauf verlangsamt.

Selbst der Dra'oga nähert sich nur noch Zentimeter für Zentimeter.

Dann erfasst der Sturm das Wesen und von einem Moment auf den nächsten nimmt die Zeit ihren gewohnten Lauf. Plötzlich geht alles ganz schnell. Das Monster prallt gegen eine unsichtbare Wand und wird zurückgeschleudert. Gleichzeitig erfasst mich ein kühler Wind und hebt mich auf meine Füße. Der Dra'oga steht schon wieder und will erneut angreifen. Er bläht seinen Hals auf, während bereits Flammen an seinem Maul züngeln.

Als ein Feuerschwall auf mich niedergeht, ducke ich mich und hebe die Hände schützend über den Kopf. Sofort prasselt Starkregen vom Himmel und löscht das Feuer, noch bevor es mich erreichen kann.

Verdutzt blicke ich zum Himmel, an dem helle Blitze vor dunkelgrauen Wolken zucken. Es regnet kaum mehr, doch unter meinen Schritten schmatzt der durchnässte Boden.

Der Dra'oga grunzt und weicht vor mir zurück, während er sich schüttelt, um das Wasser auf seinem Körper loszuwerden. Mit einem Mal versteift er sich, bevor er sich mir wieder mit ungelenken Bewegungen nähert.

»Lass ihn frei!«, fordere ich.

»Du willst mir Befehle erteilen, kleines Mädchen?«, tönt Gorlochs Stimme, auf die ein hässliches Lachen folgt. »Die Dra'ogas gehören mir. Sie folgen meinem Willen.«

Ich öffne die Faust und betrachte den Kristallsplitter, von dem ein silbernes Leuchten ausgeht. Die Magie in die-

sem unscheinbaren Schmuckstück hat mir das Leben gerettet. Meine einzige Chance Gorloch zu entkommen, besteht darin, den Dra'oga zu töten oder ihre Verbindung lange genug zu unterbrechen. Da ich keine Mörderin sein will, bleibt mir nichts anderes übrig, als der Magie des Kristalls zu vertrauen.

Bei diesem Gedanken beginnt der Splitter noch stärker zu leuchten. Das silberne Licht windet sich wie eine Ranke um mein Handgelenk und kriecht meinen Arm hinauf. Es hüllt mich ein und erfüllt mich. Etwas erwacht in mir, das ich zuvor unterdrückt habe, weil ich Angst davor hatte. Doch ich bin es leid, mich zu fürchten und klein zu machen!

Fest sehe ich dem Dra'oga in die Augen, in denen Rot gegen Schwarz zu kämpfen scheint. Das Wesen wehrt sich, also kann ich diesen Kampfgeist nutzen, um Gorlochs Einfluss niederzuzwingen.

»Wind, Regen, Donner und Blitz«, flüstere ich und blicke zum Himmel empor, »helft mir!«

Da grollt der Donner mit einem Schlag so heftig, dass er den Erdboden unter meinen Füßen zum Beben bringt.

»Das nenne ich mal eine Antwort«, murmle ich und hebe die freie Hand. Sofort frischt der Wind erneut auf und wirbelt die Regentropfen umher, die noch immer unaufhörlich aus den Wolken fallen. Meine Haare kleben mittlerweile am Kopf und Wasser rinnt mein Gesicht hinab.

»Du wagst es nicht«, grollt Gorloch.

Seinen Einwand ignorierend ziehe ich die Hand zu mir

und der Wind sammelt sich, schraubt sich in Form von silbernen Fäden an meinem Körper hinauf.

Dann strecke ich den Arm aus und weise auf den Dra'oga. Sofort schießen die Fäden auf das Wesen zu und heben es empor. Wie ein lebendiger Käfig halten sie es gefangen und pressen seine Flügel an seinen Körper, sodass es keine Chance hat zu entkommen. Ein gespenstisches Heulen erfüllt die Ebene, das nur durch das tiefe Knurren Gorlochs unterbrochen wird.

Ich renne auf den Dra'oga zu und senke den Arm, damit dieser tiefer sinkt. Er windet sich panisch im Griff des Windes.

Im Stillen bete ich, dass mein Plan funktioniert. Bei dem Wesen angekommen, presse ich den Kristallsplitter auf seine schuppige Brust.

»Lass ihn frei!«, schreie ich in den Sturm und stutze, als Bilder vor meinem inneren Auge erscheinen. Sie zeigen mir die Erinnerungen des Dra'ogas. Feuer, flüchtende Menschen, zerstörte Dörfer. Die Trauer des Wesens, das gegen seinen Willen töten musste, treibt mir Tränen in die Augen. Dieses vermeintliche Ungetüm hatte keine Chance, sich dem wahren Monster zu entziehen.

Die Schuppen färben sich um den Splitter wieder regenbogenfarben und der metallische Schrei wird immer leiser, bis er am Ende verstummt. In den Augen des Wesens suche ich nach Gorloch. Doch dort herrscht nur eine Sanftheit, die zuvor nicht sein durfte. Der Dra'oga stößt einen gequälten

Laut aus, der beinahe wie ein Wimmern klingt. Er lässt den Kopf hängen und widersetzt sich den Fäden nicht länger. Schlaff schwebt das riesige Geschöpf vor mir und ergibt sich den Naturgewalten.

»Es ist genug«, sage ich und bedeute dem Wind mit einer Geste, den Dra'oga hinabzulassen. Der Splitter gleitet in meine Hosentasche und ich weiche zurück, als das Wesen sanft im Gras landet und dort zusammensackt. Es legt den Kopf erschöpft auf eines seiner Beine und schließt die Augen.

Der Regen endet und auch die Blitze zucken nicht länger am Himmel. Stille kehrt ein, nachdem sich der Wind ebenfalls zurückgezogen hat.

Mein Atem geht nach der Aufregung schwer und nur langsam komme ich zur Ruhe. Unschlüssig verlagere ich das Gewicht von einem Bein auf das andere und beobachte den Dra'oga, der schnaufend atmet. Den Schwanz hat er um seinen Körper geschlungen, als wolle er so Feinde davon abhalten, seinen Schlaf zu stören. Die zahlreichen Stacheln und Dornen glänzen nass, als die ersten zaghaften Sonnenstrahlen daraufallen. Die Kälte des vergangenen Regens weicht einer angenehmen Wärme, die beginnt das Wasser zu trocknen. Dampf steigt aus den Halmen und von dem riesigen Wesen empor.

Noch immer ist keine Menschenseele zu entdecken. Müssten Tristan und die anderen nicht etwas mitbekommen haben? Vielleicht suchen sie mich bereits und wir sind weiter vom Wald und der Höhle entfernt als vermutet.

Zaghaft nähere ich mich dem schlafenden Wesen und stelle dabei erleichtert fest, dass mein rechter Knöchel nur noch leicht zwickt. Als ich auf wenige Schritte herangekommen bin, hebt der Dra'oga seinen Kopf. Angespannt erstarre ich mitten in der Bewegung. Die roten Augen betrachten mich traurig, bevor das Wesen seinen Kopf wieder ablegt, dieses Mal jedoch so, dass es mich weiterhin beobachten kann. Schwer schlucke ich und kratze all meinen Mut zusammen. Langsam setze ich einen Fuß vor den anderen und strecke eine Hand aus, um sie dem Dra'oga anzubieten. Vielleicht will er daran schnuppern.

Oder hineinbeißen, denke ich und spiele kurz mit dem Gedanken, sie wieder zurückzuziehen.

»Braver Dra'oga«, säusle ich und spüre bereits seinen warmen Atem an meinen Fingerspitzen.

Mein Spiegelbild zeichnet sich in den Augen des Tieres ab. Ohne Druck auszuüben, berühre ich die raue, schuppige Haut und gleite an den kleinen Stacheln vorbei. Es fühlt sich an wie ein Nadelkissen. Kurz halte ich inne und warte auf eine Reaktion, doch der Dra'oga sieht mich unbeirrt an, ohne sich jedoch zu rühren. Also lasse ich meine Finger nach oben gleiten und betaste seine Hörner. Ohne den Kopf aus den Augen zu lassen, schiebe ich mich daran vorbei und fahre den Hals entlang, bis hinunter zum Rücken. Die Schuppen sind glatt und nur hier und da sprießen winzige Dornen hervor. Weshalb müssen sich die Wesen durch solche Stacheln schützen, wenn sie doch die gefährlichsten

Tiere in dieser Welt sind? Gedankenverloren lege ich die Handfläche auf eine blaue Schuppe.

»Ru'una war früher bevölkert von blutrünstigen Bestien, die sich gegenseitig zerfleischt haben«, erklingt plötzlich eine zarte Stimme.

Erschrocken wirble ich herum, doch da ist niemand. Noch immer ist der regelmäßige Atem des Dra'ogas das einzige Geräusch, das die Ebene erfüllt.

Mit gerunzelten Brauen drehe ich mich wieder zu dem Wesen um. »Das kannst nicht du gewesen sein«, spreche ich meine absurden Gedanken aus und betrachte den schuppigen Torso, der sich sachte hebt und senkt.

Zaghaft lege ich meine Handfläche auf eine Schuppe, die aussieht, als wären bunte Wasserfarben darauf verlaufen.

»Du kannst mich verstehen, weil du den Kristallsplitter besitzt«, höre ich wieder diese zarte, weibliche Stimme. »Und dank der Magie, die du in dir trägst, Sturmmädchen. Sie übersetzt meine Worte für dich.«

»Es ist also tatsächlich Magie, die mich die Naturgewalten befehlen lässt?«

Ein Brummen geht durch den gewaltigen Körper, den ich unter meiner Hand vibrieren spüre.

»Die Natur besteht aus reiner Magie. Wir alle wurden durch die Magie des Lebens erschaffen. Und die Natur hat einen Teil von sich in dir hinterlassen. So auch die Magie.«

»Eine Magierin soll ich sein?«

Der Dra'oga lacht, bevor er sich räuspert. »Was ist ein

Magier? Jemand, der es versteht, die Magie zu leiten und die Naturgesetze zu ändern. Magie existiert überall, in jedem noch so kleinen Sandkorn und in jedem Regentropfen, der vom Himmel fällt. Der Wind ist pure Magie. Mit dem Kristall kann die Magie und somit auch die Natur beeinflusst werden. Doch nur von Magiern – Lebewesen, die selbst in sich Magie tragen, welche der Kristall aktiviert. So wie bei Gorloch und dir«, erklärt die Stimme. »Doch dir wohnt die Gewalt der Natur inne. So etwas gab es noch nie zuvor.«

»Gorloch und auch Roanin können ohne die Magie des Kristalls nichts bewirken?«, hake ich nach.

»So ist es.«

»Normale Menschen können mit dem Kristall also nicht zaubern«, folgere ich.

»Nur magisch begabte Menschen. Deshalb benutzen Könige seit jeher Magiebegabte dazu, Dürre zu verhindern und ihrem Volk reiche Ernten zu sichern. Mit Hilfe des Kristalls konnten Magier vor langer Zeit die blutrünstigen Ungeheuer, die früher in Ru'una hausten, verjagen und auf fremde Planeten verbannen. Es existieren in unserem Sonnensystem Welten, die sollte man nicht betreten.«

»Deshalb also eure Stacheln und Dornen.«

Das Wesen lacht freudlos. »Früher schützten sie uns vor den Ungeheuern. Heute nutzt Gorloch unsere Körper, um die Menschen zu unterdrücken, die sich gegen ihn stellen. Er richtet unsere Seelen zugrunde, indem er uns benutzt. Wir wollen niemanden töten. Wenn wir ganze Dörfer in

Flammen hüllen müssen, leiden wir. Auch in den Dra'ogas lebt die Magie und diese reagiert auf den Kristall, den Gorloch nutzt, um uns gefügig zu machen. Hilf uns bitte und schenke unseren Seelen endlich Frieden!«, fleht der Dra'oga und ich höre all den Schmerz heraus, der sich tief in sein Herz gefressen hat. »Nimm Gorloch seine Macht und entwende ihm den Kristall!«

Mir bleibt ohnehin nichts anderes übrig, wenn ich jemals nach Hause zurück will. Langsam nicke ich. »So kann es in Ru'una nicht weitergehen, daher helfe ich euch.« Es wird Zeit, dass ich mein Schicksal annehme und die vor mir liegende Aufgabe anpacke.

Der Splitter in meiner Hosentasche strahlt erneut eine angenehme Wärme aus und die Schuppen des Dra'ogas beginnen zu leuchten. Ein silberner Streifen, wie der Schweif einer Sternschnuppe, huscht über den Körper des Wesens. Ein zufriedenes Brummen ertönt in meinem Kopf.

»Hab vielen Dank, Mädchen, das den Sturm beherrscht. Bei deinem Kampf werde ich dir zur Seite stehen«, erklärt der Dra'oga.

»Mein Name ist Liv«, entgegne ich, »Und wie heißt du?«

»Wir Dra'ogas besitzen keine Namen.«

»Du brauchst aber einen! Jedes Lebewesen braucht einen. Lass mich überlegen ...«, murmle ich. »Du bist ein Weibchen, oder?«

Die Dra'oga brummt zustimmend.

Nachdenklich betrachte ich die bunten Schuppen der

Dra'oga. *Regenbogen* bedeutet in der Sprache der Maori *Aniwaniwa*. Eine Abkürzung muss her. »Wie wäre es mit Aniwa?«

»Aniwa«, wiederholt die Dra'oga und schnaubt, bis weißer Dampf aus ihrem Maul quillt. »Das gefällt mir.«

Gerade will ich etwas erwidern, da schreckt Aniwa auf, schießt in die Höhe und schiebt mich mit dem Schwanz hinter sich. Der Kontakt zwischen uns bricht ab und ich sehe mich erschrocken um, doch kein Wölkchen trübt den Himmel.

»Was ist los?«

Von Aniwa kommt keine Antwort, daher eile ich nach vorne, um meine Hand auf eine ihrer Schuppen zu legen.

»Da kommt jemand«, warnt sie mich und ich stelle mir bereits die schlimmsten Szenarien vor. Was, wenn Gorloch noch mehr Dra'ogas geschickt hat?

»Dra'ogas?«, frage ich und presse mich an Aniwas Körper.

»Nein. Es ist keiner meiner Artgenossen, sondern ein Mensch«, zischt Aniwa und ich stutze.

»Liv«, ertönt da bereits eine Stimme, die nach mir ruft. Ein Wiehern folgt und dann wieder jemand, der meinen Namen schreit.

»Tristan?«, hauche ich und laufe an Aniwa vorbei. Als Taran auf uns zutrabt und der Rebell vom Rücken des Pegasums springt, lache ich erleichtert auf. Sofort zieht er sein Schwert und richtet es gegen die Dra'oga.

»Beweg dich nicht! Ich komme dich holen«, ruft er mir zu und nähert sich mit vorsichtigen Schritten.

Beruhigend hebe ich die Hände und gehe weiter auf ihn zu. »Du brauchst deine Waffe nicht. Sie ist nicht unser Feind.«

»Wie?«, fragt er und sieht mich kurz verwirrt an, bevor sein Blick zwischen mir und der Dra'oga hin und her huscht.

»Darf ich dir vorstellen? Das ist Aniwa. Sie ist unsere Verbündete im Kampf gegen Gorloch«, sage ich, gehe zu ihr und bedeute ihm, näher zu kommen. »Sie beißt nicht.«

Tristan kommt vorsichtig auf uns zu und steckt sein Schwert langsam weg, ohne Aniwa aus den Augen zu lassen. »Wie hast du das angestellt? Seit Gorlochs Machtübernahme habe ich keinen so friedlichen Dra'oga mehr gesehen.«

»Mit Magie«, flüstere ich und zwinkere ihm zu.

»Du magst den Jungen«, stellt die Dra'oga plötzlich belustigt fest.

»Was?«, frage ich und starre sie an, während ich Tristans fragenden Blick in meinem Rücken fühle.

»Ähm, ich habe gar nichts gesagt.« Er räuspert sich und ich verzweifle allmählich, weil er mich einmal mehr für bescheuert halten muss.

»Wenn du mich berührst, kann ich deine Gefühle spüren«, erklärt Aniwa und ich nehme eilig die Hand von ihr.

»Ich weiß nicht, was du meinst«, murmle ich leise.

»Mit wem sprichst du?«, fragt Tristan, als er neben mich tritt.

»Mit Aniwa. Dank des Kristallsplitters kann ich mit ihr sprechen, wenn ich sie berühre«, entgegne ich und bemerke so etwas wie einen Anflug von Stolz.

»Siehst du endlich ein, dass du unser Sturmmädchen bist?«, fragt er mit einem Lächeln auf den Lippen, das meine Knie weich werden lässt.

»Also gut, ich bin das Sturmmädchen«, sage ich erst noch unsicher und wiederhole es danach mit fester Stimme. Es fühlt sich unbeschreiblich an, es laut auszusprechen.

»Wieso bist du eigentlich aus dem Wald hinausgelaufen? Und weshalb bist du nass?«, fragt er plötzlich und sieht an mir hinab. Seine Wangen färben sich rot und ich folge seinem Blick.

Meine nasse Kleidung klebt an meinem Körper und gibt sämtliche Rundungen preis. Beschämt kreuze ich die Arme vor der Brust, woraufhin er sich schnell abwendet.

»Verzeih mir, ich hätte nicht so starren sollen«, murmelt er peinlich berührt, was ich dann doch irgendwie niedlich finde. Er sieht angestrengt auf den Boden und trampelt auf der Stelle herum. Die nasse Wiese schmatzt unter seinen Bewegungen.

»Es hat geregnet«, antworte ich auf seine vorherige Frage.

»Das kann nicht sein. Als ich aus der Höhle kam, um dich zu suchen, stand nicht die kleinste Wolke am Himmel.«

»Dann muss es nur hier geregnet haben«, schließe ich daraus und sehe zu Aniwa hinüber, die geduldig wartet. »Der Schauer diente lediglich dazu, mich vor dem Feuer zu bewahren«, überlege ich laut. »Tristan, ich habe Wind, Regen, Donner und Blitz befohlen. So wie Roanin es vorhergesagt hat. Nur mit Hilfe der Magie und der Naturgewalten konnte ich Aniwa bezwingen. Der Splitter hat mir dabei geholfen, Gorloch aus ihrem Kopf zu vertreiben.«

Lachend fasse ich nach Tristans Händen, der mich jedoch an der Hüfte packt und hochhebt.

»Das ist großartig!«, ruft er und dreht sich mit mir, während ich erleichtert auflache. Schnell setzt er mich wieder ab und drückt mich an sich, um sein Kinn auf meinem Kopf aufzustützen. »Endlich haben wir eine Chance, Gorloch zu besiegen«, seufzt er in mein Haar und ich schmiege mich an ihn, bis mir bewusst wird, wie nahe wir uns sind.

Rasch drücke ich mich von ihm weg und wende mich Aniwa zu, die uns aufmerksam beobachtet.

»Was ist mit deinem Oberteil geschehen?«, fragt Tristan.

In dem Versuch, meinen Rücken zu betrachten, verbiege ich meinen Oberkörper. »Das war Aniwa. Bevor ich sie von Gorlochs Bann befreien konnte.«

»Du hattest mehr Glück, als du dir eingestehen willst«, murmelt er. »Wir sollten zu den anderen zurück. Maora ist bestimmt schon krank vor Sorge.«

»Aber was machen wir mit Aniwa? Die Dra'ogas werden sie jagen und in euer Lager können wir sie schlecht mitnehmen. Es gibt dort zu viele traumatisierte Leute«, sage ich und lege Aniwa die Hand auf den Kopf, als sie mir diesen entgegenstreckt.

»Sie kann bei Roanin bleiben. Der Schutzzauber des Kristallsplitters wird noch eine Weile anhalten und du kannst ihr als neue Trägerin des Splitters den Zutritt zum

Wald erlauben. An einer Seite gibt es einen Zugang zur Höhle, sodass sie sich nicht zwischen den Bäumen hindurchzwängen muss.«

Fragend sehe ich Aniwa an. Sie hat Tristans Worte verstanden.

»Bei dem alten Kauz werde ich es schon aushalten«, antwortet sie und gluckst leise.

7. KAPITEL

Tristan reicht mir die Hand und zieht mich hinter sich auf den Rücken des schwarzen Pegasums. Sofort trabt Taran in gemütlichem Tempo an. Auch Aniwa setzt sich in Bewegung und lockert die Flügel. Taran galoppiert los, breitet seine Schwingen aus und erhebt sich in die Luft. Wir fliegen eine Schleife und schon schwingt sich auch Aniwa in den Himmel. Das erste Mal habe ich kein mulmiges Gefühl dabei, eines dieser regenbogenfarbigen Wesen am Himmel zu erblicken.

 Als ich nach einiger Zeit die einzelnen Bäume von Roanins Wald erkenne, geht Taran in einen sanften Sinkflug über. An der Grenze zur Wiese sehe ich Roanin und Maora, die panisch winken, und leise trägt der Wind ihre Rufe zu uns.

»Sie denken, Aniwa würde uns verfolgen«, rufe ich Tristan zu und er lacht.

»Woher sollen sie auch wissen, dass unser Sturmmädchen einen Dra'oga gebändigt hat?«

Entspannt winke ich den beiden zu und zeige ihnen den emporgestreckten Daumen, doch sie scheinen das Zeichen für ›Alles okay‹ nicht zu kennen, denn nun springen sie zusätzlich noch auf und ab und weisen mit den Fingern hinter uns.

Aniwa setzt zur Landung an und scheint sich nicht von den hysterisch schreienden Menschen aus der Ruhe bringen zu lassen.

»Alles gut, der Dra'oga ist nicht gefährlich«, rufe ich Maora und Roanin zu, als wir auf dem Boden aufsetzen.

Die beiden halten überrascht inne und starren Aniwa verdutzt an. Über ihre Gesichtsausdrücke schmunzelnd lasse ich mich von Tarans Rücken gleiten und laufe die wenigen Schritte, die uns von den beiden trennen.

»Kind, du kostest mich Jahre meines wertvollen Lebens«, stöhnt Roanin und hält sich die Hand in Höhe seines Herzens an die Brust. Er atmet deutlich angestrengt und pfeift leise beim Einatmen.

Maora kommt mir entgegen und zieht mich in ihre Arme. »Ich habe mir solche Sorgen um dich gemacht, Liv!« Sie drückt mich von sich, um mich kritisch zu mustern »Weshalb bist du nass?«

»Weil sie ihre Gabe endlich angenommen hat«, ruft Roanin aus und hüpft neben uns begeistert herum. Freudig wirft er dabei die Arme in die Luft, als würde er ein Tänzchen aufführen. »Sie hat es regnen lassen«, lacht er und fährt mir durch die feuchten Haare.

Hinter uns schnaubt Aniwa und schüttelt sich, sodass die Regentropfen auf uns niederprasseln, welche sich zuvor zwischen ihren Schuppen verborgen haben. Jeder einzelne Tropfen funkelt im Sonnenlicht.

Befreit lache ich auf, während sich der Rest beschwert und die Hände schützend vor sich hält. »Die Magie des Splitters muss meine Gabe verstärkt haben«, überlege ich laut und ziehe den Kristallsplitter aus meiner Hosentasche, um ihn zu betrachten.

»Oder sie aus ihrem Schönheitsschlaf geweckt haben«, wendet Roanin zwinkernd ein. »Der Dra'oga hat dich gewiss angegriffen und du hattest Angst oder warst wütend, nicht wahr?«

Stumm nicke ich und überlege, worauf Roanin hinaus will.

»Gefühle verstärken die Magie. Deine Furcht und der Splitter müssen die Mauer, die du um deine Gabe errichtet hast, aufgebrochen haben. Du hast deine Kraft verleugnet und dich deinem Schicksal widersetzt. Nur wer seine Gabe annimmt, kann sie nutzen und steuern«, erklärt er.

Sofort sehe ich wieder Donna vor mir und balle die Fäuste. Nicht ohne Grund habe ich in mir eine Mauer errichtet. »Meine Gabe kann auch schaden«, wispere ich und sehe zu Boden, weil mir Tränen in die Augen schießen.

»Nur, wenn du es willst«, sagt Maora und legt mir ihre Hand auf die Schulter. »Deine Gabe verletzt niemanden, der in deinem Herzen einen Platz gefunden hat.«

»Aber Donna ...«, begehre ich auf und blicke Maora direkt an. »Sie starb durch einen Blitz, der aus meiner Wut heraus entstanden ist.«

»Hast du dir denn gewünscht, dass sie stirbt?«, hakt sie nach.

»Um Gottes willen, nein! Sie war die beste Freundin, die ich je hatte. So etwas hätte ich mir nie im Leben gewünscht. Nie wollte ich sie verlieren«, schluchze ich.

»Dann war es nicht deine Schuld, Liv. Unglücke geschehen«, versucht mich Maora zu beruhigen.

»Ein Unglück, das mir meine beste Freundin genommen hat. Seitdem habe ich mir eingeredet, dass sie noch leben würde, wenn wir nicht gestritten hätten. Wir haben uns wegen etwas so Dummen in die Haare bekommen und ich bin vom Fahrrad gestiegen, um es wütend hinzuwerfen und davonzustapfen. Donna hat es genommen, ist aufgestiegen und mir hinterhergefahren. Als sie neben mir ankam, schlug der Blitz ein. Hätte sie mir mein Rad nicht hinterhergebracht, wäre sie noch am Leben«, erzähle ich mit brüchiger Stimme, doch um mich herum herrscht plötzlich Stille.

»Du hast zuvor auf diesem ... wie nanntest du es ... Fahrrad ... gesessen?«, hakt Roanin mit ernster Stimme nach und ich nicke, während ich mir mit dem Handrücken die Tränen von den Wangen wische.

Als ich aufblicke, sehe ich in besorgte Gesichter.

»Liv, hast du je darüber nachgedacht, dass der Blitz dich hätte treffen sollen?«, fragt Maora.

»Wie meinst du das?«

»Gorloch«, grummelt Tristan und tritt wütend nach Grashalmen.

»Ihr denkt ...« Gedanken nehmen in meinem Kopf Gestalt an und ich versuche sie zu sortieren. Wenn dieser Hexer in andere Welten sehen und mit dem Kristall das Wetter beeinflussen kann, hätte er dann tatsächlich einen Blitz in meine Welt entsenden können? Einen Blitz, der auf der Wiese, auf der wir uns befanden, mit Sicherheit in den einzigen metallischen Gegenstand einschlagen würde? Nämlich in mein Fahrrad.

»Er würde vor nichts zurückschrecken, um das Sturmmädchen, das der Kristall als Retterin vorhergesagt hat, zu töten. Und das, *bevor* es nach Ru'una gelangt und die Hoffnungen der Rebellen schüren kann. Seitdem du im Lager warst, beginnen die Menschen zu hoffen. Sie erinnern sich daran, wofür sie kämpfen. Das wollte Gorloch verhindern, doch er konnte nicht ahnen, dass du von diesem Fahrrad absteigst und es deine Freundin erwischen würde. Er ist Donnas Mörder, nicht du!« Roanin schüttelt mich leicht bei seinen letzten Worten und holt mich so aus der Starre, die mich nach dieser Erkenntnis übermannt hat.

Gorloch ist schuld an Donnas Tod, hallt es in meinem Kopf wider, bis ich es laut ausspreche. »Gorloch ist schuld«, presse ich zwischen zusammengebissenen Zähnen hervor. Mein Körper beginnt zu beben, als unbändige Wut in mir aufsteigt. Leise grollt Donner in der Ferne und dunkle Wolken materialisieren sich am Himmel. Wind kommt auf und trocknet meine Haare und meine Kleidung.

»Ähm, Liv«, räuspert sich Tristan und sieht besorgt nach oben.

»Was?«, fahre ich ihn an, weil mich mein Hass auf diesen Magier zu sehr beherrscht.

»Du solltest deine Wut gegen Gorloch richten«, sagt er und zeigt mit dem Finger in den Himmel.

»Oh«, hauche ich, als ich ebenfalls hinaufblicke und den Tornado sehe, der sich über dem Wald in die Höhe schraubt. Silberne Fäden wirbeln um das Auge des Sturms und erleuchten die Finsternis, die sich um uns ausbreitet.

»Beeindruckend«, staunt Roanin, legt den Kopf in den Nacken und stolpert rückwärts, während er das Spektakel mit großen Augen betrachtet.

»Da ist dein Kunststückchen, es nieseln zu lassen, nichts dagegen, was Roanin?«, lacht Maora, bevor sie mir über den Arm streicht. »Bündle deine Wut und setze sie im richtigen Moment gegen deinen Feind ein.«

»Wie soll ich das machen?«, frage ich. Am liebsten würde ich dem Mistkerl sofort den Hals umdrehen.

»Atme!«, flüstert Maora und hält mir ihre Hand vor die Augen, sodass ich diese schließe. Ihre Wärme geht auf mich über und ihr Duft nach Kräutern lullt mich ein. »Atme

gleichmäßig und zähme deine Wut, die wie ein Sturm in dir tobt. Dann bändigst du auch die Naturgewalten, die du losgelassen hast.«

Maoras Stimme beruhigt mich und ich atme bewusst ein und wieder aus. Langsam ebbt die Hitze in mir ab und das Chaos in meinem Kopf lichtet sich. Der Wind lässt nach, bis er nur noch sanft in meinen Ohren säuselt. Es klingt, als würde er seufzen.

»Der Sturm löst sich auf«, ruft Roanin enttäuscht und Maora nimmt ihre Hand von meinen Augen.

Mehrmals blinzle ich, bis ich nicht mehr verschwommen sehe. »Gorloch wird für seine Taten büßen. Ich werde alles in meiner Macht Stehende tun, um euch zu helfen«, sage ich entschlossen. Alle drei nicken.

»Willkommen bei den Rebellen, Liv!«, sagt Tristan feierlich und streckt mir seine Hand entgegen. Stolz lächelnd ergreife ich sie und er umfasst mein Handgelenk, also tue ich es ihm gleich. »Sturmmädchen«, flüstert er mit einem breiten Grinsen, das meinen Herzschlag beschleunigt.

Unter meinen Fingerkuppen spüre ich seinen kräftigen Puls, der noch stärker pocht, als ich Tristan in die Augen sehe. Maora legt ihre Hand auf unsere und sieht erst ihren Enkelsohn und dann mich fest an.

»Lasst uns einen Plan schmieden, wie wir Gorloch entgegentreten und ihn stürzen können«, fordert sie uns auf und auch Roanin tritt heran und beteiligt sich an unserem Handschlag.

»Für Ru'una«, sagt er und nickt mir zu.

»Für Ru'una«, wiederhole ich und Aniwa brummt zustimmend. Sie wird ebenfalls für diese Welt und ihre Bewohner, egal ob menschlich oder tierisch, einstehen.

»Gorloch muss sich vorsehen, denn nun haben wir das Sturmmädchen mit seiner Dra'oga an unserer Seite«, bemerkt Roanin belustigt und wir stimmen in das Lachen ein.

Hoffnung kann so machtvoll sein, denke ich.

Die zarte Brise in dieser Höhe kühlt meine Wangen, die noch immer erhitzt sind. Mit den Armen umschlinge ich Tristans Taille und genieße das Schaukeln, wenn Taran mit den Flügeln schlägt. Neben uns fliegt Maora auf ihrem weißen Pegasum.

Ich blicke hinter uns und betrachte den Wald am Fuße des Berges, der immer kleiner wird. Nachdem sich Aniwa durch einen seitlichen Zugang im Wald zur Höhle vorgekämpft hat und dabei unglücklicherweise ein paar Bäume wie Zahnstocher eingeknickt sind, liegt sie nun zusammengerollt vor Roanins Höhle und lässt sich von dem Magier umsorgen, der von seiner neuen Mitbewohnerin begeistert ist.

Nachdenklich lege ich eine Hand auf den Kristallsplitter, der mittlerweile an einer silbernen Kette vor meiner Brust baumelt, und fahre seine glatten Kanten mit dem Daumen nach. Noch immer bin ich beeindruckt davon, wie Roanin mir dieses Schmuckstück gezaubert hat. Er hatte den Splitter an sich genommen und Worte in einer Sprache gemurmelt, die ich nicht verstand. Dann färbten sich seine Augen, bis sie in allen Farben des Regenbogens leuchteten. Es sah aus, als würden in seinen Iriden Wasserfarben schwimmen. Anschließend vollführte er mit dem Splitter eine Bewegung und schon wuchs daraus eine Kette mit grazilen Gliedern, die keinen Anfang und kein Ende zu nehmen schienen. Betrachtet man sie genauer, sieht man auch darin die Farben der Magie schimmern. Die Kette war gerade so lang, dass ich sie über meinen Kopf ziehen konnte.

Nachdem Roanin mir den Splitter überreicht hatte, färbten sich seine Augen wieder dunkel. Das Leuchten der Magie war in den Kristallsplitter zurückgekehrt und nun trage ich einen Teil der Magie bei mir.

Etwas später landen wir unbeschadet beim Lager der Rebellen. Maora führt ihren Pegasum vor uns durch den Felsspalt. Tristan will ihr folgen, als ich ihn an seinem Oberteil festhalte und er innehält, um mich fragend anzusehen.

»Werdet ihr den anderen von unserem kleinen Abenteuer erzählen?«, frage ich zögerlich.

»Du meinst, dass du einen Dra'oga gebändigt, deine Gabe eingesetzt und dein Schicksal als Retterin und Sturmmädchen angenommen hast?«, hakt er mit zuckenden Mundwinkeln nach und kann sich ein Grinsen kaum verkneifen.

»Ähm ... ja. Wenn ich ehrlich bin, stehe ich nicht gerne im Mittelpunkt und will nicht *das* Gesprächsthema im Lager sein.«

»Das bist du bereits, Liv.« Er legt seine Hand auf meinen Rücken und schiebt mich sanft in Richtung des Felsspalts.

Nur widerwillig gehe ich voran, bis ich noch einmal stehen bleibe und mich zu ihm umdrehe.

»Was, wenn ich diese Gabe nicht kontrollieren kann? Oder ich versehentlich jemanden verletze?«

»Du willst dich doch nicht etwa aus deiner Verantwortung rausreden?«

»Nein!«, wehre ich ab und hebe beide Hände. »Die Leute sollen nur nachher nicht enttäuscht sein, weil sie all ihre Hoffnungen in ein sechzehnjähriges Mädchen setzen, das noch nicht mal eine Waffe führen kann.«

»Kein Problem, ich bringe dir bei, wie man mit dem Schwert umgeht. Oder mit einem Bogen«, bietet Tristan an und zwinkert mir zu.

»Nachher soll sich aber niemand beschweren, wenn sich herausstellen sollte, dass ich zu nichts tauge.«

»Wer hat dir denn beigebracht, dass du nichts kannst? Dass du unfähig bist?«

»Was?«

»Du redest ständig davon, was du alles nicht kannst und machst dich von Anfang an klein und schlecht«, schimpft er und quetscht sich mit Taran an mir vorbei, um den schmalen Pfad zum Lager hinabzugehen.

»Dann kann nachher niemand enttäuscht sein oder sagen, ich hätte ihn nicht gewarnt«, rufe ich ihm hinterher und eile ihm nach.

»Das ist der falsche Weg, Liv. Das Erste, was wir trainieren, ist dein Selbstbewusstsein und dein Selbstvertrauen. Wie sollen die Rebellen an dich glauben, wenn du es selbst nicht tust?«, fragt er und wirft mir über die Schulter einen Blick zu.

Er hat recht, denke ich und starre auf seinen Rücken, während wir uns den Stallungen der Pegasa nähern. Taran wird gleich von einem Jungen in Empfang genommen und zu den übrigen Tieren geführt. Maora ist schon nirgendwo mehr zu sehen.

»Lass uns meinem Vater von unseren Entdeckungen berichten und dann unternehmen wir beide einen Spaziergang zum Gipfel.« Er nickt mir zu und eilt davon.

Ich will ihm nachlaufen, doch nach wenigen Schritten kreuzen mehrere Pegasa meinen Weg und ich muss warten, bis sie den Pfad freigeben. Als ich weitergehen kann, habe ich Tristan aus den Augen verloren. Die Hütte seines Vaters müsste im hinteren Bereich des Lagers stehen. Unsicher gehe ich weiter und spüre schnell die neugierigen Blicke auf mir. Fast alle Rebellen sind dunkelhaarig und nur wenige blond. Doch niemand hat solch helles Haar wie ich. Im Sonnenlicht schimmert es manchmal weiß bis silbern. Auch ist keiner so blass wie ich. Wahrscheinlich, weil die Menschen in Ru'una viel im Freien arbeiten müssen.

Plötzlich spüre ich, wie etwas an meinem Hosenbein zieht und bleibe stehen, um an mir herabzublicken. Mir blicken zwei große braune Augen entgegen, die mich aufmerksam mustern. Das kleine Mädchen, das in zerlumpter Kleidung und mit verdrecktem Gesicht neben mir steht, dürfte nicht älter als fünf sein. Die schwarzen Haare reichen ihm nur bis zu den Ohren, die Enden wirken angesengt. In seiner freien Hand hält es eine Rute, mit der anderen klammert es sich noch immer an mein Hosenbein.

»Kann ich dir helfen?«, frage ich.

Das Mädchen presst die Lippen aufeinander und nickt leicht, bringt jedoch keinen Ton heraus.

»Suchst du deine Mama?«, hake ich nach, doch es legt nur den Kopf schief, als würde es meine Worte nicht verstehen.

»Kantra«, schimpft jemand und schon kommt eine schmale Frau angerannt und zieht das Kind von mir weg, um es hochzuheben und ihm über die schmutzige Wange zu wischen. »Es tut mir so leid, dass sie dich belästigt hat«, richtet sie das Wort an mich.

»Das hat sie nicht«, entgegne ich und schenke Kantra ein Lächeln.

»Sie wollte unbedingt das Sturmmädchen kennenlernen«, erklärt die Frau und streicht dem Mädchen über die zotteligen Haare.

Also weiß tatsächlich jeder hier im Lager von der Prophezeiung und wer ich demzufolge bin.

Unsicher lache ich und wende mich bereits ab, weil ich keine Ahnung habe, was ich darauf antworten soll.

»Sie kann sich leider nicht erklären, denn sie ist stumm, seitdem sie mitansehen musste, wie ihre Eltern bei einem Angriff der Dra'ogas verbrannt sind«, sagt die Frau mit leiser Stimme und sofort verstummen die Gespräche um uns herum. Eine gespenstische Stille legt sich über das Lager.

Ein Kloß steckt mir im Hals und ich denke an Maoras Erinnerungen, die mir den Tod von Tristans Mutter und seinem Großvater gezeigt haben. Noch immer höre ich die angstvollen Schreie der Menschen, die panisch aus dem Dorf flüchteten und in den Flammen der geflügelten Wesen ihren Tod fanden.

»Das tut mir so leid«, hauche ich und meine Augen füllen sich mit Tränen.

»Sie ist meine Nichte und hat sonst niemanden mehr. Was, wenn sie mich auch noch verliert?«, fragt die Frau und immer mehr Männer und Frauen treten näher.

»Kinder müssen ohne Eltern aufwachsen. Familien werden auseinandergerissen. Viele verlieren ihre Liebsten an die Flammen«, ruft ein alter Mann, woraufhin vielstimmiges Gemurmel ertönt.

Ich fühle mich in der Menschenmasse zunehmend unwohl, spüre die Ängste der Rebellen, ahne ihren Schmerz. Verwundert betrachte ich den Kristallsplitter, der in der Höhe meines Herzens hängt. Will mir die Magie zeigen, wie sehr diese Menschen eine Retterin brauchen? Eine Figur, die ihnen die Hoffnung zurückgibt? Jemanden, an den sie glauben können?

»Dieses Morden muss ein Ende haben! Unser Leid wird unsere Seelen vergiften«, ruft eine junge Frau und schlägt die Hände über dem Kopf zusammen.

»Unser Volk leidet seit Jahren. Seitdem Gorloch den magischen Kristall beherrscht. Sag, Mädchen, bist du das Sturmmädchen, das unser Volk aus der Dunkelheit führen wird?«, fragt Kantras Tante und mit einem Mal endet das Wehklagen, welches aus allen Ecken des Lagers geströmt war.

Mit klopfendem Herzen sehe ich mich um, blicke in all die Augen, die es kaum wagen zu blinzeln, bevor ich nicht geantwortet habe. So viele Menschen, die alles verloren haben. So viel Schmerz und Trauer. Ich denke an Donna, ein weiteres Opfer Gorlochs. Ein junges Mädchen, das sein ganzes Leben vor sich und nichts mit alldem zu tun hatte. Wir waren in einen Krieg verwickelt worden, der nicht einmal in unserer Welt stattfand. Doch wenn Gorloch nicht aufgehalten wird, dann kommt dieser Krieg irgendwann auch in meine Welt.

»So ist es, ich bin das Sturmmädchen, das der Wind brachte«, sage ich laut, nachdem ich die Schultern gestrafft habe. Viele Gesichtszüge entspannen sich, als ich in die Runde blicke. »Leider kann ich nicht versprechen, dass ich eure Retterin bin und euer Leiden ein Ende hat. Aber ich werde euch zur Seite stehen und mit euch kämpfen. Für den Untergang Gorlochs. Für den Frieden in Ru'una.«

Tief atme ich durch und kann die Stille kaum ertragen, die nach meinen Worten herrscht. Habe ich etwa das Falsche gesagt?

Da beginnen die Menschen um mich herum zu lächeln und ein Mann legt mir die Hand auf die Schulter.

»Führe uns in den Kampf, Sturmmädchen, und wir werden dir folgen. Dir und Amphir. Wir werden nicht aufgeben und Gorloch unser schönes Ru'una kampflos überlassen. Und sollten wir unterliegen, so folgen wir dir in den Tod, wo unsere Liebsten uns erwarten«, sagt der Mann und endlich erheben auch die übrigen Rebellen ihre Stimmen. Sie schreien ihre Kampfansagen gegen Gorloch nur so heraus und verwünschen ihn und seine Anhänger.

»Hast du nicht behauptet, du würdest nicht im Mittelpunkt stehen wollen?«, ertönt Tristans Stimme nah an meinem Ohr. Warmer Atem kitzelt mich im Nacken und lässt mich erzittern.

Ertappt drehe ich mich zu Tristan um, der schelmisch grinst. »Es war keine Absicht«, sage ich schulterzuckend.

Tristan lacht auf und zieht mich mit sich, weg von all den Menschen, die sich gegenseitig Mut machen und lauthals überlegen, was sie mit Gorloch anstellen würden, sollten sie ihn in die Finger bekommen.

»Du hast ihren Kampfgeist wiederbelebt«, staunt Tristan hinter mir, während er mich durch die Menge schiebt. Er drängt mich weiter und die Wärme seines Körpers ist mir plötzlich zu deutlich bewusst.

»Ich bin wie der Typ in diesem schottischen Kriegsfilm. Oder wie Jeanne d'Arc für die Franzosen. Die Leute brauchen eine Symbolfigur, der sie folgen können«, überlege ich laut.

»Muss ich verstehen, wovon du sprichst?«

»Nicht wirklich«, entgegne ich lachend und Tristan schubst mich von hinten.

»He«, beschwere ich mich halbherzig und wirble zu ihm herum, um ihm neckend gegen die Brust zu boxen.

Er umfasst grinsend meine Handgelenke und zwingt mich, rückwärts weiterzugehen. »Was willst du gegen mich ausrichten?«, reizt er mich und grinst breit.

Meine Augen wandern zum Himmel empor, der hinter dem Felsen, der das Lager schützt, hervorblitzt. »Hm, ich könnte es regnen lassen.«

»Dafür bist du nicht wütend genug«, kontert er.

»Mach so weiter und ich werde es irgendwann sein.« Doch meine zuckenden Mundwinkel strafen meine Worte sogleich Lügen.

Tristans Finger scheinen auf meiner Haut zu glühen und Hitze breitet sich in meinem Körper aus. Mit Schwung entziehe ich mich ihm, zwinkere ihm neckend zu und eile mit großen Schritten davon, während er mir lachend folgt.

»Ihr seid ja gut gelaunt«, bemerkt Maora, als wir vor ihrer Hütte ankommen und sie uns draußen in Empfang nimmt.

Rasch husche ich an ihr vorbei, in die schummrige Behausung hinein.

»Ein Mann weiß, wie man Frauen zum Lachen bringt«, tönt Tristan, als auch er eintritt und sich auf einen der Holzstühle fallen lässt. Maora und ich quittieren seine Bemerkung lediglich mit einem Schnauben, während ich mich auf das Bett setze, in dem ich die Nacht verbracht habe. Die Fenster lassen nur wenig Licht in den Raum und dennoch funkelt der Kristallsplitter und wirft bunte Schimmer an die Wände.

»Wie ich sehe, hat dir Roanin den Splitter überlassen«, ertönt Amphirs Stimme. Er löst sich aus dem Schatten und kommt auf mich zu, um sich neben mich auf die Strohmatratze sinken zu lassen. Aufmerksam betrachtet er den Splitter, bevor sich ein Mundwinkel in die Höhe zieht. »Du hast dich also bewiesen.«

»Könnte man so sagen«, schaltet sich Tristan ein. Er sitzt falsch herum auf dem Stuhl, hat die Arme auf der Lehne abgelegt und bettet sein Kinn darauf, um uns zu beobachten.

Selbst in diesem schlechten Licht kann ich seine grünen Augen vor Belustigung funkeln sehen.

Nachdem Amphir fragend in die Runde geblickt hat, berichtet Tristan von Aniwa und meiner Gabe. Maora gibt mir in der Zwischenzeit einen Becher mit warmem Wasser, das ich jedoch erst inspiziere, bevor ich es trinke. Wer weiß, welche Kräuter sie mir diesmal ins Getränk gemixt hat.

»Also hilfst du uns mit deiner Gabe bei dem Versuch, Gorloch zu stürzen?«, vergewissert sich Amphir, nachdem Tristan geendet hat.

»Ich werde mein Bestes geben«, bestätige ich nickend und erhebe mich vom Bett, um zur Feuerstelle zu gehen, die in der Mitte der Hütte Wärme spendet. Allmählich friert es mich und am liebsten würde ich heiß duschen, was wohl utopisch ist. Seufzend halte ich daher die Hände vor die Flamme und genieße ihre wohltuende Hitze, spüre sie auf meinem Gesicht.

»Wir werden Liv trainieren, Vater. Ich kann sie die Kampftechniken lehren und Großmutter und Roanin helfen ihr dabei, ihre Gabe besser zu verstehen und zu nutzen. Aber wir brauchen ein paar Tage, bis Liv so weit ist«, sagt Tristan.

»Meine Eltern werden sich Sorgen machen, wenn ich so lange verschollen bleibe. Sie denken sicher, ich wäre von einem wilden Tier gefressen worden oder vielleicht weggelaufen«, werfe ich ein.

»Du kommst ohne den Kristall sowieso nicht nach Hause. Wenn er dich überhaupt zurückbringen kann«, wendet Tristan ein.

»Nur der magische Kristall vermag den Weltenstrudel zu öffnen. Und er wird dich nicht gehen lassen, bevor du seine reine Magie nicht vor Gorloch bewahrt hast. Deshalb hat er dich überhaupt erst hergeholt. Dir bleibt nichts anderes, als dich zu fügen und abzuwarten«, erklärt Maora.

»Es bringt nichts, übereilt zuzuschlagen. Wir brauchen einen Plan, sonst laufen wir Gorloch in die Arme und er kann uns ein für alle Mal auslöschen. Dann steht ihm nie-

mand mehr im Weg, um Ru'una vollständig in seine Macht zu bringen. Er bekäme den Splitter und würde auch andere Planeten angreifen. Wir müssen taktisch vorgehen und du musst deine Kräfte stärken, Liv«, wendet sich nun Amphir ebenfalls an mich.

Mir bleibt nichts, als mit dem Kopf zu nicken. Sie haben recht. Es ist niemandem geholfen, wenn wir kopflos losstürmen und Gorloch den Splitter auf einem Silbertablett präsentieren. Wer weiß, ob ich meine Gabe bewusst einsetzen kann oder das heute lediglich Glück war.

»Einverstanden«, gebe ich mich geschlagen und sehe Amphir in die Augen, der mir von der anderen Seite des Feuers entgegenblickt.

»Mein Sohn und meine Mutter werden nicht zimperlich mit dir umgehen«, sagt er und Tristan lacht leise vor sich hin.

»Das wird Gorloch schließlich auch nicht«, entgegne ich und bemerke, dass Amphir beeindruckt lächelt.

Maora drückt mir ein Bündel frische Kleidung in die Hand und zwinkert mir zu. »Du solltest dich warm anziehen, wenn mein Enkel dich gleich in die Schwertkunst einweist«, rät sie mir. Skeptisch betrachte ich die Waffe, die in ihrer Scheide an Tristans Gürtel baumelt.

Das kann ja was werden ...

8. KAPITEL

Nachdem uns Maora eine Mahlzeit aus selbstgebackenem Brot, Fleisch und Wurzeln zubereitet hat, verlassen Tristan und ich das Lager auf einem Pfad, der höher ins Gebirge führt. Am Gürtel meiner Stoffhose baumelt nun ebenfalls ein Schwert in einer Lederscheide. Das zusätzliche Gewicht lässt mich das ein oder andere Mal schwanken. Über Tristans Schulter hängt ein Köcher mit mehreren Pfeilen. Den Bogen hat er sich locker umgehängt.

Das Lager ist inzwischen nicht mehr zu sehen und rechts von uns geht es steil bergab. Hinter dem weit entfernten Gipfel verbirgt sich die Sonne. Ihre Strahlen rahmen den Bergriesen ein und lassen es aussehen, als besäße er einen Heiligenschein. Nicht mehr lange bis die Sonne untergeht und die Dunkelheit über Ru'una bringt.

»Bist du sicher, dass es kein aussichtsloses Unterfangen ist, mir die Schwertkunst beizubringen?«, durchbreche ich nach einer Weile die Stille. »Oder das Bogenschießen? Mein Talent hält sich so sehr im Rahmen, dass ich noch nicht einmal mit einem Basketball in den Korb treffe oder mit einem Fußball das Tor. Die Dartpfeile landen auch überall, nur nicht in ihrem Ziel«, zähle ich auf und Tristan seufzt hinter mir. »Du hast kein Wort verstanden, oder?«

»Du redest so viel und dann benutzt du ständig Worte, die ich noch nie gehört habe. Gibt es diese Dinge überhaupt oder erfindest du sie bloß?«

»Wieso sollte ich das machen?«, frage ich ihn lachend und bleibe stehen, als sich vor uns ein Felsplateau erstreckt.

»Hier übt mein Vater mit mir«, erklärt Tristan und tritt an mir vorbei.

Felsbrocken verschiedener Größe bedecken den Felsvorsprung, der in einer Höhle endet. Grasbüschel wachsen vereinzelt auf der Ebene und leise rauscht Wasser, als würde nicht weit entfernt ein Wasserfall in die Tiefe stürzen.

Tristan legt sein Schwert, den Bogen und den Köcher auf einem größeren Felsbrocken ab und bedeutet mir mit einer Geste näherzukommen.

»Können uns die Dra'ogas hier entdecken?« Besorgt sehe ich in den Himmel, dessen Blau sich allmählich dunkel färbt.

»Die Wände verbergen uns vor ihren Blicken. Sie könnten uns nur entdecken, wenn sie genau über uns fliegen,

aber wir sind von so hoch oben kaum von den verstreuten Felsbrocken zu unterscheiden. Bisher hat uns noch kein Dra'oga hier entdeckt. Selbst wenn, dann bändigst du ihn einfach und vertreibst Gorloch aus seinem Kopf«, sagt er lachend.

»Klar, nichts leichter als das. Kinderspiel«, entgegne ich kopfschüttelnd und bewundere Tristans Vertrauen in meine Fähigkeiten, während ich mein Schwert an einen Felsbrocken lehne.

»Wenn der Tag kommt, an dem wir bereit sind, Gorlochs Festung anzugreifen, musst du uns genügend Zeit verschaffen, um an den Kristall und den Hexer heranzukommen«, sagt Tristan mit einem Mal ernst, ehe er auf mich zukommt. »Aniwa ist nicht der einzige Dra'oga in Ru'una. Es gibt Dutzende und allesamt stehen sie unter Gorlochs Bann. Sie werden nicht zulassen, dass wir einfach so in die Festung spazieren. Wir haben Waffen und viele Rebellen können kämpfen, aber gegen eine Schar von Dra'ogas sind wir machtlos. Deshalb brauchen wir das Sturmmädchen, das sich um die feuerspuckende Armee des dunklen Hexers kümmert. Sei es mit der Gabe, die Naturgewalten zu beherrschen, oder mit der Kraft, die Tiere von Gorlochs Bann zu befreien. So können sich die Wesen selbst gegen ihren Peiniger auflehnen und auf unserer Seite für ein freies Ru'una kämpfen.« Er steht nun dicht vor mir und mustert mein Gesicht, während er seine Hand unsicher hebt, als wisse er nicht, ob er mich berühren darf.

Seine Worte und die Ernsthaftigkeit, die darin mitschwingt, bewirken bei mir eine Gänsehaut. Doch nicht nur das, es ist auch seine Nähe, die auf mich wirkt. Neben dem Plätschern des Wassers und dem Säuseln des Windes höre ich mein Herz laut pochen. Tristan ist mir so nah, dass ich seinen Duft nach Pferd und Leder riechen kann. Den Kopf leicht in den Nacken gelegt sehe ich ihm in die Augen. Wären wir bloß ein Junge und ein Mädchen in meiner Welt, weit weg von bösen Magiern und feuerspeienden Drachen, würde ich mir wünschen, dass er mich in seine Arme schließt und küsst. Die Spannung knistert zwischen uns, als ob die Luft um uns herum Funken schlüge. Der Kristallsplitter an meiner Brust beginnt zu leuchten und silberne Lichtpunkte auf Tristans Oberkörper und Gesicht zu werfen.

Tristan wendet seinen Blick jedoch nicht von mir ab. Er sieht mir tief in die Augen, als würde er dort nach etwas suchen. Als wolle er mich und meine Seele ergründen. Vergeblich versuche ich, mich an seine letzten Worte zu erinnern, doch mein Kopf ist plötzlich wie leergefegt. Meine Augen wandern zu seinen Lippen, die er leicht geöffnet hat. Ein wohliger Schauer schießt meinen Nacken hinauf und lässt meinen Hinterkopf kribbeln.

Tristan hebt eine Hand und fährt mir damit durch das offene Haar, um es mir hinters Ohr zu schieben. Seine Finger streichen zart über meine Wange und ich atme tief aus. Als er sich zu mir vorbeugt, überwältigt mich meine Nervosität und ich weiche zurück. Während ich mich noch selbst dafür verfluche, diesen Moment zerstört zu haben, lässt er die Hand sinken und dreht sich weg.

»Weshalb muss ich lernen, mit Schwert und Bogen umzugehen, wenn es nicht meine Aufgabe ist zu kämpfen?«, frage ich, um die Stille zu durchbrechen, die sich quälend über uns gelegt hat.

Tristan wendet sich mir wieder zu und mustert mich ernst, bevor er zu den Waffen geht. »Weil du dich vielleicht verteidigen musst, falls ich nicht an deiner Seite bleiben kann.« Er greift nach einem Schwert und wirft es mir ohne Vorwarnung zu.

Mit einem überraschten Aufschrei fange ich es gerade noch auf, ehe es zu Boden fallen kann. Ungeschickt balanciere ich die schwere Waffe in meinen Händen und nehme Tristans amüsiertes Grinsen wahr. Immerhin lacht er wieder.

»Bist du also mein Leibwächter?«, frage ich, nachdem ich das Schwert aus seiner Lederscheide gezogen habe und die schimmernde, höllisch scharfe Klinge betrachte.

»Jemand muss schließlich auf dich achtgeben. Und da wir nicht wissen, wie zuverlässig deine Gabe ist, musst du dich im Notfall auch selbst verteidigen können. Es werden sich uns Menschen in den Weg stellen. Männer, die Gorlochs Versprechungen nach Ruhm und Macht verfallen sind und sich auf die dunkle Seite gestellt haben. Sie unterliegen keinem Bann, den man lösen kann. Sie wirst du mit Waffen abwehren müssen.«

»Oder ich lasse sie vom Blitz erschlagen«, überlege ich.

Tristan sieht mich mit gerunzelten Brauen an. »Kannst du denn versprechen, dass der Blitz genau in einen Mann einschlägt, der vor dir steht? Der dich vielleicht schon in der Mangel hat? Vermutlich würdest du euch beide umbringen.«

Nachdenklich kaue ich auf der Unterlippe herum. Daran habe ich gar nicht gedacht.

Testweise lasse ich die Klinge in der Luft kreisen und herabsausen. Dabei verfehle ich nur knapp meinen Unterschenkel. »Huch«, staune ich und blinzle erschrocken.

»Liv!«, schimpft Tristan und reißt mir das Schwert aus der Hand. »Das ist kein Spielzeug!«

»Entschuldige! Das Teil ist verdammt schwer«, versuche ich mich zu verteidigen und gleichzeitig das Zittern meiner Beine in den Griff zu kriegen.

Tristan fasst mit der freien Hand an meinen Oberarm und drückt leicht zu. »Kein Wunder, du hast kaum Muskeln. Müsst ihr in deiner Welt nicht arbeiten?«

»Bei uns sieht Arbeit anders aus und die meisten sitzen den halben Tag vorm Computer. Und dafür braucht man keine Muskeln«, entgegne ich schulterzuckend.

Ohne Vorwarnung zieht Tristan mich grob an sich, bis ich mit dem Rücken zu ihm stehe. Er umfasst meine Handgelenke und presst mir die Arme ins Kreuz. »Wenn du schwach bist, haben deine Gegner leichtes Spiel mit dir. Was willst du unternehmen, wenn dich einer von Gorlochs Soldaten so bedroht, wie ich es gerade tue, Sturmmädchen?«, fragt er nahe an meinem Ohr.

Nachdem ich meine Verwunderung abgeschüttelt habe, spanne ich die Arme an und probiere mich aus seinem Griff zu winden, trete nach hinten aus, aber ich habe keine Chance. Tristans Atem kitzelt mich am Hals und lenkt mich damit ab. Mein Körper versteift sich und ich versuche, die Gedanken zu verscheuchen, die mich auf seine Nähe aufmerksam machen wollen. So weit wie möglich beuge ich mich vor, um meine Handgelenke freizubekommen. Tristan reagiert blitzschnell und presst mich gegen seinen Oberkörper, sodass ich bewegungsunfähig bin.

»Das ist unfair, du bist viel größer und stärker als ich«, protestiere ich.

»Das sind deine Gegner auch. Sie werden kaum Rücksicht darauf nehmen, dass du schwach und unerfahren bist.«

Allmählich werde ich ungeduldig und meine Handgelenke beginnen zu schmerzen. Sofort nimmt der Wind zu und der Kristallsplitter leuchtet heller. Tristan stutzt kurz.

»Willst du mich mit diesem Lüftchen etwa loswerden?«

Dieses *Lüftchen* soll zu einem Sturm werden, denke ich und starre auf den Boden. Silberne Fäden vermischen sich mit dem Wind, um sich über den Felsen zu ziehen und kleine Steinchen aufzuwirbeln. Feiner Staub aus zermahlenem Gestein erhebt sich in die Luft. Tristan scheint von alldem nichts zu bemerken. Schon schießt der Staub empor und an meinem Körper vorbei, um Tristan die Sicht zu nehmen.

Überrascht lässt er meine Handgelenke los und taumelt rückwärts, während er versucht, den überraschenden Angreifer wegzuwedeln.

»Au, das sind ja kleine Steine«, schimpft er und stolpert über die am Boden liegenden Waffen. Er rudert wild mit den Armen und findet im letzten Moment Halt an einem hohen Felsbrocken.

»Hältst du mich noch immer für schwach und wehrlos?«, frage ich, nicht ohne einen winzigen Anflug von Stolz zu spüren.

Tristan hingegen schirmt seine Augen ab, während der Sturm Sand und kleine Steinchen um seinen Kopf wirbelt.

Mit einem Handzeichen bedeute ich dem Wind, dass es genug ist, und sofort verblassen die silbernen Fäden. Steine und Staub rieseln zu Boden. Tristan hustet mehrmals und wischt sich den Dreck aus dem Gesicht und vom Hemd.

»Du kämpfst mit unfairen Mitteln, Sturmmädchen«, sagt er mit beleidigtem Unterton.

»Auch meine Gegner werden nicht fair kämpfen, nicht wahr?«

Kurz stutzt er, dann nickt er mir wohlwollend zu und hebt den Holzbogen und den Köcher auf. Mit langsamen Schritten kommt er auf mich zu und streckt mir die Waffe entgegen. »Wollen wir mal sehen, wie gut du zielen kannst.«

Er geht auf die Höhle zu und weist mich mit einem Kopfnicken an, ihm zu folgen. Rasch eile ich ihm nach, bis wir am Höhleneingang stehen bleiben. Tristan deutet auf einen Baumstamm, der am Boden liegt und mehrere Löcher aufweist.

»Hier trainieren Vater und ich, wenn uns die Wut wieder packt. Wenn neue Flüchtlinge im Lager ankommen und uns von der Grausamkeit des Magiers berichten«, erklärt er und bekommt einen traurigen Gesichtsausdruck.

Mir fällt meine eigene Reaktion ein, als ich am Tag zuvor die Menschen gesehen habe, die schon beim Anblick einer Wolke Todesangst bekommen. Ich erinnere mich an Kantra, das kleine Mädchen, das beide Eltern durch das Feuer der Dra'ogas verloren hat. Diese Wut auf einen einzelnen Mann, der zum größten Monster einer gesamten Welt geworden ist, kenne ich nur zu gut.

Tristan nimmt mir den Bogen aus der Hand, um einen Pfeil aus dem Köcher einzuspannen. Dicht neben mir führt er vor, wie ich den Bogen halten muss.

»Spanne die Sehne gut, damit der Pfeil sein Ziel erreicht. Ohne Spannung wird dein Geschoss nicht weit kommen oder dich sogar selbst verletzen.« Tristan greift mich an der Hüfte, um mich zurückzuziehen, bis wir mehrere Schritte vom Baumstamm entfernt stehen.

In dem Bemühen, nicht daran zu denken, dass er mich mit seinen kräftigen Händen berührt, konzentriere ich mich auf das Ziel. Er dreht mich in eine seitliche Stellung und positioniert meine Beine richtig, sodass ich einen sicheren Stand habe.

»Visiere dein Ziel an. Stell dir vor, das wäre Gorloch und

du willst ihn genau ins Herz treffen«, raunt er hinter mir, während er meinen Körper so dreht, dass die Pfeilspitze auf den Stamm weist.

Den Bogen in meiner linken Hand ziehe ich die Sehne mit der rechten so weit wie möglich zurück. Meine Arme zittern bereits und die Anspannung bringt mich ins Schwitzen.

»Du konzentrierst dich nicht, Liv«, flüstert Tristan und ich stöhne auf.

»Das geht auch nicht, wenn du so dicht hinter mir stehst«, erkläre ich, ohne den Baumstamm aus den Augen zu lassen.

»Lenke ich dich etwa ab?«, fragt er und ich kann sein umwerfendes Grinsen beinahe heraushören.

Anstelle einer Antwort drehe ich meinen Kopf, bis ich Tristan aus dem Augenwinkel sehe. Langsam runzle ich die Brauen, bis er resigniert lacht.

»Schon gut«, entgegnet er und rückt von mir ab.

Sofort fühle ich mich ungezwungener, blicke wieder zum Stamm hin und atme tief durch. Mit der Pfeilspitze ziele ich auf die Mitte des Baumstammes. Dann lasse ich das Geschoss los, das davonsaust, weit über sein Ziel hinausschießt und an der Felswand abprallt.

»Mist«, murmle ich und stapfe enttäuscht los, um den Pfeil einzusammeln. Als ich mich zu Tristan umdrehe, versteckt er rasch das breite Grinsen und klatscht mir Beifall.

»Respekt, Liv. Einen so schlechten Bogenschützen habe ich noch nicht gesehen.«

»Jeder hat irgendwann mal klein angefangen«, kontere ich und gehe zum Ausgangspunkt zurück, um es erneut zu versuchen.

Konzentriert halte ich den Bogen und lege einen neuen Pfeil ein, um die Sehne zu spannen. Für einen Moment schließe ich die Augen, um mich zu sammeln, achte auf das Geräusch meiner Atmung und horche in mich hinein, um die Außengeräusche zu ignorieren. Mein Herzschlag beruhigt sich. Dann beginnt der Wind zu säuseln, als würde er mich in einen schützenden Kokon hüllen und die Außenwelt ausschließen. Es klingt, als flüstere er mir mit Hunderten von Stimmen zu und drücke mir ihren Zuspruch aus. Eine angenehme Ruhe erfasst mich und plötzlich fühle ich eine Selbstsicherheit, wie ich sie noch nie zuvor erlebt habe. Mir wird bewusst, dass ich alles erreichen kann. Ich öffne die Augen und sehe zum Kristallsplitter hinab, der in allen Regenbogenfarben leuchtet. Die Farben schwirren wie grazile Wesen um den Splitter herum, bevor sie emporsteigen und sich um den Pfeil schmiegen, als würde eine Ranke darum wachsen. Auch ohne Worte verstehe ich, was mir die Magie damit sagen will. Der Wind wird mein Geschoss leiten und sein Ziel nicht verfehlen.

Tief atme ich ein. Als ich ausatme, lasse ich den Pfeil von der Sehne schnellen und lege all mein Vertrauen in den Wind, der mir durchs Haar fährt. Das Geschoss saust los und zieht die Farben und silbernen Fäden mit sich, als wären es Fahnen, die es in der Spur halten.

Nur Sekunden später bohrt sich die scharfe Spitze in den Baumstamm und ich juble laut. Während ich ein Freudentänzchen vollführe, erklingen hinter mir Tristans fassungslose Ausrufe. Er eilt an mir vorbei und stellt sich mit in die Seiten gestemmten Händen vor den Stamm.

»Genau in die Mitte«, staunt er und dreht sich langsam zu mir um. »Wie hast du das angestellt?«

Überrascht halte ich in meinem Tanz inne und mustere sein Gesicht. Die Farben und silbernen Fäden scheint er nicht bemerkt zu haben. Kann nur ich die Magie und den Wind sehen?

»Du weißt es wirklich nicht?«, vergewissere ich mich und gehe zu ihm, um den Pfeil aus dem Holz zu ziehen. Ich muss kräftig zerren, bis sich die Spitze aus ihrem Ziel löst. Durch den Ruck stolpere ich nach hinten, doch Tristan packt mich am Arm und stoppt meinen Sturz. Er zieht mich an sich und sieht mich an.

»Deine Augen schimmern so seltsam«, sagt er und legt den Kopf schief. »Sind sie nicht eigentlich blau?«

»Welche Farbe haben sie denn?«

»Sie sind violett«, flüstert er und kommt mit seinem Gesicht näher, um sie besser ansehen zu können, »und gelb.«

Sein Atem kitzelt mich an meiner Oberlippe und seine Nasenspitze berührt meine. Anscheinend ist er so vertieft in meine Augenfarbe, dass er die Nähe nicht bemerkt. Dann muss ich blinzeln und Tristan tritt von mir zurück.

»Jetzt sind sie wieder blau«, ruft er erstaunt aus und

schüttelt den Kopf. »Du hast die Magie benutzt, um den Pfeil ins Ziel zu lenken«, stellt er fest.

»Dass ich meine Gabe nicht benutzen darf, hast du nie erwähnt«, entgegne ich und Tristan klopft mir auf die Schulter.

»Gut gemacht, Sturmmädchen«, sagt er und ich spüre, wie mir das Blut in die Wangen schießt. Sein Lob macht mich stolz.

»Lass uns zurückgehen«, schlägt er vor und beginnt damit, die Waffen einzusammeln. »Es hat keinen Zweck, dir den Schwertkampf beizubringen, wenn du dir dabei versehentlich die Hand abhackst oder dich selbst durchbohrst. Mit Pfeil und Bogen kannst du dank der Magie gut umgehen.«

»Also trainieren wir nicht mehr?«

»Nicht mit den herkömmlichen Waffen. Maora und Roanin werden morgen mit dir deine Gabe testen und stärken. Die Sonne wird bald untergehen«, sagt er und sieht in den dämmerigen Himmel empor, bevor er mir eines der Schwerter in der Lederscheide an den Gürtel hängt.

»Du willst dein Leben aufs Spiel setzen für Menschen, die du nicht kennst. Allein das zählt und nicht, wie du dich beim Schwertkampf anstellst.« Er streicht mir über die Schulter und lässt seine Finger sanft meinen Arm hinabgleiten, bis er mit den Spitzen über meinen Handrücken fährt und dort verharrt. Dabei sieht er mir unverwandt in die Augen und lächelt mir aufmunternd zu. »Du musst nur an dich glauben, Sturmmädchen, dann kannst du alles erreichen, was du dir vornimmst. Ich bete bei all unseren Ahnen dafür, dass du die Rettung bist, auf die wir seit Jahren warten.«

Seine Worte berühren mich und zeigen mir, dass es richtig war, meine Gabe und die damit einhergehende Aufgabe anzunehmen.

»Aber ich habe Angst«, gebe ich zu. »Und ich vermisse meine Eltern. Was, wenn ich sie nie wieder sehe?«

Tristan ergreift meine Hand und drückt sie leicht. »Sobald wir es geschafft haben, Gorloch zu stürzen, werde ich nicht eher ruhen, bis du einen Weg nach Hause gefunden hast. Versprochen!«

»Und wenn wir ihn nicht besiegen können?«, spreche ich den Gedanken aus, der an mir nagt und meine Angst schürt.

»Daran wollen wir nicht denken. Aber sei dir sicher, dass du bei uns immer ein Zuhause finden wirst. Wir würden dich nie im Stich lassen.« Er schenkt mir ein Lächeln, das meine Knie weich werden lässt. Seine Hand strahlt eine unglaubliche Wärme aus, die meinen Arm hinaufkriecht und mir ein Stück Geborgenheit gibt.

Wie kann es sein, dass ich mich bei einem Jungen, der mir fremd sein sollte und den ich gerade einen Tag kenne, so sicher fühle? Dass er mir so vertraut scheint, als begleite er mich schon mein Leben lang? Auch bei Maora fühle ich mich, als wäre sie Teil meiner Familie. Ich habe die Gewissheit, dass ich mich bei ihnen fallen lassen kann und jederzeit aufgefangen werde.

»Soll ich dir ein Geheimnis verraten?«, fragt Tristan und hängt sich Köcher und Bogen über die Schulter, bevor er wieder nach meiner Hand greift und mich mit sich auf den Pfad zieht, der hinab ins Lager führt. »Wir alle haben Angst. Doch sie macht uns stärker. Wir alle haben etwas zu verlieren. Unser eigenes Leben, das unserer Liebsten, die es bisher geschafft haben, den Feuern der Dra'ogas und den Waffen der Anhänger Gorlochs zu entkommen. Niemand will noch mehr verlieren, aber am allerwenigsten unser schönes Ru'una. Lerne, dich mit der Angst abzufinden. Lass sie sich mit der Wut verbinden und dich im Kampf leiten. Wer keine Furcht verspürt, setzt sein Leben zu leichtsinnig aufs Spiel.«

Seine Worte bringen mich zum Nachdenken, während er weiterhin meine Hand hält, als wäre es das Normalste der Welt.

Unwillkürlich schaue ich hinauf in die Weite des Himmels, doch was ich sehe, lässt mich erstarren. Sofort bleibe ich stehen und ziehe an Tristans Hand, der mit einem Ruck anhält.

Vor dem Flammenplaneten schweben in der Ferne zwei dunkle Flecken. Es ist nicht zu erkennen, ob sie auf unseren Berg zusteuern, aber mich beschleicht ein mulmiges Gefühl.

»Dra'ogas«, hauche ich und zeige mit der freien Hand in die Richtung.

»Los, wir müssen so schnell wie möglich ins Lager zurück!«, befiehlt Tristan und läuft bereits los. Er zieht mich

hinter sich her und ich versuche, nicht in den Abgrund zu blicken, der sich links von uns auftut.

Wir rennen den Pfad entlang, wobei mein Blick immer wieder zu den Dra'ogas schweift, deren Umrisse sich vor Vashnerin abzeichnen. Sie steuern eindeutig in unsere Richtung. Wenn sie uns entdecken, werden sie nach uns suchen und im schlimmsten Fall das Lager finden. Wir müssen also im Schutz der Felswände verschwinden, bevor sie über uns sind.

Mir geht allmählich die Puste aus und meine Hand, die Tristans hält, wird feucht. Meine Beine brennen und nach dem nächsten Sprung von einer natürlichen Felsstufe drohen mir die Beine wegzuknicken. Der Weg wird breiter und die Felsen links von uns fallen nicht mehr so steil ab wie zuvor.

»Wir sind gleich im Lager. Halte durch!«, ruft mir Tristan zu und zerrt mich unerbittlich mit sich.

Als sich plötzlich rechts von uns vor dem dämmernden Abendhimmel drei weitere Schatten abzeichnen, schreie ich auf.

»Verdammt, sie suchen bestimmt nach uns«, keucht Tristan. Plötzlich bleibt er stehen und ich renne ungebremst in ihn hinein. Er blickt sich kurz um und zieht mich dann zu einer Felsspalte, um mich hineinzuschubsen und selbst hinterherzukommen.

»Wir schaffen es nicht mehr rechtzeitig ins Lager und ich will das Leben der anderen nicht riskieren«, erklärt er.

Erleichtert stelle ich fest, dass sich der Fels über unseren Köpfen wölbt und uns dadurch vor den Blicken der Dra'ogas verbirgt. Die Dämmerung dringt kaum bis hierhin vor und somit herrscht dumpfes Licht. Tristans angespanntes Gesicht kann ich nur undeutlich erkennen. Wir rutschen noch weiter in den Spalt und kauern uns auf den Boden. Mein Atem rasselt leicht und Tristan legt einen Finger über die Lippen, damit ich leiser werde.

Dann durchschneidet ein schriller Schrei die Luft und mir stellen sich die Nackenhaare auf. Das Rauschen von Flügeln folgt und schon wird der Staub vor dem Felsspalt aufgewirbelt. Es poltert und Krallen schaben über das Gestein. Vor dem Spalt verdeckt ein Felsbrocken den größten Teil des Eingangs. Dennoch kann ich dunkle Lederflügel erkennen, die sich in der Nähe vorbeischieben. Leises Brummen ertönt und ich greife nach Tristans Hand, um sie nervös zu quetschen.

Er hingegen sieht wie gebannt nach draußen. Es ist so eng hier drin, dass er sein Schwert nicht ziehen könnte.

Das Rauschen von Flügeln ist ein weiteres Mal zu hören und dann poltert es mehrmals. Mein gesamter Körper verkrampft sich, als mir klar wird, dass mindestens drei Dra'ogas auf den Felsbrocken gelandet sind. Erneut ertönt ein lauter Schrei, der von den anderen Wesen mit einem Gluckern beantwortet wird.

Ob sie uns riechen können?

Wieder schaben Krallen über Gestein und alles in mir zieht sich bei dem Geräusch zusammen.

Plötzlich tanzen leuchtende Farbkleckse auf den Wänden der Felsspalte und ich stelle erschrocken fest, dass der Kristallsplitter leuchtet. Er muss meine Angst gespürt haben. Schnell stopfe ich ihn unter das Hemd und presse die Hände davor, um die verräterischen Farben zu verstecken. Tristan wendet mir sein Gesicht zu und die Skepsis darin ist trotz der Lichtverhältnisse unübersehbar.

Hat er die Farben wieder nicht bemerkt? Aber die Dra'ogas sind magisch. Sie können die Zeichen der Magie bestimmt sehen. Mit einem Mal wird mir richtig schlecht.

Was, wenn die Wesen die Magie spüren können?

»Tristan«, wispere ich und umklammere seinen Oberarm.

Er schaut mich nur warnend an und legt erneut einen Finger an die Lippen, doch ich lasse nicht locker.

»Können sie mich spüren?«, flüstere ich nah an seinem Ohr und er reißt die Augen auf.

»Verbirg deine Magie!«, wispert er zurück und sieht mich eindringlich an.

Mich hingegen ergreift Panik. Wie soll ich das anstellen?

Mein Brustkorb schmerzt und ich habe das Gefühl, keine Luft mehr zu bekommen. Da schiebt sich etwas vor den Felsspalt und kurz kann ich die regenbogenfarbenen Schuppen erkennen, bevor uns auch das letzte Licht genommen wird. Um nicht zu schreien, presse ich eine Hand auf den Mund.

Tristan tastet nach meiner Hand, bis er sie findet und zu sich zieht.

Nur langsam ebbt das Panikgefühl ab und ich schließe die Augen, um zur Ruhe zu kommen und mich auf meine Atmung und den Herzschlag zu konzentrieren, der noch immer zu rasen scheint. Dann stelle ich mir die funkelnden Regenbogenfarben vor, die sich im Kristall verbergen. Sie vermischen sich mit den silbernen Fäden des Windes und sammeln sich vor meinem inneren Auge in einer Kugel. Hinter meinen geschlossenen Lidern erhellen sie die Dunkelheit.

Verbergt euch vor den Herzen der Dra'ogas, befehle ich ihnen in Gedanken und schon verblassen die Farben, bis ich nur noch einen sanften Wind in meinem Inneren spüre. Mit einem Mal fühle ich mich leichter. Schritte poltern und spärliches Licht flutet unser Versteck. Tristan sieht mich fragend an und ich nicke, woraufhin er erleichtert die Schultern sacken lässt und mir zulächelt, bevor er sich erneut der Öffnung zuwendet, vor welcher der Dra'oga verschwunden ist.

Noch immer geben die Wesen gluckernde Geräusche von sich und man hört, wie ihre Schwänze auf dem Gesteinsboden schleifen, während sie umherlaufen. Ihre schweren Schritte lassen den Felsen erbeben und Sand rieselt von den Wänden.

Dann ist es still. Kein Geräusch dringt mehr zu uns in den Spalt, kein Beben erschüttert den Berg. Ich zähle bereits die Sekunden, da durchbricht ein Schrei die Stille und das Rauschen der Flügel lässt mich erleichtert ausatmen.

Sie haben uns nicht entdeckt.

Wir bleiben trotzdem noch eine Weile in unserem Versteck sitzen, bis auch das letzte Licht gewichen ist und Tristan aufsteht, um sich aus der Spalte zu schieben. Als wir wieder im Freien stehen, atme ich tief durch. Die ersten Sterne leuchten am Nachthimmel und der Flammenplanet sendet sein rotes Licht nach Ru'una.

»Denkst du, sie wussten, dass wir hier waren? Sie sind direkt vor unserem Versteck gelandet. Das kann kein Zufall gewesen sein«, wende ich mich an Tristan.

Er zuckt mit der Schulter und macht sich bereits wieder auf den Abstieg zum Lager. »Lass uns Maora fragen. Sie kennt sich in diesen Dingen besser aus.« Ohne nach mir zu sehen, läuft er weiter und ich verstehe nicht, warum er sich mir gegenüber plötzlich so distanziert verhält. Ist er böse auf mich, weil ich die Dra'ogas auf unsere Spur gelockt habe?

»Warte!«, rufe ich und eile ihm nach. Er spricht den restlichen Weg kein einziges Wort mehr mit mir und unternimmt nicht noch einmal den Versuch, nach meiner Hand zu greifen.

Habe ich etwas Falsches gesagt?

Mit dem letzten Lichtstrahl erreichen wir endlich das Lager, das stockdunkel vor uns liegt. Keine Kerze erhellt die Dunkelheit, kein Lichtschein dringt aus den Hütten und Zel-

ten. Bretter verdecken die Fenster und die Stoffe der Zelte sind so dick, dass nichts hindurchschimmert. Man könnte beinahe meinen, das Lager wäre ausgestorben.

9. KAPITEL

Wir betreten Amphirs Hütte und werden sofort von einer besorgten Maora empfangen.

»Um Himmels willen, wir haben uns schon Sorgen gemacht. Wo wart ihr denn so lange?«, fragt sie und will Tristan an sich ziehen, doch der weicht ihr aus und wendet sich seiner Schlafnische zu.

Maora wirft mir einen fragenden Blick zu, den ich jedoch nur mit einem Schulterzucken beantworten kann.

»Wir hatten eine unerfreuliche Begegnung mit mehreren Dra'ogas«, sage ich, nachdem ich den Gürtel, an dem das Schwert befestigt ist, auf einen Stuhl gelegt habe.

»Auf unserem Berg? Dann sind sie uns näher, als wir dachten«, ertönt Amphirs Stimme, der in der hinteren Ecke der Hütte sitzt und an einem Stock schnitzt.

»Wir ahnten doch bereits, dass Gorloch nach Liv und Aniwa suchen lassen wird. Der Hexer ist nicht dumm. Er wird vermuten, dass wir uns in den Bergen verstecken. Zum Glück gibt es in Ru'una so viele Berge, dass er eine Weile brauchen wird, um uns zu finden«, entgegnet Maora und räumt mein Schwert in eine Holztruhe, sodass ich mich auf dem Stuhl niederlassen kann. Bereits jetzt spüre ich den Muskelkater in meinen Beinen und strecke sie seufzend aus.

»Wie konntet ihr den Dra'ogas entkommen?«, fragt Amphir und ich berichte ihm von unserem Versteck in der Felsspalte, während Tristan beharrlich schweigt.

Er sitzt auf seinem Bett und rührt sich nicht. Sein Gesicht liegt im Schatten, sodass ich nicht sehen kann, ob er mich ansieht oder auf den Boden starrt.

Als ich ende, stelle ich die Frage, die mir Tristan nicht beantworten konnte. »Woher wussten die Dra'ogas, wo sie nach uns suchen müssen? Spüren sie meine Magie?«

Maora lässt sich auf dem Stuhl neben mir nieder und betrachtet den Kristallsplitter, den ich unter meinem Hemd hervorgezogen habe, eingehend. »Entweder haben sie euch von weitem erspäht oder sie erkennen tatsächlich deine Magie. Seitdem du die Gabe angenommen hast, ist die Magie in dir stärker. Stelle es dir so vor, dass sie in deiner Seele verborgen liegt wie in einer Schachtel. Vielleicht hat sich das Gefäß ab und zu geöffnet und dir einen Vorgeschmack auf deine Gabe gegeben. Du hast bestimmt gespürt, dass du

anders als deine Mitmenschen bist, oder? Als du dann nach Ru'una gelangt bist, ist die Büchse einen Spalt offengeblieben, und als du auf Aniwa gestoßen bist, hast du die Gabe so sehr gebraucht, dass das Gefäß vollends aufgesprungen ist und die Magie herausströmen konnte. Sie erfüllt nun deinen Körper, fließt durch deine Adern und lebt in deinem Herzen. Egal, wo du gehst, du hinterlässt eine magische Spur, die von Menschen und Wesen, die der Magie zugetan sind, erspürt werden kann«, erklärt sie, beugt sich vornüber und streicht mit einer Fingerkuppe über den Splitter. Überrascht weiten sich ihre Augen und sie hebt den Kopf, um mich anzusehen. »Du hast deine Magie verborgen«, stellt sie fest und schnalzt mit der Zunge.

»Als mir klar wurde, dass die Dra'ogas nicht ohne Grund vor unserer Felsspalte gelandet sind, habe ich versucht, meine Gabe vor ihnen zu verbergen. Frag mich nicht, wie ich das geschafft habe, denn ich verstehe es selbst nicht.« Unsicher lache ich.

Maora zieht sich zurück und streckt ihren Rücken durch, während sie mich lächelnd mustert.

»Sturmmädchen, du bist stärker und begabter, als du dir eingestehen willst«, sagt sie und ihre Worte erfüllen mich mit Stolz.

Amphir tritt auf uns zu, stellt sich hinter mich und legt mir die Hand auf die Schulter. Sanft drückt er zu. »Dann steht Livs Training morgen wohl nichts mehr im Weg. Bevor die Sonne erneut untergeht, werden wir wissen, ob diese Rebellion unter einem guten Stern steht und uns das Sturmmädchen zum Sieg führen kann.«

In seinen Augen erkenne ich die Sehnsucht nach Rache und gleichzeitig nach Frieden in dieser Welt. Hoffentlich irren sich die Bewohner von Ru'una nicht in mir. Denn was ist schon die Prophezeiung eines Kristalls wert, wenn er sich in den Fängen des Bösen befindet und seine Magie missbraucht wird?

»Lasst uns zu Bett gehen. Morgen wird ein anstrengender Tag, besonders für unsere Liv«, sagt Amphir und geht auf seine Schlafnische zu.

Unsere Liv, hallt seine Stimme in meinem Kopf und mir fallen Tristans Worte ein, dass ich bei ihnen immer einen Platz finden würde. Mein Blick huscht zu ihm, doch er sitzt weiterhin stumm in seiner Nische und verbirgt das Gesicht in den Schatten. Hat er seine Meinung etwa geändert und bereut seine Worte bereits?

»Brauchst du einen Schlaftrunk?«, fragt mich Maora und ich schüttle schnell den Kopf, als ich an den wirren Traum und ihre Erinnerungen denke. Maora lacht leise und schlurft zu ihrer Schlafstätte.

Ich tue es ihr gleich und ziehe den Vorhang zurück, hinter dem sich das einfache Strohbett befindet. Noch einmal sehe ich zu Tristan, während ich meine Schuhe ausziehe und in die Nische krabble, doch er hat sich bereits hingelegt und den Stoff vorgezogen. Frustriert seufze ich und greife nach meinem Handy, das ich hier verwahre. Am Vorabend hatte ich es ausgeschaltet, da es mir in dieser Welt sowieso nicht von Nutzen ist. Auf dem schwarzen Display wird mein Gesicht schwach gespiegelt. Wie gerne würde ich meinen Eltern eine Nachricht schicken und ihnen mitteilen, dass ich alles daransetze, nach Hause zu kommen. Frustriert schiebe ich es wieder unter mein Kissen, das aus alten Tüchern und Stroh besteht. Dann sehe ich noch einmal zu Tristans Schlafnische hinüber, bevor ich auch meinen Vorhang zuziehe.

Was habe ich bloß falsch gemacht?

Kaum hatte ich die Augen geschlossen und mich erschöpft dem Schlaf hingegeben, wecken mich Geräusche. Verwirrt richte ich mich auf und starre in dem schummrigen Licht der Morgendämmerung an die gegenüberliegende Holzwand. Hinter dem Vorhang sehe ich Schatten, die sich bewegen, und höre das dumpfe Geräusch eines Eisenkessels, der gegen Stein schlägt.

Verschlafen reibe ich mir die Augen und gähne, während ich die Glieder strecke und meinen Rücken durchdrücke. Ein penetranter Schmerz in den Beinen erinnert mich an unseren Sprint am Tag zuvor. Zum Glück pocht mein rechter Knöchel nicht mehr wie noch am vorigen Abend.

Mit den Fingern versuche ich, mein zerzaustes Haar zu bändigen und stelle fest, dass es dringend Zeit für eine

Dusche wäre. Aber es gibt in dieser Hütte kein Bad. Bisher musste ich immer in die Büsche oder in ein provisorisches Plumpsklo zwischen den Felsen, wenn ich auf Toilette wollte.

»Bist du wach, Liv?«, höre ich Maora leise fragen und ziehe den Vorhang beiseite. Sie steht mit einem dampfenden Becher vor mir und mustert mich von oben bis unten. »Gut geschlafen?«

»Hm, wenn man von den Albträumen absieht, in denen mich Dra'ogas in rosa Tutus gejagt haben und ich dem weißen Kaninchen aus Alice im Wunderland begegnet bin, dann ja«, murmle ich und schiebe meine Beine über die Bettkante.

»Ich frage lieber nicht nach, was das bedeutet«, kommentiert Maora trocken und reicht mir den Becher.

»Was ist das?«, erkundige ich mich, als mir ein würziger Kräuterduft in die Nase steigt.

»Ein Wundermittel gegen deine schmerzenden Muskeln. Mir ist nicht entgangen, wie steif du dich gestern Abend bewegt hast.«

Nachdem ich Maora ein dankbares Lächeln geschenkt habe, nippe ich an dem heißen Getränk, das wohltuend meinen Rachen hinabfließt und die Kälte des Morgens vertreibt. Die alte Frau geht zu einer Truhe und wühlt vor sich hin summend darin, bis sie mit einem freudigen Ausruf etwas herauszieht.

Neugierig schiele ich zu Tristans Schlafnische, doch diese ist leer.

Vor mir faltet Maora ein Stoffstück auseinander und weist mich an, aufzustehen. Prüfend hält sie es vor meinen Körper und nickt zufrieden. »Das dürfte passen«, sagt sie und nimmt mir den leeren Becher ab. »Hinter der Hütte steht ein Waschzuber mit lauwarmen Wasser. Darin kannst du dich waschen, wenn du willst.«

»Gerne«, antworte ich erfreut, nehme die frischen Kleidungsstücke entgegen und schlüpfe in meine Schuhe.

»In diesen Kleidern lässt es sich wunderbar kämpfen«, erklärt Maora mit einem breiten Grinsen.

»Wenn es nach Tristan geht, bin ich für den Kampf absolut ungeeignet«, entgegne ich und mache mich bereits auf den Weg zur Tür.

»Manchmal will der Junge die Wahrheit nicht sehen. Außerdem ist er besonders streng zu denen, die ihm am Herzen liegen. Das hat er von seinem Vater«, sagt sie und lacht vor sich hin, während ich aus der Tür schlüpfe. Hinter der Hütte steht eine hölzerne Wanne, die durch die Felswände auf der einen und die Hütte auf der anderen Seite vor den Blicken der übrigen Lagerbewohner verborgen bleibt. Ein Vorhang versperrt den schmalen Durchgang zwischen Fels und Hütte, sodass ich mich hier völlig unbeobachtet fühle und mich entkleide. Voller Vorfreude auf ein ausgiebiges Bad steige ich in das Wasser und ziehe dabei scharf die Luft ein. Unter *lauwarm* habe ich mir etwas anderes vorgestellt.

In Windeseile schrubbe ich meinen Körper mit der bereitliegenden Seife und wasche meine Haare. Meine Zähne

klappern bereits, als ich aus dem Zuber klettere und mich nach einem Handtuch umsehe, aber keines finde. Also trockne ich mich mit meinen benutzten Kleidern notdürftig ab und rubble mir die Haare so trocken wie möglich. Mit den Fingern versuche ich, die schlimmsten Knoten zu lösen, ziehe die frischen Strümpfe über und steige in die Hose aus dunkelbraunem, weichem Stoff, der eng an meinen Beinen anliegt. Es ist ungewohnt, ohne Unterwäsche herumzulaufen, aber wahrscheinlich soll diese Hose etwas in der Art darstellen. Nicht sehr schick, aber wenigstens hält sie warm.

Dann hebe ich das Kleid hoch und bestaune es von allen Seiten. Es ist aus cremefarbenem Leinen hergestellt und figurbetont geschnitten, was mich verwundert. Die meisten Menschen in dem Lager tragen Lumpen oder weite Kleidung. Gerade die Kleider der Frauen geben selten Aufschluss über deren Figur.

Gespannt darauf, wie es an mir aussieht, ziehe ich es mir über den Kopf und lasse es an meinem Körper hinabgleiten, bevor ich es zurechtzupfe. Während ich mich leicht drehe, bestaune ich das Kleid, das perfekt sitzt. Es bedeckt gerade noch die Waden und ist an den Hüften eng geschnitten. Schlitze reichen von den Oberschenkeln abwärts bis zum Saum, sodass ich in meinen Bewegungen nicht eingeschränkt bin. Die langen Ärmel sind am Ende leicht ausgestellt. Mit einigen Handgriffen ziehe ich die Schnüre im Brustbereich enger und mache eine Schleife. Dann schlüpfe ich in meine schwarzen Turnschuhe, die so gar nicht zu dem neuen Outfit passen, und schnappe mir meine benutzte Kleidung, um zu Maora zurückzukehren.

Als ich gerade in die Hütte treten will, kommt Tristan aus dem Lager auf mich zu. Er sieht mich überrascht von oben bis unten an und mein Herz wummert, während ich auf seine Reaktion warte.

Wieso ist mir seine Meinung plötzlich so wichtig?

Bei seinen Blicken steigt mir die Hitze in die Wangen und ich will mich schnell abwenden, um mich in die Hütte zu retten, als er mich am Arm greift.

»Du willst so in die Schlacht ziehen?«, fragt er und ich sehe ihn irritiert an.

»Was spricht dagegen?«

»Du kannst nicht mit diesen Schuhen herumlaufen. Das ruiniert das gesamte Bild des sagenumwobenen Sturmmädchens«, erklärt er und lacht.

»Erstens bin ich nicht sagenumwoben und zweitens sind diese Schuhe sehr bequem.«

Tristan grinst frech, mustert mich erneut von oben bis unten und schnalzt dabei aufreizend mit der Zunge. »So ein Kleid und dann solche Schuhe«, sagt er und zeichnet meine Figur mit seinen Händen nach.

Mir wird schon wieder heiß und gleichzeitig freue ich mich darüber, dass Tristan zu seiner alten Art zurückgefunden hat. Keine Spur mehr von dem verschlossenen Jungen vom gestrigen Abend.

»Hast du denn welche für mich?«, frage ich und im Nu stürmt er an mir vorbei, greift mich an der Hand und zieht mich in die Hütte hinein.

»Oh, Liv, in dem Kleid siehst du aus wie auf den Zeichnungen in Roanins Höhle«, kommt es entzückt von Maora, die ihre Hände vor der Brust faltet und mich verträumt ansieht.

»Bis auf die Schuhe, Großmutter«, murrt Tristan und wühlt bereits in einer der Holztruhen. Er zieht ein paar Lederstiefel heraus und sieht zwischen ihnen und meinen Füßen hin und her. »Die sollten passen.«

Er reicht sie mir. Rasch entledige ich mich der Turnschuhe und probiere einen der Stiefel an. Meine Zehen haben noch etwas Luft, aber es dürfte gehen. Tristan nickt zufrieden, während ich in den zweiten Stiefel schlüpfe und beide zuschnüre, bis ich sicheren Halt finde. Probeweise laufe ich mehrere Schritte hin und her und springe auf und ab. Sie sind bequem und passen eindeutig besser zu dem Kleid.

»Jetzt bist du ausgerüstet, um Gorloch in den Hintern treten zu können«, sagt Tristan und schenkt mir ein ehrliches Lächeln, das mich aufwühlt. Was soll ich davon halten, dass er solche Gefühle in mir hervorbringt? Es ist definitiv das falsche Timing und vor allem die falsche Welt, um sich zu verlieben.

10. KAPITEL

Nach einem kleinen Frühstück machen sich Maora, Tristan und ich auf den Weg zu den Pegasa, um zu Roanin zu fliegen. Dort wollen sie meine Gabe testen. Nervosität und gleichzeitig Vorfreude erfüllen mich, denn ich kann es kaum erwarten, den Umgang mit meiner Gabe zu lernen und die Naturgewalten bewusst zu leiten.

Während wir unterwegs sind, wird sich Amphir mit den Rebellen beraten und einen Plan schmieden, sollte ich mich als würdig erweisen. Je eher wir gegen Gorloch marschieren, desto schneller erfahre ich, ob ich wieder nach Hause komme. Noch nie zuvor war ich gläubig, doch nun bete ich zu allen Göttern, die ich kenne, dass sie unser Unterfangen unterstützen mögen.

Maora führt ihren weißen Pegasum aus den Stallungen,

während Taran schon freudig und mit erhobenem Schweif auf Tristan zutrabt.

»Darf ich bitten?«, fragt Tristan und verbeugt sich galant vor mir, wobei er auf seinen schwarzen Pegasum deutet, der bereits gesattelt und getrenst neben ihm zum Stehen kommt.

»Ich bekomme keinen eigenen Pegasum?«, frage ich.

Tristan sieht mich geschockt an, als er nach den Zügeln greift. »Du würdest abgeworfen werden und dir alle Knochen brechen, wenn du fällst.«

»Du willst doch nur, dass ich mich während der Reise an dich schmiege«, entgegne ich mit einem neckenden Lächeln.

Er hingegen packt mich am Handgelenk und zieht mich mit einem Ruck zu sich heran, sodass ich gegen seine Brust pralle.

»Sag nicht, dass du das nicht auch willst«, flüstert er mir ins Ohr und lässt mich los. Als ich zu ihm aufblicke, wandelt sich Tristans ernste Miene, bis er mich spitzbübisch angrinst.

Ohne Frage ärgert er mich gerne und doch habe ich das Gefühl, dass sich hinter seinen Neckereien etwas Wahres verbirgt. Oder hoffe ich bloß, dass es so ist? Dass er mich nicht nur auf den Arm nimmt?

Den Kopf gesenkt verharre ich an ihn gelehnt, während ich seinen Herzschlag spüre, der kräftig gegen meine Brust pocht. Wie selbstverständlich vergräbt er sein Gesicht in meinem noch feuchten Haar. Es ist zu verlockend, einfach so stehen zu bleiben und zu ignorieren, was in dieser Welt vor sich geht und was von uns verlangt wird.

Aber ich besinne mich meiner Aufgabe und drücke mich von ihm ab, um schweigend auf Taran zu steigen. Tristan führt den Pegasum den Pfad hinauf, und nachdem wir den Felsspalt passiert haben, schwingt er sich in den Sattel und legt seine Arme um meine Hüfte, um nach den Zügeln zu greifen.

»Bist du bereit, Liv?«, fragt Maora, die bereits auf uns wartet, und lässt im gleichen Moment ihren Pegasum antraben. Das weiße Tier lockert bereits seine Flügel.

»Mehr als das«, rufe ich und schon trabt auch Taran an. Elegant breitet er die schwarzen Schwingen aus, um sich in die Lüfte zu erheben.

»Dieser Tag wird in die Chroniken von Ru'una eingehen. Der Tag, an dem das Sturmmädchen die Rebellion einläutete«, schwärmt Roanin, als wir ihn vor seiner Höhle antreffen. Er scheint vollkommen durch den Wind zu sein und läuft aufgescheucht zwischen uns und Aniwa hin und her, die es sich vor einem Felsen bequem gemacht hat und den Magier aufmerksam beobachtet.

»Ist er schon den ganzen Tag über so aufgedreht?«, flüstere ich der Dra'oga zu und lege eine Hand auf ihren Kopf.

»Seit die ersten Sonnenstrahlen durch die Baumkronen gefallen sind.«

»Scheint heute ein besonderer Tag zu werden«, stelle ich fest.

»Der Tag, an dem sich das Schicksal Ru'unas wenden könnte«, erklärt Aniwa bedeutungsvoll.

»Wollen wir? Roanin macht mich noch ganz nervös mit seiner Rennerei«, sagt Tristan und scheucht den Magier bereits in Richtung des Waldes.

Maora und ich folgen ihnen, während sich Aniwa gemächlich erhebt und auf den Weg zum seitlichen Zugang macht, um unbeschadet aus dem Wald zu gelangen und so wenige Bäume wie möglich umzuknicken und zu Boden zu reißen.

»Wir trainieren also auf der Wiese?«, frage ich Maora, die sofort nickt. »Aber was, wenn uns ein Dra'oga entdeckt?«

»Wir bleiben an der Waldgrenze, sodass wir jederzeit Schutz suchen können. Noch immer ist der Zauber des Splitters aktiv und bewahrt uns im Wald vor Angriffen und den allgegenwärtigen Augen Gorlochs.«

»Sieht es in Ru'una eigentlich überall so aus wie hier?«, frage ich unvermittelt, weil ich gerne mehr über diese Welt, bei deren Rettung ich helfen soll, wissen will.

»Wenn du dich Richtung Norden wendest, gelangst du irgendwann zum ewigen See, der die gesamte Nordhalbkugel einnimmt. Im Süden kommst du zum magischen Wald. Dort fanden die Dra'ogas ihren Ursprung. Jeder Baum trägt die Magie der Natur in sich, doch in diesem Forst ist sie besonders intensiv«, erklärt Maora und streift mit ihrer Hand beim Vorbeigehen einen Baumstamm. Sie seufzt und lächelt mich an.

»Die Natur ist so viel magischer, als wir Menschen es je sein könnten. Bis auf dich, mein Kind. Du bist ihr Geschenk, daher folgen die Naturgewalten deinem Willen.«

»Gibt es noch andere wie mich?«

»In Ru'una nicht. Wer weiß, ob es in anderen Welten noch Lebewesen mit einer ähnlichen Gabe gibt. Die Sonnensysteme sind endlos.«

Das erste Mal im Leben fühle ich nicht diese Abscheu, wenn ich daran denke, dass ich anders bin als meine Mitmenschen. Kein Monster, sondern etwas Besonderes, von der Natur und ihrer Magie gesegnet. Der Gedanke hinterlässt sein warmes Gefühl in meiner Brust und endlich, das erste Mal nach Donnas Tod, fühlt sich mein Herz leicht an.

Wir stehen wenige Schritte außerhalb der Waldgrenze und lange Grashalme kitzeln meine Beine. Eine sanfte Brise weht über die Ebene und verfängt sich in den Bäumen hinter uns. Zweige ächzen und Blätter rascheln. Laub- und Nadelbäume mischen sich in Roanins Wald und so steigt mir der dezente Duft nach Fichtennadeln in die Nase. Zwischen den dunklen Stämmen lugt ein kleiner Hula hervor, der uns beobachtet. Es muss das Wesen sein, das uns am Tag zuvor hier begegnet ist. Die weißen Hasenohren zucken nervös, doch dann verschwindet das Tier im Gehölz.

»Bist du bereit für deinen ersten Unterricht in Magie?«, erhebt Roanin feierlich das Wort und tritt vor mich.

Mein Magen beginnt zu kribbeln und ich nicke aufgeregt.

»Wir beginnen mit etwas Leichtem. Lass es regnen!«, befiehlt er und weist in den blauen Himmel, an dem sich nur wenige weiße Wolken tummeln.

Nachdenklich sehe ich nach oben und denke an den Regenschauer, der mich vor Aniwas Flammen gerettet hat. Die Natur hatte mein Leben retten wollen und auf meine Furcht reagiert.

»Befiehl den Wolken, es regnen zu lassen«, hilft mir Roanin, weil ich noch immer darüber grüble, wie ich es angehen soll. »Du musst deine Gabe in jeder Situation nutzen können, ansonsten ist die Rebellion von Beginn an zum Scheitern verurteilt. Wir müssen uns vollkommen auf dich und deine Kraft verlassen können, Liv«, wirft Tristan ein, was ich nachvollziehen kann.

Dann umschließe ich den Kristallsplitter, den ich noch immer trage, mit meiner Hand und sehe auf die Ebene hinaus. Die Halme wiegen sich in der Brise und Wellen ziehen sich durch die Graslandschaft, als würde sie vom Wind gepeitscht. Um mich auf meine Atmung konzentrieren zu können, schließe ich die Augen. Das Geräusch vermischt sich mit dem Rascheln der Halme, dem Rauschen der Blätter, dem Ächzen der Zweige und dem Flüstern des Windes.

»Lass es regnen, Liv. Aber denke daran: Der Regen soll nur deine Feinde treffen, nicht deine Verbündeten«, sagt Maora, was mich vor eine weitere Herausforderung stellt.

Die Fäuste geballt gehe ich in mich und denke daran, dass ich es schaffen will – nein, ich muss es!

Mit geschlossenen Augen stelle ich mir meine Umgebung vor. Die Dunkelheit hinter meinen Lidern weicht und Farben wirbeln umher, formen nach und nach die Grasebene. Drei leuchtende Umrisse erscheinen genau dort, wo ich Roanin, Maora und Tristan vermute.

Dann beginnt sich der Splitter in meiner Hand zu erhitzen und ich spüre die Magie in mir. Der Wind nimmt zu und erfasst mich, als wolle er mich willkommen heißen. Eine sanfte Stimme flüstert mir ins Ohr, doch ich verstehe sie nicht. Sie wird immer lauter, bis ich den Namen deutlich höre.

»Gorloch«, säuselt der Wind und schürt damit meine Wut.

Donner grollt in der Ferne und ich denke an Donna, erinnere mich an unsere gemeinsamen Jahre und den Schmerz, der mich seit ihrem Verlust nicht mehr loslässt. Der Donner wird lauter und der Wind wächst zu einem Sturm heran, der an mir zerrt, sodass ich mich breitbeiniger hinstelle, um einen sicheren Stand zu finden. Die Haare wehen mir vors Gesicht und kitzeln mich an der Nase.

»Regen, Liv«, dringt Maoras Stimme durch das Tosen des Sturmes. Ich lege meinen Kopf in den Nacken und öffne die Augen. Staunend entdecke ich die dunklen Wolken, die keinen Blick mehr auf den blauen Horizont zulassen. Dunkelgrau, beinahe schwarz verkünden sie Unheil. Sehnsucht erfüllt plötzlich mein Herz. Das tiefe Bedürfnis nach Freiheit erfüllt mich und ich will hinauf zu den Wolken, in die Weiten des Himmels und dort den Wind spüren.

»Lass es regnen«, flüstere ich kaum hörbar und beobachte die Wolken, die der Wind vor sich her peitscht. Gleichzeitig wünsche ich mir, trocken zu bleiben. Rechts von mir stehen Roanin und Maora und haben ein wachsames Auge auf mich. Auf meiner linken Seite behält Tristan den Himmel im Blick. Wahrscheinlich gibt er acht, dass sich kein feindlicher Dra'oga nähert. Es wird nicht lange dauern und sie werden das Naturschauspiel bemerken.

Als ich wieder zu den Wolken hinaufsehe und tief durchatme, fallen die ersten Tropfen vom Himmel. Deutlich hört man ihr Platschen, wenn sie auf dem Erdboden auftreffen. Meine Anspannung löst sich und schon geht ein Sturzregen auf uns hernieder, silberne und bunte Wassertropfen mischen sich darunter. Die Magie der Natur, denke ich und sehe stolz zu Maora und Roanin hinüber. Sie betrachten begeistert das Schauspiel, denn es ist, als befänden wir uns unter einer schützenden Kuppel. Auch Aniwa bleibt vom Nass verschont. Zu unseren Seiten prasselt der Regen auf die Erde. In meiner ausgestreckten Hand fange ich einige Tropfen auf. Sie schimmern in allen Farben des Regenbogens.

»Ganz großartig«, ertönt eine Stimme links von mir und ich sehe überrascht zu Tristan.

»Das tut mir leid«, sage ich schnell und schlage mir die Hand vor den Mund.

Tristan starrt mich finster an, während ihm das Wasser den Körper hinabrinnt. Die Haare kleben nass in seinem Gesicht und missmutig lässt er die Schultern hängen. Er hebt einen Fuß und setzt ihn wieder auf der nassen Wiese ab, die unter seiner Belastung schmatzt.

»Man kann beim ersten Versuch nicht sofort alles richtig machen«, höre ich Maora sagen und Roanin brummt zustimmend.

»Es ist genug«, flüstere ich und sehe zu den Wolken hinauf, die ihre Last nicht länger auf die Erde fallenlassen. Nur noch wenige vereinzelte Tropfen treffen uns, dann reißt der Himmel auf. Die Wolken lassen Sonnenstrahlen hindurch, welche die Regentropfen auf dem Erdboden und auf den Grashalmen zum Leuchten bringen. Bunt schimmert die Ebene, als wären farbige Diamanten auf ihr gelandet.

»Deine erste Prüfung hast du bestanden, Liv«, sagt Roanin und sieht zu Tristan. »Nun folgt die zweite. Sei die Herrin über den Sturm. Nutze den Wind und bewege Gegenstände.«

Auf der Suche nach etwas Geeignetem sehe ich mich um, bis mein Blick an Tristan hängen bleibt, der jedoch sogleich abwehrend die Hände hebt.

»Denk nicht dran, Liv!«, warnt er mich. Von seiner Kleidung tropft es unaufhörlich.

Für einen Moment schließe ich die Augen und sofort erhellen die bunten Farben der Magie die Finsternis. Meine Gabe erfüllt mich immer mehr, sodass ich schneller darauf zugreifen kann, bemerke ich erfreut und öffne die Lider. Sanft lasse ich eine Hand hin und her gleiten, als würde ich etwas bewegen wollen. Der Wind nimmt zu, umschmeichelt mich und flüstert an meinem Ohr. Grashalme wiegen sich im aufkommenden Sturm und schütteln die Wassertropfen von sich, die funkelnd durch die Luft fliegen und verblassen. Silberne Fäden wirbeln über unseren Köpfen und vereinen sich mit den Farben des Regenbogens zu einem Tanz. Verzückt entdecke ich, dass sich der silberne Wind an meine Beine schmiegt, nachdem ich meinen Kopf habe sinken lassen. Als wäre ich das Zentrum eines Sturms, schlängeln sich die Fäden wie Blumenranken hinauf bis zu meiner Brust. Ich strecke die Arme aus und beobachte, wie die Farben sich bis zu meinen Fingerspitzen entlangwinden. Überall an meinem Körper prickelt es angenehm.

Den Blick auf Tristan gerichtet strecke ich meine Hand nach ihm aus. Sofort gehorcht der Wind und saust so schnell in seine Richtung, dass ich aus dem Gleichgewicht gerate.

Tristan hält die Arme schützend vor sich, als ihn der Sturm erfasst. Die Farben wirbeln um ihn herum und zerzausen ihm die Haare. Der Wind kehrt zu mir zurück, als ich den Arm sinken lasse. Die Haare stehen Tristan zu Berge und er schwankt leicht, bis er sich fängt und seine Frisur glatt streicht. Seine Kleidung ist trocken, doch seine Gesichtsfarbe ungewöhnlich blass. Er atmet tief durch und fährt sich erstaunt über das Oberteil.

Der Wind gehorcht mir, nun muss ich noch einen Gegenstand bewegen. Es bleibt mir nichts anderes übrig, als mich selbst in die Lüfte zu heben, um zu beweisen, dass ich den Sturm zuverlässig leiten kann. Mit dem Gedanken an die Sehnsucht nach den Wolken und dem Himmelreich wünsche ich mir, Teil dieser Welt hoch über unseren Köpfen zu sein, eins mit dem Wind.

»Trage mich hinfort«, flüstere ich ihm zu und er antwortet mit tausenden Stimmen. Seine Kraft nimmt zu und ein Wirbelsturm bildet sich um meinen Körper. Langsam hebe ich ab. Meine Füße lösen sich und ich schwanke ohne die Sicherheit des Erdbodens, während ich mit den Armen rudere. Durch die Farben hindurch sehe ich Roanin, Maora und Tristan, die mir erstaunt zusehen.

Langsam steige ich höher und finde mit der Zeit mein Gleichgewicht. Mir ist etwas mulmig bei dem Gedanken, dass ich ohne Sicherung mehrere Meter über dem Erdboden schwebe. Aber es ist an der Zeit, auf die Magie des Windes zu vertrauen und meine Zweifel abzulegen, um für die Rebellen das furchtlose Sturmmädchen zu sein, das sie verdient haben.

Der Wind um mich herum glitzert in den verschiedensten Farben. Ich greife nach dem Kristallsplitter, der auf das Leuchten des Windes reagiert und zu pulsieren scheint. Mir wird bewusst, warum der magische Kristall mich hierher gebracht hat. Er braucht meine Hilfe, um wieder diese Reinheit zu erlangen, die dieser Splitter noch in sich birgt.

Als ich mich auf Höhe der Baumkronen befinde, raschelt es unter mir und Aniwa tritt aus dem Wald. Sie breitet ihre Flügel aus und erhebt sich in die Lüfte. Die Dra'oga vollführt Rollen und Kapriolen und fliegt um mich herum, als wolle sie mich zum Spielen auffordern. Nichts deutet darauf hin, dass sie die Qualen der letzten Jahre belasten. Der Wind trägt mich auf Aniwa zu.

»Willst du auf mir reiten, Sturmmädchen?«, fragt sie, als ich meine Hand auf ihren warmen Körper lege.

»Wenn du es erlaubst«, antworte ich und freue mich über ihr Vertrauen.

Mit dem Kopf weist sie auf ihren Rücken. »Dort ist eine Stelle, an der kein einziger Stachel hervorragt.«

Der Wirbelsturm trägt mich höher, bis ich mich auf den Schuppen niederlassen kann. Es gibt jedoch keine Möglichkeit mich festzuhalten.

»Vertraue auf den Wind. Er wird nicht zulassen, dass du in die Tiefe stürzt«, sagt Aniwa.

Die Farben schmiegen sich noch immer an meinen Körper und leise flüstern die Stimmen des Windes in meinem Ohr.

»Erst reite ich auf einem geflügelten Pferd und nun auf einem Drachen«, bemerke ich und fahre zart über die glatten Schuppen.

Dann geht Aniwa in den Sinkflug über. Überrascht will ich mich festklammern, doch merke schnell, dass ich keinen Millimeter rutsche. Der Wind treibt mir Tränen in die Augen und doch entspanne ich mich. Die Dra'oga saust dem Boden entgegen, nur um kurz vor dem Aufprall hochzuziehen und den Wolken entgegenzufliegen. Die anderen schauen uns mit sorgenvollen Gesichtern zu, bemerke ich nach einem Blick in die Tiefe. Erst als ich ihnen zuwinke, entspannt sich Maora.

Aniwa vollführt eine Rolle und ich reiße die Augen auf, als sich die Welt um mich herum dreht. Auch jetzt hält mich der Wind sicher auf dem Rücken des Dra'ogas.

Das Sturmmädchen mit seiner Dra'oga, erinnere ich mich an Roanins Worte und grinse. Die Retterin mit ihrem Schlachtross, denke ich und Aniwa lacht leise in meinem Kopf.

11. KAPITEL

Aniwa zieht eine Runde über den Wald und ich betrachte die Bäume von oben, deren Blätterdach so üppig ist, dass man keinen Blick auf den Waldboden werfen kann. Auch der Höhleneingang ist von der Luft aus nicht zu erkennen. Der Gipfel von Roanins Berg schimmert silbern im Sonnenschein. Plötzlich entdecke ich dahinter zwei dunkle Flecken, die sich schnell nähern.

»Dra'ogas«, hauche ich und sofort dreht Aniwa ab, um zu den anderen zurückzufliegen.

Sie verringert ihre Flughöhe und saust nur knapp über dem Boden am Waldrand entlang.

»Lauft in den Wald!«, rufe ich, als die anderen in Sichtweite sind. Sie zögern nicht lange und verschwinden zwischen den Bäumen.

Sobald Aniwas Klauen auf dem weichen Erdboden aufsetzen, springe ich ab und folge ihr in den schützenden Forst. Nur wenige Augenblicke später höre ich einen schrillen Schrei und ein darauffolgendes Gluckern. Hastig renne ich durch den Wald, um zu den anderen zu gelangen. Ein Blick zum Waldrand zeigt zwei Dra'ogas, die genau dort landen, wo Maora, Roanin und Tristan zuvor gestanden haben. Die Wesen schnuppern am Gras und halten ihre Nüstern in den Wind, der umschlägt und nun in unsere Richtung weht. Sie trampeln herum und starren zum Wald hinüber. Ihre roten Augen leuchten so intensiv, dass ich es bis hierhin erkennen kann. Mit einem Mal erfasst mich eine unangenehme Kälte und einer der Dra'ogas bäumt sich auf. Seine bunten Schuppen färben sich schwarz und ein metallisches Lachen ertönt.

»Irgendwann, Mädchen, wirst du unachtsam sein und dann bist du mein, genauso wie der Splitter«, spricht Gorlochs Stimme, während der Dra'oga am Waldrand hin und her läuft.

Tristan tritt neben mich und zieht mich schützend an sich, während in mir die Wut auf den Zauberer erwacht.

»Er will deine Gabe für seine Machenschaften nutzen«, flüstert Roanin. »Wenn er den Splitter in die Finger bekommt, kann er den Kristall vervollständigen. Mit seiner Magie und dir an seiner Seite könnte er einen Planet nach dem anderen einnehmen.«

»Das wird nie geschehen«, sage ich entschlossen, doch Roanins Blick wirkt auf einmal gequält.

»Macht kann sehr verlockend sein. Sie vergiftet die Gedanken der Menschen. Ist die Versuchung mit dunkler Magie gepaart, vermag sie es, Lebewesen zum Bösen zu verleiten«, sagt er und sieht mich eindringlich an. »Auch Gorloch war früher absolut unbedeutend. Schon immer abgrundtief böse, aber erst der Wunsch nach Macht hat ihn über sich hinauswachsen lassen. Unterschätze ihn nicht, Liv.«

»Das werde ich niemals«, antworte ich und Roanin nickt zufrieden.

Der schwarze Dra'oga brüllt ein letztes Mal wie zur Warnung, bevor seine Schuppen wieder die Farben des Regenbogens annehmen. Die beiden Wesen erheben sich in die Lüfte und bald verklingt das Rauschen ihrer Flügel.

»Ihr solltet noch eine Weile hierbleiben«, rät Roanin.

»Dann bereite ich uns etwas zum Essen zu«, sagt Maora und macht sich auf den Weg zur Höhle.

Roanin eilt ihr hinterher. »Aber wehe du fasst einen meiner Tränke an!«, höre ich ihn noch rufen und schon sind die beiden verschwunden.

Mir wird bewusst, dass Tristan weiterhin seinen Arm um meinen Körper schlingt und ich an seiner Brust lehne. Rasch winde ich mich aus seinem Schutz und sehe mich nach Aniwa um, die mir jedoch nicht gefolgt ist. Tristan betrachtet mich mit gerunzelten Brauen, während ich mir unsicher durch die zotteligen Haare fahre.

»Prüfung eins und zwei bestanden, würde ich sagen«, bricht er irgendwann das Schweigen.

»Wie viele gibt es?«

»Nur noch eine. Du musst beweisen, dass du Blitz und Donner beherrschst.«

Die Schultern gestrafft gehe ich sicheren Schrittes auf die Waldgrenze zu, während ich mich jedoch frage, ob ich den Verstand verloren habe. Aber mein Ehrgeiz ist nun geweckt.

»Wo willst du hin?«, ruft er mir hinterher und dann höre ich, wie er mir nacheilt.

»Zur Wiese, damit ich beweisen kann, dass ich auch die dritte Prüfung bestehe«, erkläre ich, ohne mich umzudrehen. Ich überquere die Grenze und trete erneut aus dem Schutz des Waldes. Ein langgezogener Schrei lässt mich herumfahren und ich sehe zu den beiden Dra'ogas, die, wie erwartet, an die Felswände des Berges gekrallt auf unsere Rückkehr gelauert haben.

»Bist du lebensmüde?«, fährt mich Tristan an, als er mich erreicht und zurück zu den Bäumen ziehen will.

»Nein, ich werde meine dritte Prüfung bestreiten«, erkläre ich in sachlichem Ton und wundere mich selbst über meine Gelassenheit. Das neugewonnene Vertrauen in die Magie schenkt mir ein Gefühl der Sicherheit.

Der erste Dra'oga drückt sich bereits vom Felsen ab und fliegt direkt auf uns zu. Der zweite verharrt an Ort und Stelle und beobachtet seinen Gefährten.

Ohne den herannahenden Dra'oga aus den Augen zu lassen, greife ich nach dem Splitter. Langsam gehe ich rückwärts und wage mich immer weiter auf die Wiese hinaus.

»Liv, verdammt, was hast du vor?«, will Tristan wissen und zieht sein Schwert.

»Vertrau mir«, ist meine einzige Antwort und Tristan eilt an meine Seite.

»Vertraust du dir selbst?«, fragt er und wendet sich mir zu, doch ich habe meinen Blick noch immer auf den Dra'oga geheftet, der zum Sturzflug ansetzt und auf uns zuprescht.

»Ja.«

»Bei allen Ahnen«, murmelt Tristan.

Der Drache reißt sein Maul auf und streckt seine Klauen nach uns aus. Er wird uns in Stücke reißen, denke ich und sehne mir gleichzeitig einen Blitz herbei. Donner grollt und der Boden erbebt, als ein gleißendes Licht vom Himmel saust und in den Dra'oga einschlägt. Das Wesen kreischt und kommt ins Straucheln.

Wir ducken uns gerade rechtzeitig, als das Wesen nur knapp über unseren Köpfen vorbeitaumelt, ehe es auf die Wiese prallt. Erdbrocken und Grasbüschel fliegen umher und rieseln auf uns herab.

Wir springen auf die Füße und ich streiche mir die Erde aus den Haaren. Nur wenige Schritte von uns entfernt liegt der regungslose Dra'oga. Noch immer grollt es über uns und der Wind hat zugenommen. Der zweite Dra'oga brüllt und erhebt sich, doch er dreht ab und fliegt in die Richtung davon, aus der die beiden Wesen gekommen sind.

»Ist er tot?«, fragt Tristan und wir betrachten das Tier, dessen Schuppen immer mehr verblassen.

»Er sollte nur ohnmächtig werden. Hoffentlich hat der Blitz meinen Wunsch gespürt«, sage ich und gehe vorsichtig hinüber. Tristan folgt mir angespannt. Als ich bloß noch eine Armlänge entfernt bin, atme ich erleichtert auf. Kaum merkbar hebt und senkt sich der Körper des Dra'ogas, der mir größer erscheint als Aniwa.

Die beiden Hörner am Kopf weisen nicht nach hinten, sondern winden sich wie Schrauben in die Höhe. Das Wesen hält seine Augen geschlossen und seine Lider zucken leicht. Ich ziehe meine Kette aus und presse den Kristallsplitter gegen seine Stirn. Sofort beginnen die Regenbogenfarben zu leuchten und schwirren im Splitter wie kleine Insekten umher. Sie setzen sich auf den Dra'oga, schweben um seinen Körper und bedecken die Schuppen, deren Farben wieder intensiver werden.

Mit geschlossenen Augen lehne ich meinen Kopf gegen seinen.

»Sei vorsichtig«, flüstert Tristan hinter mir.

»Gib ihn frei, Gorloch! Dieser Dra'oga gehorcht deinem Willen nicht mehr. Reine Magie fließt durch seine Adern und lässt ihn selbst entscheiden«, wispere ich und spüre die Wärme, die vom Splitter ausgeht.

In meinem Kopf höre ich ein dunkles Grollen. Ein metallischer Schrei wird immer lauter, bis er in meinem Kopf zu explodieren scheint. Der Schmerz überrascht mich und ich lasse den Kristall fallen, um die Hände auf die Ohren zu pressen. Orientierungslos stolpere ich zurück und sehe nur noch Punkte vor meinen Augen tanzen. Kräftige Arme fangen mich auf und wie durch einen Schleier nehme ich wahr, wie sich der Dra'oga aufbäumt. Er reißt den Kopf in die Höhe und speit Feuer in den Himmel. Dann sackt er zusammen und ich spüre eine unglaubliche Trauer. Tränen laufen mir über die Wangen und die Beine versagen mir den Dienst. Tristan lässt mich zu Boden sinken und geht neben mir auf die Knie, um mich an sich zu ziehen. Doch ich befreie mich aus seinem Griff und krieche auf allen vieren zu dem Wesen hin, das leblos zwischen den Grashalmen aufragt. Schnell schnappe ich mir den Splitter, lege meine Hand auf eine Schuppe und spüre, wie der Schmerz abebbt. Erinnerungen des Dra'ogas strömen auf mich ein. Es sind schlimmere Bilder als die von Aniwa.

»Danke«, haucht eine dunkle Stimme in meinem Kopf und dann erlischt der letzte Funken Leben in dem Körper.

Die Trauer lässt mich aufschluchzen. Ich konnte diesen Dra'oga nicht vor Gorloch retten. Wieso hat es nicht funktioniert? Wieso musste noch ein Wesen in diesem grauenvollen Machtspiel sterben?

»Das war einer von Gorlochs Alphas«, sagt Tristan, der am Kopf des Tieres steht.

»Wie?«, hauche ich und wische mir die Tränen mit dem Ärmel aus dem Gesicht.

»Die Alphas sind die Dra'ogas, die schon von Beginn an unter seinem Einfluss stehen. Es sind meistens die Rudelführer und die größten ihrer Art. Man erkennt sie an den

Hörnern. Dieser Dra'oga muss viele Menschen auf dem Gewissen haben und bereits seit Jahren die schwarze Magie des Hexers ertragen. Der Tod war für ihn wahrscheinlich eine Erlösung. Gorloch wird nie zulassen, dass du ihn aus dem Geist eines Alphas vertreibst. Eher lässt er sie sterben.«

Er setzt sich neben mir ins Gras und ergreift meine Hand. »Wir können nicht alle retten, Liv«, sagt er sanft und streicht mir mit dem Daumen über den Handrücken.

»Dafür muss Gorloch büßen. Für jedes einzelne Leben, das er auf dem Gewissen hat, wird er leiden. Hundertfach«, murmle ich und streiche ein letztes Mal über die Schuppen des Dra'ogas. An meiner Handfläche kribbelt es und plötzlich schimmern die Regenbogenfarben, die das Wesen kleiden. Glitzernde Farben lösen sich und ich schrecke zusammen, als sich der massige Körper in Funken auflöst, die in den Himmel hinaufschweben.

»Die Natur holt ihre Kinder zu sich. Magie kehrt zu Magie zurück«, erklärt Tristan und ich sehe den farbenprächtigen Funken hinterher, die sich im Blau des Himmels verlieren.

»Wäre es nicht so traurig, wäre es wunderschön«, flüstere ich und lehne mich an Tristan, der seinen Arm um meine Schulter legt und das Kinn auf meinem Kopf abstützt.

»Magie ist immer wunderschön«, haucht er und ich schließe mit einem Mal erschöpft die Augen, um mich der Wärme seines Körpers hinzugeben.

Das Klirren und Klimpern von Glas lässt mich aufschrecken und orientierungslos sehe ich mich im schummrigen Licht um. Erleichtert stelle ich fest, dass ich auf einem Strohbett in Roanins Höhle liege. Als ich aufstehe, entdecke ich den Magier am großen Tisch mit den Gefäßen hantierend.

Ich muss in Tristans Armen eingeschlafen sein. Suchend sehe ich mich um, doch von Maora und Tristan fehlt jede Spur.

»Ah, wie schön, dass du aufgewacht bist. Wir wollten dich in deinem wohlverdienten Schlaf nicht stören. Deine Nacht war wohl nicht sehr erholsam, wie?«, wendet sich Roanin mir zu, als er mich entdeckt hat.

»Nein«, murmle ich und reibe mir die Augen, um das letzte bisschen Schlaf zu vertreiben, und gehe zu dem Magier hinüber.

Er rührt in einem eisernen Topf und schüttet dabei eine gelbe Flüssigkeit hinein. Neugierig beuge ich mich über sein Gebräu und schnuppere. Ein süßlicher Duft steigt mir in die Nase.

»Was ist das?«, erkundige ich mich und sehe zu Roanin, der nach einem weiteren Gefäß greift und eine rote Flüssigkeit hinzufügt.

»Ein Trank, der Nebel herbeirufen soll«, entgegnet er.

»Braust du diese Tränke für die Rebellion?«, frage ich und sehe ihm gespannt beim Mischen zu.

»Seit ich mich in diese Höhle zurückgezogen habe, suche ich nach Möglichkeiten, uns näher an Gorloch heran-

zubringen. Den Schlaftrunk können wir gegen seine Männer und die Dra'ogas einsetzen. Dann habe ich einen Trank entwickelt, der Energie spendet«, berichtet er und ich lasse meinen Blick über die zahlreichen Gefäße schweifen.

»Also bekommt jeder Rebell ein Glas, das er verwenden kann, wenn wir gegen Gorlochs Festung marschieren?«

»Das ist der Plan. Da du dich heute als würdig erwiesen hast, wird es nicht mehr lange dauern, bis wir alle Rebellen in Ru'una zusammentrommeln und losziehen. Es bleibt mir nichts anderes übrig, als die Nächte durchzubrauen, um so viele wie möglich zu versorgen.« Er seufzt und fährt mit den Fingern durch seinen Bart.

»Sind die Rebellen weit verstreut?«

»Es gibt viele Lager in den Bergen. Auch in den magischen Wäldern im Süden haben sich Rebellen verschanzt. Nur am Meer gibt es niemanden, da es dort keinen Schutz vor den Dra'ogas gibt. Maora und Tristan sind bereits zum Lager zurückgekehrt, um Amphir von deinen Prüfungen zu unterrichten. Sie werden in alle Richtung ausschwärmen und die Rebellen mitbringen. Es wird ein riskantes Unterfangen, denn Gorloch lässt den Himmel mehr denn je überwachen.«

»Wird Tristan auch in ein Lager reisen, um Rebellen mitzubringen?«

»Nein«, entgegnet Roanin und sieht mich prüfend an. »Er ist dein Wächter und soll Sorge tragen, dass dir nichts geschieht. Du bist schließlich unsere Hoffnung und wir können nicht riskieren, dich zu verlieren. Tristan ist einer der geschicktesten Kämpfer, den ich kenne. Du musst dich also nicht sorgen.«

»Mache ich nicht«, widerspreche ich schnell, als Schritte aus dem Tunnel hallen.

»Hast du dich ausgeschlafen?«, begrüßt mich Tristan.

»Die kurze Pause hat mir tatsächlich gutgetan«, entgegne ich und trete auf ihn zu. »Viel Erfolg beim Tränkebrauen«, rufe ich Roanin zu, bevor auch Tristan sich von dem Magier verabschiedet.

Während wir nur noch ein halbherziges Grunzen als Antwort erhalten, tauchen wir bereits in die Dunkelheit des Tunnels ein. Farbenprächtige Lichtpunkte beginnen an den Wänden zu erwachen und verscheuchen die Finsternis. Prüfend sehe ich zu Tristan. Er scheint die Farben der Magie einmal mehr nicht zu sehen.

»Hast du gewusst, dass Magie überall ist«, frage ich ihn, ohne seine Antwort abzuwarten. »In jedem noch so kleinen Staubkorn.« Mein Blick schweift über das Gestein, bis ich in Tristans Gesicht sehe. Er betrachtet mich amüsiert und sein Lächeln lässt mein Herz höher schlagen.

Frische Luft füllt meine Lungen und eine kühle Brise streicht über meine Haut, als wir ins Freie treten. Taran steht nicht weit entfernt zwischen den Bäumen und kaut genüsslich an einem Grasbüschel. Tristan schwingt sich sogleich auf seinen Rücken und streckt mir die Hand entgegen.

»Lass mich es selbst versuchen«, bitte ich und wünsche mir vom Wind, mich auf Taran zu heben. Die silbernen Fäden schwirren um mich herum und tragen mich sanft in die Höhe, bis ich mein Bein über den breiten Rücken schwingen kann.

Tristan nickt mir beeindruckt zu und wendet Taran, um ihn zum schmalen Pfad zu lenken. Erst überlege ich, mich an ihm festzuhalten, doch dann vertraue ich lieber auf den Wind, der meinen Körper noch immer umgarnt, als könne er sich nicht von mir trennen. Wir traben den Waldweg entlang und reiten an Aniwa vorbei, die zusammengerollt döst.

»Wann darf ich sie mit ins Lager nehmen?«, richte ich mich an Tristan.

»Wenn Vater mit der Verstärkung zurück ist.«

»Wann wird das sein?«

»Pegasa reiten und fliegen schnell. Womöglich werden sie morgen Abend schon eintreffen. Dann wird es im Lager etwas eng werden«, erklärt er und lacht leise.

»Wo wollt ihr die ganzen Menschen unterbringen?«

»In Zeiten der Rebellion ist Luxus unangebracht. Die Menschen in Ru'una können zusammenrücken, wenn es nötig ist. Wir nehmen noch weitere Menschen in unserer Hütte auf. Dann müssen wir unsere Betten teilen. Wenn wir unserem Ziel, Gorloch zu stürzen, damit näher kommen, teile ich mein Bett gerne mit einem hübschen Mädchen«, sagt er und wendet mir sein grinsendes Gesicht zu.

»Welch großes Opfer von dir«, necke ich ihn und sehe nach vorne.

Wir passieren gerade die Waldgrenze und Taran setzt zum Galopp an. Er schlägt mit den Flügeln und schon erheben wir uns in die Lüfte. Erstaunt stelle ich fest, dass die Sonne bereits untergeht. Rötliche und violette Streifen ziehen sich durch das Blau und die Temperatur hat stark abgenommen, was man im Schutze des Waldes kaum bemerkt hat.

»Wie lange habe ich geschlafen?«, frage ich verwirrt.

»Du hast den kompletten Mittag und Nachmittag verschlafen. Maora bereitet schon das Abendessen vor«, antwortet Tristan. »Die Prüfungen und dann die Angelegenheit mit dem Dra'oga müssen dich sehr erschöpft haben.«

»Mein Körper ist diese Anstrengung nicht gewöhnt«, stelle ich fest und sehe hinunter, wo die Wiese vorbeizieht. Der Berg hinter uns wird immer kleiner und wohin ich auch schaue, erstreckt sich die unendlich wirkende Grasebene.

Hoffentlich stellt sich mein Körper noch rechtzeitig auf die Magie und ihre Auswirkungen ein.

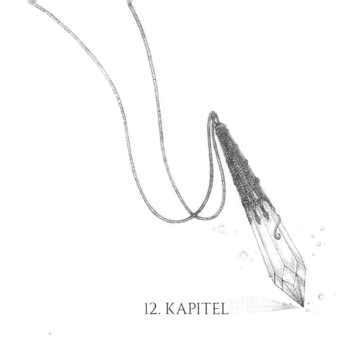

12. KAPITEL

Den restlichen Flug über herrscht Schweigen. Tristan starrt geradeaus und ich sehe der Sonne zu, die ihre letzten Strahlen wärmend nach uns ausstreckt. Der kühle Wind neckt mich, als wolle er Aufmerksamkeit. Doch ich bin in meinen Gedanken gefangen und denke an den Dra'oga, der keine Chance hatte. Der wie Abfall weggeworfen wurde, als er Gorloch nicht mehr von Nutzen war. Wie kann man nur so mit Lebewesen umgehen? Was für ein Mensch muss der Hexer sein, um eine gesamte Welt ins Verderben zu stürzen und unzählige Tode in Kauf zu nehmen?

Irgendwann schlinge ich doch meine Arme um Tristan und lehne meine Wange an seinen Rücken. Er legt eine Hand auf meine und streicht zart darüber, als wäre auch er in Gedanken und es ganz normal, dass er meine Nähe sucht.

Wohin soll das nur führen, frage ich mich und atme tief ein, um seinen Duft aufzunehmen.

Nach einer Weile ragt der Berg am Horizont auf, in dem das Lager verborgen liegt. Mir fällt auf, dass sein Gipfel wie die Zipfelmütze eines Zwerges aussieht. Roanins Berg endet in drei Spitzen und wirkt eher wie eine krumme Gabel.

Plötzlich beschleicht mich ein mulmiges Gefühl, weshalb ich meinen Oberkörper in alle Richtungen drehe und mich umsehe, doch kein Fleck trübt den dämmernden Himmel. Tristan wendet sich mir zu und sieht mich fragend an.

»Warum zappelst du denn so?«

»Ich hätte schwören können, dass jemand in unserer Nähe ist und uns beobachtet. Kennst du das, wenn man denkt, dass hinter einem jemand steht?«

»Nein. Hier ist außer uns niemand, Liv. Sieh dich doch nur um«, entgegnet er und schnalzt, sodass Taran zum Sinkflug ansetzt.

Es gelingt mir nicht, das Gefühl abzuschütteln, das mir Gänsehaut bereitet. Erst als Taran in den Schutz des Berges sinkt und wir an den Felsen vorbeisausen, lässt es nach und ich entspanne mich. Vielleicht sind Dra'ogas unterwegs, um die Gegend abzusuchen, und nähern sich uns. Durch meine Gabe dürfte ich sensibler geworden sein, was Magie betrifft. Wenn die Wesen mich spüren können, dann funktioniert es sicher auch umgekehrt.

Mit einem sanften Ruck setzt das Reittier auf dem Gestein auf und trottet in gemütlichem Tempo einen Pfad entlang,

der hinauf ins Gebirge führt. Tristan bringt es zum Stehen, schwingt sein Bein über den Hals des Pegasums und lässt sich hinabgleiten. Er schnappt sich Tarans Zügel und geht vor seinem treuen Gefährten her, während ich in den Sattel rutsche und versuche, meine Füße in die Bügel zu stellen. Gerade einmal meine Fußspitzen berühren den unteren Steg.

»Wenn dein Vater und all die anderen Ausgesandten morgen Abend zurück sind, dann werden wir bald zuschlagen, oder?«, frage ich.

»Gorloch wird ahnen, dass wir etwas planen, seitdem du in Ru'una weilst. Je länger wir warten, desto mehr kann er sich verschanzen und seine Armee wachsen lassen.«

»Was meinst du damit?«, hake ich nach und sehe bereits das kleine Plateau und dahinter die Felsspalte, die zum Lager hinabführt.

»Dra'ogas vermehren sich nicht so wie wir Menschen. Sie werden aus der Magie heraus geboren. Im magischen Wald bilden sich mehrmals im Jahr neue Eier, die von den erwachsenen Dra'ogas ausgebrütet werden. Mit Hilfe des Kristalls kann Gorloch ebenfalls Eier entstehen lassen und den Prozess des Schlüpfens beschleunigen. Jeden Tag, den wir zögern, bringt er weitere Dra'ogas in diese Welt, die seinem Willen gehorchen.«

»Diese armen Wesen werden nur geboren, um Spielfiguren in seinem finsteren Plan zu sein. Für solche Zwecke sollte die Magie des Lebens nicht missbraucht werden«, schimpfe ich und balle die Fäuste.

»Wir legen ihm das Handwerk, Liv. Und wenn ich dafür mein Leben geben muss. Gorloch wird büßen und nie wieder irgendeinem Lebewesen Leid antun«, knurrt Tristan und ich sehe zu ihm hinab.

»Dein Leben?«, hauche ich.

»Wenn dafür der Frieden nach Ru'una zurückkehren würde. Wenn dafür keine weiteren Menschen sterben und keine Familien mehr auseinandergerissen werden. Wer weiß, wer in diesem Krieg noch alles sein Leben lassen muss und wer noch bleibt, für den es sich zu leben lohnt.«

»Es lohnt sich immer zu leben«, begehre ich auf, greife in die Zügel, um Taran zum Stehen zu bringen, und schwinge mich aus dem Sattel. Diesmal lande ich dank der Hilfe des Windes auf den Füßen und nicht auf meinem Hintern. Der Pegasum und sein Besitzer setzen sich wieder in Bewegung und ich eile nach vorne, um rückwärts vor Tristan den Pfad hinaufzulaufen, während ich in seine grünen Augen sehe, die aufmerksam auf mich gerichtet sind. »Du hast hier Familie und Freunde. Maora hat schon zwei ihrer Lieben verloren, genauso dein Vater. Sie brauchen dich, Tristan. Also rede nicht so einen Blödsinn, von wegen *sich opfern* und *es lohnt sich nicht weiterzuleben*«, sage ich, doch sein Gesichtsausdruck bleibt eisern. Ohne Vorwarnung bleibe ich stehen und er rennt beinahe in mich hinein. Er lässt Tarans Zügel los, der die restlichen Meter zur Felsspalte allein läuft. Dumpf verhallen seine Schritte auf dem Gestein, während Tristan mich stumm ansieht.

»Es lohnt sich immer zu leben«, wiederhole ich leise. »Vielleicht triffst du irgendwann auf ein nettes Mädchen und gründest eine eigene Familie. Lohnt es sich nicht, für diesen Traum zu leben? Zu hoffen, dass man unversehrt aus dieser Rebellion herauskommt?«

Seine Augen huschen über mein Gesicht und seine Lippen zucken, als würden sie seine Gedanken begleiten. Mein Herz schlägt mir bis zum Hals, während ich auf eine Antwort warte.

Will ich überhaupt wissen, wie er dazu steht? Will ich mir vorstellen, wie er irgendwann die Frau seines Lebens kennenlernt und mich vergisst?

Eigentlich sollte mich sein Liebesleben nichts angehen. Wir stammen aus zwei unterschiedlichen Welten. Wenn alles gut geht, verschwinde ich nach Hause und er bleibt in Ru'una. Womöglich werden wir uns nie wieder sehen. Und doch ist da mehr, als mein Verstand wahrhaben will. Ich genieße seine Berührungen, und wenn er mich mit diesen grünen Augen ansieht, werde ich nervös. Angenehme Hitze breitet sich in meinem Körper aus, wenn ich in seiner Nähe bin. Allein sein Duft nach Leder lässt meinen Puls rasen. Es wird Zeit, dass ich mir eingestehe, dass ich mich in ihn verliebt habe.

Mein Herz will, dass ich nachgebe, doch mein Verstand hämmert mir unaufhörlich ins Gedächtnis, dass wir keine Chance haben. Falsches Timing und falsche Welt, erinnere ich mich.

»Worauf hoffst du, Liv?«, stellt Tristan nach einer Weile eine Gegenfrage und tritt einen Schritt vor, sodass sich unsere Nasenspitzen beinahe berühren. Sein Atem kitzelt an meiner Oberlippe und mein Mund wird plötzlich so trocken. »Wenn wir gegen Gorloch ziehen, was sind deine Gründe, diese Rebellion zu überstehen? Warum willst du leben?«

Unglaublich nervös durch seine Nähe versuche ich, mir die Worte zurechtzulegen. Seine Augen verengen sich, als ich nicht antworte. »Du sehnst dich danach, nach Hause zu kommen. Zu deinen Eltern«, sagt er und fährt mir mit den Fingern durch die Haare, streicht sie mir hinter das Ohr und lässt die Fingerspitzen meinen Hals hinabstreichen. »Dir kann es nicht schnell genug gehen, von hier fortzukommen«, flüstert er.

Einerseits wünsche ich mir tatsächlich nichts sehnlicher, als zu meinen Eltern zurückzukehren. Andererseits fasziniert mich so vieles in Ru'una. Die Magie, die Dra'ogas ... und Tristan. Noch nie habe ich jemanden getroffen, der mich so in seinen Bann zieht wie er. Der mich so fühlen lässt.

»Tristan«, hauche ich und hebe eine Hand, um sie an seine Brust zu legen. »Du kannst es mir nicht übel nehmen, dass ich zu meinen Eltern zurück möchte. Ich gehöre nicht in diese Welt, die so anders ist als meine. Mein Platz ist in Neuseeland. Mum und Dad müssen sich schreckliche Sorgen machen.« Kurz halte ich inne.

Tristan verzieht enttäuscht das Gesicht und presst die Lippen fest aufeinander. Gerade will ich weitersprechen und ihm sagen, was ich fühle, doch da schiebt er mich zur Seite und drückt sich an mir vorbei, um den Pfad mit großen Schritten hinaufzugehen.

»Tristan«, rufe ich ihm hinterher, aber er reagiert nicht. Schnell laufe ich ihm nach.

Er hat gerade den Felsen erreicht, auf dem ich an meinem ersten Tag mit ihm gesessen habe, als ich ihn einhole und am Ärmel seines Hemdes festhalte. Er wirbelt zu mir herum und packt mich an den Oberarmen.

»Du bist das Sturmmädchen und ich dein Wächter. Wir werden gemeinsam gegen Gorloch kämpfen und ich habe dir versprochen, dass ich alles darum gebe einen Weg zu finden, wie du wieder nach Hause kommst. Und ich halte meine Versprechen«, fährt er mich an.

»Darum geht es mir doch gar nicht«, entgegne ich und weiß plötzlich nicht mehr, ob Tristan tatsächlich dasselbe will wie ich. Was, wenn sein Herz nicht so sehr für mich schlägt wie meines für ihn?

»Worum geht es dann?«, fragt er und lässt die Hände sinken.

»Um dich«, wispere ich und streiche mir unsicher mit der Hand über den Oberarm. Nicht mutig genug, ihm in die Augen zu sehen, starre ich mit verschwommenem Blick zu Boden. Stille kehrt ein und es erscheint mir wie Stunden, bis Tristan auf mich zutritt, seine Finger unter mein Kinn legt und es hochhebt, bis ich ihn anblicken muss.

Seine Gesichtszüge werden weich, als er meine Tränen

entdeckt. Er wischt sie mit seinem Daumen weg und lässt seine Hand an meiner Wange liegen.

»Liv ...«, setzt er an, doch ich unterbreche ihn, nehme seine Hand und klammere meine Finger darum.

»Bitte, lass mich ausreden! Ja, ich vermisse meine Eltern und werde wieder in meine Welt zurückmüssen. Mein Verstand weiß das, aber mein Herz will es nicht akzeptieren. Wir leben in zwei unterschiedlichen Welten und sind dabei in eine Schlacht zu ziehen, die wir womöglich nicht überleben. Nicht gerade ideale Voraussetzungen. Trotzdem habe ich mich in dich verliebt. Meinem Herz ist es egal, was der Verstand will.« Tief atme ich durch, nachdem ich dieses Geständnis über die Lippen gebracht habe. Ich fühle mich erleichtert, weil es endlich ausgesprochen ist, und gleichzeitig steigt Angst in mir auf, Tristan könne mir nun das Herz brechen.

Stumm mustert Tristan mich, während sein Gesicht allmählich in den Schatten des Abends verschwindet. Die Dämmerung hat über die Sonne gesiegt und lässt die Felsen um uns herum wie Ungeheuer in die Höhe ragen. Es wird kühl, aber noch immer hält mich die Hitze warm, die durch meinen Körper schießt.

Die Sorgen der Rebellion verblassen und ich verdränge den Gedanken, dass ich in wenigen Tagen nicht mehr am Leben sein könnte. Weil Tristan das Einzige ist, was in diesem Moment zählt. Weil seine Antwort heute für mich die Welt bedeutet.

Seine Finger verweben sich mit meinen und langsam beugt er sich zu mir hinunter. »Jede Sekunde, die uns noch bleibt, will ich mit dir verbringen. Lass uns vergessen, dass du nicht bei mir bleiben kannst. Dass wir in wenigen Tagen sterben könnten. Liv, ich will mit dir zusammen sein, auch wenn es aussichtslos erscheint. Ich kann nicht in die Schlacht ziehen, ohne es versucht zu haben.«

»Dann lass uns den heutigen Tag überstehen und danach den nächsten. Lass uns gegen Gorloch kämpfen und unser Glück versuchen. Wenn alles vorbei ist, sehen wir weiter«, entgegne ich und überbrücke die letzten Zentimeter, indem ich mich auf die Zehenspitzen stelle.

Tristans Lippen senken sich auf meine. In mir scheint etwas zu explodieren und in Tausenden von Funken durch meinen Magen zu flirren. Glücklich schlinge ich die Arme um seinen Hals und er vergräbt die Hände in meinem Haar. Zärtlich küsst er mich und ich öffne mich für ihn, genieße seine Wärme und Sanftheit. Ich könnte ewig so verweilen.

Da reißt uns ein Wiehern aus unserem Kuss. Taran steht im Felsspalt und blubbert ungeduldig. Meine Beine fühlen sich wie Wackelpudding an und in Gedanken fahre ich mir mit der Fingerkuppe über die warmen Lippen.

»Wir kommen ja schon«, ruft Tristan seinem Pegasum zu und greift nach meiner Hand, um mich an den Felsen vorbeizuführen, die im Licht des Flammenplanets rötlich-grau schimmern. Er lächelt mir zu und ich genieße die Hitze, die mir bei seinem Anblick in die Wangen schießt.

Wir schlüpfen durch den Spalt und folgen Taran, der den Pfad zum Lager hinuntertrottet, das dunkel vor uns liegt. Durch die überstehenden Felswände dringt selbst das Leuchten des roten Planeten nicht bis hierhin.

An den Stallungen angelangt, stütze ich mich auf den Holzzaun und warte, bis Tristan seinen Pegasum versorgt hat. Kurz darauf erklingt ein mahlendes Geräusch, unterlegt von einem zufriedenen Brummen, als sich das Tier über den Heuhaufen hermacht.

»Hier würde es eng für Aniwa werden«, überlege ich laut und betrachte die dunklen Schemen der wenigen zurückgebliebenen Pegasa.

»Wir finden schon noch einen Platz für dein Streitross«, entgegnet Tristan, als er das Tor hinter sich schließt und den Arm um mich legt.

Langsam gehen wir durch das Lager und ich lehne meinen Kopf gegen Tristans Schulter. Gedämpft dringen Gespräche aus den Zelten und Hütten zu uns. Töpfe klappern und Stroh raschelt. Vor Amphirs Hütte stoppe ich Tristan.

»Wie sagen wir es Maora?«, frage ich.

»Was denn?«, hakt er mit einem breiten Grinsen im Gesicht nach.

»Tristan!« Ich ziehe seinen Namen in die Länge, woraufhin er lacht, mich an der Hüfte greift und mit einem Ruck an sich zieht. Er beugt sich zu mir hinab und beißt mir zart in die Unterlippe. »Es gefällt mir, wenn du meinen Namen so betonst«, raunt er und bringt mich zum Kichern.

Mich in seinem Griff windend stoße ich beim Versuch ihm zu entkommen mit dem Fuß gegen die Holztür, die sofort aufgerissen wird.

Maora steht mit einem Kochlöffel in der Hand in der Öffnung und starrt uns an. Ertappt husche ich neben Tristan und verschränke die Hände auf dem Rücken. Zum Glück ist es dunkel, denn meine Wangen glühen vor Scham.

»Ich wusste doch, dass ich Stimmen gehört habe«, sagt sie und lässt ihren Blick zwischen Tristan und mir hin und her schweifen. »Ihr seid zu spät.«

»Tut uns leid, Großmutter«, entgegnet Tristan schnell, drückt Maora einen Kuss auf die Backe und drängt sich an ihr vorbei, um in die Hütte zu gelangen, in der ein Feuer unter dem Kessel brennt.

Verwundert blickt sie ihrem Enkel nach, bevor sie mich ebenfalls ins Innere zieht und hinter mir die Tür schließt. Sie nimmt ihren Blick nicht von mir und ich vermute, dass sie bereits etwas ahnt. In dem Versuch mir nichts anmerken zu lassen, sinke ich auf einen Stuhl und starre in die Flammen. Funken stieben aus dem verbrennenden Holz auf und spiegeln sich im Kristallsplitter, der auf meiner Brust ruht.

Tristan setzt sich auf mein Bett und beobachtet seine Großmutter, die zur Feuerstelle geht und im Topf rührt. Es duftet appetitlich nach Eintopf.

»Mein Enkel gibt gut auf dich acht?«, fragt Maora scheinbar beiläufig, während sie sich weiter ums Essen kümmert und mich nicht aus den Augen lässt.

»Ich kann mich nicht beklagen«, antworte ich unsicher und plötzlich lacht Tristan prustend los. Ich sehe verwirrt zu ihm und dann zu Maora, die breit grinst.

»Mein liebes Kind, wenn du denkst, dass mir eure Blicke entgangen wären, seit du bei uns bist, oder eure Neckereien, musst du mich für sehr alt und blind halten«, erklärt sie und beruhigt mich mit ihrem fröhlichen Lachen.

Meine Wangen glühen schon wieder und doch würde ich genau in diesem Moment nirgendwo lieber sein. Selbst das Heimweh und die Sehnsucht nach meinen Eltern verstummen kurzzeitig.

»Möget ihr euch gegenseitig eure Herzen erwärmen«, richtet sich Maora erst an Tristan und dann an mich. »In diesen dunklen Zeiten ist Liebe der einzige Lichtblick, den wir haben. Sie gibt uns Kraft und die Zuversicht, als Sieger aus unserer Rebellion hervorzugehen. Die Liebe und die Magie.«

»Das klingt nach Hoffnung«, bemerke ich und ernte Maoras Lächeln, bevor sie sich abwendet und wieder ihrem Eintopf widmet.

Sie summt eine leise Melodie, die nach Sehnsucht klingt und mich an das Säuseln des Windes erinnert.

Meine Augen werden schwer, obwohl ich doch am Mittag so lange geschlafen habe. Mühsam unterdrücke ich ein Gähnen. Langsam sinkt mein Kopf gegen die Brust und ich spüre bereits, wie sich meine Lider schließen.

»Die Magie kostet Kraft«, ertönt Maoras Stimme und ich schrecke auf. »Dein Körper ist es nicht gewöhnt, so viel

mit der Natur zu kommunizieren. Morgen dürfte es schon besser sein und eine kräftige Mahlzeit wird dir auch nicht schaden. Ich kann dir einen Schlaftrunk geben, damit du diese Nacht ruhiger schläfst«, bietet sie mir an, doch ich winke dankend ab.

»Lieber nicht«, murmle ich und sehe zu Tristan, der mich mit einem sehnsuchtsvollen Ausdruck beobachtet. Wieder breitet sich Hitze in meinem Körper aus und ich sehne mich nach seiner Nähe. Auch er scheint ähnliche Gedanken zu haben.

»Ihr habt hoffentlich Hunger mitgebracht«, lenkt Maora die Aufmerksamkeit auf sich und füllt den Eintopf in drei Holzschüsseln.

Mein Magen grummelt, als mir der köstliche Duft in die Nase steigt. Während ich puste, um das Essen abzukühlen, bemerke ich, wie wohl ich mich bei Tristan und Maora fühle. Sie sind mir in dieser kurzen Zeit zu einer zweiten Familie geworden.

13. KAPITEL

Nach dem Essen sitzen wir noch eine Weile beieinander und Maora berichtet, in welche Lager die Rebellen aufgebrochen sind, um Unterstützung zu rufen. Wenn ich ihre Erzählungen richtig verstanden habe, wird es hier morgen wirklich eng.

Stöhnend erhebt sie sich von ihrem Stuhl und sammelt die dreckigen Schüsseln ein, um damit zur Tür zu schlurfen. Ich will ihr nacheilen, um ihr beim Abwasch zu helfen, doch sie schüttelt den Kopf und ich bleibe am Feuer stehen.

»So gebrechlich bin ich noch nicht, dass ich den Abwasch nicht allein schaffe, Liv«, lacht sie, zwinkert mir zu und verschwindet durch die Tür, die sie hinter sich schließt, damit kein verräterischer Lichtschein die Dra'ogas auf uns aufmerksam macht.

Tristan sitzt nach wie vor auf meinem Bett und klopft einladend auf die Strohmatratze.

Bereitwillig folge ich seiner Bitte, lasse mich neben ihm nieder und lehne meinen Kopf gegen seine Schulter. Für einen Moment schließe ich die Augen und atme seinen Duft ein, der sich mit dem Rauch des Feuers vermischt. Tristan lässt seine Hand sachte über meinen Rücken kreisen und ich seufze leise. Es fühlt sich einfach richtig an, bei ihm zu sein. Leicht drehe ich mein Gesicht und schon senken sich seine Lippen auf meine. Zu Beginn noch weich und zärtlich wird der Kuss schnell fordernder. Meine Lippen prickeln und auch in meinem Magen explodieren die Funken. Am liebsten würde ich mich bei ihm fallen lassen, aber Maora wird nicht ewig fort sein.

Daher ziehe ich mich von Tristan zurück und sehe ihm tief in die grünen Augen, in denen rote Lichter tanzen. Sein zufriedenes Lächeln lässt mein Herz höher schlagen. Eine erneute Hitzewelle jagt durch meinen Körper und brennt in meinem Magen. Das Atmen fällt mir schwerer, je länger er mich so intensiv ansieht. Er streicht mir mit den Fingern über die Schläfe, die Wange hinab und den Hals entlang, bis er sie in meinen Haaren vergräbt.

»Geh nicht«, sagt er ernst und ein Schatten huscht über sein Gesicht.

»Noch bin ich hier«, entgegne ich und reibe meine Nasenspitze an seiner. »Noch herrscht Gorloch über Ru'una und den Kristall.«

»Wäre es egoistisch, wenn ich mir wünschen würde, dass der Kristall zerstört wird?«

Langsam lehne ich mich zurück und sehe ihn mit gerunzelten Brauen an.

»Dann verliert Gorloch seine Macht und Ru'una ist frei«, meint er schulterzuckend.

»Und ich hätte keine Möglichkeit mehr, zu meinen Eltern zurückzukehren.«

Er atmet tief durch und zieht mich wieder an sich. »Wie gesagt, es wäre egoistisch«, seufzt er und wendet seinen Blick ab. Er starrt in die Flammen, die immer kleiner werden, weil niemand mehr Holz nachgelegt hat.

Einzig das Knistern der verkohlten Scheite erfüllt die Hütte und untermalt Tristans Atem nah an meinem Ohr.

»Du wirst mich nie verlieren«, verspreche ich ihm nach einer Weile und er sieht mich fragend an. »Man kann niemanden verlieren, den man in seinem Herzen trägt«, erkläre ich und lasse meine Lippen sanft über seine streifen.

»Ich soll dich also in mein Herz lassen?«

Stumm nicke ich und Tristan lacht leise.

»Du besitzt mein Herz doch schon, Sturmmädchen«, raunt er und zieht mich an sich.

Wohlig seufze ich, als seine Lippen meine in Beschlag nehmen. Plötzlich hebt er mich hoch und setzt mich breitbeinig auf seinen Schoß. Seine Hände legen sich um meine Hüfte und lassen mich erschaudern.

»Tristan, wenn deine Großmutter zurückkommt«,

wende ich atemlos ein und versuche von ihm zu rutschen, obwohl es mir widerstrebt.

Kurzerhand rollt er mit mir herum, bis ich mit dem Rücken auf dem Bett liege und er mich unter sich begräbt. All meine Einwände scheinen an ihm abzuprallen, denn er rührt sich keinen Millimeter.

»Denkst du, sie hat noch nie ein Liebespaar gesehen?«, fragt er und sieht mich übertrieben geschockt an.

»Was soll sie nur von mir denken?« Mit den Händen versuche ich ihn von mir zu stemmen, aber er ist einfach zu stark. Resigniert lasse ich die Arme sinken.

»Dass du ihren Enkel sehr gerne hast?« Seine Fingerspitzen wandern bei seinen Worten erneut von meiner Wange hinab zu meinem Hals. Seine Lippen streifen sacht mein Schlüsselbein und ich seufze leise und winde mich unter ihm. Tristan verhindert jeden Einwand, indem er mich wieder küsst. Seine Hände wandern zu meiner Hüfte und ich spüre, wie schwer es ihm fällt, sich zu beherrschen.

Ein sehnsüchtiges Stöhnen dringt aus meiner Kehle, das Tristan erschaudern lässt.

»Liv«, haucht er und hält inne, um sich hochzustemmen und mich anzusehen. Seine Arme, die er neben meinem Kopf aufgestützt hat, zittern leicht.

»Hm?«, murmle ich und reibe die Lippen aneinander, auf denen ich ihn schmecken kann. Die Hitze seines Körpers fehlt mir.

»Darf ich heute Nacht hier bei dir schlafen?«, fragt er

und lässt sich neben mich gleiten. »Nur schlafen«, setzt er schnell hinzu. Er ahnt ja nicht, wie wenig ich gehadert hätte, wenn er mehr gewollt hätte.

»Was wird Maora dazu sagen?«

»Dass wir nicht verheiratet sind und sie uns im Auge behält. Sollen wir wetten?« Er grinst frech und bringt mich damit zum Lachen. Zärtlich streicht er mir den Pony beiseite und spielt mit meinem Ohrläppchen. »Sie wird es uns nicht verbieten.«

Die Vorstellung, neben Tristan einzuschlafen und wieder aufzuwachen, ist sehr verlockend. Die Entscheidung wird uns abgenommen, als sich die Tür öffnet und Maora ins Innere der Hütte tritt. Sie wirft uns nur einen kurzen Blick zu und verstaut dann die Schüsseln in einer der Truhen. »Zieht doch wenigstens die Schuhe aus. Ihr macht die Matratze noch ganz schmutzig«, wendet sie sich an uns, während ich ihr zusehe und es kaum wage, mich zu bewegen. »Wir sollten uns schlafen legen. Morgen wird ein anstrengender Tag, und falls Amphir früh genug zurück ist, wird er eine Versammlung einberufen und die Rebellion einläuten«, sagt sie und stülpt einen großen Topf über das Feuer, um es zu ersticken. Als sie ihn hochhebt, steigen einzelne Rauchfahnen in die Luft und die restlichen, glühenden Scheite erhellen gerade noch den Bereich um die Feuerstelle. Maora streift sich die schweren Lederschuhe von den Füßen und streckt sich seufzend auf der Matratze aus. Das Stroh raschelt durch ihre Bewegungen.

»Behaltet die Finger bei euch, immerhin seid ihr nicht verheiratet. Außerdem fühle ich mich für Liv verantwortlich, also benimm dich, Tristan«, murmelt sie und zieht ihren Vorhang zu.

»Großmutter«, schimpft Tristan und ich kann ein Lachen gerade noch unterdrücken.

Mit einem Gefühl der Geborgenheit inmitten dieser Menschen streife ich mir ebenfalls die Stiefel von den Füßen, krieche tiefer in die Schlafnische hinein und warte, bis es mir Tristan gleichgetan hat. Nachdem er ebenfalls den Stoff vorgezogen hat, kuschle ich mich an seine Brust. Rhythmisch pocht sein Herz in meinen Ohren und lullt mich schnell ein.

»Morgen könnte also der große Tag sein?«, flüstere ich. Leise dringt Maoras Schnarchen vom anderen Ende der Hütte zu uns herüber.

»Übermorgen, denke ich. Oder der Tag darauf. Aber eins ist sicher: Lange wird es nicht mehr dauern, bis wir gegen Gorloch ziehen. Nutzen wir diese Nacht also, um uns auszuschlafen und Kräfte zu sammeln«, sagt er so bestimmt und gleichzeitig so leise wie möglich. Dann gibt er mir einen Kuss auf die Stirn.

Wie eine Katze schmiege ich mich an ihn und lasse mich von den Geräuschen seines Herzens und seines regelmäßigen Atems bald schon ins Land der Träume tragen.

14. KAPITEL

Der Wind rauscht an mir vorbei und tost in meinen Ohren, als befände ich mich im Auge eines Hurrikans. Die Farben des Regenbogens explodieren und fallen in grellen Funken auf mich nieder, sodass ich aufschrecke. Es braucht mehrere Sekunden, bis ich realisiere, wo ich mich befinde. Nur langsam lässt das Tosen nach und der Wind verklingt. Im Dunkeln taste ich nach Tristan, der neben mir tief und fest zu schlafen scheint.

Hatte ich einen Albtraum?

Ein Funkeln zieht meine Aufmerksamkeit auf sich und ich sehe an mir hinab. Der Kristallsplitter leuchtet in der Dunkelheit und die Farben schwirren so hektisch darin umher, als würden sie aus ihrem Gefäß ausbrechen wollen. Sie machen mich nervös und automatisch beschleunigt sich mein Herzschlag. Es zwickt unangenehm in meinem Nacken und die Härchen an meinem Körper stellen sich auf.

Hier stimmt etwas nicht, denke ich und taste nach Tristan. Maoras regelmäßiges Schnarchen ist das einzige Geräusch, welches die Nachtruhe stört und doch ... War das ein Knacken vor der Tür?

»Tristan«, flüstere ich und rüttle an ihm. Er stöhnt leise, greift meine Hand und zieht mich zu sich hinunter.

»Schlaf!«, nuschelt er und ich richte mich sofort wieder auf, als ein weiteres Knacken, gefolgt von einem Poltern, ertönt.

Nun scheint es auch Tristan gehört zu haben, denn er stützt sich auf seine Ellbogen und sieht mich an.

»Was war das?«, fragt er.

Plötzlich zerreißt ein ohrenbetäubender Knall die Stille. Es zischt und Schreie dringen zu uns in die Hütte. Der Schlitz unter der Holztür färbt sich glühend rot.

»Dra'ogas«, hauche ich und schlage mir die Hand vor den Mund. Die Magie wollte mich warnen und ich habe es nicht verstanden, denke ich bestürzt.

Wir springen aus den Betten und Tristan zieht sich seine Schuhe an, während er bereits Richtung Ausgang humpelt. Er schnappt sich sein Schwert, das an der Wand lehnt, und reißt die Tür auf. Vor dem gleißenden Licht der Flammen sehe ich seine Umrisse, die in der Öffnung erstarren. Die Schreie von Männern, Frauen und Kindern erfüllen das Lager und mir wird schlecht.

Maora eilt zu uns und schreit erstickt auf.

»Nehmt so viele Leute wie möglich und flieht zu der Höhle im Gebirge«, ruft uns Tristan zu, bevor er hinaus in die Flammenhölle rennt.

»Höhle?«, frage ich und sehe zu Maora, die sich einen Köcher und einen Bogen schnappt und mir in die Hände drückt, nachdem ich in die schweren Stiefel geschlüpft bin.

»Nicht weit von hier ist eine Höhle. Der Eingang ist gerade so groß, dass ein Mensch hindurchpasst«, erklärt sie und fährt sich mit zitternden Händen durch die grauen Haare. »Liv, du musst die Dra'ogas ablenken, damit ich die Menschen aus dem Lager führen kann«, fleht sie mich an. »Tristan und die hiergebliebenen Männer werden es nicht allein schaffen.«

Die Angst schnürt mir beinahe die Kehle zu. Stumm nicke ich und hänge mir Köcher und Bogen über die Schulter. Maora gibt mir einen Kuss auf die Stirn und legt ihre Hand an meine Wange.

»Gib auf dich acht, Sturmmädchen«, haucht sie.

»Du ebenfalls«, sage ich und renne hinaus. Vor Schreck sauge ich scharf die Luft ein, als ich drei Dra'ogas entdecke. Einer steht geduckt inmitten der Zelte und zerschlägt mit seinem dornenbesetzten Schwanz die Behausungen. Er passt gerade so unter den Felsvorsprung, der das Lager vor den Wesen schützen sollte. Die anderen versperren die beiden einzigen Ausgänge, die nicht mehr im Schutze des Felsens liegen. Sie speien ihr Feuer in Richtung der Menschen, die versuchen zu fliehen und schreiend durcheinanderlaufen. Die Pegasa scheuen in ihren Stallungen und gerade durchbricht ein braunes Tier den Zaun und galoppiert in die Menschenmenge hinein, die sich immer weiter in die Mitte des Lagers, hin zu dem randalierenden Dra'oga, drängt.

Das Klirren von Schwertern lässt mich suchend umherblicken. Männer versuchen die Wesen mit ihren Waffen niederzuringen, doch sie haben gegen die riesigen Biester keine Chance. Überall brennen Zelte lichterloh und erhellen die Nacht. Die Hütten bleiben bisher verschont, da sie sich dicht an die Felswand drängen und die Dra'ogas dort nur schwer hingelangen.

Mir schwirrt der Kopf und ich weiß nicht, wohin. Wie soll ich die Wesen ablenken und sie von den Ausgängen weglocken?

Planlos laufe ich weiter und drehe mich um meine eigene Achse, um mir einen Überblick zu verschaffen. Verwundete Menschen werden an mir vorbeigetragen. Brandblasen zieren ihre Haut und ein Mann hält sich einen blutenden Stumpf, der einmal sein Arm war. Kinder mit rußverschmierten Gesichtern rennen panisch an mir vorbei zu dem Ausgang, der ins Gebirge führt, nur um wieder zurückzurennen, als der Dra'oga dort einen grellen Schrei ausstößt.

»Tristan?«, rufe ich in das ohrenbetäubende Getöse hinein und quetsche mich durch das Gedränge. Ein Mann rennt mich mit voller Wucht um, sodass ich den Bogen verliere und zu Boden stürze. Fluchend rapple ich mich auf und halte mir die schmerzende Schulter, gegen die der Unbekannte geprallt ist.

Den Bogen kann ich nicht mehr entdecken. Jemand muss ihn weggetreten haben. Nervös blicke ich mich um, doch ich erkenne zwischen all den Menschen kaum den Boden. Da zupft jemand an meinem Kleid. Als ich mich umdrehe, sehe ich Kantra, die mir den Bogen entgegenstreckt. Ihre Augen sind vor Schreck geweitet und nasse Spuren schimmern auf ihren rußigen Wangen. Dankbar ergreife ich die Waffe und ziehe das Mädchen zu mir.

»Wo ist deine Tante?«, frage ich, doch sie scheint mich durch den Lärm kaum zu verstehen. Sie schüttelt bloß den Kopf und klammert sich an mich. Sie zittert vor Angst.

Suchend sehe ich mich um und entdecke Maora, die bereits mehrere Menschen um sich geschart hat. Unsere Blicke treffen sich und sie nickt mir aufmunternd zu. Ich bücke mich zu Kantra hinunter und zeige auf Maora, die das Mädchen zu sich winkt. Nach einem kleinen Schubs von mir läuft Kantra los.

Es ist an der Zeit, dass ich unter Beweis stelle, was ich gelernt habe, denke ich, nachdem ich mich erhoben und die Schultern gestrafft habe. Der Splitter an meiner Brust beginnt zu leuchten und ich rufe den Wind an, der mich sofort umschmeichelt. Seine silbernen Fäden und die Farben der Magie wollen so gar nicht zu den Flammen und den Todesschreien der Menschen passen.

Meine Haare wirbeln mir ins Gesicht, als der Wind zunimmt und zu einem Sturm heranwächst. Fetzen der zerstörten Zelte fliegen durchs Lager und Funken vermischen sich mit der Asche verbrannten Stoffes und Holzes. Ich ziehe einen Pfeil aus dem Köcher und lege ihn am Bogen an. Während ich die Sehne spanne, gehe ich auf den Dra'oga zu, der den Ausgang Richtung Höhle versperrt. Mein Ziel ist der riesige Körper, der sich gerade aufbäumt, um Feuer zu spucken.

»Bitte lenke meinen Pfeil«, flüstere ich dem Wind zu und löse die Finger. Das Geschoss saust los und zieht silberne Fäden hinter sich her, die sich um die Pfeilspitze schmiegen. Nur Sekunden vergehen, dann schlägt der Pfeil zwischen zwei Schuppen hindurch in den Körper des Dra'ogas ein.

Das Wesen brüllt und verschluckt sich an seinem eigenen Feuer. Es krümmt sich und schwarzer Rauch dringt aus seinem Maul, während es blind vorwärts stolpert und dabei weitere Zelte zertrampelt. Um mich herum halten die Menschen inne und starren auf das Tier, das seinen Kopf in die Höhe streckt und einen ohrenbetäubenden Schrei ausstößt. Sofort antwortet der Dra'oga am anderen Ende des Lagers und der in der Mitte gibt gluckernde Geräusche von sich, welche die Menschen ängstlich aufschreien lassen.

»Geht zu Maora! Sie wird euch zur Höhle führen«, rufe ich den Rebellen zu und zeige auf Tristans Großmutter, die den Menschen zuwinkt.

»Der Dra'oga steht zu dicht am Ausgang und die Zelte davor brennen. Wir kämen nicht hindurch«, schluchzt eine Frau neben mir, während sie sich an meinen Arm klammert.

»Geht! Ich werde das Feuer löschen und den Dra'oga zu mir locken«, sage ich und schiebe sie vorwärts.

Die Menschen streben zögerlich in Richtung des verletzten Wesens, das wutentbrannt einen Funkenregen nach dem anderen auf das Lager niedergehen lässt.

Vor dem Felsvorsprung über unseren Köpfen hat sich Rauch angesammelt, der über das Gestein wabert. Hinter dem verwundeten Dra'oga kann ich ein Stück Himmel entdecken, an dessen Weite die rötlichen Sterne funkeln.

Rauch hüllt mich ein, als vor mir ein Zelt in Brand gerät. Hustend und blind stolpere ich rückwärts, während ich versuche, den Rauch wegzuwedeln. Die Feuer müssen dringend gelöscht werden. Unaufhörlich hallen die Schreie der Menschen, die von Bränden eingekesselt und damit den Klauen des mittleren Dra'ogas schutzlos ausgesetzt sind, von den Wänden wider.

Den Bogen geschultert sehe ich zum Himmel.

»Wolken, kommt und schenkt mir Regen«, befehle ich. Der Wind wirbelt um mich herum und vertreibt den Rauch, der mir das Atmen erschwert. Er treibt ihn aus dem Lager und lässt die Flammen tanzen. Dann grummelt Donner in der Ferne. Unter dem Felsvorsprung hallt er von den Wänden und lässt die Dra'ogas aufhorchen. Das Wesen in der Nähe der Stallungen richtet sich auf und schnuppert in der Luft.

Mit einem Mal habe ich eine Idee, wie ich die Aufmerksamkeit der Drachen auf mich lenken kann. Mit geschlossenen Augen entfessle ich die Magie in mir. Sie setzt sich in jeder Faser meines Körpers fest und erfüllt mich. Als ich die Augen aufschlage, stelle ich fest, dass ich leuchte. Ungläubig betrachte ich die Farben, die sich um meine ausgestreckten Arme schlängeln und auf das cremefarbene Kleid ein Muster aus Kreisen und Wirbeln zaubern. Silberne Fäden durchwirken den Stoff und strahlen heller als der Erdenmond. Es wirkt, als hätte sich der Wind auf meinem Gewand verewigt, um seine Verbundenheit mit mir zu demonstrieren.

Doch ich habe keine Zeit die Farbenpracht länger zu bewundern und hebe meinen Blick. Mein Atem stockt für einen Moment, denn alle drei Dra'ogas starren in meine Richtung. Es fühlt sich an, als würden sich ihre roten Augen direkt in mein Herz bohren. Dann trifft mich etwas Nasses an der Wange und ich sehe wieder hinauf in den Himmel, der nun von rötlich schimmernden Wolken verdeckt wird. Immer mehr Regentropfen werden vom Wind unter den Felsvorsprung getragen und landen zischend in den Flammen.

»Mehr«, hauche ich entschlossen und balle die Fäuste unter den argwöhnischen Blicken der Dra'ogas.

Der in der Mitte wendet sich mir bereits zu und auch der verletzte duckt sich, um sich irgendwie ins Lager zu schieben. Der Regen folgt meinem Willen und nimmt zu, knallt prasselnd auf die Felsen. Der Wind pfeift um den Berg und peitscht die Wassertropfen durchs Lager, bis es scheint, als würde es hier regnen. Die Feuer werden immer kleiner, bis sie gelöscht sind. Wasserdampf steigt empor und löst den schwarzen Rauch ab. Nur noch vereinzelt flackern Flammen vor den Holzhütten, die mir jedoch genug Licht spenden, um in der Nacht zu sehen.

Menschen stürmen aus den Trümmerhaufen und drängen zu den Hütten. Es poltert und jeder Schritt der riesigen Tiere erschüttert das Lager. Der Weg zur rettenden Höhle ist endlich frei und Maora rennt mit den ersten Überlebenden zum Ausgang. Sie pressen sich dabei eng an die Hütten, um die Aufmerksamkeit des Dra'ogas nicht auf sich zu lenken. Doch das Wesen hat nur Augen für mich. Es blickt zu dem Pfeil hinab, dessen Schaft noch immer aus seinem Körper ragt, und sieht dann wieder zu mir. Er weiß, dass es mein Geschoss ist.

Der Dra'oga gluckert leise und ich ziehe ein weiteres Geschoss aus dem Köcher, um es in den Bogen zu spannen. Das Wesen in der Mitte des Lagers pirscht sich weiterhin an und ist nur noch wenige Meter entfernt. Die Spitze auf es gerichtet lege ich all mein Vertrauen in den Wind und lasse den Pfeil los. Er saust davon und bohrt sich seitlich in den Hals des geduckten Dra'ogas. Kreischend schlägt er mit dem Schwanz um sich und reißt dabei Flüchtende zu Boden, die leblos liegen bleiben.

»Nein!«, rufe ich und will zu den Verletzten rennen, da greift mich jemand am Arm und zieht mich zurück.

Mir gleitet der Bogen aus der Hand und ich wirble herum, da bemerke ich, dass es Tristan ist. Mit blutverschmiertem Gesicht, befleckter Kleidung und nassen Haaren steht er vor mir und ringt nach Atem.

»Du kannst ihnen nicht mehr helfen«, presst er laut hervor, um die Schreie der Rebellen zu übertönen, und sieht zu dem Dra'oga, der mit dem Hals über den Boden schabt, wohl in der Hoffnung, den Pfeil loszuwerden. »Aber wir müssen dafür sorgen, dass die restlichen Überlebenden fliehen können. Gemeinsam mit ein paar Männern übernehme ich den Dra'oga an den Stallungen. Schaffst du es, die beiden anderen abzulenken? Sobald die Menschen aus dem Lager sind, fliehen wir selbst.« Er sieht zu dem Wesen hinüber, das sich gerade an den Pegasa vorbeipresst und mit seinen Dornen am Rücken über den Felsvorsprung schabt. Es versucht, den Regen abzuschütteln, doch der Wind peitscht ihm die Tropfen unerbittlich entgegen.

»Okay, ich versuche es«, rufe ich durch all den Lärm. Er zieht mich an sich, um seine Lippen auf meine zu pressen.

»Ich behalte dich im Auge«, verspricht er und ich nicke. Dann rennt er auf den Dra'oga zu, dem sich bereits mehrere Männer mit Schwertern in den Weg gestellt haben und versuchen, ihn mit ihren Klingen zurückzudrängen.

Schnell wende ich mich den beiden Wesen zu, die sich in meine Richtung bewegen. Durch den Felsen, der das Lager umgibt, kommen sie nur langsam voran. Kleine Steine rieseln von dem Vorsprung herab, als einer der Dra'ogas sich aufrichtet und gegen die Begrenzung stößt. Er reibt sich am Gestein und ein Beben geht durch den Berg.

Nachdem ich den Köcher vom Rücken genommen habe, rufe ich den Wind zu mir, der sich um meinen Körper windet wie ein Wirbelsturm. Von links nähert sich der andere Drache und ich hebe meinen Arm in seine Richtung. Der Sturm schraubt sich in die Höhe und saust davon, um das Wesen zu verschlingen und in Schach zu halten. Der Dra'oga schnappt nach den silbernen Winden und speit Feuer, das sich im Sturm verliert und nun ebenfalls um das Tier herumwirbelt. Erleichtert atme ich aus, als ich sehe, dass es weit genug vom Ausgang entfernt ist, sodass immer mehr Überlebende zu der Höhle flüchten können. Verletzte werden gestützt und mitgezogen, während die stärksten Männer mit ihren Waffen auf den Dra'oga an den Stallungen zulaufen. Die Schreie verstummen und nur noch Wehklagen, die Rufe der kämpfenden Männer und das Geräusch des prasselnden Regens liegen in der Luft.

Erneut wende ich mich dem Dra'oga zu, der mich aus seinen roten Augen beobachtet. Plötzlich steht er so still, als wäre er zur Salzsäule erstarrt. Dann färben sich seine Augen und Schuppen schwarz und auch die bunten Farben der Schuppen verblassen und werden dunkel wie die Nacht.

»Gib mir den Splitter und die Dra'ogas werden euch verschonen«, ertönt die metallische Stimme, die mir bereits zu bekannt ist.

»Niemals!«, rufe ich dem Wesen zu, in dessen Seele sich Gorloch breitgemacht hat.

»Dann wird dein kleiner Freund hier sterben«, droht der Magier und der Dra'oga sieht zu Tristan hinüber, der mit seinem Schwert versucht, einen weiteren abzuwehren.

»Du kannst mich nicht erpressen«, entgegne ich und sehe zu dem dritten Wesen, das sich mit aller Kraft gegen den Wind wehrt, jedoch keine Chance hat, aus seinem luftigen Gefängnis zu entkommen, und somit für eine Weile außer Gefecht ist. »Der Splitter gehört mir und ich schütze ihn mit meinem Leben.«

Mit steinerner Miene trete ich dem Drachen entgegen.

»Ist das eine Aufforderung?«, fragt Gorloch und der Dra'oga streckt sich in meine Richtung. Sein Kopf ist nur noch wenige Schritte von mir entfernt. Der Hals beginnt sich zu blähen und ich höre das Feuer in seinem Rachen zischen.

Plötzlich erfüllt mich meine Angst. Sie nimmt von mir Besitz und lähmt mich. Ich kann nichts dagegen unternehmen, obwohl ich mich heftig dagegen wehre. Was geschieht mit mir?

Erschrocken stelle ich fest, dass ich nicht so mutig bin, wie ich mich gebe.

Leise dringt ein gehässiges Lachen aus der Kehle des Dra'ogas. »So viel zu dem Sturmmädchen, das den Menschen die Erlösung bringen soll. Du bist nicht mehr als ein ängstliches Gör, das sich in Angelegenheiten einmischt, die

es nichts angehen«, tönt Gorloch und schon züngeln Flammen am Maul des Wesens.

Wie gebannt starre ich in die schwarzen Augen und fühle mich immer kleiner und unbedeutender. Wie kam ich nur auf die Idee, ich könne mich gegen feuerspeiende Ungeheuer stellen? Ich bin keine Heldin. Weder bin ich stark, noch kann ich mit Waffen umgehen. Die Naturgewalten sind es, die mich jedes Mal retten, wenn ich in Gefahr bin. Die Magie ist die einzig wahre Rettung.

Gequält von meinen Gedanken presse ich mir die Hände auf die Ohren und schreie meine Verzweiflung heraus. Das metallische Lachen Gorlochs dringt dennoch zu mir durch, daher kneife ich die Augen zusammen und taumle rückwärts.

All die Fragen in meinem Kopf verursachen mir stechende Schmerzen und mein Körper krampft. Das Atmen fällt mir schwer und mein Brustkorb wird immer enger. Plötzlich stoße ich mit dem Rücken gegen ein Hindernis und wirble herum. Überrascht lasse ich die Hände sinken und starre den Mann an, der vor mir steht und mich anlächelt.

Schwarze Haare reichen ihm bis zur Schulter und umrahmen das gebräunte, markante Gesicht. Dunkelbraune Augen liegen neugierig auf mir. Sein Lächeln ist ansteckend und so zucken meine Mundwinkel und ziehen sich in die Höhe.

»Brauchst du Hilfe?«, fragt er mit dunkler samtiger Stimme.

»Wäre möglich.« Noch nie zuvor habe ich den Mann in der schwarzen Hose und dem weißen Hemd gesehen, doch hier leben so viele Menschen, dass mich das nicht wundert.

Er schüttelt den Kopf und sieht zu den Dra'ogas hinüber. Als ich mich ebenfalls nach ihnen umsehen will, lenkt der Mann meine Aufmerksamkeit sofort wieder auf sich, indem er mit der Zunge schnalzt.

»Da hast du dich aber in eine schwierige Lage gebracht«, sagt er und greift nach meiner Hand.

Bei seiner Berührung brennt meine Haut und ich sehe verwundert hinab. Die Geräusche um mich herum verstummen, als würde die Zeit anhalten, und ich fühle mich, als stünde ich unter einer Glocke, die mich von allem abschottet. Die Dra'ogas und deren Angriff schwinden langsam aus meinem Bewusstsein. Wieso bin ich eigentlich hier?

Mein Herz schlägt schneller und die quälenden Schmerzen sind wie weggeblasen.

»Wer bist du?«, frage ich und sehe wieder in diese dunklen Augen, die mich faszinieren.

»Raphael, Roanins Sohn«, stellt er sich vor. »Du musst dir keine Sorgen machen, denn ich habe die Zeit angehalten.«

»So etwas kannst du?«

»Als Magier sollte ich das können«, offenbart er. »Es hält nur wenige Augenblicke an, doch es reicht aus, um mich dir zu erklären.«

Irgendetwas irritiert mich an seiner Aussage, aber ich komme nicht darauf. Es fällt mir schwer, meine Gedanken

zu fassen, es ist, als würden sie mir ständig entgleiten. Ich fühle mich seltsam berauscht und doch wie in Watte gepackt.

Raphael hebt seine Hand und streicht mit den Fingerspitzen über meine Wange. »Du bist viel zu schade für die Rebellen«, raunt er und fährt mir zart über die Lippen.

Mein Herz schlägt mir bis zum Hals und ich will meinen Arm heben, um Raphaels Hand von mir zu schlagen, doch mein Körper gehorcht mir nicht. Sein Blick hält mich gefangen.

»Was meinst du damit?«, frage ich und bin erleichtert, dass ich wenigstens noch sprechen kann.

»Du hast unglaubliches Potential, Sturmmädchen. Die Magie ist dir sehr zugetan. Du könntest so viel erreichen, wenn du nur wolltest. Vorausgesetzt du vertraust dem Richtigen«, sagt er und kommt mir so nah, dass ich seinen Atem in meinem Gesicht spüre.

Seine Nähe irritiert mich. Am liebsten würde ich weglaufen und gleichzeitig fasziniert mich dieser Mann auf seltsame Art und Weise.

»Was tust du mit mir?«, frage ich und wundere mich über meine leiernde Sprache. Als wäre ich betrunken, denke ich und plötzlich beginnt die Welt um mich herum, sich zu drehen. Mein Körper reagiert und ich klammere mich an Raphael, der mich an sich zieht und mir über die Haare streicht. Er beugt sich zu mir herab, bis seine Lippen meine Ohrmuschel berühren.

»Gemeinsam könnten wir so viel erreichen, Sturmmädchen. Ru'una würde unserer Magie erliegen und dann unterjochen wir einen Planeten nach dem anderen. Mit dir an meiner Seite wäre ich unbesiegbar«, haucht er und lässt seine Hand meinen Rücken hinabgleiten.

Schwarzer Nebel hüllt mich ein und will mich mit sich zerren. Nur dumpf dringen Raphaels Worte zu mir durch und ich begreife den Sinn einfach nicht. Wollte er mir nicht helfen?

Da spüre ich, wie seine Hand nach vorne zu meiner Brust streicht.

»Du und ich, Sturmmädchen«, flüstert er und seine Stimme lullt mich ein. Dunkelheit verschleiert meinen Blick und versucht mich in die Tiefe zu ziehen.

»Erst Ru'una, dann dein Planet. Die Erde und ihre Bewohner werden dir gehorchen. Sie werden sich deinem Willen beugen, meine Liebe. Ist es nicht das, was sich jeder ersehnt?«

Bei seinen Worten reift endlich ein Gedanke in mir und Panik erfasst mich. Niemand könnte ohne die Hilfe des Kristalls die Magie anzapfen und einen solchen Zauber ausführen, wie Raphael es tut.

»Du bist nicht Roanins Sohn«, murmle ich und schlage kraftlos seine Hand an meiner Brust weg. Dort, wo der Splitter hängt.

Raphael grummelt leise und in mir beginnt es zu brodeln. Mit aller Macht versuche ich, die Dunkelheit hinfort zu drängen, die mich beinahe eingenommen hat.

»Nein, der bin ich nicht«, sagt er drohend und ich stoße mich von ihm ab, um strauchelnd zurückzustolpern.

Noch immer dreht sich alles in meinem Kopf und ich fühle mich benommen. Angestrengt starre ich den Mann an, der mich mit einem überheblichen Lächeln mustert. Dann schweift sein Blick zu dem Kristallsplitter hinab und ich erkenne die Begierde in seinen dunklen Augen, die nun beinahe schwarz wirken.

Nur zwei Menschen können auf die Magie zurückgreifen, weil sie einen Teil des Kristalls besitzen. Ich und …

»Gorloch«, stoße ich aus und er lacht laut auf, bevor er sich ausladend verbeugt.

»Gerne würde ich behaupten, es wäre mir eine Freude dich kennenzulernen, aber das kommt ganz auf deine Antwort an«, sagt er mit einem Augenzwinkern.

»Du glaubst doch nicht ernsthaft, dass ich mich dir anschließe? Du bist ein Monster!«, speie ich ihm entgegen. »Dein Herz ist schwarz und deine Seele vergiftet von Hass und Machtgier.«

»Danke für die Schmeicheleien«, antwortet er und fährt sich durch die Haare. »Solche Komplimente habe ich schon lange nicht mehr vernommen. Nun denn, so willst du nicht an meiner Seite die Mächtigste des Universums werden?«

»Niemals«, antworte ich hasserfüllt und kann meine Wut nicht länger zügeln, die in mir lodert und den Einfluss Gorlochs immer weiter zurückdrängt. Erleichtert spüre ich bereits wieder den Wind in meinen Haaren, der sich der

Magie des Hexers widersetzt. Er flüstert mir zu und warnt mich vor dem Zauber Gorlochs, der mich gefangen genommen hat.

»Erst machst du mich nieder und sorgst dafür, dass ich mich klein und hilflos fühle, und dann umgarnst und verzauberst du mich, damit ich mich dir anschließe?« Ich schließe meine Hand um den Splitter, der sich sofort erwärmt und Magie durch meine Adern fließen lässt. »Das wirst du büßen!«

»Versuch es doch«, raunt Gorloch, bevor sich seine Gestalt in schwarzem Nebel auflöst, der sich in die Luft erhebt und über meinen Kopf hinwegschwebt. Sofort nimmt die Zeit wieder ihren gewohnten Lauf. Als ich mich umdrehe, dringt der Nebel erneut in den Dra'oga ein, der sich schüttelt und brüllt. Dann visiert er mich an und kriecht in einer unglaublichen Geschwindigkeit auf mich zu wie ein Krokodil auf seine Beute. Blitzschnell reagiere ich und lasse mich vom Wind in die Luft heben, gerade noch rechtzeitig, bevor der Dra'oga mit einem ohrenbetäubenden Krachen in die Hütten hinter mir schlingert. Holz birst und es poltert, als das Wesen gegen den dahinterliegenden Felsen stößt. Trümmerteile fliegen im Lager umher und bedecken die Zeltreste und Leichen unter sich.

Ein Grummeln dringt aus dem aufgewirbelten Staub und schon schießt das Tier daraus hervor und schnappt nach mir. Es verfehlt mich, da ich mich höher tragen lasse, doch über mir verhindert der Felsvorsprung eine weitere

Flucht. Der Dra'oga bläht seinen Hals und speit Feuer in meine Richtung. Abwehrend hebe ich die Hände, damit die Windböen die Flammen von mir weglenken. Das Wesen schnaubt wütend und schlägt mit den Flügeln, sodass die Regentropfen darauf durchs Lager fliegen. Weitere Winde strömen herbei, um den Dra'oga gefangen zu nehmen, doch der schwarze Nebel dringt aus seinem Maul und löst die Stürme auf.

Suchend blicke ich mich um, bis ich den Bogen samt Köcher entdecke, die unter den verstreuten Brettern hervorragen. Rasch entsende ich die silbernen Fäden des Windes, die lossausen und die Waffen zu mir emporheben. Ich ziehe zwei Pfeile aus dem Köcher und spanne sie in den Bogen, um auf den Dra'oga zu zielen, der weiterhin wütet und gegen den Wind ankämpft. Er bäumt sich auf und stößt dabei immer wieder gegen den Felsvorsprung. Ein gefährliches Knacken und Ächzen zieht sich durch das Gestein und ich sehe die Risse, die sich vorarbeiten und dunkel von dem Grau absetzen. Nicht mehr lange und die Platte wird auf uns niederkrachen, denke ich und sehe zu dem Dra'oga, der die Männer an den Stallungen in Schach hält. Nur noch vier Rebellen können sich gegen das Wesen behaupten. Leblose und verletzte Menschen sind bereits um ihn verstreut und ich schlucke, als ich sehe, dass Tristan sein linkes Bein hinter sich herzieht.

Wenn wir es nicht schaffen, zu fliehen, ist die Rebellion gescheitert, bevor sie überhaupt angefangen hat.

Damit auch die letzten Männer und ich fliehen können, muss ich die beiden Dra'ogas kurzzeitig ablenken. Das dritte Wesen ist noch immer in meinem Windkäfig gefangen und wehrt sich zunehmend kraftloser. Eine riesige Blutlache hat sich mittlerweile unter seinen Klauen gebildet. Unaufhörlich rinnt weiteres Blut aus der Wunde, die ihm mein Pfeil zugefügt hat. Nur der Dra'oga, der von Gorloch besessen ist, zeigt sich unbeeindruckt von seiner Wunde am Hals. Vielleicht unterbindet der Hexer das Schmerzempfinden oder den Überlebensdrang der Wesen.

»Lenke meine Pfeile in ihr Ziel«, flüstere ich dem Wind zu, ziele auf den Hals des Dra'ogas vor mir und entlasse die Geschosse.

Nur einen Augenaufschlag später brüllt das Tier auf, als sich meine Geschosse zwischen seine Schuppen bohren. Blut spritzt und tropft in schmalen Rinnsalen zu Boden. Das Wesen sackt mit einem gequälten Laut zusammen und ich wende mich dem Dra'oga zu, der vor den Stallungen verhindert, dass die Pegasa fliehen können. Ich spanne zwei weitere Pfeile in den Bogen und übergebe sie dem Wind. Die Spitzen bohren sich auch bei ihm in den Hals und lassen das Tier zurücktaumeln.

Die Männer am Boden sehen überrascht zu mir hoch und Tristan nickt mir erschöpft zu.

»Schnappt euch die Pegasa und flieht!«, rufe ich ihnen im Getöse des Windes und des Regens zu.

Die Rebellen zögern nicht lange, befreien die Pegasa

und treiben sie in Richtung des Ausgangs. Tristan schwingt sich auf Taran und bildet die Nachhut, während ich mich im Lager umsehe. Es scheint niemand mehr hier zu sein, dem ich helfen könnte. Das Leben scheint auch den letzten Verwundeten verlassen zu haben und ich versuche die Trauer und die Wut zu unterdrücken, die mich zu übermannen drohen. Tränen schießen mir in die Augen, als ich die Körper von Kindern ausmache, die unnatürlich verdreht oder blutüberströmt zwischen den Trümmern am Boden liegen.

Dann schaue ich zu den Dra'ogas, die sich winden und versuchen, auf die Beine zu kommen.

»Es ist noch nicht vorbei«, ertönt Gorlochs Stimme und ich sehe zu dem Dra'oga, der mich aus dem schwarzen Nebel anstarrt. Er bäumt sich ein letztes Mal auf und sackt anschließend leblos zusammen. Die Schuppen färben sich wieder bunt und schimmern in den Farben des Regenbogens, während sich der Nebel wie eine Schlange vorwärts bewegt und auf den Dra'oga im Windgefängnis zuschießt. Bevor er jedoch die Kontrolle über das Wesen erlangen kann und sich die Schuppen vollends schwarz färben, passieren die letzten Rebellen den Ausgang. Lediglich die beiden Dra'ogas und ich bleiben zurück.

Meine Wut übermannt mich und ich schreie meinen Schmerz über die vielen Toten, die ich nicht retten konnte, heraus. Tränen rinnen mir über die Wangen und vermischen sich mit dem Regen, der unter den Felsvorsprung gepeitscht wird. Mein Zorn lässt Donner grollen und Blitze zuckend die Nacht erhellen. Einer davon schlägt hinter mir in den Berg ein. Es kracht, als gäbe es eine Explosion. Die Geräusche hallen im Gebirge von den Felsen wider und Gesteinsbrocken rollen die Hänge hinab.

Hinter mir rappelt sich der Dra'oga auf und schleift sich auf mich zu. Die Hände zu Fäusten geschlossen wirble ich herum und spanne die Muskeln an, um das Wesen anzuschreien. Ein Blitz schießt vom Himmel und schlägt in den Dra'oga ein. Während der Donner noch verklingt, sackt das Tier zuckend zusammen.

Plötzlich erfasst mich etwas am Rücken und schleudert mich zu Boden. Der Wind kann mich nicht mehr auffangen und so stürze ich in einen Trümmerhaufen. Der Aufprall presst alle Luft aus den Lungen und Schmerzen schießen durch meinen Körper. Stöhnend drehe ich mich auf den Rücken und reiße die Augen auf, als ich den Dra'oga über mir sehe. Er muss sich aus dem Windkäfig befreit haben. Seine Augen sind tiefschwarz. Es ist die vergiftete Magie des Kristalls, die gegen meine reine Magie ankämpft. Gorloch ist stärker. Wie konnte ich das nur vergessen?

Das Wesen reißt sein Maul auf und stößt einen siegessicheren Schrei aus. Vergeblich will ich mich aufrichten, aber jede Faser meines Körpers schmerzt. Der Felsvorsprung über dem Dra'oga ist von dunklen Rissen übersät und Staub rieselt bereits davon hinab. Das Gestein muss durch die Stöße des Tieres brüchig geworden sein. Diesen Umstand muss ich zu meinen Gunsten nutzen – ja, das könnte meine Chance sein!

»So viel zum Sturmmädchen, das Ru'una die Erlösung bringen soll. Du hättest mit mir so viel erreichen können«, spricht Gorloch und der Dra'oga bleckt seine Reißzähne. »Nun ist der Splitter mein.«

Der Drache knurrt und bläht seinen Hals, um sein Feuer zu sammeln. Entschlossen konzentriere ich meine Wut auf den Felsen über uns und rufe in Gedanken Blitze herbei. Schon durchzucken sie in den Farben der Magie die Dunkelheit und schlagen krachend in den Vorsprung ein. Gestein berstet und kleine Steinchen bröckeln auf uns herab.

»Nein!«, schreit Gorloch, doch er kann die Folgen nicht mehr aufhalten.

Die graue Platte über uns zerfällt in mehrere Teile und stürzt auf uns herunter. Der Dra'oga wendet sich ab und ich halte die Arme schützend über mich, mit dem Wunsch, der Wind möge mich davor bewahren, erdrückt zu werden. Neben mir schlagen die gewaltigen Brocken ein und bringen das Lager zum Beben. Es kracht so laut, dass ich zusammenzucke und ein Piepsen jegliche Geräusche verstummen lässt. Winde sausen über meinen Körper und hüllen mich in eine schützende Glocke. Als ich mich sicher fühle, lasse ich die Arme sinken und sehe die silbernen und bunten Fäden, die über mir herumwirbeln und den Staub abhalten, zu mir vorzudringen. Mit zusammengebissenen Zähnen richte ich mich langsam auf. Über mir funkeln rötliche Sterne am schwarzen Nachthimmel zwischen dunklen Wolken hervor. Der Regen hat aufgehört und ich blicke mich um.

»Scheiße«, ist mein einziger Gedanke, bevor mein Kopf wie leegefegt scheint. Ich sitze inmitten eines Trümmerhaufens aus Felsen und Steinbrocken. Scharfkantig ragen sie in die Höhe als wären es riesige Grabsteine. Vom Lager der Rebellen ist nichts mehr zu sehen. Der Wind ist meinem Wunsch gefolgt und hat die herabstürzenden Felsen umgeleitet und mich so davor bewahrt, erschlagen zu werden.

Mühsam kämpfe ich mich auf die Beine und versuche das Schwanken zu unterbinden. Nach der Aufregung zittern meine Beine und ich kann nur langsam meinen Puls beruhigen. Nur nach und nach begreife ich, dass ich gegen die Dra'ogas bestehen konnte.

Schemenhaft kann ich am Ende der Felsenwüste den Ausgang erkennen, durch den die Überlebenden geflüchtet sind. Dunkel setzen sich dort zwei Umrisse ab.

»Liv?«, ruft eine Stimme und ich klettere auf die Trümmer und stolpere vorwärts.

»Tristan?«, antworte ich und einer der Schatten setzt sich in Bewegung, um mir entgegenzuhumpeln.

Immer wieder sehe ich mich um, doch von den Dra'ogas fehlt jede Spur. Die Felsplatten müssen sie unter sich begraben haben. Es herrscht eine tödliche Stille. Nur das leise Säuseln des Windes erinnert mich daran, dass ich lebe.

Mein Körper ist erschöpft und jede Bewegung schmerzt. Es kostet mich Kraft, die Beine zu heben und einen Fuß vor den anderen zu setzen. Dabei will ich nichts lieber, als diesen Friedhof hinter mir zu lassen. Nach nur wenigen Schrit-

ten unterschätze ich einen hervorstehenden Felsen, bleibe mit dem Fuß daran hängen und stürze zu Boden.

»Mann!«, presse ich wütend und gleichzeitig den Tränen nahe hervor. Mit letzter Kraft ziehe ich mich auf die Knie und bleibe vornübergebeugt sitzen, um auf einen Spalt zu starren, der sich zwischen zwei Brocken gebildet hat, die sich beim Hinabstürzen verkeilt haben. In meinem Kopf setzt wieder das Piepsen ein. Große braune Augen blicken mir leblos entgegen. Ich strecke eine Hand aus und will über das schmutzige Gesicht fahren, das von schwarzem Haar eingerahmt wird. Es bleibt für mich unerreichbar. Tränen füllen meine Augen und tropfen hinab, auf die Wange des kleinen Mädchens, das unter den Felsen begraben wurde.

»Oh, kleine Kantra«, wispere ich und schlage mit der Faust auf den Felsen ein, bis meine Haut aufplatzt und Blutspritzer das Grau des Gesteins rot färben.

Tristan fällt neben mir auf die Knie, schlingt seine Arme um mich und zieht mich an sich. Von meinem Schmerz überwältigt vergrabe ich mein Gesicht in seinem Hemd und schreie meinen Frust hinaus.

Weshalb war Kantra noch hier im Lager? Hatte ich sie nicht zu Maora geschickt? Weshalb konnte ich die Kleine nicht retten? Das ist nicht fair!

Beruhigend wiegt mich Tristan in seinen Armen und presst sein Kinn auf meinen Haarscheitel.

»Es war meine Aufgabe, den Menschen Hoffnung zu geben«, schluchze ich, nachdem ich mich aufgerichtet habe.

Mit dem Ärmel wische ich mir übers Gesicht. »Kein Kind sollte mehr seine Eltern verlieren und jetzt konnte ich nicht einmal die kleine Kantra retten. Sie war doch noch so jung.«

Tristan streicht mir stumm die Haare aus dem Gesicht. Auch in seiner Miene zeichnet sich die Trauer ab, in jeder seiner Bewegungen.

Schritte ertönen und ich hebe meinen Blick in Richtung des Ausganges. Maora kommt auf uns zu. Ihre Körperhaltung spricht Bände. Auch sie ist voller Trauer und Schmerz über diesen hinterhältigen Angriff und die Verluste, die wir alle in dieser Nacht erlitten haben.

»Lasst uns zur Höhle gehen«, ruft sie uns zu und bleibt mehrere Schritte entfernt stehen. »Ich habe kein gutes Gefühl«, fügt sie leiser hinzu und sieht sich um.

Meine Nackenhärchen stellen sich plötzlich auf. Es rumpelt und schon werden die Felsplatten erschüttert. Haltsuchend klammere ich mich an Tristan, der sich wild umblickt.

»Lauf!«, ruft er zu Maora, die sich sofort in Bewegung setzt. Doch da erheben sich am Rande des Lagers Felsbrocken und ein Dra'oga schießt in die Höhe. Selbst in dem dumpfen Licht des Flammenplaneten sehe ich die schwarzen Schuppen, die den Körper bedecken. Das Wesen ist übersät mit Wunden und die Dornen sind umgeknickt. Es wirkt mehr tot als lebendig. Schwarzer Nebel wabert aus seinem Maul. Es wirbelt Staub und kleine Steinchen auf, als es über die Felsen fliegt und auf die flüchtende Maora zusteuert.

Das darf nicht sein!

Meine Erschöpfung und Pein ignorierend stemme ich mich auf die Beine und stolpere los. Tristan überholt mich mit schmerzverzerrter Miene. Er schleift sein verletztes Bein hinterher und zieht bereits sein Schwert.

»Nein!«, schreie ich und nutze den Wind, der mich trägt und beinahe über die Felsen fliegen lässt. Als könnte ich damit etwas ausrichten, strecke ich einen Arm in Maoras Richtung aus, die einen Blick über die Schulter wirft und laut aufschreit. Vor Schreck stolpert sie über ihre eigenen Füße und stürzt, die Arme schützend vor sich haltend. Der Dra'oga schießt auf sie zu und meine Brust zieht sich schmerzhaft zusammen.

Mir schwinden beinahe die Sinne. Ich kann nicht mehr …

Es donnert bereits und ein Blitz zuckt am Himmel, da streckt der Drache seine Klauen aus und greift Maora, um sie in die Höhe zu ziehen. Sie schlägt wild um sich und schreit.

»Oh, nein!«, rufe ich aus und halte den Blitz zurück. Womöglich würde ich Maora gefährden.

Tristan springt brüllend hoch, um nach Maora zu greifen, doch er verfehlt sie.

Schnell gewinnt das Wesen an Höhe und nimmt die zappelnde Maora mit sich. Eine Hand erhoben will ich den Wind aussenden, um den Dra'oga vom Himmel zu holen, aber ich breche plötzlich zusammen und mir wird schwarz vor Augen. Dumpf höre ich noch, wie Tristan nach seiner Großmutter ruft, dann wird es still um mich.

15. KAPITEL

»Olivia«, flüstert eine zarte Stimme, als würde sie mir der Wind herbeitragen. »Wir brauchen dich.«

»Maora?«, murmle ich und erinnere mich an ihren Ruf in den Bergen, während ich vor unserem Ferienhaus unter dem Baum gelegen und geträumt habe. Es ist erst wenige Tage her und doch erscheint es mir so weit entfernt, als wären seitdem Jahre vergangen.

Die Farben des Regenbogens schimmern in der Dunkelheit und tanzen mit den silbernen Fäden des Windes. Es fühlt sich an, als würde ich auf Wolken schweben. Die Luft ist kühl und sanft streicht mir eine Brise über die Wangen. Meine Augenlider flattern und die Dunkelheit lichtet sich, färbt sich rötlich, bis ich den Flammenplaneten Vashnerin über mir erblicke. Der Nachthimmel ist nicht mehr tiefschwarz und am

Horizont entdecke ich bereits die ersten Sonnenstrahlen, die sich emporstrecken. Langsam richte ich mich auf und stelle erstaunt fest, dass ich mindestens einen Meter über dem Boden schwebe. Der Wind hat sich unter meinem Körper zu einem Wirbel geformt und trägt mich in der Luft. Um mich herum ragen Felsen in die Höhe und reichen bis hinauf zum Gipfel, der nicht mehr weit entfernt scheint.

Wo bin ich? Und wo ist Tristan?

Mir fällt ein, dass ich während Maoras Entführung ohnmächtig geworden bin. Doch wie bin ich an diesen Ort gelangt, an dem ich niemals zuvor war?

Unter mir fällt das Gestein rasch ab und verläuft sich in Abhängen, die ins Tal führen. Von hier aus kann ich die Weite Ru'unas überblicken, die nun in das Licht des Sonnenaufgangs getaucht wird. Der Wind lässt mich hinabsinken und meine Füße setzen auf dem Boden auf. Die Arme um meinen Körper geschlungen sehe ich in die Ferne, in der diese Welt aus ihrem Schlaf erwacht. Am Himmel ziehen sich orangene und rötliche Streifen über das Blau. Die ersten Strahlen streichen vorsichtig über den Berggipfel, als wollten sie ihn liebkosen. Hier oben herrscht wohltuende Stille. Nichts erinnert mehr an das tödliche Getöse von letzter Nacht. Keine bestialischen Schreie der Dra'ogas zerreißen die Stille, kein Wehklagen und keine Hilferufe mir das Herz. Es klingt verlockend, sich einfach an diesem Ort zu verkriechen und die Realität zu ignorieren. Eine Wirklichkeit, in der unschuldige, kleine Mädchen von drachenähnlichen Ungetümen getötet werden, weil diese wiederum von einem Monster gesteuert werden, das keine Gnade kennt. Ein Ungeheuer, das ohne Rücksicht auf Verluste sein grausames Ziel verfolgt.

Ich umklammere den Kristallsplitter und genieße die Kraft, die mir die Magie schenkt. Das Vertrauen, das der Kristall in mich legt, vertreibt den Gedanken. Kantra darf nicht umsonst gestorben sein. Ihr Tod soll meinen Willen, Gorloch aufzuhalten, bestärken. Das kleine Mädchen hat auf mich gezählt, hat in mir die Rettung für Ru'una gesehen, also will ich es nicht enttäuschen.

»Es kommt der Moment, da werde ich dieses Monster besiegen, kleine Kantra«, verspreche ich und der Wind trägt meine Worte hinfort. »Dein Tod wird gerächt werden. Genauso wie der von Donna und Tristans Mutter und Großvater. Der Tod von all den Bewohnern Ru'unas, die in diesem unsinnigen Machtspiel gefallen sind. Hörst du, Gorloch? Weder bin ich klein noch unbedeutend. Und ich werde kommen und dir den Kristall entreißen!«, schreie ich in den Wind, der aufbegehrt und mir schmeichelt. Die silbernen Fäden wirbeln umher und zaubern Muster in den Himmel.

Nein, ich werde mich nicht verkriechen. Ich werde kämpfen! Für Ru'una.

Tief atme ich die reine Bergluft ein und mache mich an den Abstieg. Ein Trampelpfad führt mich tiefer ins Gebirge. Meine Schritte sind erstaunlich sicher und ich springe von hohen Felsvorsprüngen, um vom Wind aufgefangen zu werden. Mittlerweile harmonieren wir, ohne dass ich darüber nachdenken muss. Die Natur folgt meinem unausgesprochenen Willen.

»Liv«, hallt Tristans Stimme nach einer Weile durch die Berge und ich beschleunige meine Schritte.

»Tristan«, antworte ich und höre, wie er erneut nach mir ruft, diesmal lauter. Der Trampelpfad wird breiter und wächst zu einem Weg heran. In eiligem Tempo laufe ich um einen großen Felsen herum und pralle gegen Tristan, der mich schnell festhält, bevor ich umkippen kann.

»Bei meinen Ahnen, Liv«, haucht er und ich werfe mich in seine Arme.

Ohne zu zögern, schmiege ich mich eng an ihn und genieße seine Wärme. Kurz schließe ich die Augen und gebe mich diesem Glück hin, das mich für einen Moment vergessen lässt. Dann sehe ich die Bilder der vergangenen Nacht vor mir und löse mich von Tristan.

»Maora?«, frage ich und er sieht bedrückt zu Boden und schüttelt den Kopf. »Wir müssen dem Dra'oga hinterherfliegen. Taran ist schnell. Wir können ihn sicherlich einholen und dann kann der Wind das Biest aus dem Gleichgewicht bringen und der Blitz ...«, sprudelt es aus mir heraus, doch Tristan packt mich an den Schultern und sieht mir tief in die Augen, sodass ich verstumme.

»Liv, es ist viel Zeit vergangen, seitdem der Dra'oga mit Maora fort ist. Er ist bereits über alle Berge. Maora befindet sich mit Sicherheit längst in Gorlochs Festung.«

»Maora kann auf mich zählen«, verspreche ich und Tristan nickt.

»Wir werden sie befreien! Gorloch wird sie als Druckmittel benutzen und ich gehe nicht davon aus, dass er sie tötet.«

»Er war im Lager«, sage ich und Tristan sieht mich mit gerunzelten Brauen an. »Gorloch«, hauche ich und Tristans Gesicht verzerrt sich wutentbrannt.

Bereitwillig berichte ich ihm von meinem Zusammentreffen mit dem Hexer, während wir uns auf den Weg zu den anderen machen. Immer wieder flucht Tristan zwischen meinen Erzählungen und kickt Steine weg, um Dampf abzulassen.

Kurz bevor wir am zerstörten Lager angelangen, entdecken wir am Himmel mehrere Punkte, die sich nähern. Mir stockt der Atem, doch dann erkenne ich, dass es keine Dra'ogas sein können. Es ist nicht auszumachen, wie viele Flecken es sind. Es müssen unzählige sein.

Wir eilen die letzten Meter zum Lager hinunter, wo die anderen zwischen den Felsbrocken herumkriechen und nach Waffen und sonstigem Brauchbaren suchen. Als auch sie die Wesen am Himmel entdecken, erstarren sie in ihren Bewegungen und sehen gebannt hinauf.

»Vater«, stellt Tristan neben mir fest und verkrampft sich. »Bist du bereit, so schnell wie möglich aufzubrechen?«, wendet er sich an mich.

»Sicher«, antworte ich.

»Gut, denn wenn Vater die Zerstörung sieht und erfährt, dass seine Mutter entführt wurde, wird es für ihn kein Halten mehr geben.«

Bald schon hört man das Getrappel vieler Hufe und kurz darauf passiert Amphir als erster den Felsspalt. Mit starrer Miene bringt er seinen dunkelbraunen Pegasum auf dem Pfad, der zu uns hinabführt, zum Stehen. Tristan und ich eilen ihm entgegen, während er sich von seinem Reittier gleiten lässt und vielstimmiges Gemurmel hinter ihm ertönt.

»Es waren drei. Sie kamen bei Nacht und haben alles in Brand gesteckt. Viele konnten dank Liv zur Höhle fliehen, aber einige haben es nicht geschafft«, berichtet Tristan und lässt den Kopf hängen. Er vermeidet den Augenkontakt mit seinem Vater, der seinen Blick über das verwüstete Lager und die Felsplatten schweifen lässt.

Amphir tritt näher und legt seinem Sohn die Hand auf die Schulter. »Gräme dich nicht, Tristan! Du hättest es nicht verhindern können. Gorloch hat seine Dra'ogas in ganz Ru'una ausgesandt, um Dörfer zu vernichten und Schrecken zu verbreiten. Er will uns einschüchtern, doch er erreicht damit das Gegenteil. Die Menschen begehren immer mehr auf und wollen ihr Leben im Kampf gegen den Hexer geben. Es haben sich mehr Rebellen angeschlossen, als wir je zu hoffen gewagt haben. Viele Dörfer haben sich zusam-

mengerottet und marschieren nun gen Festung. Wir werden sie auf unserem Weg treffen«, spricht er und sieht zu den Menschen hinab, die sich am Fuße des Pfades versammelt haben. »Packt, was euch an Hab und Gut geblieben ist! Wir brechen heute noch auf und geben unser Bestes, um Gorlochs Schreckensherrschaft endlich ein Ende zu bereiten«, ruft er den Rebellen zu und streckt eine Faust gen Himmel.

Die anderen tun es ihm gleich und brüllen ihren Hass auf den Magier in die Welt hinaus.

»Wo ist deine Großmutter?«, richtet sich Amphir an Tristan, noch bevor die Rufe verklungen sind.

Tristan ballt die Fäuste und mit hasserfülltem Gesicht starrt er in die Richtung, in die der Dra'oga letzte Nacht mit Maora verschwunden ist. »Ein Dra'oga hat sie mit sich genommen«, presst er hervor.

Amphir reißt die Augen auf, in denen Tränen schimmern. »Gorloch nahm mir meine Geliebte, meinen Vater und viele meiner Freunde. Er wird mir nicht auch noch meine Mutter entreißen«, sagt er in leisem, aber wütendem Ton und Tristan legt ihm seine Hand auf den Arm. »Sie wird sich nicht kampflos ergeben. Gorloch wird an ihr keine Freude haben.« Er grinst und ich denke an Maoras Mut.

Nein, mit ihr hat es Gorloch nicht leicht, denke ich und bete zu allen Göttern, die ich kenne, dass sie am Leben bleibt und wir sie retten können. Maora wurde mir innerhalb dieser kurzen Zeit zu einer Vertrauten und zu der Großmutter, die ich selbst nie hatte.

Amphir nickt seinem Sohn zu und wendet sich den Männern zu, die hinter dem Felsspalt warten. »Tränkt die Pegasa und stärkt euch, denn ich will sobald wie möglich aufbrechen.«

Wir treten beiseite und lassen mehrere Jungen durch, die mit gefüllten Wassereimern und dem restlichen Heu zu den Rebellen eilen.

»Wir müssen Roanin und Aniwa die Neuigkeiten überbringen und sie zu uns holen«, sagt Tristan und weist auf den Ausgang, der zur Höhle hinführt. »Taran steht bei den anderen Pegasa direkt hinter dem Lager. Nachdem ich mich mit Vater besprochen habe, komme ich nach.« Er streicht mir durchs Haar und wendet sich Amphir zu.

Ich laufe den Pfad hinunter und springe auf den ersten Felsbrocken, um mich durch das Geröll zu kämpfen und zum Ausgang zu gelangen. Viele Überlebende haben sich erneut auf die Suche nach Waffen gemacht, die wir gegen Gorloch einsetzen können. Immer wieder höre ich jemanden schluchzen oder aufschreien, wenn eine Leiche gefunden wird. Auch Kantra liegt unter diesen Platten begraben. Hoffentlich musste sie nicht leiden, als sie der Dra'oga getötet hat.

Noch immer kann ich nicht verstehen, warum sie nicht mit Maora gegangen und stattdessen hier im Lager geblieben ist. Sie wäre noch am Leben, denke ich und bleibe stehen, um mir die Tränen aus den Augenwinkeln zu wischen.

»Sturmmädchen«, haucht eine Stimme hinter mir.

Als ich mich umdrehe, schlage ich die Hand vor den Mund, da mir Kantras Tante gegenübersteht. Ihre Wange ziert verkrustetes Blut und sie hat den rechten Arm in einer Schlinge. »Kantra ... sie ... sie hat es nicht geschafft«, stammelt sie mit zitternden Lippen.

»Nein«, wispere ich. »Sie ist im Lager geblieben und den Dra'ogas zum Opfer gefallen. Ihre Wunden waren eindeutig«, sage ich und verdränge das Bild des aufgerissenen Oberkörpers.

»Sie wollte dir beistehen, Sturmmädchen. Kurz bevor wir das Lager verlassen haben, hat sie sich von mir losgerissen und ist zurückgelaufen.«

»Dabei hatte ich sie doch zu Maora geschickt«, schimpfe ich.

»Wir sind vor Maora aus dem Lager. Es gibt einen winzigen Spalt, durch den man sich quetschen kann. Ich habe Maora gar nicht gesehen«, sagt Kantras Tante, was mich ungläubig den Kopf schütteln lässt.

»Dann kam sie zurück und hat mir den Bogen gegeben«, sage ich fassungslos und schließe die Augen, um mir das Bild des kleinen Mädchens in Erinnerung zu rufen, wie sie mir den Bogen entgegenstreckt und mir Hoffnung schenkt. Sie hat es danach nicht zu Maora geschafft, stelle ich bestürzt fest.

Eine Hand legt sich auf meinen Unterarm und die Frau lächelt mich an. »Bewahre Kantras Glauben an dich in deinem Herzen. Er wird dir Kraft schenken, wenn du kraftlos bist. Er wird dich leiten, wenn du dich verirrt hast. Sie hat daran geglaubt, dass du Ru'una in eine bessere Zukunft führen kannst. Lass ihr Opfer für diesen Glauben nicht umsonst gewesen sein, Sturmmädchen.«

»Dafür werde ich sorgen«, verspreche ich und drücke ihre Hand, die noch immer auf meinem Arm ruht.

Die Frau lässt von mir ab und ich eile weiter. Am Ausgang angelangt drehe ich mich um und sehe zu Tristan hinüber, der vor dem Felsspalt steht und wild auf seinen Vater einredet. Da drückt sich ein hübsches, schwarzhaariges Mädchen durch den Spalt und rennt auf Tristan zu. Er sieht überrascht in ihre Richtung und breitet dann die Arme aus. Das Mädchen, das nicht viel jünger scheint als ich, lässt sich hineinfallen.

Ein Anflug von Eifersucht befällt mich, während ich beobachte, wie er dem Mädchen, das offenbar an seiner Brust weint, über die Haare streicht. Ihr Körper erzittert unter den Schluchzern. Amphir tätschelt ihren Rücken und dann löst sie sich von Tristan, der ihr zärtlich über die Wange fährt. Die Lippen aufeinandergepresst wende ich mich ab, um zu Taran zu eilen. Wer auch immer das Mädchen ist, ich fühle mich nicht wohl dabei, wie sie sich ihm an den Hals geworfen hat. Er hat mir nie etwas von einer Schwester erzählt, also kann ich das ausschließen. Vielleicht eine Verflossene?

Wir haben gerade zueinandergefunden, da habe ich schon Angst, ihn zu verlieren. Ob durch den Tod oder an ein anderes Mädchen.

Ich husche um die Ecke und schrecke dadurch die Pegasa auf, die dicht hinter einem Felsen stehen und sichtlich nervös sind. Die letzte Nacht ist auch an ihnen nicht spurlos vorübergegangen.

Taran wagt sich vor und stößt mich mit der Nase an.

»Ja, es gibt Wichtigeres, über das ich mir Gedanken machen sollte, als ein Mädchen, das sich in seine Arme wirft, ich weiß«, murmle ich vor mich hin und kraule den schwarzen Pegasum am Ohr.

»Wer wirft sich in wessen Arme?«, ertönt eine Stimme, bevor ein Junge zwischen den Tieren hindurchschlüpft und mich von unten aus blauen Augen neugierig ansieht.

»Das sollte dich nichts angehen«, entgegne ich mit einem Augenzwinkern.

»Du sagst mir also nicht, wer sich in irgendwelche Arme wirft?«, fragt er nach und lässt seine Finger über einen von Tarans schwarzen Flügeln gleiten.

»Ihr Name ist mir nicht bekannt. Sie muss mit den neuen Rebellen angekommen sein und kennt Tristan anscheinend ziemlich gut«, erkläre ich und wundere mich, weshalb ich diesem kleinen Jungen mein Herz ausschütte. Er dürfte nicht einmal zehn sein.

»Ah, du meinst Phalea. Sie hat früher in unserem Dorf gelebt. Nachdem wir von Dra'ogas angegriffen wurden, ist sie mit ihrem Vater in ein anderes Rebellenlager gegangen. Sie und Tristan waren die besten Freunde. Ich habe immer geglaubt, dass sie heiraten, wenn sie erwachsen sind«, be-

richtet der Junge und sieht mich aufmerksam an. »Aber jetzt wirst du Tristan heiraten, nicht wahr?« Er lächelt mich breit an und entblößt dabei mehrere Zahnlücken.

»Ähm ...«, stammle ich verlegen und lasse meine Augen umherschweifen, bis sie an einer Trense hängen bleiben, die am Boden liegt. »Könntest du mir Taran vielleicht trensen ... ähm, wie heißt du eigentlich?«, versuche ich schnell vom Thema abzulenken, über das ich mir vor der Schlacht keine Gedanken machen sollte.

»Burmin«, antwortet er und wuschelt sich durch die Haare.

»Okay, Burmin«, sage ich behutsam, »könntest du mir bitte Taran fertigmachen?«

»Na gut.« Mit sicheren Handgriffen schnappt er sich die Trense, streift sie dem Pegasum über und reicht mir die Zügel.

Mit einem Lächeln auf den Lippen bedanke ich mich bei Burmin und führe Taran bereits in Richtung des Lagers.

»Wirst du Tristan heiraten?«, ruft mir der Junge hinterher und ich bleibe stehen, um ihm über die Schulter einen Blick zuzuwerfen. »Er mag dich. Das kann sogar ich sehen, obwohl jeder immer denkt, ich wäre zu jung für so was«, äfft er anscheinend einen Erwachsenen nach und schnaubt. »Ich bin doch kein kleines Kind mehr«, murrt er.

Burmin bringt mich damit zum Lachen und ich zwinkere ihm zu. »Wer weiß«, beantworte ich seine Frage und setze meinen Weg fort.

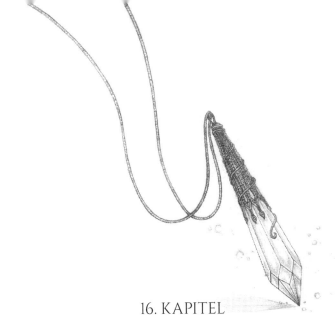

16. KAPITEL

Gemeinsam mit Taran erklimme ich die Felsplatten und muss feststellen, dass manche Spalten und Erhebungen für den Pegasum unüberwindbar sind. Ratlos bleibe ich mit ihm auf einem Felsen stehen und sehe dem Tier in die Augen.

»Wir werden fliegen müssen«, überlege ich laut und kaue auf meiner Unterlippe herum.

Taran schubst mich mit der Nase an und schnaubt. Er streckt einen Flügel von sich, als wolle er somit eine Räuberleiter bilden, damit ich auf seinen Rücken klettern kann.

»Du vertraust mir, das ist gut. Dann will ich dir ebenfalls vertrauen«, sage ich, während ich über seinen Hals streiche und mich dem Rücken nähere.

Wenn der Wind mich auf Aniwa hält, so werde ich auch nicht von einem geflügelten Pferd fallen.

Einen Fuß auf die obere Kante des Flügels gestützt, greife ich in die goldene Mähne und schwinge mich auf das Tier. Sofort nehme ich die Zügel in die Hand und Taran brummt zufrieden.

Aus Versehen ziehe ich an den Zügeln und Taran beginnt rückwärts zu gehen. Panisch sehe ich mich um. Das war so nicht gewollt und eigentlich will ich in die andere Richtung. Tristan schnalzt mit der Zunge, wenn er Taran Anweisungen gibt. Die Knie an Tarans Körper gepresst probiere ich es aus. Mit einem Ruck galoppiert der Pegasum los, breitet die Flügel aus und erhebt sich vor einer tiefen Spalte in die Luft. Vor Schreck klammere ich mich an der Mähne fest. Taran gleitet über die Felsplatten und ich stelle zufrieden fest, dass sich die silbernen Fäden des Windes um meine Hüfte schmiegen und mir Sicherheit geben.

Ich fixiere den Felsspalt, der oberhalb des Lagers liegt und vor dem noch immer mehrere Männer stehen, darunter Tristan und sein Vater – und Phalea. Sie hat sich bei Tristan untergehakt und scheint Amphir aufmerksam zuzuhören.

»Es sollte mir nichts ausmachen. Andere Dinge sind jetzt wichtiger«, probiere ich mir klarzumachen und drücke meine Schenkel in Gedanken enger an Tarans Körper, der sofort reagiert und in die Höhe schießt.

Als Taran eine Drehung vollführt und wieder gen Boden sinkt, komme ich leicht ins Schwanken.

»Taran, es ist gut«, versuche ich ihn zu beruhigen.

»Liv, was tust du da?«, klingt Tristans Stimme zu mir hinauf und ich sehe auf die Erde hinab. Er sieht zu mir hoch und schüttelt bloß den Kopf.

»Du sagtest doch, ich solle Taran holen«, rufe ich ihm zu und lächle nervös.

Taran verliert immer mehr an Höhe, bis er unseren Sinkflug mit seinen Flügelschlägen abfedert und sanft auf den Pfad gleitet, den er hinauftrabt. Tristan eilt auf mich zu, um mir die Zügel aus der Hand zu nehmen und den Pegasum das restliche Stück zu führen.

»Sieh mal, ich bin nicht runtergefallen und Taran hat auch keine Bruchlandung hingelegt«, verteidige ich mich.

»Das hast du der Magie und seinem Geschick zu verdanken«, sagt Tristan und tätschelt dem Pferd den Hals.

»Mein Talent wird eindeutig unterschätzt«, murmle ich, beuge mich nach vorne und will mich von Tarans Rücken gleiten lassen, doch Tristan hält mich mit einem Räuspern auf.

»Wir fliegen sofort zu Roanin, du kannst also sitzen bleiben. Ich verabschiede mich nur noch von Vater.«

Er übergibt mir wieder die Zügel und geht zu Amphir zurück, während ich Taran zum Stehen bringe, indem ich die Zügel zu mir ziehe und brumme. Immerhin klappt das Anhalten.

Amphir nickt mir zu und ich tue es ihm gleich. Phalea drückt Tristans Hand, bevor sie mich neugierig und abschätzend mustert. Rümpft sie da gerade die Nase?

Möglichst unauffällig mustere ich sie ebenfalls. Sie hat eine ähnliche Figur wie ich, ist schlank und wirkt sportlich. Ihre langen Haare fallen ihr lockig über den Rücken und rahmen ihr gebräuntes, schmales Gesicht ein. Sie trägt helle Kleidung aus Leinen, so wie die meisten Rebellen.

Tristan kommt zu mir, um sich hinter mir auf Tarans Rücken zu schwingen. Er legt seine Arme um mich, um nach den Zügeln zu greifen, und treibt den Pegasum an. Die Rebellen am Felsspalt machen uns Platz, und als wir an Phalea vorbeireiten, versuche ich, sie nicht anzustarren.

»Das ist also das Sturmmädchen«, höre ich sie zu Amphir sagen, als wir an ihnen vorbei sind, und ich vernehme den Spott in ihrer Stimme.

Verletzt presse ich die Lippen aufeinander und blicke über die Schulter, um ihr noch einen bösen Blick zuzuwerfen. Sie wendet sich gerade ab und tritt nach einem Steinchen, das in hohem Bogen davonfliegt. Sie wirkt mit einem Mal so unglücklich.

Taran trabt an und ich wende mich von Phalea und den Rebellen ab. Wir erheben uns und sanft steigt der Pegasum höher, bis wir den Berg hinter uns lassen und die weite Grasebene unter uns vorbeizieht.

Hinter mir schweigt Tristan und nur das Rauschen des Windes umschmeichelt meine Ohren. Ich greife nach dem Splitter und betrachte den schimmernden Kristall, an dessen Kanten die Farben der Magie aufleuchten. Solch ein kleines Schmuckstück und doch ist Gorloch mit seinen

Dra'ogas gekommen, hat das gesamte Lager zerstört und viele unschuldige Menschen umgebracht, nur um es in die Finger zu bekommen.

Tristan beugt sich vor und schmiegt seinen Kopf an meinen, bis sein Kinn auf meiner Schulter liegt. »Worüber denkst du nach?«, fragt er.

»Über dies und das«, weiche ich aus. Es beschämt mich, dass mich Gorlochs Worte letzte Nacht so verunsichert haben. Woher hatte ich auch wissen sollen, dass er Menschen verzaubern kann?

»Hm«, murmelt Tristan und zieht sich zurück. Allmählich spüre ich die Erschöpfung und versuche meine Schultern zu lockern. Endlich ragt Roanins Berg am Horizont auf und ich rutsche unruhig auf Taran hin und her, als mich eine Vorahnung erfasst. Irgendetwas stimmt nicht und ich kann die Nervosität in mir nicht länger zurückhalten.

»Kannst du nicht mehr stillsitzen?«, fragt Tristan.

»Frag nicht weshalb, aber ich habe ein ganz beschissenes Gefühl«, murmle ich und lege mir die Hand auf die Brust. Mein Herz klopft viel zu schnell.

»Dra'ogas?«

»Kann sein, ich weiß es nicht. Es fühlt sich anders an als letzte Nacht.« Suchend blicke ich mich um, doch noch immer sind die Streifen der Morgendämmerung das Einzige, was den Horizont trübt. Ich sende den Wind aus und schnuppere. Erst rieche ich nichts als Gras und Erde, dann mischt sich ein herber Geruch darunter und ich reiße die Augen auf.

»Rauch«, stoße ich aus und schon sehe ich die zarten Säulen, die sich vor Roanins Berg dunkel in den Himmel erheben. »Schneller, Taran!«, rufe ich und der Pegasum schlägt kräftig mit den Flügeln. Wir sausen über die Wiese und Taran geht bereits in den Sinkflug über.

Je mehr wir uns dem Berg nähern, desto deutlicher wird das Ausmaß der Katastrophe. Der Wald, der Roanin und Aniwa schützen sollte, ist bis auf wenige Baumstümpfe abgebrannt. Noch immer schwelen vereinzelte Feuer und fressen sich in das verbliebene Holz. Schwarze Asche häuft sich auf dem Erdboden und tanzt um die Rauchwolken, die stetig aufsteigen.

»Wie kann das sein?«, hauche ich und kralle meine Hände in Tarans Mähne. »Roanin sagte, dass der Zauber noch anhalten würde, wenn der Splitter fort ist.«

»Das mag der Fall sein, wenn nur Dra'ogas versuchen, in den Wald einzudringen. Scheinbar hat Gorloch nicht bloß uns letzte Nacht einen Besuch abgestattet, sondern auch Roanin. Er wird mithilfe des Kristalls den Schutzzauber gebrochen haben.«

»Also war das nur möglich, weil ich den Splitter habe. Es ist meine Schuld, wenn Roanin und Aniwa etwas geschehen ist«, stelle ich bestürzt fest.

»Hättest du den Splitter nicht, dann wären letzte Nacht mehr Menschen in unserem Lager gestorben, Liv. Mach dir keine Vorwürfe.« Tristan zieht mich an sich und hält mich fest, bis Taran auf dem Boden aufgesetzt hat und die restlichen Meter zur Waldgrenze im Galopp zurücklegt.

Noch während der Pegasum langsamer wird, springt Tristan von seinem Rücken, zieht das Schwert und rennt auf den verkohlten Wald zu. Nachdem ich mir die Zügel geschnappt habe, ziehe ich daran, bis Taran zum Stehen kommt, lasse mich vom Rücken gleiten und eile Tristan hinterher. Der Gestank nach Feuer und Verbranntem ist hier so stark, dass ich mir den Ärmel meines Kleides vor die Nase halten muss. Unter unseren Schuhen knirscht der Boden. Schnell sind meine Stiefel schwarz und bei jedem Schritt wird Asche aufgewirbelt.

Beinahe blind renne ich durch den Rauch, bis mir einfällt, dass ich meine Gabe nutzen kann, um die restlichen Feuer zu löschen. Wir brauchen einen Schauer. Dunkle Wolken materialisieren sich über uns und nach wenigen Sekunden regnet es dicke Tropfen, die zischend auf dem heißen Erdboden verdampfen. Immer schneller prasselt der Regen auf uns nieder, löscht die Feuer und verschlingt die Rauchsäulen. Am Eingang zu Roanins Höhle blicke ich mich wild um, doch nirgends kann ich ein Anzeichen von Aniwa entdecken. Mein Herz zieht sich zusammen, als ich in Erwägung ziehe, dass sie verbrannt sein könnte.

Hat Gorloch sie wieder unter seine Kontrolle bringen können? Oder ist meine Magie in Aniwa stark genug, um ihn ein für alle Mal aus ihrem Kopf auszuschließen?

»Roanin«, ruft Tristan in den Tunnel hinein, der zur Höhle führt. Wir warten angespannt, doch es bleibt still.

»Könnte Gorloch noch hier sein?«, frage ich flüsternd.

»Wir werden es wohl oder übel herausfinden müssen«, sagt Tristan und nimmt meine Hand.

Gemeinsam betreten wir den dunklen Gang und kämpfen uns durch die Dunkelheit. Das Prasseln des Regens verklingt immer mehr, je tiefer wir in den Berg vordringen.

Plötzlich wird die Finsternis um uns herum von einem Leuchten durchbrochen, das wie ein Glühwürmchen in der Luft herumschwirrt.

»Tristan«, flüstere ich, »siehst du das auch?«

»Was denn?«

Er sieht es nicht.

Das Leuchten saust um meinen Kopf und verschwindet in den Tiefen des Tunnels. Ohne lange nachzudenken, entziehe ich Tristan meine Hand und renne dem Licht hinterher.

»Liv«, ruft Tristan, bevor ich seine eilenden Schritte auf dem steinigen Boden höre.

Das Leuchten wartet, bis ich aufgeholt habe, und führt uns weiter in den Berg hinein. Es wird heller und kurz darauf erreichen wir die Höhle, in der Roanin wohnt.

»Nein«, hauche ich, als ich das Chaos sehe. Die zahlreichen Glasgefäße mit den Zaubertränken sind vom Tisch gefegt worden und liegen nun zerbrochen auf dem Gestein. Die bunten Tränke haben den Boden gefärbt und Pfützen schimmern im zarten Licht, das die Kerzen verbreiten und das sich in den Scherben fängt.

»Roanins gesamte Arbeit war umsonst«, stellt Tristan neben mir erschüttert fest.

Die Holztruhen wurden umgeworfen und der Inhalt in der Höhle verstreut. Beschriebene Papierfetzen bedecken das Gestein. Womöglich hat jemand Roanins Lebenswerk und somit seine Entdeckungen mit den Zaubertränken vernichten wollen. Nicht irgendjemand – Gorloch.

Kaum wahrnehmbar schwebt der schwarze Nebel, der ihn im Lager umgeben hat, noch in der Höhle und beweist, dass der Hexer hier war. Es dürfte nicht einmal allzu lange her sein, dass er diesen Ort verlassen hat. Er ist jedoch nicht mehr hier, da bin ich mir sicher.

Das Leuchten schwirrt in mein Blickfeld und erregt damit wieder meine Aufmerksamkeit.

»Weißt du, wo Roanin ist?«, frage ich es flüsternd, woraufhin es pulsiert und heller strahlt, bevor es davonschwirrt.

Als es auf den Tunnel zusteuert, der zu der kleinen Höhle mit den Zeichnungen an den Wänden führt, folge ich ihm. Sein Licht weist mir den Weg durch die Dunkelheit, und als ich aus dem Gang trete, muss ich mich beherrschen, um nicht die übelsten Flüche auszustoßen, die ich kenne. Die Bilder sind mit Ruß verschmiert und das Gestein ist teilweise herausgebröckelt. Gorloch hat auch hier gewütet.

Das Leuchten pulsiert erneut und schwirrt in die hinterste Ecke, wo es immer wieder gegen den Felsen knallt. Über dieses Verhalten rätselnd begutachte ich die Wand und fahre mit der Handfläche darüber.

»Was willst du mir zeigen?«, frage ich und trete zurück, als das Licht durch den Felsen hindurchtritt wie ein Geist.

Nur Sekunden vergehen, dann erscheint es wieder, dreht seine Kreise und verschwindet erneut im Gestein.

»Weshalb starrst du die Wand an?«, ertönt Tristans Stimme, kurz bevor er neben mich tritt.

»Sind dir Geheimverstecke bekannt?«, stelle ich eine Gegenfrage und sehe ihn an.

»Es wäre keines, wenn jemand davon wüsste, oder?«

»So lange es diejenigen nicht wissen, vor denen man sich verstecken will schon«, sage ich und taste den Felsen mit beiden Händen ab.

»Du denkst, dass sich Roanin hinter dieser Wand versteckt hält? Dann wäre er doch längst herausgekommen, nachdem Gorloch fortgegangen ist.«

»Entweder geht er auf Nummer sicher oder er bekommt aus seinem Versteck heraus nichts mit«, überlege ich.

»Du kannst den Schutzzauber des Kristalls übrigens erneuern, Liv. Damit wäre die Höhle wieder vor Gorloch geschützt, sollte er sich kurzfristig dazu entscheiden zurückzukommen«, wirft Tristan ein.

»Wie stelle ich das an?«

»Frag mich nicht«, entgegnet dieser und hebt abwehrend die Hände, bevor er auf den Felsen vor uns zeigt. »Lass uns herausfinden, ob Roanin wirklich hinter dieser Wand steckt und dann kann er dich den Schutzzauber lehren.«

Plötzlich stutze ich und streiche mehrmals über eine bestimmte Stelle im Gestein. Es fühlt sich an, als wäre dort

eine tiefe Rille, die ich jedoch nur ertasten, aber nicht sehen kann. Ich fahre die Vertiefung nach. Sie führt bis hoch über meinen Kopf und ich muss aufgeben, als ich merke, dass ich zu klein dafür bin.

»Was hast du gefunden?«, fragt Tristan und fährt ebenfalls darüber. »Eine magische Tür«, stößt er aus und klopft gegen den Stein. Dann geht er mehrere Schritte nach rechts und pocht auch dort. Es klingt dunkler als noch zuvor.

»Dahinter muss sich eine Höhle oder ein Tunnel verbergen«, überlege ich laut, lege beide Hände an den Felsen und drücke so fest ich kann. Nichts tut sich. Ratlos trete ich zurück und lasse es Tristan versuchen. Als sich der Felsen wieder nicht bewegt, probieren wir es gemeinsam. Mit der Schulter lehne ich mich gegen die Wand und drücke so fest, dass mir die Füße wegrutschen – nichts geschieht.

Frustriert schnaube ich und stemme die Hände in die Hüften, um die Wand finster anzustarren.

»Vielleicht gibt es eine Art Schlüssel«, sagt Tristan und beginnt damit, die kleine Höhle abzusuchen. Seine Schritte knirschen auf dem Gestein.

Tief atme ich durch und umfasse den Splitter mit meiner Hand. Die Magie pulsiert darin und plötzlich dringt das Leuchten wieder aus der Wand. Es schwirrt um die Hand, in der ich noch immer den Splitter verberge, und setzt sich dann am Felsen fest, wo es langsam seine Gestalt verändert. Erstaunt hebe ich den Kristallsplitter hoch und vergleiche dessen Form mit der des Leuchtens.

»Der Splitter ist der Schlüssel«, rufe ich aus und drücke ihn in das Leuchten, das über einer weiteren unsichtbaren Vertiefung im Gestein schwebt. Der Kristall passt perfekt. Die Farben der Magie fließen aus ihm, durchwirken den Felsen und lassen die Rillen aufleuchten, bis eine riesige Tür entsteht. Als diese durchscheinend wird und die Wand verschwindet, nehme ich den Splitter wieder an mich.

Tristan ist in Sekundenschnelle neben mir und starrt in den Gang, der vor uns liegt. Er ist mindestens vier Meter hoch und genauso breit. Wir überlegen nicht lange und laufen los. Vom anderen Ende dringt Helligkeit in den Tunnel. Je weiter wir uns dem Licht nähern, desto mehr pulsiert der Kristallsplitter.

»Roanin! Aniwa!«, rufe ich und ein freudiges Gluckern hallt durch den Gang. Meine Schritte werden schneller und ich renne die letzten Meter, bis ich auf eine weitere Höhle stoße, in der hunderte, bunte Lichter schweben und die Dunkelheit verdrängen. Sie schwirren um Aniwa, die sich zusammengerollt hat und uns den Kopf entgegenstreckt. Sie schnaubt, als sie mich sieht, und endlich traut sich auch Roanin hinter ihr hervor. Er kommt uns mit einem erleichterten Gesichtsausdruck entgegen und umfasst meine Hände, die er sich gegen die Brust presst.

»Du hast herausgefunden, dass der Splitter der Schlüssel ist. Gut gemacht, Sturmmädchen«, haucht er und ich sehe Tränen in seinen dunklen Augen schimmern.

Tristan legt seine Hand auf die Schulter des Magiers

und drückt sie vorsichtig. »Was für eine Erleichterung, dass du wohlauf bist, Roanin.«

»Das ist nur möglich, weil ich, weitsichtig wie ich nun mal bin, dieses Versteck geschaffen habe, als ich noch den Splitter besaß. Mir allein war es gestattet, die magische Tür einmal zu öffnen und danach zu verschließen. Allerdings kann man sie nur mit dem Splitter wieder aufsperren. Ohne Liv wären Aniwa und ich also für immer hier eingesperrt gewesen.«

»Gorloch hat deine Tränke zerstört und den gesamten Wald in Asche verwandelt«, berichtet Tristan.

Der Magier flucht laut, während er mit seinen Fäusten in der Luft herumfuchtelt. »Dieser elendige Sohn einer Grimpe!«

»Was ist eine Grimpe?«, frage ich Tristan flüsternd, doch der winkt ab.

»Erkläre ich dir ein anderes Mal.«

»Wir konnten Gorloch durch den Felsen wüten hören, als er vergebens versucht hat, die magische Tür zu öffnen. Er will mich auslöschen und an Aniwa ein Exempel statuieren. Womöglich stelle ich für ihn eine Gefahr dar«, erklärt Roanin und fährt sich mit den Fingern durch den langen weißen Bart.

»Die größte Gefahr für ihn ist Liv und ihrer wollte er sich letzte Nacht auch entledigen«, sagt Tristan und der Magier fasst mich bei den Schultern, um mich geschockt anzustarren.

»Hat er dich verletzt?«

»Nein, er hat lediglich mein Selbstbewusstsein etwas angekratzt«, beruhige ich ihn und gehe zu Aniwa hinüber, um ihren Kopf zu tätscheln. »Geht es dir gut?«, flüstere ich.

»Wir konnten in dieses Versteck fliehen, als die Dra'ogas die Waldgrenze durchbrachen und ihre Flammen die ersten Bäume verbrannten. Ich trug einige Kratzer davon, weil diese Tunnel nicht für Wesen wie mich gemacht sind«, ertönt ihre liebliche Stimme.

Prüfend gehe ich um sie herum und betrachte die Schrammen auf den bunten Schuppen. Dort, wo sie am Gestein entlanggestreift war.

»Gorloch kam mitten in der Nacht und hat unser Lager zerstört«, beginnt Tristan zu berichten.

Meinen Kopf gegen eines von Aniwas Beinen gelehnt, lasse ich meine Finger über ihre schuppige Haut gleiten und lausche mit geschlossenen Augen Tristans Stimme, während die Dra'oga leise brummt.

»Drei Dra'ogas ließen ihre Flammen wüten. Wir wissen noch nicht, wie viele Menschen ihr Leben lassen mussten. Dieses Monster muss erfahren haben, dass Vater und andere Rebellen ausgezogen sind, um Verbündete um sich zu scharen. Dabei haben sie den Himmel immer im Auge behalten und sind keinem einzigen Dra'oga begegnet.« Mit der Faust schlägt er gegen das Gestein, nur um sie fluchend zurückzuziehen.

Da fällt mir ein, dass ich mir die Hand in der Nacht zuvor blutig geschlagen habe. Neugierig betrachte ich sie von allen Seiten, doch die Magie scheint zu bewirken, dass meine Wunden schneller heilen als bei anderen Menschen.

»Wie konnte er wissen, wo sich euer Lager befindet?«, wendet Roanin ein, während sich Tristan die Haare rauft.

Hellhörig geworden wende ich mich von Aniwa ab, um die beiden zu betrachten.

»Als wir gestern Abend zurückgeflogen sind, hatte ich ein seltsames Gefühl. Erinnerst du dich, Tristan? Weit und breit konnte ich nichts entdecken, daher habe ich es als Einbildung abgetan. Immerhin musste ich in den letzten Tagen viel durchmachen und dachte, ich wäre überempfindlich. Es war kein Dra'oga in unserer Nähe. Wir hätten ihn aus der Luft sehen müssen.« Verzweifelt ringe ich mit den Händen und überlege, ob ich den Angriff hätte verhindern können.

»Dieser Mistkerl«, haucht Roanin und krallt seine Finger in die grauen Haare, während seine geweiteten Augen ins Leere starren.

»Was? Sprich, Roanin!«, fordert Tristan und schüttelt den Magier, der eine Hand an die Stirn legt und den Blick zwischen mir und Tristan hin und her schweifen lässt.

»Gorloch hat es womöglich geschafft, den Unsichtbarkeitszauber zu finden.«

»Den was?«, hakt Tristan nach, lässt den Mann los und geht zur Wand hinüber, um sich daran hinabrutschen zu lassen, die Beine anzuziehen und sein Kinn auf seinen Hän-

den abzustützen. Nachdenklich starrt er auf den Boden, während ich zu Roanin hingehe, um ihm in die Augen zu sehen, deren Pupillen wild hin und her huschen.

»Er kann die Dra'ogas unsichtbar machen?«, frage ich vorsichtig und Roanin nickt langsam.

»Als wir gemeinsam am Hofe König Herlosh' geforscht haben, stießen wir auf Aufzeichnungen eines Magiers namens Krahid, der vor langer Zeit gelebt hat. Er war auf der Suche nach dem Zauber, der Dinge vor dem menschlichen Auge verbergen kann. Man benötigt dafür die Macht der Magie und einen bestimmten Trank. Laut der Aufzeichnungen stand er kurz davor, das Rätsel zu lösen. Doch er starb, bevor er alle Zutaten finden konnte, und so setzten wir seine Suche fort. Uns fehlte nur noch eine Substanz, als Gorloch den König stürzte. Der Hexer muss weitergeforscht und die letzte Zutat gefunden haben. Jedoch ist der Zauber nicht dauerhaft. Sobald die Sonne untergeht, verliert die Magie ihre Wirkung und was einst unsichtbar war, wird sichtbar.«

»Dann lag ich richtig. Uns müssen Dra'ogas gefolgt sein und so haben sie herausgefunden, wo das Lager der Rebellen verborgen ist«, folgere ich und fahre mir fassungslos über die Stirn. »Wenn Gorloch diesen Trank unbegrenzt herstellen kann, kann er die Dra'ogas und seine Gefolgschaft unsichtbar machen. Die Rebellion und unser Angriff auf die Festung wären von vornherein zum Scheitern verurteilt«, überlege ich und sehe zu Tristan hinüber, der mich mit steinerner Miene beobachtet. »Das darf nicht wahr sein!«

»Roanin, du sagtest, dass der Trank seine Wirkung verliert, wenn die Sonne untergeht«, wendet Tristan ein und stemmt sich an der Felswand hoch.

»Krahid vermutete in seinen Aufzeichnungen, dass der Zauber sich nicht mit der Dunkelheit verträgt. Womöglich zieht er seine Kraft aus den Sonnenstrahlen.«

»Als uns die Dra'ogas angegriffen haben, waren sie sichtbar. Das würde deine Theorie untermauern«, sagt Tristan und sieht zu Aniwa hinüber.

Da kommt mir eine Idee. »Dann greifen wir einfach nachts an.« Abwartend sehe ich von Tristan zu Roanin, doch die beiden scheinen wenig begeistert zu sein. »Was ist los?«

»Du warst noch nie bei Nacht in Ru'una außerhalb des Lagers, nicht wahr?«, fragt Roanin nach und ich schüttle den Kopf.

»Nein, wieso?«

»Es gibt in dieser Welt Wesen, die nur nachts aus ihren Löchern gekrochen kommen – die Lurrs«, erklärt er und rollt dabei das ›r‹, wie ich es im Leben nicht könnte. Seine Augen weiten sich langsam, während er weitererzählt. »Sie schafften es damals, als die Monster von Ru'una vertrieben wurden, sich in ihre Erdlöcher zu retten, die bis tief unter die Oberfläche reichen. Dort schlummerten sie, bis Gorloch sie nach seiner Machtergreifung wiedererweckt hat. Seitdem streifen die Lurrs nachts durch die Wiesen und Felder, auf der Suche nach Opfern, die sich nicht an Gorlochs Regeln halten. Unter der Ebene, welche die Festung und den Berg

umgibt, lauern die Biester und warten nur darauf, dass das schädliche Sonnenlicht verschwindet und sie auf Jagd gehen können. Ein Lurr kann viele Tage an einer Beute zehren, weshalb sie nicht jede Nacht ihr Unwesen in Ru'una treiben. Aber sollten sich Unbefugte in der Dunkelheit der Festung nähern, so werden sie von den Wesen empfangen. Mit ihren Reißzähnen und den scharfen Krallen ist es ihnen ein Leichtes, einen Menschen zu töten.«

Eine Gänsehaut zieht sich bei seiner Beschreibung über meine Arme. »Das klingt grauenvoll«, wispere ich und sehe mich in der Höhle um, als könnten diese Geschöpfe in den Schatten lauern. Zahlreiche Bilder schießen mir durch den Kopf, während ich versuche, mir einen Lurr vorzustellen.

»Lasst mich das zusammenfassen«, beginne ich, um mein Kopfkino enden zu lassen, »tagsüber können uns unsichtbare Dra'ogas vor der Festung auflauern und nachts diese Lurrs?«

»Exakt«, antwortet Tristan.

Roanin lacht verzweifelt auf. »Es ist wie die Entscheidung zwischen Grünpocken und Krumpwarzen«, stöhnt der Magier und ich sehe Tristan wieder einmal verwirrt an.

»Frag nicht«, wehrt er ab und tippt sich mit dem Finger ans Kinn. »Wir brauchen einen Gegentrank, der die Dra'ogas sichtbar macht.«

»In meiner Welt gibt es Filme, in denen Leute unsichtbar sind. Bei uns entspringt das alles nur der Fantasie, aber das Prinzip müsste auch hier funktionieren. Wir benöti-

gen Farben, die man in der Luft versprühen kann, um die Dra'ogas wieder sichtbar zu machen«, schlage ich vor.

Tristan und Roanin sehen mich stumm an, bis der Magier jubelt und auf der Stelle tänzelt.

»Das ist genial, Sturmmädchen«, ruft er aus und klatscht begeistert in die Hände.

»Gut gemacht, Liv. Dann benötigen wir Unmengen an bunten Flüssigkeiten. So viele wir mitnehmen können«, sagt Tristan, drückt mir einen Kuss auf die Stirn und eilt aus der Höhle.

Ein ungeduldiges Zittern befällt mich, als mir bewusst wird, dass die Rebellion nicht von Beginn an zum Scheitern verurteilt ist. Endlich ist die Zeit gekommen, dass wir uns gegen den Hexer zur Wehr setzen.

17. KAPITEL

In Roanins Höhle hatten nur wenige Glasbehälter Gorlochs Angriff standgehalten, doch Tristan und ich suchten alles zusammen, in dem wir Flüssigkeiten transportieren konnten, während der Magier fleißig neue Tränke in allen möglichen Farben herstellte.

Nun stehen wir vor einem der Holztische und betrachten unsere magere Ausbeute von sieben Glasflaschen und deren schimmernden Inhalt.

»Damit können wir gerade mal einen Dra'oga sichtbar machen«, überlege ich.

»Wir müssen sie nicht komplett sehen, um uns vor ihnen in Acht zu nehmen. Wenige Spritzer genügen und wir können die Wesen enttarnen«, wendet Tristan ein.

»Da muss ich ihm recht geben. Dann lasst uns die

Tränke zusammenpacken und zu den Rebellen zurückkehren«, sagt Roanin und verschließt die Gefäße mit Stöpseln, um sie in eine kleine Truhe zu stellen, die einen Tragegurt besitzt. Er hängt sie sich über die Schulter und marschiert in Richtung des Tunnels, der aus der Höhle führt.

»Der Moment rückt näher«, bemerke ich, als sich wieder diese Unruhe in mir regt, während ich dem wehenden Mantel des Magiers hinterher sehe.

»Der Moment, auf den wir seit Jahren warten. Und du machst es möglich«, entgegnet Tristan stolz, tritt auf mich zu und streicht mir mit den Fingern durchs Haar. Er lehnt seine Stirn gegen meine und ich genieße die Nähe und sein Vertrauen in mich.

Die Ruhe vor dem Sturm, denke ich und sehe ihm tief in die grünen Augen. »Wer war eigentlich dieses Mädchen, das du im Lager begrüßt hast?«, frage ich möglichst desinteressiert.

Tristans Mundwinkel ziehen sich sofort in die Höhe und er mustert mein Gesicht intensiv. »Phalea und ich sind zusammen aufgewachsen. Als unser Dorf zerstört wurde, ging sie mit ihrem Vater zum magischen Wald, um dort Rebellen zu sammeln. Sie ist für mich wie eine Schwester.« Forschend sieht er mich an.

»Sie mag mich nicht, glaube ich«, erkläre ich leise und Tristan legt seine Hand unter mein Kinn, um meinen Kopf anzuheben.

»Sie setzt all ihre Hoffnungen in dich. So wie alle Rebellen. Vielleicht fühlt sie sich durch dich eingeschüchtert.

Phalea ist eine mutige und starke Kämpferin geworden und kennt es womöglich nicht, dass ein anderes Mädchen mächtiger ist.«

»Ich weiß nicht«, murmle ich und denke an den Anflug von Eifersucht, als die beiden sich umarmt haben. Ist es weibliche Intuition, wenn ich das Gefühl habe, dass Phalea in Tristan mehr sieht als nur einen brüderlichen Freund?

Tristan streicht mir mit dem Handrücken zärtlich über die Wange. »Lerne sie kennen und du wirst sehen, dass du dich täuschst. Wir sind alle angespannt nach dem, was diese Nacht geschehen ist. Auch deine Nerven sind überreizt. Mach dir keine Sorgen wegen Phalea«, sagt er und haucht mir einen Kuss auf die Lippen.

»Wo bleibt ihr denn?«, ertönt Roanins Stimme aus dem Tunnel und wir eilen dem Magier Hand in Hand hinterher.

Aniwa und Taran warten bereits vor der Höhle auf uns und Roanin versucht gerade, sich auf den schwarzen Pegasum zu schwingen, als wir aus dem Tunnel treten. Durch seinen Mantel kann er das Bein jedoch nicht hoch genug heben und so hängt er wie ein Fisch auf dem Trockenen an der Seite des Tieres, krallt sich in die Mähne und stöhnt und ächzt, während Taran unruhig zu tänzeln beginnt.

»So wird das nichts«, murmelt Tristan und eilt dem Magier zu Hilfe, um ihm den nötigen Schubs zu geben.

»Dann nehme ich lieber Aniwa, als mich noch hinter euch auf Taran zu quetschen«, verkünde ich und gehe zu der Dra'oga, die bereits freudig brummt. Schon zeigt sich der Wind als silberne Fäden und erhebt mich in die Lüfte, bis ich mich breitbeinig auf die bunten Schuppen setzen kann. Mein Blick schweift über die verkohlten Überreste des Waldes. Hoffentlich konnte der arme Hula aus diesem Inferno entkommen.

Aniwa setzt sich in Bewegung und tapst an Baumstämmen vorbei, die wie abgebrannte Streichhölzer wirken. Nichts erinnert mehr an das märchenhafte Wäldchen von gestern. Aniwas Schwanz schleift auf dem Boden und sammelt den schwarzen Matsch, der sich nach meinem Regen aus Asche und Wasser gebildet hat. Die zerstörte Erde konnte die Wassermassen nicht aufnehmen und so schmatzt der Boden bei jedem einzelnen Schritt der schweren Dra'oga.

Tristan lenkt Taran neben Aniwa und ich sehe amüsiert hinab auf den Magier, der sich an seinen Vordermann klammert. Die Holzkiste mit den Tränken hat er sich auf den Rücken geschnallt.

»Hoffentlich konnte dein Vater die Rebellen darauf vorbereiten, dass wir gleich mit einem Dra'oga aufwarten«, rufe ich Tristan zu, der lediglich mit den Schultern zuckt.

»Die meisten werden es erst glauben, wenn sie dich und Aniwa mit eigenen Augen sehen. Aber schon allein die Tatsache, dass du auf Aniwas Rücken sitzt, wird sie milde

stimmen und ihre Angst versiegen lassen. Wir müssen auch nicht mehr ins Lager selbst. Kurz nachdem wir aufgebrochen sind, dürften sie bereits ins Tal losmarschiert sein. Wir werden sie dort treffen. Dann sind hoffentlich die restlichen Rebellen ebenfalls eingetroffen und unser Marsch auf die Festung Gorlochs kann beginnen.«

Taran trabt los, lockert die Flügel und erhebt sich steil in die Luft.

Ich höre noch Roanins Schrei verklingen, der sich mit aller Macht an Tristan klammert. Ohne Sattel ist der Rücken des Pegasums recht rutschig.

»Also dann, Aniwa, lass uns unser Schicksal erfüllen, wie es so schön heißt.«

Sie breitet die riesigen Lederschwingen aus, um sich mit kräftigen Schlägen in die Lüfte zu erheben. »Bis in den Tod würde ich dir folgen, Sturmmädchen«, sagt sie feierlich.

Ihre regenbogenfarbenen Schuppen werden von einem zarten Leuchten überzogen, als ich meine Hand darauflege. Die Farben der Magie reagieren auf mich und den Splitter, der vor meiner Brust ebenfalls zu leuchten beginnt.

»So weit wird es hoffentlich nicht kommen«, entgegne ich nüchtern und schlucke schwer. »Zu Hause warten meine Eltern und die wollen mich bestimmt in einem Stück zurück. Genauso wie Tristan.«

Aniwa schießt los und folgt dem schwarzen Pegasum.

»Da sind sie«, lasse ich Aniwa aufgeregt wissen, als wir uns dem Berg der Rebellen nähern und die Menschenmassen am Fuße der Felsen als dunkle Punkte ausmachen können. Es müssen mittlerweile Hunderte sein, so viele tummeln sich am Übergang zur Ebene.

Wir setzen zum Sinkflug an und landen mit etwas Abstand, während Taran auf die Ansammlung zutrabt.

Die Menschen sehen immer wieder zu uns herüber und ich entdecke viele Kinder, die sich hinter den Erwachsenen verstecken. Amphir kommt mit weiteren Männern auf Tristan zu, der von seinem Pegasum springt und den Magier die restlichen Schritte führt.

»Sie halten mich für ein Monster«, ertönt Aniwas Stimme. »Zu Recht.«

»Das stimmt nicht!«, ergreife ich das Wort, lasse mich von ihrem Rücken gleiten und trete vor das Wesen, um mit der Hand über seinen Kopf zu streichen. »Du wurdest benutzt wie alle anderen Dra'ogas. Das wissen die Menschen. Auch wenn sie euch fürchten, so haben sie nicht vergessen, dass es nicht euer Wille ist, sondern er euch zu dem zwingt, was ihr tut. Sie werden schnell merken, dass du kein Monster bist.«

Nach einem aufmunternden Lächeln wende ich mich der Menschenmenge zu und entdecke Burmins blonden Haarschopf, der auf Taran zurennt und Tristan den Pegasum abnehmen will. Er sieht zu mir herüber und ich winke ihm zu. Der Junge stockt und ringt die Hände vor der ma-

geren Brust. Ich bedeute ihm, zu uns zu kommen. Er blickt verunsichert zwischen den Männern hin und her, bis er sich einen Ruck gibt und zu mir läuft. Nur wenige Meter von uns entfernt verlangsamt er sein Tempo und wagt nur noch einen Schritt nach dem anderen.

»Komm her, Burmin, sie wird dir nichts tun«, will ich den Jungen beruhigen.

»Sie?«

»Sie ist ein Mädchen und heißt Aniwa.« Nur zögerlich ergreift der Junge meine ausgestreckte Hand. Seine Augen huschen über den gewaltigen Körper der Dra'oga, die sich auf der Wiese zusammengerollt hat und ihn seelenruhig mustert.

»Willst du sie streicheln?«, frage ich und Burmin schluckt schwer.

»Hm«, murmelt er und ich spüre das Zittern seiner Hand.

Die anderen sehen uns gebannt zu, stelle ich fest, als ich über die Schulter zu ihnen hinübersehe. Auch Phalea beobachtet uns argwöhnisch. Nur die Anführer der Rebellen scheinen in ihr Gespräch vertieft.

Langsam führe ich Burmins Hand an Aniwas Kopf. Wir spüren bereits den kräftigen Atem des Dra'ogas. Burmin zögert, doch ich nicke ihm aufmunternd zu.

»Hab keine Angst, ich bin bei dir«, flüstere ich und der Junge lächelt.

»Wenn das Sturmmädchen bei mir ist, habe ich keine

Angst«, sagt er und strafft mutig die Schultern, was mich zum Lachen bringt und Aniwa ein leises Brummen entlockt.

»Sie findet, du bist ein wirklich mutiger, junger Mann«, richte ich mich an Burmin.

Er grinst stolz und legt seine Hand auf den schuppigen Kopf. Tief atmet er aus, als hätte er die letzten Sekunden die Luft angehalten.

»Die Schuppen fühlen sich so glatt und warm an«, haucht er und streicht den Kopf bis hoch zu den Hörnern entlang. Aniwas Körper vibriert, während sie zufrieden gluckert. Burmin lacht und lehnt seine Wange an ihren Kopf.

Als ich mich zu den Rebellen umdrehe, weiten sich meine Augen vor Erstaunen. Mindestens zehn Kinder haben sich herangewagt und stehen nur wenige Schritte von uns entfernt. Ihre Gesichter sind teilweise rußverschmiert und manche tragen bloß noch Fetzen am Leib, die sie höchstens notdürftig vor den kalten Temperaturen in der Nacht schützen. Ein dunkelhaariges Mädchen wagt sich vor und ich muss an Kantra denken, die hoch oben im zerstörten Lager ihr Grab gefunden hat. Tränen wollen mir in die Augen schießen, doch ich blinzle schnell, um sie zu verdrängen. Jetzt muss ich stark für die Rebellen sein. Stark für diese Kinder, die nicht dasselbe Schicksal erleiden sollen.

»Traut euch! Aniwa tut niemandem etwas«, versuche ich den Kindern Mut zu machen.

Eines nach dem anderen kommt näher und streicht mit der Hand über Aniwas schuppigen Körper. Sie hat die Sta-

cheln so weit wie möglich eingefahren, damit sich die Kinder nicht verletzen können. Nach wenigen Sekunden ertönt gelöstes Gemurmel und Lachen. Die Kinder jauchzen vor Freude und rennen um den Dra'oga herum, berühren überall ihre Schuppen und lehnen sich an den warmen Drachenleib.

»Wenn es dir zu viel wird, sag Bescheid!«, flüstere ich Aniwa zu, nachdem ich zu ihr gegangen bin und eine Hand auf ihre bunten Schuppen gelegt habe. Doch sie lacht bloß.

»Es gibt nichts Schöneres für mich, als diese Kinder um mich zu haben, Sturmmädchen. Sie vertreiben meine bösen Erinnerungen und schaffen neue, glückliche Momente. Schick sie nicht fort!«

Ich muss selbst lachen und kann die Tränen nun nicht mehr zurückhalten, als Aniwas Glücksgefühle auf mich einströmen. Zwei kleine Mädchen stürmen auf mich zu und werfen sich in meine Arme. Lachend fange ich sie auf und gehe in die Hocke, um ihnen in die strahlenden Augen zu sehen. Sie spielen mit meinen blonden Strähnen.

»Bitte, Sturmmädchen, versprich uns, dass du alle Dra'ogas wieder so lieb machst wie Aniwa«, sagt eines der Mädchen und ich sehe zu der Dra'oga hin, die einen Flügel hebt, damit die Kinder darunter durchrennen können.

»Versprechen kann ich es euch nicht, aber ich werde mein Bestes geben. Für euch und für die Dra'ogas«, hauche ich und zupfe das Hemd des Mädchens zurecht.

»Für Ru'una«, fügt das andere hinzu und ich nicke.

»Für Ru'una.«

Als ich aufstehe und mich den Rebellen zuwenden will, zucke ich erschrocken zusammen, als Phalea vor mir steht. Ihre braunen Augen huschen von mir zu Aniwa und wieder zurück. Ihre lockigen schwarzen Haare trägt sie zu einem Zopf geflochten, der ihr über die Schulter bis zur Brust fällt. Sie stemmt die Hände in die Seiten und lässt die Hüfte wippen. Automatisch verkrampfe ich mich und jegliche Glücksgefühle sind verpufft.

»Du und dein Dra'oga«, beginnt sie lauernd und verzieht den Mund. Innerlich wappne ich mich bereits gegen eine Gemeinheit, doch sie atmet hörbar aus und lässt die Arme sinken. »Ihr habt die Kinder von ihrem Schmerz und ihrer Angst abgelenkt. Seit Wochen habe ich kein Kinderlachen mehr gehört. Sieh sie dir an! Sie spielen befreit und jagen sich um den Dra'oga herum«, sagt sie und zeigt auf Aniwa, die gerade einen Jungen zaghaft mit dem Maul anschubst, der daraufhin laut lacht.

»Du hast einen Dra'oga gebändigt«, fährt Phalea fort und schüttelt lächelnd den Kopf. »Roanin hat es früher so viele Male versucht und ist jedes Mal gescheitert. Erst das Sturmmädchen besitzt die Macht über die Magie, um die nötigen Wunder zu vollbringen.« Sie sieht mich bewundernd an und streckt mir ihre Hand entgegen.

Ihre feinen Finger wirken nicht wie die einer Kriegerin. Zögerlich schlage ich ein und Phalea umschließt mein Handgelenk, bis auch ich die Finger um ihren Arm lege.

»Ich werde mein Bestes geben, um dein Leben zu schüt-

zen. Denn du bist es, die zu Gorloch vordringen muss, um ihm den Kristall zu entwenden. Nur du kannst unser Leiden beenden«, sagt sie mit fester Stimme und verstärkt den Druck ihrer Finger.

Ich widerstehe dem Drang, aufzubegehren und ihr meinen Arm zu entziehen. Das könnte sie vielleicht falsch auffassen und ich will nicht, dass sie eine schlechte Meinung von mir hat.

»Danke, Phalea. Auch ich werde mein Bestes geben.« Endlich lässt sie mich los. Möglichst unauffällig reibe ich über die Stelle, an der ihre Finger zugepackt haben.

Phalea wendet sich wieder den Rebellen zu und wirft mir über die Schulter einen Blick zu. »Hoffentlich bist du mächtiger, als du aussiehst«, ruft sie mir zu und zwinkert frech.

»Was?«, begehre ich auf und renne ihr hinterher, während sie ihren Schritt beschleunigt.

»Du siehst mir eher wie eine Prinzessin aus, mit deinem hübschen Gesicht und deinem zarten Wesen«, neckt sie mich und wirft mir einen amüsierten Blick zu, als ich versuche mit ihr Schritt zu halten.

»Du siehst auch nicht gerade wie eine mächtige Kriegerin aus«, kontere ich.

Sie boxt mir gegen den Oberarm und lacht laut. »Das ist mein Vorteil. Die Menschen unterschätzen mich.«

Ich presse mir die Hand an die pochende Stelle, bleibe stehen und sehe Phalea nach. »Genau wie bei mir«, rufe ich

und sende ihr den Wind hinterher, um ihr zu beweisen, dass ich mächtig genug bin, um die Rebellen zu unterstützen.

Die silbernen Fäden wirbeln über das Gras und schlängeln sich um Phaleas Körper, bis sie ihn wie ein Wirbelsturm umgeben. Der Wind drückt ihre Arme an den Körper und hebt sie ein Stück empor, um sie zu mir umzudrehen. Sie zappelt wild mit den Beinen und presst die Lippen aufeinander, während sie anscheinend all ihre Kraft aufwendet, beim Versuch den Winden zu entkommen. In aller Seelenruhe und mit auf dem Rücken verschränkten Armen schlendere ich auf sie zu.

»Weißt du, auch mich sollte man nicht unterschätzen«, sage ich, als ich vor ihr stehe und ein Grinsen nicht unterdrücken kann.

Sie gibt die Gegenwehr auf und schaut mich an. »Mein Fehler«, entgegnet sie und lächelt. »Wir sind uns wohl ähnlicher, als ich dachte, Sturmmädchen.«

Zufrieden nicke ich und nach einer Handbewegung setzt der Wind Phalea auf dem Boden ab und zieht sich zurück. »Sei froh, dass ich es nicht auf dich habe regnen lassen«, sage ich und lächle sie freundlich an, ehe ich mich an ihr vorbeidrücke und auf die Rebellen zustrebe, die das Schauspiel anscheinend beobachtet haben. Tristan sieht mir kopfschüttelnd, aber grinsend entgegen, bevor er sich wieder seinem Vater zuwendet.

Phalea ist mir tatsächlich sympathisch und diese Wortgefechte machen Spaß.

»Gegen Regen habe ich nichts. Wenn es regnet, haben die Flammen der Dra'ogas keine Chance«, bemerkt Phalea und ist bereits neben mir.

»Hast du bei dem Angriff auf euer Dorf auch Verwandte verloren?«, frage ich geradeheraus.

»Bis auf meinen Vater sind alle dem Feuer zum Opfer gefallen. Es gibt kaum eine Familie in Ru'una, die ohne Verlust geblieben ist.«

»Das tut mir leid«, sage ich leise und betrachte Phalea verstohlen von der Seite. Sie blickt starr zu Boden, bevor sie mich ansieht.

»Tristan hat erzählt, dass du ebenfalls jemanden durch Gorloch verloren hast.«

Nun sehe ich ebenfalls zu Boden und verdränge die Bilder von Donna und auch von Kantra. »Wir haben wohl alle unsere Gründe, diesem Arschloch das Handwerk zu legen«, sage ich.

»Arschloch?«, fragt Phalea nach. Lachend fahre ich mir durchs Haar.

»Nur ein anderes Wort für Gorloch.«

»Na dann lass uns gemeinsam gegen dieses Arschloch kämpfen!«, fordert Phalea mit ernstem Gesichtsausdruck und geballten Fäusten, was mich zum Schmunzeln bringt. »Eine Angelegenheit wäre mir noch wichtig zu klären«, fügt sie hinzu, bleibt stehen und sieht mich eindringlich an. Nach wenigen Schritten halte ich ebenfalls inne und blicke mit gerunzelten Brauen zurück. »Brich Tristan bitte

nicht das Herz. Ich sehe, wie er dich ansieht. So hat er mich nie angesehen«, murmelt sie und ich fühle mich plötzlich unwohl.

»Phalea«, setze ich an, doch sie hebt die Hand und bringt mich zum Schweigen.

»Du musst dich nicht erklären. Es war mir nur wichtig, es zu erwähnen. Er bedeutet mir viel und ich will ihn nicht leiden sehen. In seinem Leben hat er schon genug Menschen verloren, die ihm am Herzen liegen.« Sie lässt mir keine Chance zu antworten, lächelt unsicher und rennt los.

Verdutzt blicke ich ihr nach, wie sie in der Menge abtaucht.

Irgendwie werde ich aus ihr nicht schlau. Mag sie mich nun oder hasst sie mich?

Wenig später steigen die Rebellenanführer auf ihre Pegasa und reiten an die Spitze unserer riesigen Gruppe. Aniwa erhebt sich in die Lüfte und dreht ihre Kreise am Himmel, während ich mich zu Tristan und Phalea geselle, die ebenfalls an der Spitze des Trupps gehen. Roanin sitzt noch immer auf Taran und hält die Truhe mit den Tränken fest.

»Die Magie wird dich warnen, wenn sich feindliche Dra'ogas nähern«, erklärt er mir. »Außerdem behält Aniwa die Umgebung im Auge und auch sie kann ihre Artgenossen spüren. Sollte es so weit sein, werden wir einige Rebellen

auf Pegasa mit den Tränken ausstatten. Sie verteilen die farbigen Flüssigkeiten von der Luft aus, sodass wir die unsichtbaren Dra'ogas frühzeitig entdecken.«

»So ist jedenfalls der Plan«, klinkt sich Tristan ein und sieht in den wolkenfreien Himmel, an dem der Flammenplanet mit der Sonne um die Wette glüht.

Nachdenklich hebe ich den Kristallsplitter hoch und betrachte die Farben, die in dem Schmuckstück schimmern. Hoffentlich lässt mich die Magie nicht im Stich. Ich sehe zurück zum Berg, der mir in den letzten Tagen Zuflucht geboten hat. Mein Blick schweift über die Menge, die hinter uns marschiert. Männer, Frauen und Kinder mit kaum mehr als den Kleidern, die sie am Körper tragen. Die kräftigsten Männer und manche Pegasa ziehen Karren hinter sich her, in denen so viel Verpflegung wie möglich verstaut ist. Amphir rechnet mit zwei Tagesmärschen, bis wir Gorlochs Festung erreichen. Nur noch zwei Tage, bis es sich endgültig entscheidet, wer das Schicksal Ru'unas in den Händen hält – Gorloch oder ich.

Ob der Hexer ahnt, dass wir auf dem Vormarsch sind? Er wird mit Sicherheit seine Dra'ogas aussenden, um uns aufzuhalten.

»Was, wenn Gorloch den Kristall nicht in der Festung versteckt?«, wende ich mich an Tristan, der mich überrascht ansieht, da seit Minuten Stille herrscht.

»Die Festung ist das einzige Gebäude, in dem Gorloch Schutz suchen kann. Sie wurde vor langer Zeit vom ersten König Ru'unas in Auftrag gegeben und mit Hilfe von Magie

gefertigt. Der Kristall entfaltet in ihren Wänden die größte Wirkung, weil die Magie in jedem Stein steckt. Gorloch kann nirgendwo anders hin. Am Meer gibt es bloß kleinere Dörfer, im magischen Wald leben nur wenige Menschen und in den Ebenen wäre er unserem Angriff schutzlos ausgeliefert. Ihm bleibt einzig die Festung des Königs«, erklärt er.

»Ru'una scheint nicht sehr groß zu sein«, bemerke ich.

»Wir bräuchten mehrere Tage, um ganz Ru'una zu durchqueren«, will mich Roanin belehren, doch ich lache bloß.

»In meiner Welt würde es zu Fuß etliche Monate dauern, um die Erdkugel zu überqueren. Auch wäre es ohne ein Schiff gar nicht möglich, weil der größte Teil der Erde aus Wasser besteht.«

»Habt ihr solch große Meere?«, fragt Phalea mit glänzenden Augen.

»Nicht nur das. Wir haben Gebirge, deren Gipfel man vom Boden aus nicht sehen kann, so weit reichen sie in den Himmel«, erkläre ich und untermale meine Worte mit Gesten.

»Deine Welt muss atemberaubend sein«, staunt Roanin und sieht nach oben.

»Ja, das ist sie. Und das Beste: Es gibt keinen Gorloch«, sage ich.

»Nur, wenn wir ihn aufhalten können«, erinnert mich Tristan und blickt mich mit traurigen Augen an.

»Nie werde ich zulassen, dass dieser Hexer meine Welt an sich reißt«, beschließe ich und starre in den Himmel hinauf, während die anderen es mir schweigend gleichtun.

18. KAPITEL

Wir sind bereits eine Weile unterwegs und der Berg der Rebellen ist am Horizont verschwunden. Seit Stunden laufen wir über eine endlos erscheinende Wiese und können vor uns nichts weiter entdecken als Gras. Links von uns ragt in der Ferne ein Gebirge in den Himmel, der sich allmählich dunkler färbt. Nicht mehr lange und die Sonne geht unter und bringt uns die Nacht. Ob es hier in der Gegend Lurrs gibt? Wieder bedeckt eine Gänsehaut meine Arme bei dem Gedanken an die kleinen, aber gefährlichen Fleischfresser.

Wie es wohl Maora ergeht? Weder Tristan noch Amphir haben seit unserem Aufbruch ein Wort über sie verloren. Sie scheinen das Verdrängen vorzuziehen, um mit ihrer Angst um die alte Frau zurechtzukommen.

Am liebsten würde ich mich auf Aniwa schwingen und

auf ihr zur Festung fliegen. Wir wären in wenigen Stunden dort. Doch es käme einem Selbstmord gleich. Diese Menge an Rebellen ist notwendig, um die Dra'ogas und die Gefolgschaft Gorlochs abzulenken und zu beschäftigen. Es würde mir nicht einmal gelingen, einen Fuß in die Behausung des Hexers zu setzen, wenn ich es auf eigene Faust versuche. Also muss ich mich gedulden und die Ängste und Befürchtungen, was Gorloch Maora alles antun könnte, so gut wie möglich ausblenden.

Den Kopf in den Nacken gelegt lasse ich die letzten Sonnenstrahlen, die auf dieser Ebene ungehindert bis auf den Boden reichen, meine Nase kitzeln und schließe für einen Moment die Augen. Leise dringt Stimmengewirr zu mir vor. Niemand traut sich laut zu sprechen, weil sie befürchten, das Rauschen von Dra'oga-Flügeln zu überhören. Leise hört man das Getrappel der Pegasahufe auf dem weichen Wiesenboden. Ihnen folgen Hunderte kleiner Füße, die den Erdboden leicht erbeben lassen.

Prüfend sehe ich zu Tristan. Müdigkeit zeichnet sich auf seinem Gesicht ab und die Augen scheinen ihm beinahe zuzufallen. Wir hatten alle keine erholsame Nacht. Lediglich ich habe dank der Magie schlafen können, die mich nach meinem Zusammenbruch zum Gipfel getragen hat.

Um mich nicht meinen Sorgen hinzugeben, lasse ich meinen Blick weiter schweifen. Hinter uns folgen so viele Menschen, dass man das Ende der Menge vom Boden aus nicht ausmachen kann. Über uns zieht Aniwa ihre Kreise am Himmel, über den sich nun violette und rötliche Streifen erstrecken. Auch wenn wir in eine Schlacht ziehen, so wirkt sie in der Luft entspannt und frei. Aber mit einem Mal spannt sich ihr Körper und sie sieht angestrengt in die Ferne, in der die orangefarbene Sonne wirkt, als versinke sie in einem Meer aus Gras.

Auch meine Stimmung ändert sich plötzlich. Unruhe breitet sich in mir aus, als würde sich in meinem Innern ein Sturm erheben. Mein Herz rast und meine Hände beginnen zu zittern, während der Kristallsplitter an meiner Brust leuchtet und pulsiert.

Aniwa lässt sich tiefer sinken und blickt sich suchend in der Menge der Rebellen um. Hält sie nach mir Ausschau, weil sie mir etwas mitteilen muss? Spürt sie die Gefahr ebenso wie ich?

»Tristan, ich habe ein ganz mieses Gefühl«, wende ich mich an meinen Begleiter.

Erst sieht er mich fragend an, doch dann lässt er seinen Blick ebenfalls schweifen.

Am Horizont schraubt sich eine winzige schwarze Rauchsäule in die Höhe.

»Feuer«, rufen Tristan und ich zeitgleich.

»Außerdem spüre ich Dra'ogas«, füge ich hinzu und laufe bereits aus der Menge heraus, weil Aniwa mittlerweile nur noch wenige Meter über dem Boden fliegt.

»Wenn ich mich richtig erinnere, müsste dort vorne ein Dorf liegen«, ruft mir Tristan nach.

»Wir müssen dorthin und den Menschen helfen. Vielleicht ist es noch nicht zu spät.« Schnell verdränge ich die Bilder der letzten Nacht. Es dürfen nicht noch mehr Menschen unter Gorlochs Einschüchterungsversuchen leiden und bei ähnlichen Angriffen sterben.

Aniwa landet im hohen Gras und tappt bereits mit polternden Schritten auf mich zu. Mittlerweile hat sich Unruhe unter den Rebellen ausgebreitet und vielstimmiges Gemurmel erfüllt die Ebene. Die Gruppe ist zum Stehen gekommen und viele schauen sich unsicher und mit ängstlichen Gesichtern um. Als ich bei der Dra'oga ankomme, blicke ich zurück zu Tristan.

Er fordert Roanin auf abzusteigen und schwingt sich selbst auf Taran. Während er noch aus der Menge heraustrabt, zieht er schon sein Schwert aus der Lederscheide. Amphir und Phalea folgen ihm auf weiteren Pegasa und die drei stoßen zu Aniwa und mir.

Am Himmel färbt sich die Rauchsäule immer dunkler und wird breiter. Kein gutes Zeichen.

»Aniwa spürt mindestens zwei Dra'ogas«, spreche ich die Gedanken der Dra'oga aus, nachdem ich sie berührt habe.

»Dort vorne liegt Kinperun«, erklärt Amphir. »Es ist eines der größeren Dörfer mit dutzenden Bewohnern und wurde bisher von Angriffen verschont. Es ist unsere Pflicht, den Leuten zu helfen.«

Die Panik in seinen Augen ist unübersehbar und ich denke an die Erinnerungen, die mir Maora in meiner ersten

Nacht in Ru'una gezeigt hat. Die Dra'ogas haben gnadenlos jeden getötet, der nicht rechtzeitig geflohen ist.

»Mit Hilfe des Regens kann ich das Feuer bestimmt löschen. Danach können wir uns um die Dra'ogas kümmern. Wenn es Alphas sind, kann ich sie nicht bändigen.« Vom Wind lasse ich mich auf Aniwas Rücken tragen.

»Lasst uns keine Zeit mehr verlieren«, fordert Tristan und wirft mir einen Blick zu, den ich mit einem entschlossenen Nicken beantworte.

Die drei Pegasa galoppieren von mir fort und steigen empor. Die Dra'oga lockert ihre Flügel und hebt ebenfalls mit kräftigen Schlägen ab, um in Richtung der Rauchsäule zu fliegen. Die Rebellen setzen sich wieder in Bewegung und streben auf das Dorf zu. Wenn die Dra'ogas dort bereits gewütet haben, können wir jede helfende Hand gebrauchen.

Nach wenigen Augenblicken erkenne ich bereits die Flammen, die in den dämmrigen Himmel emporsteigen. Der Wind trägt die Schreie der Menschen zu mir. Gefolgt vom Gebrüll und Gluckern der Dra'ogas.

»Es sind drei«, rufe ich Aniwa zu, als ich die Wesen entdecke. Zwei speien ihre Flammen von der Luft aus auf die Strohdächer der Holzhäuser. Der Dritte ragt zwischen den Häusern empor und verwüstet mit seinem dornenbesetzten Schwanz und den Flügeln die Behausungen der Menschen.

Die Sonne ist mittlerweile untergegangen und das Licht schwindet immer mehr. Die Flammen erhellen die grausige Szenerie, der wir schnell näher kommen.

Es muss so schnell wie möglich regnen. Meine Gedanken darauf fokussierend sehe ich in den Himmel und verfolge zufrieden, wie sich dunkelgraue Wolken materialisieren. Der Wind nimmt zu und die ersten winzigen Wassertropfen landen in meinem Gesicht.

»Sendet euren Regen aus und löscht die Flammen!«, rufe ich den Wolkenbergen zu. Als hätte die Natur nur auf mein Kommando gewartet, geht der Regen über dem Dorf in Sturzbächen nieder. Das prasselnde Geräusch mischt sich mit dem Zischen der Tropfen, die in den Flammen verdampfen.

Die Dra'ogas halten in ihrem Tun inne und wenden sich uns zu. Aniwa hat mittlerweile die Pegasa eingeholt, deren Reiter versuchen, die Situation zu überblicken. Wir verharren in der Luft, während mein Herz rast. Wie kann ich die Wesen vom Dorf weglocken, damit die Bewohner evakuiert werden können?

»Der Dra'oga am Boden ist ein Alpha«, erklärt Aniwa. »Die beiden anderen sind lediglich seine Handlanger. Sie stellen das kleinere Übel dar. Nutze den Wind!«

»Okay, dann wollen wir sie mal mit meinem Sturm bekannt machen«, sage ich und hebe die Hände, um den Wind zu dirigieren.

Die silbernen Fäden schwirren um mich herum und sausen in kleinen Wirbelstürmen auf die fliegenden Dra'ogas zu. Diese reißen ihre Mäuler auf und fauchen. Wild schlagen sie mit den Flügeln, um die Wassertropfen loszuwerden. Die Flammen unter ihnen schrumpfen immer mehr und offen-

baren die Verwüstungen und den Tod, den die Wesen über das Dorf gebracht haben. Die Stürme erreichen die Dra'ogas und reißen sie mit sich, obwohl sich die Biester mit aller Kraft wehren. Sie zappeln und brüllen, doch ich lasse den Wind stärker werden, der sie von den Häusern fortträgt.

»Könnt ihr euch um den Dra'oga dort unten kümmern?«, wende ich mich an die drei Reiter. »Es ist ein Alpha, also müssen wir ihn verjagen oder töten.«

Tristan nickt und nun ziehen auch Amphir und Phalea ihre Schwerter. Die drei schießen auf ihren Pegasa los in Richtung des noch immer wütenden Drachens.

»Es tut mir leid«, flüstere ich Aniwa zu und lasse sie an meinem Bedauern teilhaben.

»Es geht nicht anders«, bestätigt sie und wendet sich den beiden Wesen zu, die inzwischen knapp über der Wiese schweben und sich weiterhin verzweifelt gegen die Stürme wehren. Meine Kräfte wachsen jeden Tag mehr und die Naturgewalten werden stärker. »Mit jedem Sonnenaufgang, der vergeht, wirst du für Gorloch mehr zu einer ernstzunehmenden Gegnerin«, schenkt mir Aniwa ihre Anerkennung.

Ihre Worte geben mir die nötige Sicherheit und so sehe ich selbstbewusst in die Ferne. »Ich habe es bereits zweimal geschafft, also werde ich es auch ein weiteres Mal schaffen«, murmle ich und rufe weitere Naturgewalten herbei. Blitze zerreißen zuckend und grell die Nacht, die uns nun verschlungen hat. Donner grollt über die Ebene und lässt die Dra'ogas zusammenzucken.

»Betäubt die Biester nur, denn ich habe noch etwas mit ihnen vor«, befehle ich, hebe die Hand und lasse sie hinabsausen. Gleichzeitig schießen zwei Blitze aus den Wolken und zur Erde hinab, um in die gewaltigen Körper der Wesen einzuschlagen. Sie zucken und schütteln sich, bevor sie erschlaffen und wehrlos in meinen Stürmen schweben. Aniwa lässt sich zu Boden gleiten und ich springe ab, um den Dra'ogas entgegenzulaufen, die auf der Wiese abgesetzt werden.

Schreie und entsetzliches Wimmern hallen noch immer zu uns herüber. In der Dunkelheit verstecken sich zwischen mannshohen Gräsern Menschen, die aus dem Dorf geflüchtet sind. Ihre Augen leuchten im schwachen Schein der letzten Flammen auf.

»Sie können euch nichts mehr tun«, versuche ich sie zu beruhigen und nähere mich vorsichtig einem der Wesen, während ich den Splitter in der Hand halte, dessen Leuchten mir den Weg weist. Dicht hinter mir lässt Aniwa die Dra'ogas nicht aus den Augen.

Langsam gehe ich um das Tier herum, das auf dem Rücken liegt und die Beine in die Luft streckt. In regelmäßigen Abständen zucken die Muskeln an den Gliedmaßen. Der Kopf ist zur Seite gekippt und dunkel setzt sich der Qualm vor dem Untergrund ab, der aus dem aufgerissenen Maul quillt. Es riecht dezent nach verbranntem Fleisch und geschmorten Schuppen. Vom Wind lasse ich mich emporheben, bis ich auf dem Bauch des Wesens stehe. Mit aller

Kraft presse ich den Kristallsplitter auf die Schuppen an der Brust.

»Gib ihn mir zurück, Gorloch!«, wispere ich und schließe die Augen. »Diese Geschöpfe sind nicht dein Eigentum. Sie sind Kinder der Magie und haben ihren eigenen Willen. Lass sie frei!«, rufe ich in den Wind hinein, der über uns hinwegfegt.

Bilder strömen auf mich ein. Erinnerungen wie die von Aniwa. Dann sehe ich Kinperun, muss mitansehen, wie die Menschen panisch umherrennen und versuchen, sich vor den Flammen und dem wütenden Dra'oga am Boden in Sicherheit zu bringen. Das Wesen lässt mich an seinem Schmerz und der Trauer über die eigenen Taten, die von Gorloch erzwungen wurden, teilhaben. Der Körper des Dra'ogas erbebt und die Muskeln ziehen sich zusammen. Ein gequältes Grummeln ertönt.

»Lass mich ein, damit ich dir helfen kann, Dra'oga!«

»Niemand kann mir helfen«, erklingt eine traurige Stimme. »Zu viele Leben habe ich genommen. Meine Seele ist nicht mehr rein.«

»Das ist nicht wahr! Das warst nicht du, sondern Gorloch. Vertraue mir! Wir werden dem Hexer das Handwerk legen.«

Der Körper des Wesens wird von leichten Beben erschüttert, sodass ich ins Wanken gerate und die Augen aufreiße. Die Farben der Magie fließen aus dem Splitter heraus und strömen in den Körper des Dra'ogas, dessen Schuppen

aufleuchten. Plötzlich explodiert die Magie und einer funkelnden Druckwelle gleich breitet sie sich über die Ebene aus und erhellt die Nacht. Nicht vorbereitet auf diese Kraft stolpere ich nach hinten und lande rücklings auf dem Bauch des Tieres. Schnell stemme ich mich auf die Ellbogen und folge dem Leuchten, das auch auf den anderen Dra'oga übergeht, der nicht weit entfernt im Gras liegt. Dieser bäumt sich auf und ein Seufzen dringt an mein Ohr, als die Schuppen dieses Wesens gleichermaßen aufleuchten.

»Wir vertrauen dir, Sturmmädchen«, ertönt es sanft und der Körper unter mir entspannt sich.

Der schwarze Nebel, den Gorloch hinterlässt, ist aus dem Wesen gewichen und ich nehme bloß die reinen Farben der Magie wahr. Erneut konnte ich beweisen, dass meine Kraft ausreicht, um Gorlochs Einfluss zu durchbrechen. Freudig über diesen Sieg springe ich vom Rücken des Wesens und lasse mich vom Wind auffangen, der mich im hohen Gras absetzt. Der Dra'oga schwingt sich herum, bis er wieder auf allen vieren steht und mich mit seinen roten Augen betrachtet.

Aniwa tritt neben mich und wickelt ihren Schwanz um mich, als Zeichen, dass sie mich schützt. Ihre beiden Artgenossen nähern sich und brummen leise.

»Sie danken dir, Sturmmädchen. Außerdem wollen sie uns im Kampf gegen Gorloch helfen, damit auch andere Artgenossen vom Fluch des Hexers befreit werden können«, klärt Aniwa mich auf, als ich sie berühre.

»Wir können Verbündete gebrauchen«, entgegne ich und die beiden Dra'ogas ducken sich, was ich als eine Art Verbeugung deute.

»Willkommen bei den Rebellen«, rufe ich ihnen zu und wende mich zum Dorf. »Wir sollten den Dreien zu Hilfe eilen und den Alpha in seine Schranken weisen«, richte ich mein Wort an Aniwa, aber die beiden Dra'ogas beginnen zu brüllen und sich aufzubäumen.

»Sie werden sich um den Alpha kümmern. Als Zeichen ihrer Loyalität gegenüber dem Sturmmädchen«, erklärt Aniwa.

»Aber achtet bitte auf die Überlebenden«, gebe ich den beiden Dra'ogas mit auf den Weg, bevor sie sich erheben.

Gebannt blicke ich in Richtung des Dorfes, wo der Alpha gerade die beiden Artgenossen entdeckt und einen ohrenbetäubenden Schrei ausstößt. Noch immer regnet es über den Häusern und endlich ist auch das letzte Feuer gelöscht.

Die drei Pegasa ziehen sich zurück und landen nicht weit entfernt auf der Wiese. Im wenigen Licht, das uns die Blitze am Himmel schenken, sind sie als Schatten zu erkennen. Menschen laufen auf sie zu und Amphir weist in die Richtung, in der die Rebellen auf dem Vormarsch sein dürften. Eilig machen sich die Überlebenden auf den Weg, um möglichst weit weg von den Dra'ogas zu gelangen. Auch die Dorfbewohner, die sich in der Dunkelheit versteckt hielten, rennen an mir vorbei und folgen den anderen.

Ein älterer Mann mit schütterem Haar bleibt allerdings bei mir stehen und nimmt meine Hände in seine, um sie

zart zu drücken. »Wir verdanken euch unser Leben, Mädchen. Was du mit den Dra'ogas getan hast ... ist die schönste und reinste Magie, die ich je gesehen habe. Danke«, haucht er und rennt den anderen Überlebenden hinterher, um kurz darauf von der Dunkelheit verschluckt zu werden.

Seine Worte rühren mich und bestärken mich in meinem Vorhaben, den magischen Kristall und die Magie darin zu retten.

Noch immer strömen Menschen aus den Trümmern des Dorfes.

»Warte hier, Aniwa!«, sage ich und stürme los. Über den einfachen Behausungen ragt der Alpha auf, der von seinen Artgenossen umkreist wird. Sie speien ununterbrochen Feuer in seine Richtung und stürzen auf ihn herab, um ihm mit ihren Krallen zuzusetzen. Er hingegen faucht, stellt sich auf die Hinterbeine und schlägt um sich.

»Liv«, höre ich Tristan hinter mir rufen, als ich die ersten Trümmer erreicht habe. Der Erdboden ist aufgeweicht und matschig. Kleine Rinnsale fließen aus dem Dorf.

»Vielleicht verstecken sich in den Häusern noch Menschen. Wir müssen sie holen, bevor der Alpha alles kurz und klein schlägt«, erkläre ich Tristan, der mich mittlerweile eingeholt hat. Er ist vollkommen durchnässt und seine braunen Haare hängen ihm tief in die Stirn.

»Du gehst dort nicht allein hinein«, sagt er und geht voran. Mit dem Schwertknauf klopft er gegen die Bretter der umstehenden Häuser. »Ihr müsst fliehen. Die Rebellen sind unterwegs«, ruft er und versucht dabei, die Schreie des Alphas zu übertönen. Dieser springt gerade in die Höhe und schnappt nach einem der Dra'ogas, die ihn noch immer umkreisen. Er verfehlt ihn nur knapp und verliert beim Aufkommen das Gleichgewicht, sodass er vornüber kippt und zwei Hütten unter sich zermalmt. Das Splittern und Krachen des Holzes lässt mich zusammenzucken. Hoffentlich befanden sich darin keine Menschen mehr.

»Lauft auf die Ebene hinaus! Dort warten die Rebellen«, rufe nun auch ich in die leeren Gassen, die zwischen den eng beieinanderstehenden Hütten in das Zentrum des Dorfes führen. Tristan eilt weiter und späht in jede Richtung. Als wir ein Haus passieren, das zur Hälfte eingestürzt ist, bleibe ich stehen und starre auf die Bretter, die den Eingang blockieren. Der Kristall beginnt zu leuchten und es zieht mich in die Trümmer.

»Tristan, ich glaube da drinnen ist noch jemand«, rufe ich ihn zurück.

Gemeinsam versuchen wir, die Bretter vor der Tür hochzuheben, doch sie müssen sich verkantet haben und bewegen sich keinen Millimeter.

»Nutz den Wind«, rät mir Tristan.

Natürlich. Weshalb bin ich nicht selbst daraufgekommen? Mit der Hand gebe ich die Bewegung vor, welche der Wind nachahmt und das Brett zum Wackeln bringt. Nach einer kräftigen Handbewegung schleudert er das Holz zur Seite und wir betreten die Hütte. Ein leises Wimmern dringt

aus einer Ecke und ich nähere mich dem Geräusch, bis ich zwei Schemen ausmachen kann.

»Habt keine Angst. Wir holen euch raus«, sage ich und strecke eine Hand aus.

»Die Dra'ogas sind noch dort draußen«, wispert ein Mädchen und ich wage mich einen Schritt weiter vor.

»Sie sind abgelenkt. Kommt schon, wir müssen hier weg«, bitte ich eindringlich und zucke zusammen, als es draußen laut kracht.

»Liv, der Dra'oga bewegt sich auf uns zu. Los, Kinder!«, mahnt Tristan, eilt zu den Schemen und hebt die beiden Kinder aus den Trümmern, unter denen sie sich versteckt haben. Es sind zwei kleine Mädchen, die uns mit rußverschmierten Gesichtern und großen Augen anstarren.

»Wo sind eure Eltern?«, frage ich und sehe mich in der spärlichen Hütte um.

Ein Mädchen ergreift meine Hand und ich betrachte die zarten Fingerchen, die sie in Richtung des eingestürzten Daches ausstreckt. »Dort haben sie gestanden, als unsere Hütte eingestürzt ist«, erklärt die Kleine und ich starre entsetzt auf den Trümmerhaufen, unter dem ein Bein hervorlugt.

Schnell werfe ich Tristan einen Blick zu, der das zweite Mädchen zu mir schiebt und zu den Trümmern hinüberklettert. Überall liegen Teile des Daches herum. Um den Kindern den Anblick zu ersparen, strebe ich mit ihnen auf den Ausgang zu und atme erleichtert auf, als wir Phalea in die Arme laufen.

»Amphir führt die Überlebenden zur Gruppe«, sagt sie, als ich mich fragend umsehe.

»Bring du die beiden bitte von hier fort, dann werde ich nach weiteren Überlebenden suchen.«

Sie nickt und nimmt die Mädchen an die Hände, um mit ihnen die Gasse entlangzueilen, die Tristan und ich zuvor passiert haben.

»Nichts mehr zu machen«, ertönt seine Stimme hinter mir und ich wende mich ihm enttäuscht zu. Er betrachtet mich traurig und ich sehe in die Dunkelheit der Hütte, wo die armen Kinder neben ihren toten Eltern ausharren mussten.

»Der Krieg ist grausam«, flüstere ich und Tristan legt mir den Arm um die Schulter, um mich an sich zu ziehen.

»Deshalb werden wir ihn beenden.«

Ein gequälter Schrei lässt mich zusammenzucken und lenkt meine Aufmerksamkeit auf den Alpha. Aniwa ist ihren Artgenossen zu Hilfe geeilt und zu dritt setzen sie ihrem Feind zu. Sie bohren ihre Krallen in sein Fleisch und hüllen ihn in ihre Feuerstürme. Einer der Dra'ogas wirft sich mit seinen Dornen voraus gegen den Alpha, sodass dieser erneut ins Wanken gerät. Die Bewegungen des Feindes werden immer kraftloser und das Tier schlägt nur noch halbherzig mit seinem Schwanz um sich. Aniwa steigt höher und stürzt sich mit einer unglaublichen Geschwindigkeit auf den Alpha. Trümmer fliegen durch die Luft und schlagen nicht weit entfernt von uns ein.

Tristan zieht mich an sich und beugt sich schützend über mich. »Wir müssen hier weg. Die drei Dra'ogas haben den Alpha im Griff. Nicht mehr lange und er muss sich beugen.«

Noch immer zucken Blitze über den Himmel und erhellen gemeinsam mit dem Flammenplaneten, dessen Strahlen die Wolken durchbrechen, die Dunkelheit. Wie eine brennende Kugel wirft der Planet sein rötliches Licht auf Ru'una und taucht die Trümmer in einen unwirklichen Schein.

Tristan und ich rennen durch die Gassen, während ich immer wieder zum Kampf im Zentrum des Dorfes blicke. Der Alpha schafft es gerade, Aniwa von sich zu schleudern, die in eine der letzten intakten Hütten kracht.

»Nein!«, schreie ich und bleibe stehen, um gebannt auf die Szenerie zu starren.

Die beiden anderen Dra'ogas stürzen sich mit ausgestreckten Krallen und aufgestellten Dornen auf den Alpha, der unter dem Angriff zusammenbricht. Aniwa erhebt sich aus den Trümmern und versetzt dem geschwächten Alpha mit ihren Zähnen den Todesstoß.

Ein helles Kreischen ertönt, das in ein gequältes Wimmern übergeht.

Der blutüberströmte Alpha sackt zusammen und begräbt dabei die Trümmerteile mehrerer Hütten unter sich. Langsam weichen die Lebensgeister aus ihm, sodass sich die drei Dra'ogas zurückziehen und zur Wiese fliegen, um ihre Wunden zu lecken. Stille kehrt ein, als die Blitze am

Himmel verschwinden und der Donner verklungen ist. Nur noch der Wind fegt säuselnd über die Stätte des Todes. Leise höre ich plötzlich den Herzschlag des Wesens, das dunkel inmitten der Trümmer aufragt. In langsamem Rhythmus vibriert er auch in meinem Körper und ich presse die Lippen aufeinander, während die Abstände zwischen den Schlägen immer länger werden.

»Es tut mir leid«, flüstere ich und der Wind trägt meine Worte zu dem sterbenden Tier, das sein Leben in diesem sinnlosen Streben eines Wahnsinnigen gelassen hat.

Ein leises und langgezogenes Grummeln ist die Antwort, dann verklingt der letzte Herzschlag und hinterlässt Stille.

»Ein weiteres Leben, das in diesem unsinnigen Krieg sein Ende finden musste«, wispere ich mit Tränen in den Augen.

»Dein Mitgefühl und Kummer über den Tod dieses Dra'ogas beweist, dass in dir reine Magie lebt. Dein Herz ist nicht zerfressen wie das von Gorloch. Schwarze und dunkle Magie kann nie so kraftvoll sein, wie reine und ursprüngliche es ist. Bewahre dir diese Liebe für die Natur und deren Lebewesen«, sagt Tristan, ergreift meine Hand und zieht mich weiter aus dem Dorf hinaus. »Lass uns auf die Rebellen warten und solange deine neuen Dra'ogas begutachten.«

»Es sind nicht *meine* Dra'ogas«, entgegne ich.

»Nun gut, dennoch brauchen sie Namen.«

»Einer der beiden schimmert bläulicher als der andere. Wie wäre es mit Puru? Das bedeutet *blau* in Maori.«

»Maori?«

»Das ist die Sprache der Ureinwohner Neuseelands«, erkläre ich.

»Puru ... das gefällt mir. Wie nennen wir den zweiten?«

»Wie wäre es mit Tarakona? Das bedeutet *Drache* – der Begriff für diese Wesen in meiner Welt.«

»Puru und Tarakona«, wiederholt Tristan.

»Es sind Männchen, wenn ich richtig liege.«

Wir verlassen das Dorf und treten auf die Grasebene hinaus. Nur wenige Meter entfernt rollt die dunkle Masse der Rebellen heran. Amphir reitet mit seinem Pegasum voraus und springt ab, als er uns erreicht.

»Ein paar Männer suchen das Dorf nach weiteren Überlebenden ab, doch ich fürchte, dass sie nur noch Tote bergen. Die Dra'ogas müssen gewütet haben, als wollten sie niemanden lebendig entkommen lassen. Gorloch scheint sauer zu sein, dass er den Splitter nicht bekommen hat. Die übrigen Dorfbewohner wollen sich uns anschließen und Gorloch höchstpersönlich mitteilen, was sie von seinen Einschüchterungsversuchen halten.« Sein Blick schweift zu den drei Dra'ogas, die sich im Gras abseits des Dorfes zusammengerollt haben.

»Du hast sie unter Kontrolle, Liv?«, fragt Amphir.

»Sie kontrollieren sich selbst, denn Gorlochs Einfluss existiert vorerst nicht mehr«, antworte ich und weiche seinem kritischen Blick nicht aus.

»Wenn du ihnen vertraust, tun wir es auch.« Er nickt

mir und seinem Sohn zu und marschiert zu den ersten Ankömmlingen zurück. »Wenn wir Kinperun durchsucht und die Toten begraben haben, werden wir weiterziehen. Es bringt Unglück, dort zu schlafen, wo die Toten unter der Erde ruhen«, ruft er uns noch über die Schulter zu.

So viele Tote, denke ich und sehe in den Nachthimmel hinauf, an dessen Weite sich die Wolken allmählich verziehen. Es ist seltsam, keinen Mond zu sehen. Immerhin schimmern vereinzelt rötliche Sterne, die allerdings viel größer wirken, als die Himmelskörper bei mir zu Hause.

»Ich werde ihnen helfen zu suchen. Kümmere du dich um die Dra'ogas«, rät mir Tristan, bevor er seine Hände um mein Gesicht legt und mich zärtlich auf die Stirn küsst. Dann eilt er Amphir hinterher.

Zuerst schlendere ich zum bläulichen Dra'oga und streiche ihm über den Kopf, was er mit einem genüsslichen Brummen beantwortet. Er war derjenige, auf dessen Bauch ich gestanden habe.

»Wie gefällt dir Puru?«, frage ich den Dra'oga, der leise gluckert.

»Ich hatte noch nie einen Namen«, staunt er und stupst mich mit seiner Nase an. »Er gefällt mir.«

Lachend gehe ich zu dem anderen Dra'oga, der etwas kleiner als Aniwa und Puru ist. »Und du sollst Tarakona heißen. Bist du einverstanden?«

»Tarakona«, zieht das Wesen den Namen in die Länge und schüttelt den Kopf, sodass ich nach hinten stolpere. Ein

lautes Brummen ertönt, bevor es seinen Kopf unter mich schiebt, bis ich breitbeinig auf seiner Nase sitze. »Der Name gefällt mir, Sturmmädchen.«

»Nun erst haben sich Teile meiner Prophezeiung erfüllt«, ertönt Roanins Stimme und ich rutsche von Tarakonas Nase, um mich dem Magier zuzuwenden.

»Was meinst du?«

»Erinnerst du dich an die Zeichnungen in der Höhle? Auf denen das Sturmmädchen inmitten von Dra'ogas steht?«

Langsam nicke ich, als ich mir die Bilder in Erinnerung rufe, auf denen das Mädchen mit den weißblonden Haaren stolz auf dem Schlachtfeld steht. Worauf will er hinaus?

»Es waren genau drei Dra'ogas«, sagt Roanin und ich betrachte verblüfft die drei Wesen, die den Magier aufmerksam beobachten.

»Es ist also vorherbestimmt, dass Puru und Tarakona gemeinsam mit uns gegen Gorloch kämpfen?«

»Womöglich. Die Wege der Magie sind unergründlich«, antwortet er lachend und geht zu Puru, um ihm über die Schuppen zu streichen. »Beeindruckende Wesen. Hoffentlich kannst du ihrer Art den ersehnten Frieden schenken.«

Puru reagiert mit einem leisen Brummen und Aniwa und Tarakona steigen mit ein, bis mein Körper von diesem beruhigenden Geräusch erfüllt ist.

»Mögest du uns allen den Frieden bringen, Sturmmädchen«, ertönt eine Stimme und ich sehe zu zwei Männern, die ich im Lager bei Amphir gesehen habe. Einer davon muss

Phaleas Vater sein. Er hat dieselben lockigen schwarzen Haare und mustert mich mit einem ähnlich neugierigen Blick. Der andere ist blond und wirkt wie ein Wikinger mit seiner beeindruckenden Gestalt und den breiten Schultern. Beide müssen Rebellenanführer sein. Sie verbeugen sich leicht vor mir und ich tue es ihnen gleich. Phaleas Vater kommt auf mich zu und streckt mir den Arm hin, so wie es auch seine Tochter zuvor getan hat. Selbstbewusst ergreife ich ihn und seine Finger schließen sich um mein Handgelenk.

»Ich habe nicht an die Macht der Magie geglaubt, die in einem einfachen Mädchen aus einer anderen Welt wohnen soll. Bis ich dich bei diesen Dra'ogas gesehen habe. Du hast uns gezeigt, dass du es würdig bist, dich zu Gorlochs Festung zu begleiten und unser Leben zu geben, damit du Ru'una in friedliche Zeiten führen kannst. All die Menschen, die sich in diesem Moment hier einfinden, stehen dir zur Seite.« Er drückt fest zu, bevor sich seine Finger von meinem Handgelenk lösen.

»Danke für deine aufbauenden Worte«, entgegne ich und auch der Wikinger lächelt mir zu, ehe die beiden Männer zu den Rebellen zurückkehren.

Überall lassen sich Menschen im Gras nieder, um zu verschnaufen. Mit geschockten Gesichtern sehen sie zum Dorf, dessen Trümmer dunkel in den Himmel emporragen, als wäre es ein Mahnmal für Gorlochs Grausamkeit.

Immer wieder werden Leichen aus den Trümmern ge-

borgen und zu einer Stelle getragen, an der fleißige Männer Gräber ausheben. Frauen stehen dort und beklagen die Toten, die durch Gorlochs Wahn gefallen sind. Überlebende des Angriffs versammeln sich an den Löchern, um sich von ihren Liebsten und Nachbarn zu verabschieden. Ihre Dankbarkeit ist überwältigend. So viele Kinperuner sind bereits bei mir und den Dra'ogas gewesen, um uns für ihre Rettung zu danken. Viele fallen vor mir auf die Knie und wollen meine Hände nicht mehr loslassen. Dabei nagt in mir das Bedauern, dass ich so wenige retten konnte. Dutzende Menschen sind gestorben.

Unzählige Hügel weisen auf die frisch zugeschütteten Gräber hin. Auf jedem Erdhaufen liegt etwas Persönliches des Verstorbenen. Die Rebellen machen sich bereits daran weiterzuziehen, um ein Nachtlager weit weg von dem Ort des Todes zu errichten. Viele sind erschöpft. Kinder quengeln und das Wehklagen der Alten dringt an mein Ohr.

»Lass uns weitergehen, Liv. Nicht weit entfernt von hier beginnen die Lomerahügel. Dort können wir unser Nachtlager aufschlagen«, sagt Tristan, als er meine Hand ergreift und mich von den Gräbern fortzieht.

Die drei Dra'ogas haben sich bereits in die Lüfte erhoben und ziehen als dunkle Schatten am Himmel ihre Kreise über unserer Truppe. Sie werden das Reich des Windes im Auge behalten und auch den Weg absichern, bis wir die schützenden Hügel erreichen.

19. KAPITEL

Dicht an Tristan geschmiegt liege ich auf einer Decke im Schutz der Lomerahügel. Es hat keine Stunde gedauert, bis wir an unserem Nachtlager angekommen sind.

Die Dra'ogas haben sich am Rande des Lagers zusammengerollt. Viele Kinder schmiegen sich an die Wesen und genießen ihre Wärme, da die Nacht sehr kühl ist. Einige Männer und Frauen wurden zur Wache eingeteilt, die sich bis zum Morgengrauen abwechseln soll, sodass jeder seinen Schlaf erhält. Alle sind erschöpft und die ersten Rebellen schlafen bereits tief und fest.

Ich genieße Tristans Wärme an meinem Rücken. Er hat einen Arm um mich gelegt und sein Atem kitzelt in meinem Nacken.

Mein Herz schlägt schneller und ich rolle mich auf den

Rücken, um in den Himmel zu sehen, an dem die Sterne rötlich funkeln.

»Wann werden wir ankommen?«, frage ich flüsternd.

»Bei Anbruch des übernächsten Tages dürften wir die Ebene vor Gorlochs Festung erreichen.«

»Gibt es schon einen Plan, wie wir hineingelangen?«

»Die Rebellen lenken die Dra'ogas und Gorlochs Soldaten ab, während ich versuche, dich in die Festung zu bringen. Jetzt lass uns schlafen.« Er beugt sich über mich und seine Lippen berühren meine. Zärtlich küsst er mich, wobei sich etwas in mir regt. Ein wohliger Schauer schießt durch meinen Körper und ich greife in seine Haare, um sie zu zerzausen.

Tristan stöhnt leise und beherrscht, bis sich unsere Lippen trennen und er mich sehnsüchtig betrachtet.

Plötzlich habe ich das Gefühl zu glühen und dankbar registriere ich, dass mir eine kühle Brise über die erhitzten Wangen streicht.

»Schlaf gut, Liv«, haucht Tristan und streckt sich neben mir aus.

Meinen Kopf auf seine Brust gelegt höre ich zufrieden das kräftige und schnelle Pochen seines Herzens. Vor uns erstreckt sich die weite Ebene, die Ru'una eigen ist. Allmählich wird Tristans Herzschlag ruhiger, bis ich seinen regelmäßigen Atem vernehme. Stille hat sich über das Lager gelegt und wird nur hin und wieder von lauten Schnarchern unterbrochen.

Auch mir fallen schnell die Augen zu. Den Splitter in meiner Hand verborgen, um die beruhigende Kraft der Magie zu spüren, schlummere ich ein.

Die Geräusche der Menschen, die im Lager umherwuseln, wecken mich bei Sonnenaufgang. Der Platz neben mir ist leer, weshalb ich mich suchend umblicke. Mein Körper fühlt sich dank des unbequemen Nachtlagers steif an und ich bin nicht so erholt, wie ich es gehofft habe. Noch müde reibe ich mir die Augen und strecke mich ausgiebig, bis einzelne Knochen knacken.

»Du wirkst nicht sehr ausgeschlafen«, neckt mich Tristan, als er mit einer Lederflasche auf mich zukommt und sich neben mir niederlässt. Seine Haare sind zerzaust und dunkle Schatten unter seinen Augen zeugen von seiner Erschöpfung.

»Sagt grad der Richtige«, kontere ich mit einem Zwinkern, schnappe mir die Flasche und trinke gierig von dem kühlen Wasser, das mir angenehm die Speiseröhre hinabfließt. Es schmeckt etwas süßlich und ich sehe Tristan fragend an.

»Roanin hat Kräuter darunter gemischt, die munter machen sollen. Das können wir wohl alle gebrauchen«, erklärt er mit einem Schmunzeln.

Neue Energie durchströmt mich bereits und ich strecke mein Gesicht der Sonne entgegen, die an dem wolkenlo-

sen Himmel strahlt. Die Kälte der Nacht verfliegt allmählich und es wird angenehm warm. Nach einem kurzen und schlichten Frühstück werden die Lagerstätten geräumt und die Rebellengruppe setzt sich in Bewegung. Wir folgen dem Flammenplaneten, der nach Westen und somit in Richtung von Gorlochs Festung weist, wie mir Roanin erklärt.

»Kinperun war das einzige Dorf auf unserem Weg. Wir passieren noch den dunklen Wald und am Abend dürften wir die Grenze zu Gorlochs Reich erreichen«, erklärt der Magier, während ich neben Taran hergehe.

»Der dunkle Wald?«

»Er ist so groß, dass wir ihn leider nicht umgehen können. Dort wimmelt es von Hulas, und wie Tristan dir bestimmt erzählt hat, sind sie Fleischfresser. Niedliche Tierchen, aber gefährlich, wenn sie im Rudel unterwegs sind.«

»Dabei erschien mir der weiße Hula, den ich in deinem Wald angetroffen habe, harmlos«, denke ich laut nach.

»Natürlich, er war auch der einzige Hula dort«, entgegnet Roanin, während ich mich erinnere, dass der Magier mit dem Wesen und mir seine Scherze getrieben hat. »Was erwartet uns hinter der Grenze?«

»Seit Gorloch die Macht an sich gerissen hat, ist das Reich des Königs vergiftet. Lurrs haben sich dort angesiedelt und die Vegetation hat Rückschritte gemacht. Es gibt kaum Pflanzen und in den Bergen lauern Dra'ogas. Da wir die Grenze bei Anbruch der Nacht überqueren, müssen wir uns vor den Lurrs in Acht nehmen. Sie spüren die Erschütterun-

gen, wenn jemand über die Erde und somit über ihre Tunnelsysteme läuft. Wenn wir jedoch an der Grenze warten, bis die Sonne aufgegangen ist, vergeuden wir Zeit, die Maora womöglich nicht hat. Amphir und Tristan machen sich große Sorgen um sie, obwohl sie darüber kein Wort verlieren. Es ist ihren Gesichtern anzusehen, wie sehr es sie schmerzt nicht zu wissen, wie es ihr geht. Hoffentlich ist sie noch am Leben.« Der Magier fährt sich durch seinen langen Bart, der auf der Holztruhe liegt. Er sieht nachdenklich in den Himmel und seine Gedanken scheinen abzuschweifen. Mir fällt ein, wie er und Maora miteinander umgegangen sind. Sie scheinen sich sehr zu schätzen, auch wenn sie sich gerne gegenseitig necken. Ihr Verlust schmerzt ihn ebenfalls.

Tief atme ich durch, als die Bilder der Entführung wieder zum Leben erwachen. Ich habe ihr nicht helfen können. Wir dürfen keine Zeit mehr verlieren, denn jede verlorene Stunde könnte für Maora das Ende bedeuten. Sie darf nicht sterben!

Die Sonne wandert unbeirrt über das Firmament und steht nun hoch oben neben dem Flammenplaneten Vashnerin. Amphir treibt die Gruppe an. Er weiß, wie wir anderen auch, dass Gorloch irgendwann von unserem Aufbruch erfahren wird und dann müssen wir zügig zu seiner Festung kommen. Wenn der Hexer nicht längst Bescheid weiß.

Die drei Dra'ogas ziehen ihre Runden am Himmel und landen nur hin und wieder für eine kurze Pause im hohen Gras. Gerade landet Aniwa in meiner Nähe und tappt auf mich zu. Sie brummt und ich lege eine Hand auf eine ihrer Schuppen.

»Dort beginnt der dunkle Wald. Man sieht selbst von oben kein Ende. Ihr bräuchtet Wochen, um ihn zu umgehen«, erklärt sie und ich blicke nach vorne. In der Ferne kann ich die dunkelgrünen Wipfel der Bäume erkennen.

»Wir müssen also wirklich hindurch«, murmle ich und blicke mich zu den Rebellen um. In ihren Gesichtern zeichnet sich Erschöpfung ab, doch niemand würde aufgeben. Sie alle wollen Teil der Rebellion sein und uns unterstützen.

»Wir müssen nah beieinander gehen, um zu verhindern, dass uns die Hulas angreifen. Kinder in die Mitte und außen die Männer mit ihren Schwertern«, befiehlt Tristan neben mir und schon wird die Anweisung weitergegeben. Vielstimmige Kommandos ertönen und ein Raunen setzt ein.

Nicht lange und wir erreichen die Waldgrenze. Die Dra'ogas erheben sich in die Luft und überfliegen die Bäume, nicht ohne die Gegend im Blick zu behalten. Von oben droht uns zurzeit keine Gefahr. Die Wesen, die uns im Dunkel des Waldes auflauern könnten, machen mich nervöser. Der Waldboden ist weich und der Duft nach Nadelbäumen überwältigend. Es riecht wie zu Hause und Heimweh macht sich in mir breit.

Neben mir beobachten Tristan und Phalea aufmerksam die Bäume, während wir einem Trampelpfad folgen, der durch den Wald zu führen scheint. Immer wieder knackt ein Zweig, wenn jemand darauftritt. Der Boden ist voller Nadeln und es raschelt bei jedem Schritt. Der Wind fährt durch die Baumwipfel und es ächzt, als sich die Baumstämme wiegen. Die Sonnenstrahlen reichen kaum bis zum Boden, so dicht stehen die Bäume. Unwillkürlich reibe ich mir über den Oberarm und versuche das Frösteln zu ignorieren, das mich an diesem Ort befällt.

Vor mir gehen fünf Männer, die ihre Schwerter abwehrbereit in den Händen halten. Ihre gebeugte Haltung lässt mich ihre Anspannung erahnen.

»Müssten sich die Hulas nicht durch das Rascheln der Nadeln verraten, wenn sie sich uns nähern?«, frage ich.

Phalea betrachtet mich mit einem Blick, als hätte ich von nichts eine Ahnung.

»Diese Biester können sich lautlos anschleichen. Ihr Körpergewicht ist gering und sie gleiten mehr über den Boden als zu laufen. Wir werden sie erst bemerken, wenn sie vor unserer Nase auftauchen«, erklärt Tristan, während er die Umgebung im Auge behält.

Das klingt nicht gut.

Niemand traut sich mehr, das Wort zu erheben und so wandern wir schweigend durch den dunklen Wald. Je tiefer wir in den Forst vordringen, desto mehr schwindet das Tageslicht. Irritiert blicke ich hinauf zum Blätterdach. Es wirkt, als wäre die Sonne vom Himmel verschwunden. Vereinzelt rieseln Blätter und Nadeln auf uns herab. Ich fische mir ein Blatt aus den Haaren und sehe wieder nach oben. Es weht lediglich eine sanfte Brise, die kaum die Zweige zum Schwingen bringt. Weshalb also regnet es Blätter und Nadeln? Angestrengt versuche ich, in den Baumwipfeln etwas auszumachen, doch dieser Bereich bleibt meinen Blicken verborgen.

»Können Hulas auf Bäume klettern?«, frage ich und Tristan verharrt mitten im Schritt, um mich erstaunt anzusehen.

»Daran haben wir nicht gedacht«, haucht er und sieht ebenfalls nach oben. Die übrigen Rebellen an der Spitze der Truppe tun es ihm gleich und plötzlich fallen aus den Baumwipfeln weiße Fellknäuel herab.

»Sie greifen an«, schreit einer der Männer und um mich herum ducken sich alle und halten die Arme schützend über ihre Köpfe.

Verdutzt blicke ich mich um und beobachte den ersten Hula, der zähnefletschend auf einem Rebellen landet. Erschrocken schreie ich auf, als ich das verzerrte Gesicht des Wesens sehe, das seine Reißzähne in den Arm des Mannes schlägt. Der Hula aus Roanins Wald sah definitiv harmloser aus. Zwar erinnern diese Tiere ebenfalls an weiße Waschbären mit Hasenohren und dem entsprechenden Schwanz, aber sie knurren wie Raubtiere und schlagen ihre Krallen in Menschen. Panisch drehe ich mich im Kreis und sehe zu, wie

die Rebellen versuchen, die Hulas mit ihren Schwertern abzuwehren. Immer mehr dieser Wesen fallen von oben über die Menge her und Schreie hallen durch den Wald, als sich die Biester in unseren Gruppenmitgliedern verbeißen.

»Wir müssen weiter und aus diesem Wald raus«, ruft Amphir in meiner Nähe und weist mit dem Schwert den Weg entlang. »Los, lauft um euer Leben!«

Die Menge setzt sich in Bewegung und ich werde mitgezogen. Eingepfercht zwischen fremden Rebellen versuche ich Schritt zu halten und mich gleichzeitig nach Tristan umzusehen. Noch immer regnen Hulas auf uns herab. Ihr Knurren und Fauchen übertönt die ängstlichen Schreie der Menschen. Plötzlich stolpere ich und stürze. Zwar kann ich mich mit den Händen abfangen, doch schon werde ich von den panischen Rebellen überrannt. Auf allen vieren krieche ich auf den Wegrand zu und rolle mich aus der Menge, als mich ein Tritt in die Seite erwischt. Schmerzerfüllt fluche ich und presse mir eine Hand gegen die pochenden Rippen.

Rechts von mir sehe ich nur ein Meer aus rennenden Beinen. Schwer atmend rapple ich mich auf und suche nach einem bekannten Gesicht. Die Rebellen beachten mich in ihrer Panik nicht und streben ihren Anführern hinterher. Immer wieder stürzen Menschen und zappeln, während sich Hulas in ihr Fleisch verbeißen. Die Wesen schleifen immer mehr Menschen in den Wald hinein, die um sich treten und um Hilfe rufen. Ein Junge wird von drei Hulas verschleppt.

Die Schreie der Erwachsenen übertönen sein Wimmern und Schluchzen.

Ohne nachzudenken, renne ich auf das Kind zu, das sich verzweifelt an einen Baumstamm klammert. Die Hulas zerren an seiner Hose und schlagen ihre Zähne in sein Bein. Blut färbt den hellen Stoff rot.

»Lasst ihn in Ruhe!«, schreie ich die Biester an, schnappe mir einen Ast und prügle auf die drei Hulas ein. Eines der Wesen kann ich fortschleudern. Die beiden anderen starren mich knurrend an, ohne von ihrer Beute abzulassen. Mit meiner improvisierten Waffe versuche ich sie zu treffen, als eines der Wesen das Bein des Jungen loslässt und nach meinem Stock schnappt. Es erwischt ihn und zerrt daran. So fest ich kann, umklammere ich ihn, doch der Hula ist stärker und reißt ihn mir aus den Händen. Das Holz reibt an meiner Haut und ich fange mir mehrere Splitter ein. Fluchend reibe ich mir die Hände und stolpere rückwärts, als das Wesen grummelnd näher kommt.

»Lauf, Sturmmädchen! Du musst Gorloch besiegen«, ruft mir der Junge zu und ich sehe ihn ungläubig an. Er klammert sich noch immer tapfer an den Baumstamm und tritt nach dem verbleibenden Hula aus.

Er würde sich opfern, damit ich mein Schicksal erfüllen kann. Was für ein mutiger Junge! Wütend balle ich die Fäuste und schüttle den Kopf.

»Hier wird niemand zurückgelassen«, sage ich bestimmt und beschließe, härtere Geschütze aufzufahren.

Die Hände erhoben rufe ich den Wind herbei, der zunimmt und durch den Wald fegt. Laub und Nadeln erheben sich und machen den Sturm sichtbar, der weiter anwächst.

Der Hula verharrt und beobachtet mich aufmerksam. Auch das zweite Wesen hält inne und lässt das Bein des Jungen los. Der rappelt sich schnell auf und rennt zu mir, um sich hinter mir in Sicherheit zu bringen.

Nebeneinander und Zähne fletschend schleichen die beiden Mistviecher auf uns zu.

»So viel zu den süßen Hulas«, murmle ich und lasse den Wind auf die beiden zuschießen. Dieser erfasst die Hulas und hebt sie hoch. Mein Arm schnellt zur Seite und schon werden die Tiere gegen einen Baum geschleudert. Leblos bleiben sie im Laub liegen.

Drei Rebellen laufen an uns vorbei und ich greife einen rasch am Arm, um ihn aufzuhalten.

»Nehmt den Jungen bitte mit«, wende ich mich an den jungen Mann, der das Kind, ohne zu zögern, hochhebt und in eiligem Tempo seinen Leuten folgt.

»Keine Sorge, ich komme nach«, rufe ich dem Jungen zu, der seinen Blick nicht von mir nimmt und zaghaft nickt.

Mittlerweile sind die letzten Menschen an mir vorbei und ich sehe mich nach weiteren Verschleppten um. Nicht weit entfernt schreit eine junge Frau. Sie presst sich mit dem Rücken an einen Baumstamm, während sie von vier Hulas umzingelt wird. Ihre kurzen schwarzen Haare stehen ihr zerzaust vom Kopf ab, als hätte sich darin zuvor ein

Hula verfangen. Ihr ängstlicher Blick richtet sich auf mich, als ich auf sie zulaufe. Wieder lasse ich den Wind als Sturm auf die Wesen zufegen, um sie von der Frau wegzuzerren. Sie werden fortgeschleudert, doch plötzlich landet etwas auf meinem Rücken und ich schreie erschrocken auf. Mit den Händen versuche ich das Gewicht hinunterzufegen, während ich herumwirble und mich schüttle. Ein weißer Hula wird von mir geschleudert, drückt sich jedoch am Boden sofort wieder ab und springt an mein Schienbein. Ein stechender Schmerz schießt mir von der Wade ausgehend durch das gesamte Bein, als dieses Biest seine Zähne in mein Fleisch schlägt. Schwankend versuche ich, den Hula wegzuschieben, aber er hat sich in mein Bein verbissen. Der Wind zerrt vergebens an dem Wesen. Es lässt nicht locker. Vor mich hin fluchend humple ich auf den Weg, wo mir bereits die Frau mit einem Stock entgegenkommt, mit dem sie auf das kleine Monster eindrischt. Es knurrt lediglich und lässt sich nicht von mir abbringen.

»Geh zur Seite«, befehle ich der Frau und sehe zu den Baumwipfeln empor. Wenn ich mein Bein nicht verlieren will, muss ich es wagen und den Blitz herbeirufen. Hoffentlich trifft er nur den Hula und verletzt mich nicht.

Es donnert und zwischen den Blättern sehe ich die ersten Blitze zucken. Kurz darauf schießt ein Blitz hinab und schlägt in den Hula ein. Ein ohrenbetäubender Knall lässt mich zusammenzucken, während Elektrizität durch meinen Körper schießt und mein Herz stolpern lässt. Es riecht sofort nach verbranntem Fleisch. Der Hula fällt von meinem Bein ab und landet steif und qualmend auf dem Waldboden. Meine Muskeln krampfen und so lasse ich mich auf alle viere sinken. In meinen Ohren erklingt ein hohes Piepsen und ich schüttle mich, bis die Krämpfe enden und einem unangenehmen Kribbeln weichen, das durch meinen Körper schießt.

»Geht es wieder?«, fragt die Frau, als sie sich zu mir hinunterbeugt und ihre Hand auf meine Schulter legt.

Der Schmerz lässt nach und auch das Piepsen verstummt. Meine Gliedmaßen kribbeln nicht mehr und ich kann erleichtert durchatmen. Die Berührung der Fremden tut mir gut und wohlige Wärme entspannt meine Muskeln.

Dann bemerke ich die Hulas, die sowohl auf dem Weg als auch im Laub innehalten. Sie haben sich auf die Hinterbeine gestellt und starren zu mir herüber. Es müssen Dutzende sein.

»Verzieht euch, sonst ergeht es euch wie eurem Freund hier«, drohe ich und zeige auf den am Boden liegenden Hula.

Ein Grunzen geht durch die Menge der Hulas und wie auf ein Stichwort beginnen sie mit den Füßen zu scharren.

»Was bedeutet das?«, frage ich und die junge Frau hilft mir auf die Beine.

»So etwas habe ich noch nie gesehen«, murmelt sie und betrachtet kritisch meine Wunde, die unaufhörlich pocht. Vorsichtig betastet sie die Stelle, an der meine Hose Löcher aufweist und Blut hinabrinnt. Es brennt, als sie ihre Fingerkuppen darüberstreichen lässt.

»Ich habe Kräuter dabei, mit denen ich die Wunde desinfizieren kann«, erklärt sie und richtet sich wieder auf.

»Vorausgesetzt wir kommen lebend aus diesem Wald«, werfe ich ein und lasse meinen Blick über die Hulas schweifen. Immer mehr der Wesen versammeln sich in unserer Nähe.

Meine Haare wehen mir um die Nase, als der Wind erneut zunimmt. Die silbernen Fäden verbinden sich mit den Farben der Magie, die plötzlich aus den Bäumen und dem Boden strömen.

»Die Magie existiert in jedem noch so kleinen Staubkorn«, flüstere ich und sehe den Fäden zu, die um uns herumwirbeln und sich im Wald ausbreiten. Die Hulas blicken sich wild um und lassen ihre Köpfe kreisen, während sie den Farben nachsehen. Ein angenehmes Summen erfüllt mit einem Mal den Forst und begleitet die Bewegungen der Farben. Der Wind fegt über den Boden und lässt Blätter und Nadeln tanzen.

»Die Magie steht uns bei und besänftigt die Hulas. Es wird kein Angriff mehr folgen«, sagt die Frau und lacht befreit auf. »Wir können gehen.« Sie ergreift meine Hand und zieht mich mit sich.

Wir eilen in die Richtung, in die die anderen verschwunden sind. Das Summen der Hulas begleitet uns, während die Wesen uns reglos nachsehen. Doch plötzlich tritt eines der Tiere aus der Menge und läuft uns ein Stück nach. Ich entziehe der Frau meine Hand und wende mich dem Wesen

zu, das in sicherer Entfernung stehen bleibt und sich auf die Hinterbeine stellt. Es mustert mich aus blauen Augen und legt den Kopf schief.

»Lass uns nichts riskieren«, mahnt mich die Frau, doch ich nähere mich dem Geschöpf weiter.

»Dich kenne ich doch«, murmle ich und betrachte den Hula. Ein Gefühl des Wiedersehens erfasst mich und ich bin mir sicher, dass es der Hula aus Roanins Wald ist. Langsam gehe ich in die Knie und strecke eine Hand aus.

»Sturmmädchen, nicht!«, zischt die Frau hinter mir. »Er wird dir die Finger abbeißen.«

»Nein, wird er nicht.«

Der Hula nähert sich vorsichtig und wirft unsicher einen Blick nach oben.

»Wenn du mir nichts tust, tue ich dir auch nichts«, sage ich leise und das Wesen traut sich weiter vor.

Zaghaft schnuppert es an meiner Hand. Sein warmer Atem kitzelt meine Haut und ich spüre die feuchte Nase. Der Hula richtet sich auf und stößt einen spitzen Schrei aus, der mich so erschreckt, dass ich nach hinten plumpse und mit dem Hinterteil auf dem Boden lande. Die übrigen Hulas antworten mit einem vielstimmigen Pfeifen und das Tier vor mir springt auf meinen Schoß. Während ich den Atem anhalte, schmiegt es seinen Kopf unter meine Hand und reibt sich daran.

»Du bist das Mädchen aus dem Wald des Magiers«, sagt das kleine Wesen und ich betrachte es verblüfft.

»Kann ich etwa alle Geschöpfe verstehen, wenn ich sie berühre?«

»Natürlich, du bist das Sturmmädchen«, antwortet der Hula und schmiegt sich weiter an, als wäre er eine schmusebedürftige Katze. »Außer Pegasa. Das sind sehr schweigsame Wesen.«

»Wären du und deine Freunde so nett, die Rebellen freizulassen, die ihr verschleppt habt? Bitte!«, wage ich einen Versuch.

»Was bekommen wir im Gegenzug?«

»Leider habe ich nicht viel, was ich dir im Tausch gegen die Menschen anbieten kann«, entgegne ich und der Hula brummt leise.

»Ihr seid auf dem Weg zu Gorlochs Festung, nicht wahr?«

Stumm nicke ich und der Hula rollt sich auf meinem Schoß zusammen, um mich mit großen Augen von unten anzusehen.

»Solltet ihr gegen den Hexer bestehen, wollen wir den Inhalt der Speisekammer.«

Ohne zu zögern, willige ich ein. »Okay. Ihr lasst die Rebellen gehen und uns den Wald passieren und ihr dürft die Speisekammer plündern, sollten wir Gorloch besiegen«, verspreche ich und der Hula grunzt zufrieden.

Er springt von meinem Schoß und läuft zu seinen Artgenossen zurück, während er einen spitzen Schrei ausstößt. Die anderen Hulas antworten ihm erneut mit diesem Pfei-

fen und schon sausen einzelne Wesen los. Es vergeht keine Minute, bis die ersten Rebellen aus dem Unterholz gestolpert kommen. Sie halten sich die blutenden Wunden und sehen immer wieder ängstlich zu den zusammengerotteten Wesen.

Als ich mich aufrapple, sehe ich mich der jungen Frau gegenüber, die mich anlächelt.

»Die Speisekammer?«, fragt sie und ich fahre mir lachend durchs Haar.

»Was sind schon Lebensmittel, wenn wir dafür unsere Leute zurückbekommen?«

»Du wärst eine gute Anführerin, Sturmmädchen«, bemerkt sie und klopft mir kameradschaftlich auf die Schulter.

»Mein Name ist Liv«, entgegne ich.

»Pamin, die Heilerin in Kinperun«, stellt sie sich vor.

»Eine Heilerin können wir gut gebrauchen«, sage ich, während ich die Verletzten betrachte, die an uns vorbeihasten, so schnell es ihre Wunden erlauben.

Pamin schließt sich ihnen an, doch ich wende mich ein letztes Mal den Hulas zu, die noch immer zwischen den Bäumen hocken und uns beobachten. Der Hula aus Roanins Wald fällt mir sofort ins Auge und ich nicke ihm zu.

»Ich werde mich an unsere Abmachung halten«, trägt der Wind meine Worte zu dem kleinen Wesen, das sich daraufhin abwendet und mit seinen Artgenossen in den Tiefen des Waldes verschwindet.

Rasch eile ich den anderen nach, die sich gegenseitig stützen und erleichtert über ihre Rettung unterhalten. Mein Bein schmerzt bei jeder Belastung, was mich das Gesicht verziehen lässt. Verstohlen betrachte ich Pamin, als ich sie eingeholt habe. Auf seltsame Art und Weise kommt sie mir bekannt vor. Nur woher?

20. KAPITEL

Es dauert nicht lange und Tristan läuft uns, gefolgt von mehreren Männern, entgegen. Er sieht mich verwundert an, bis sein Blick zu meinem Bein hinabwandert und er wütend das Gesicht verzieht.

»Du bist verletzt«, stößt er aus und zieht mich in seine Arme.

»Halb so wild. Pamin wird sich darum kümmern«, versuche ich ihn zu beruhigen und drücke mich von ihm ab, um auf die junge Frau an meiner Seite zu weisen, die Tristan neugierig mustert.

Er nickt ihr kurz zu und wendet sich dann den übrigen Rebellen zu, die sich an uns vorbeischleppen. »Ihr konntet sie befreien?«

»Mithilfe des Hulas aus Roanins Wald und einem kleinen Kompromiss«, deute ich an und erzähle Tristan von der Begegnung mit den Hulas.

Wir folgen den Verletzten und Tristan kann nach meinem Bericht nur den Kopf schütteln.

»Mir scheint es ein geringer Preis für die verschleppten Rebellen zu sein«, meint er und ich stimme ihm zu.

Als wir den Rest der Gruppe erreichen, ertönen erleichterte Ausrufe von Familienangehörigen. Eine Frau rennt tränenüberströmt herbei und schließt ein kleines Mädchen in die Arme.

Es fühlt sich gut an, diese Menschenleben zumindest für den Moment gerettet zu haben. Mit diesem Gefühl lasse ich mich im Gras nieder und schiebe die Stoffhose hoch, um die blutverkrustete Bissspur zu inspizieren. Pamin eilt davon, um kurz darauf mit einem Tuch und einer Holzschale zurückzukommen. Sie tunkt den Stofffetzen in eine grünliche Masse und tupft die Tinktur auf meine Wunde.

Die Berührung brennt, als würde jemand darin herumstochern, und ich muss ein protestierendes Stöhnen unterdrücken.

»Das Rumunkraut hat eine desinfizierende Wirkung«, erklärt sie und verstreicht die grüne Mischung mit dem Finger. »Es unterstützt außerdem die Heilung.« Sie sieht mich mit einem aufmunternden Lächeln an und ich kann nicht anders als zurückzulächeln. In ihren Händen fühle ich mich sicher.

»Danke«, murmle ich.

Pamin klemmt sich den Lappen an den Gürtel, der das braune Leinenkleid zusammenhält, und verstaut die Schale in einer Ledertasche, die sie über der Schulter trägt.

»Du solltest dein Bein schonen, wenn du in wenigen Stunden Gorloch entgegentreten willst«, rät sie mir und hilft mir auf, bevor sie sich unter die Rebellen mischt, die sich bereits wieder in Bewegung setzen.

Tristan sieht ihr nachdenklich hinterher.

»Du traust ihr nicht«, stelle ich fest und er schüttelt langsam den Kopf.

»Ich habe nie von ihr gehört. Heiler sind normalerweise weit über die Dorfgrenzen hinaus bekannt. Als ich das letzte Mal in Kinperun war, gab es einen männlichen Heiler, der nur einen Sohn hatte.«

»Vielleicht lebte sie noch nicht lange in Kinperun«, entgegne ich und suche nach Pamin, deren kurzes schwarzes Haar ich gerade noch sehe, bevor sie von der Menge verschluckt wird. Tristans Skepsis kann ich nicht nachvollziehen, da ich bei ihr ein gutes Gefühl habe.

»Wir sollten sie im Auge behalten und vorsichtig sein, was wir ihr anvertrauen«, raunt Tristan.

»Du denkst doch nicht, dass sie eine Anhängerin von Gorloch ist?«, rufe ich aus und er mahnt mich sofort, leiser zu sprechen, indem er einen Finger auf meine Lippen legt.

»Diesem Hexer traue ich alles zu. Auch, dass er eine Feindin unter die Rebellen schleust. Also sei auf der Hut!«, appelliert er an meine Vernunft.

Es wäre schade, wenn ich mich in der Heilerin getäuscht hätte.

»Wenn wir schnell sind, können wir vor Einbruch der Nacht so weit in Gorlochs Reich eindringen, dass wir die Lurrs nicht aufschrecken«, bemerkt Amphir, als er auf seinem Pegasum an uns vorbeireitet. »Danke, Liv, dass du die Verschleppten befreit hast. Jeder Rebell ist in dieser Schlacht wichtig.«

Seine Worte machen mich stolz und sein Dank bedeutet mir viel.

Schnell bemerke ich, dass ich mein Bein noch nicht richtig belasten kann. Tristan rät mir, auf Aniwa zu reiten und es noch eine Weile zu schonen. Mir ist zwar nicht wohl dabei, auf der Dra'oga zu reiten, während sich die Rebellen mühsam und erschöpft voranschleppen müssen, aber Tristan lässt nicht locker. Daher blicke ich in den Himmel und entdecke die drei Dra'ogas, die über uns ihre Kreise ziehen und sich vom Wind tragen lassen.

»Wie erkenne ich die Grenze zu Gorlochs Reich?«, frage ich Tristan.

»Du kannst es nicht übersehen, glaube mir«, sagt er und küsst mich zärtlich, bevor er den Rebellen folgt.

Anscheinend hat Aniwa meinen Wunsch gespürt, denn sie lässt sich bereits zu mir hinabsinken. Der Wind folgt meinem Willen und umschmeichelt mich, bis mich die silbernen Fäden sanft in die Luft heben. Unter mir streben die Rebellen vom Wald weg. Aniwa saust in die Tiefe, sodass

ich auf ihrem Rücken Platz nehmen kann. Zärtlich streiche ich über die kühlen Schuppen, die im Sonnenlicht funkeln.

Die Dra'oga gewinnt wieder an Höhe und der schaukelnde Flug macht mich schläfrig. Mein Körper heilt bereits mit Hilfe der Magie, aber dieser Vorgang und die Erlebnisse mit den Hulas haben mich erschöpft. Um gegen Gorloch bestehen zu können, muss ich ausgeruht sein. Müde strecke ich mich, bevor ich mir die Augen reibe. Der Wind flüstert an meinem Ohr und der Kopf sackt mir immer wieder auf die Brust.

»Schlafe, Sturmmädchen. Wir geben auf dich acht«, sagt Aniwa und ich rolle mich auf ihrem breiten Rücken zusammen. Die silbernen Fäden legen sich wie eine Decke über mich und seufzend döse ich ein.

»Dort hinten liegt Gorlochs Reich«, weckt mich Aniwas Stimme und ich richte mich verschlafen auf. Verwirrt blicke ich mich um, bis mir bewusst wird, dass ich mich noch immer auf ihrem Rücken befinde. Neben uns schweben violett schimmernde Wolken. Die Sonne nähert sich bereits dem Erdboden und der Himmel kleidet sich in die Farben der Dämmerung.

In der Ferne ragen Berge auf. Bei ihrem Anblick wird mir schlecht und ich presse eine Hand gegen meinen Magen.

»Dort im Gebirge liegt Gorlochs Festung«, sagt Aniwa. »Du reagierst auf die dunkle Magie des Hexers.«

Unfähig, etwas darauf zu erwidern, starre ich auf die Berge, die das letzte Sonnenlicht einfangen und in denen unser Feind wartet. Dorthin, wo Maora gefangen gehalten wird. Von hier oben sind die vielen Rebellen nur als kleine, dunkle Punkte zu erkennen. Mein Blick schweift über die Landschaft, in der sich das Gras langsam verfärbt. Die verschiedenen Grüntöne weichen zunächst einem Braun, ehe sie beinahe schwarz wirken. Die Wiese dünnt zunehmend aus und wandelt sich in lehmigen Boden, der aussieht, als hätte Feuer jegliche Vegetation vernichtet. Im weiteren Verlauf erheben sich vereinzelt Bäume. Büsche ragen hin und wieder auf. Obwohl die Sonne noch ihre letzten Strahlen auf die Erde sendet, wirken die Pflanzen, als sähen sie nie Tageslicht. Als wüchsen sie in einem Reich der Schatten.

»Wirkt nicht gerade sehr einladend«, murmle ich.

»Gorloch mag keine Gäste. Auch wir betreten sein Reich nur ungern.« Deutlich klingt Aniwas Widerwillen heraus.

»Und dennoch steht ihr mir in diesem todbringenden Reich bei. Das kann ich euch nie genug danken.«

»Du hast uns von Gorlochs Fluch befreit, Liv. Wir schulden dir unser Leben.«

»So weit wollen wir nicht gehen.«

Aniwa verliert schnell an Höhe und Puru und Tarakona folgen uns. Geschmeidig setzen die Dra'ogas neben den Rebellen auf dem Erdboden auf. Nach einem Sprung von Aniwas Rücken merke ich, dass mir mein Bein kaum mehr Probleme bereitet. Die Haut juckt leicht um die Wunde herum, doch dieses Kraut und die Magie müssen Wunder bewirkt haben.

»Wir ruhen uns hier kurz aus und fliegen euch dann hinterher«, verkündet Aniwa, als ich ihr über den Kopf streiche. »Noch ist die Sonne nicht untergegangen. Vielleicht schafft ihr es weit genug, ohne von den Lurrs bemerkt zu werden. Wenn ihr euer Nachtlager errichtet, sobald die Sonne untergeht, und euch still verhaltet, bemerken sie euch womöglich nicht«, rät sie mir, bevor sie und die beiden anderen Dra'ogas sich entfernen, um sich in Sichtweite einzurollen und zu schlafen.

Ich mische mich unter die Rebellen und arbeite mich zur Spitze vor, bis ich Tristan und Phalea entdecke.

»Ausgeschlafen?«, begrüßt mich Phalea und mustert mich, ohne es zu verbergen.

»Hm«, gebe ich knapp zurück.

Wir nähern uns immer weiter der Grenze, die sich wie eine verbrannte Narbe von einer Seite zur anderen zieht. Ein bestialischer Gestank steigt mir plötzlich in die Nase, die ich angewidert rümpfe. Wild wedle ich mir mit der Hand vor dem Gesicht herum.

»Der Geruch der Lurrs«, erklärt Tristan.

»Das riecht nach Verwesung«, sage ich angeekelt.

»So riechen diese Biester. Der Gestank dringt aus ihren Tunneln. Noch schlafen sie, doch wenn sie an die Oberfläche gelangen, wird der Geruch sich verstärken«, schaltet sich nun auch Phalea ein.

Wir überqueren die Grenze und ich sehe auf die verbrannte Erde hinab, auf der kein einziger Grashalm wächst. Plötzlich durchzuckt mich ein Stromschlag und ich bleibe wie angewurzelt stehen. Von den Füßen ausgehend arbeitet sich ein Ziehen durch meinen Körper und lässt mich nach Luft schnappen.

»Liv?«, fragt Tristan und dreht sich nach mir um.

Unfähig, mich zu bewegen, sehe ich ihn bloß mit geweiteten Augen an. Kein Ton verlässt meine Kehle. Unter meinen Füßen scheint etwas zu toben, denn meine Fußsohlen jucken unangenehm. Dort existiert etwas, das die Magie in mir vertreiben will. Doch so schnell dieses Gefühl gekommen ist, so schnell ist es auch wieder verschwunden. Mein Körper gehorcht mir wieder und ich stolpere vorwärts. Vornübergebeugt stütze ich die Hände auf die Knie und atme tief durch.

»Unter uns lauert das Böse«, stoße ich hervor und schüttle mich, als ich an dieses widerwärtige Jucken und meine Vorahnung denke.

»Die Lurrs«, haucht Roanin, der zu uns stößt und auf die dunkle Erde hinabsieht. »Noch spüre ich die Aura dieser Biester nicht, aber Liv ist empfänglicher für solche Dinge.«

»Denkst du, sie schlafen noch?«, fragt Amphir und starrt nachdenklich auf den Boden.

»Davon können wir ausgehen. Wir müssen es wohl wagen, Gorlochs Reich zu betreten. Wenn wir möglichst leise sind, kommen wir hoffentlich unbeschadet bis zu unserem Nachtlager und können uns dort verschanzen. Wir müssen

nur bis zum Morgengrauen Erschütterungen des Erdreichs vermeiden«, rät uns der Magier und der Anführer der Rebellen nickt langsam.

»Es gilt keine Zeit zu verlieren«, stimmt er zu und wir setzen uns wieder in Bewegung.

Die Gespräche verstummen und jeder setzt möglichst bedacht einen Fuß vor den anderen. Selbst die Kinder flitzen nicht mehr herum, sondern gehen brav neben den Erwachsenen und schauen ernst zu Boden.

Prüfend blicke ich zum Himmel und zur untergehenden Sonne. Wir haben vielleicht noch ein bis zwei Stunden Tageslicht, bis Ru'una im Dunkel versinkt und die Lurrs aus ihrem Schlaf erwachen.

Die Dämmerung taucht die Gegend in ihre bedrückenden Farben. Dunkel ragen die Berge in der Ferne empor und jeder Busch und jeder Baum erscheint wie ein Monster, das sich krumm aus dem Boden schraubt. Alles erscheint so unwirklich. Farben sucht man hier vergebens. Jede Pflanze besitzt einen grauen Schleier, als hätten sie die Farben der Magie verlassen. Seit einer Weile durchqueren wir dieses öde Land, aus dem man so schnell wie möglich fliehen möchte. Es wirkt nicht, als könne hier Leben existieren und doch wimmelt es unter der Erde von Lebewesen, die sich an diesem Ort scheinbar wohl fühlen.

Um mich herum sehe ich nur in erschöpfte Gesichter. Roanin scheint auf Tarans Rücken immer wieder einzunicken. Regelmäßig kippt sein Kopf auf seine Brust und sein Körper zuckt, bevor er sich ruckartig aufrichtet und den Kopf schüttelt. Auch Tristan schleppt sich kraftlos voran. Er bemerkt meinen Blick und lächelt mir zaghaft zu. Ich erwidere das Lächeln und greife nach seiner Hand. Seine Finger schließen sich um meine und sanft streicht er mit dem Daumen über meinen Handrücken.

»Wir werden wieder Wachen aufstellen, die sich abwechseln, damit wir beruhigt schlafen können«, sagt er.

»Lass mich meinen Teil dazu beitragen und ebenfalls Wache schieben. Zum Glück habe ich auf Aniwas Rücken geschlafen, und wenn ich das richtig sehe, bin ich noch die Munterste von allen.«

»Wenn du das möchtest. Wir können jede Wache brauchen. Die Lurrs sind lautlose Jäger, da schaden mehr Augen nichts.«

An einer Baumgruppe hebt Amphir den Arm und lässt die Rebellen anhalten. Er deutet auf den Bereich, in dem sich mehrere Laubbäume verteilen, und sofort machen sich die Menschen daran, möglichst leise ein Lager zu errichten. Decken werden unter den Bäumen ausgebreitet und mithilfe von Seilen und einigen Ästen ein provisorisches, kleines Paddock für die Pegasa errichtet, damit die Tiere nicht herumlaufen und Krach verursachen können. Rasch werden sie mit Heu gefüttert, bevor das letzte Licht schwindet.

Vorsichtig betten sich die Menschen auf ihre Decken und Kinder kuscheln sich an ihre Eltern oder Verwandten.

Die Nacht bricht über uns herein und ich kann nur noch dunkle Schemen ausmachen. Stille legt sich über das Lager. Mit leisen Schritten gehe ich zu den Wachen, die sich etwas außerhalb positioniert haben und in die Dunkelheit starren. Sie halten sich krampfhaft an ihren Schwertern und Messern fest, als würden sie jeden Moment einen Angriff erwarten. Tristan steht neben ihnen und behält die Umgebung im Auge.

»Lass mich die erste Schicht übernehmen und leg dich schlafen«, flüstere ich ihm zu.

»Nein, ich übernehme mit dir die erste Schicht und dann gehen wir gemeinsam schlafen«, macht er einen Gegenvorschlag und streicht mir die Haare aus der Stirn. Anschließend schickt er die Männer zu Bett und setzt sich im Schneidersitz auf den lehmigen Boden.

Noch immer weht mir ein dezenter Verwesungsgeruch um die Nase, doch mittlerweile habe ich mich daran gewöhnt. Ich lasse mich zu Tristan hinabsinken und lehne den Kopf an seine Schulter. Stumm starren wir in die Dunkelheit. Die Büsche in der Ferne ragen wie bedrohliche Monster auf und ich muss mich zusammenreißen, damit mir meine Augen keinen üblen Scherz spielen. Es ist annähernd windstill, als hätte sich der Wind ebenfalls schlafen gelegt. Oder als wolle er den Duft der Menschen nicht in die Tunnelgebilde der Lurrs wehen.

Ein leichtes Jucken an meinen Fußsohlen erinnert mich an die Präsenz der Wesen, die ihr Reich im Verborgenen besitzen.

Sekunden vergehen, werden zu Minuten und diese zu Stunden. Es fühlt sich an, als würden wir schon eine Ewigkeit stumm hier sitzen und in die Dunkelheit starren, als uns endlich drei Männer ablösen. Tristan führt mich zu einer freien Decke am Rande des provisorischen Lagers und wir lassen uns geräuschlos auf unser Nachtlager sinken. Um uns herum schlummern die Rebellen, und als würde sich jeder Einzelne zusammenreißen, herrscht Stille. Niemand schnarcht. Niemand träumt laut oder wimmert. Die Angst davor, von den Lurrs entdeckt zu werden, scheint tief bei den Bewohnern Ru'unas verankert zu sein. Mein Blick schweift zu den Männern, die sich auf dem Boden niedergelassen haben und mit ihren Schwertern in der Hand die Umgebung betrachten. Dann kuschle ich mich an Tristans warmen Körper. Er legt einen Arm um mich und nach wenigen Sekunden verrät mir sein regelmäßiger Atem, dass er eingeschlafen ist. Mit dem leichten Zwicken an meinen Fußsohlen gleite auch ich rasch ins Land der Träume.

21. KAPITEL

Nur langsam tauche ich aus meinem Schlaf auf und vernehme Tristans leisen Atem. Es ist noch dunkel und so schmiege ich mich an seine Brust und versuche wieder einzuschlafen, doch etwas stört mich. Meine Fußsohlen spannen extrem. Es wächst zu einem Prickeln heran, das meine Beine hinaufkriecht. Die Nacht hat Ru'una fest im Griff und die Rebellen schlafen. Mein Blick fällt auf die drei Wachen, die an derselben Stelle sitzen wie zuvor. Sie haben mir den Rücken zugekehrt und ihre Köpfe nach vorne geneigt.

Ob sie eingeschlafen sind?

Schnell rutsche ich von Tristan weg und stehe leise auf. Vorsichtig einen Fuß vor den anderen setzend, um keinen Lärm mit meinen schweren Stiefeln zu machen, nähere ich mich den Wachen. Plötzlich erfasst mich dasselbe Gefühl wie

kurz vor der Grenze. Ein Stromschlag fährt durch meinen Körper und lässt mich kurzzeitig erstarren. Meine Finger krampfen und ich will schreien, doch kein Laut entweicht mir. Da sehe ich sie. Als dunkle Schatten huschen sie von den Wachen fort und verschwinden zwischen den schlafenden Menschen. Eines der Wesen wird für einen flüchtigen Moment vom Flammenplaneten Vashnerin angestrahlt und ich halte angeekelt die Luft an. Die Biester wirken wie übergroße, nackte Ratten. Ihre Arme scheinen dabei überdimensional lang zu sein und selbst bei diesem Licht kann ich die riesigen, scharfen Krallen erkennen. Große Ohren sitzen an den hässlichen, langgezogenen Köpfen mit der spitzen Schnauze. Die Lurrs sind schmal, beinahe dürr. Man könnte jede einzelne Rippe zählen. In der Dunkelheit wirkt ihre Haut fast schwarz. Aus diesem Grund werden die Biester von der Nacht verschluckt, als sie aus dem Schein des Flammenplanets entschwinden.

Endlich kann ich mich wieder bewegen und stolpere zu Tristan zurück, falle auf die Knie und rüttle an seinem Körper. Verschlafen regt er sich und will mich wegscheuchen.

»Tristan, die Lurrs«, flüstere ich. Noch immer dringt kein Laut aus dem Lager.

»Hm?«, fragt Tristan und blinzelt mich verwirrt an.

»Die Lurrs sind im Lager«, sage ich eindringlicher und rüttle an seiner Schulter, bis er die Augen aufreißt und aufspringt.

Wild sieht er sich um, bis sein Blick auf die Wachen fällt.

Mit schnellen Schritten ist er bei den Männern, während ich ihm hinterhereile.

Er will dem rechts sitzenden Mann auf die Schulter klopfen, als dieser bei der leichtesten Berührung auch schon nach hinten kippt. Erschrocken schlage ich mir die Hand vor den Mund, als ich in die weit aufgerissenen Augen des Rebellen sehe. Sein Gesicht ist kreidebleich, der Oberkörper vom Hals abwärts aufgeschlitzt. Kein Tropfen Blut quillt aus der Wunde, obwohl man die Organe aufblitzen sieht.

Tristan tritt vor die Wachen und schüttelt fassungslos den Kopf, während ich zurückstolpere. Alle drei Männer sind tot. Aufgeschlitzt von lautlosen Mördern, die nun zwischen den Rebellen herumschleichen.

»Was sollen wir machen? Wenn wir die Menschen aufwecken, verbreiten wir Panik«, richte ich mich an Tristan, der neben mich getreten ist und angestrengt auf das Lager starrt.

»Es können nicht viele Lurrs sein. Vielleicht sind es die Späher, die aus den Tunneln gekrochen sind und sich nur umsehen wollen. Wenn wir jetzt Panik auslösen, folgen ihnen die restlichen Lurrs womöglich und unsere Chancen verringern sich rapide«, überlegt er und rauft sich die Haare.

»Also befinden sich fast alle Biester noch in ihren Tunneln«, wiederhole ich, während ich den Erdboden mit den Augen absuche. Wir brauchen einen Plan.

»Wir müssen die Eingänge zu ihren Tunneln suchen«,

sagt Tristan nach Minuten der Stille, in denen wir beide nachgedacht haben.

»Was hast du vor?«

»Wir müssen die Eingänge verschließen. Dann können wir die Menschen aufwecken und gemeinsam die Lurrs im Lager töten«, erklärt er mir seinen Plan.

»Vielleicht könnte ich die Tunnel fluten, wenn ich dem Regen befehle, exakt über den Eingängen zu wüten«, überlege ich laut. Der Wind findet womöglich alle Zugänge, wenn wir Glück haben.

»Dann wären die Biester in ihren Gängen eingeschlossen«, folgert Tristan und nickt mir zu. »Kümmer du dich um die Tunnel, während ich nach den Lurrs suche, bevor sie noch weitere Leute umbringen.«

Zur Bestätigung drücke ich seine Hand, woraufhin sich Tristan mit gezogenem Schwert an die Schlafenden heranpirscht.

In dem Versuch, die toten Wachen nicht zu betrachten, schleiche ich vom Lager weg. Zwei der Männer sitzen noch immer, als hätten sie die Gegend im Auge. Eine Gänsehaut bildet sich auf meinen Armen, als ich die Toten passiere. Hoffentlich warten in der Dunkelheit keine weiteren Lurrs. Einige Schritte entfernt bleibe ich stehen, umfasse den Kristallsplitter und sehe in den Nachthimmel hinauf, an dem die rötlichen Sterne funkeln.

In Gedanken rufe ich den Wind herbei, der sich als silberne Fäden erhebt, die in der Finsternis schimmern, als

wären sie Diamanten.«»Wehe über die Ebene und suche nach den Eingängen zum Reich der Lurrs«, befehle ich flüsternd. Die Fäden schwärmen aus und sausen über den Erdboden. Überall schimmert es silbern, als würden abertausende Insekten auf der Erde herumschwirren. Es dauert nicht lange und der Wind kehrt zurück, um an meinem Ohr in fremden Stimmen zu flüstern. Alle Eingänge in unserer Nähe sind gefunden, also kann ich zu Phase zwei unseres Plans übergehen. Es wird Zeit für den Regen.

Am sternenklaren Himmel materialisieren sich die ersten Wolken. Sie vermehren sich rasant und verdecken bald den Blick auf die Himmelskörper. »Lasst es über den Eingängen zum Reich der Lurrs regnen. Überschüttet sie mit Wassermassen, denen diese Monster nicht entkommen können!«, flüstere ich bestimmt und konzentriere meine Wut über den Tod der Wachen auf Lurrs, die unter der Erde lauern.

Die Wolken ziehen über den Himmel, als wären sie vom Sturm gepeitscht und angetrieben. Als würde der Schäfer seine Schafe vorantreiben. Sofort höre ich es in meiner Nähe plätschern, als die Wolken ihre Last über den Tunneleingängen verlieren. Vielzählige Regenschauer gehen wie eine Sturmflut auf das Erdreich nieder. So viele Eingänge ...

Unter meinen Füßen erzittert der Boden. Meine Fußsohlen beginnen intensiv zu jucken und ich spüre die Bewegung und die Panik, die unter mir ausbricht. Es rauscht, als zöge ein Gebirgsfluss an mir vorbei. Schnell sehe ich zum

Lager, in dem sich bereits die Ersten regen. Tristan kann ich nicht entdecken.

Insgeheim bete ich, dass die Lurrs in ihren Tunneln wirklich von den Wassermassen eingesperrt werden oder womöglich ertrinken. Um mich zu vergewissern, folge ich den silbernen Fäden des Windes bis hin zu einem der Regenschauer. Die Wassermassen verschwinden in einem unscheinbaren Loch, das mich an den Eingang zu einem Kaninchenbau erinnert. Ein Gurgeln dringt daraus hervor und ich beuge mich ein Stück hinunter, um mehr zu erkennen. Es ist zu dunkel und so gehe ich in die Knie und halte den Splitter, der zu leuchten beginnt, näher an die Öffnung.

Plötzlich schießt etwas aus dem Loch in die Höhe. Das Wesen stößt gegen mich und schreiend verliere ich das Gleichgewicht, sodass ich nach hinten kippe und rückwärts von der Öffnung wegkrieche. Ein Lurr kauert neben dem Eingang zu den Tunneln und schüttelt sich. Das Wesen ringt japsend nach Luft und blickt sich um, bis es mich entdeckt und bedrohlich knurrt. Dann huschen zwei weitere Lurrs aus dem Loch. Auf allen vieren nähern sie sich mir. Sie beugen ihre Rücken dabei nach oben und die Haut wirft hässliche Falten. Einer der Lurrs bleckt die scharfen Zähne und ich robbe weiter zurück, bis ich gegen etwas stoße.

Erschrocken wirble ich herum und sehe mich den toten Wachen gegenüber, die mit leeren Augen in die Dunkelheit starren. Keuchend drehe ich mich auf die Knie und will aufstehen, da zerrt es an meinem Schuh. Wild strample ich mit dem Bein und versuche gleichzeitig mich aufzurappeln. Mit einem kräftigen Ruck bringt mich einer der Lurrs wieder zu Fall, während die anderen beiden im Lager verschwinden. Ich schaffe es, mich auf den Rücken zu drehen und dem Wesen entgegenzublicken, das sich in die Sohle meines Lederstiefels verbissen hat.

»Lass los!«, schreie ich das Biest an und schlage den Fuß mehrmals auf den Boden, sodass der Lurr auf und ab fliegt. Endlich lässt er los, nur um gleich auf meine Stiefelspitze zu springen und mich anzufauchen. Dann prescht er auf mich zu und ich kann gerade noch abwehrend die Hand ausstrecken und den Wind herbeirufen. Ein Sturm erfasst den Lurr und schleudert ihn von mir. Er landet mit einem harten Aufschlag etwas entfernt und bleibt regungslos liegen.

Den Körper beobachtend, der sich als Schatten in der Nacht abzeichnet, rapple ich mich schwer atmend auf. Das ist eindeutig zu viel Aufregung für eine Nacht.

»Liv, was ist geschehen?«, ertönt eine Stimme und dann reißt Phalea mich am Arm herum.

»Lurrs«, bringe ich hervor und zeige auf das Lager, in dem bereits etliche Menschen aufgestanden sind. »Tristan sucht nach ihnen. Mindestens fünf von ihnen treiben sich zwischen den Rebellen rum. Keine Ahnung, wie viele noch aus den überfluteten Tunneln entkommen werden.«

»Die Lurrs können nicht schwimmen, aber wir sollten vorbereitet sein. Wir müssen alle wecken, um die Umgebung im Auge zu behalten«, sagt Phalea und rennt los.

Rasch folge ich ihr und höre bereits, wie sie in die Menge ruft, dass sich Lurrs unter uns befinden. Die Rebellen schrecken auf und schnappen sich ihre Waffen. Schreie werden laut und wir rennen zum Ursprung des Tumults.

Eine Frau rüttelt verzweifelt an einem Mann, der auf dem Bauch liegt. Phalea scheucht die weinende Frau weg und dreht den Mann auf den Rücken. Die Umstehenden weichen zurück, als sie den aufgeschlitzten Oberkörper sehen. Doch schon wieder tränkt kein Tropfen Blut die Erde.

»Diese Biester trinken das Blut, um sich zu stärken«, erklärt Phalea und breitet eine Decke über der Leiche aus.

Überall im Lager erklingen Schreie und Wehklagen. Dann taucht endlich Tristan auf. In der Hand hält er zwei tote Lurrs.

»Es sind lautlose Jäger. Nur diese beiden konnte ich erwischen«, sagt er und sieht sich um. »Es gibt bereits mehrere Opfer. Diese Biester machen noch nicht einmal vor Kindern halt.« Sein Gesicht verzerrt sich vor Wut und er rammt das Schwert mit der Klinge voraus in den Erdboden. Die toten Lurrs schmettert er daneben, sodass ich die Knochen knacken hören kann.

»Schnappt euch alle eine Waffe und durchforstet das Lager!«, wendet er sich an die Umstehenden.

Die Rebellen schwärmen aus und suchen nach den Eindringlingen, während ich mir Phalea schnappe und mit ihr zu einem der Eingänge des Tunnelsystems eile.

»Wir sollten an jedem Loch Wachen positionieren, falls

weitere Wesen aus den Fluten entkommen können«, schlage ich vor und sehe den Regentropfen nach, die unaufhörlich in dem Tunnel verschwinden. Das Reich der Lurrs muss riesig sein, wenn noch immer kein Wasser aus den Eingängen sprudelt.

Phalea stimmt mir zu und eilt davon, um Wachen zu verteilen. Durch die Regenschauer können wir nun alle Zugänge in unserer Nähe finden. Zwei Männer lösen mich ab und ich mache mich auf den Weg zurück. Doch ich komme nicht weit. Ein Lurr rast aus der Menge auf mich zu. Er springt vom Boden ab und prallt gegen meine Brust. Durch die Wucht des Aufschlages werde ich nach hinten geschleudert und schlage hart auf dem Boden auf. Ein stechender Schmerz schießt mir in den Kopf und ich taste stöhnend an meinen Hinterkopf, der auf etwas Hartem liegt. Meine Finger fassen in etwas Warmes und Klebriges und ich ziehe irritiert meine Hand vor, um sie zu mustern. Dunkel schimmert Blut daran. Fluchend will ich mich aufrichten, doch sofort beginnt sich die Welt um mich herum zu drehen und ich sehe alles nur noch verschwommen, so sehr ich mich auch konzentriere. Mit einem Mal zerrt etwas an meinen Haaren und ich werde über den Boden geschleift. Wild schlage und trete ich um mich und versuche mich gleichzeitig irgendwo festzuhalten. Ich finde keinen Halt und grabe die Fingernägel in den lehmigen Untergrund, während ich um Hilfe rufe. Menschen rennen auf mich zu und ich strecke eine Hand nach ihnen aus. Sie sind noch so weit entfernt. Mir ist übel und ich schaffe es nicht, mich auf etwas zu fokussieren. Verzweifelt merke ich, dass ich einer Ohnmacht nahe bin. Mit letzter Kraft versuche ich mich umzudrehen und zu sehen, was mich von den Leuten wegzieht. Die Bewegung löst jedoch heftigen Schwindel aus und ich muss würgen. Plötzlich greife ich mit den Händen in etwas Nasses. Weiterhin werde ich an den Haaren gezogen. Meine Kopfhaut brennt und ich fühle mich so müde, obwohl ich aufspringen und mich wehren möchte.

Meine Augen wollen mir zufallen, da wird mein Kopf unter Wasser getaucht. Panik befällt mich, als ich einatmen will und keine Luft meine Lungen füllt, sondern eiskaltes Wasser. Etwas zieht mich tiefer, doch meine Schulter schlägt irgendwo dagegen und ich scheine festzustecken. Meine Arme sind zwischen mir und einem Hindernis eingeklemmt und ich scharre wild mit den Füßen, um mich zu befreien.

Ich will schreien und atme nur noch mehr Wasser ein. Immer wieder zerrt etwas an meinen Haaren. Meine Lungen brennen und ich sehne mich nach Luft, während die Angst zu ertrinken übermächtig wird. Mein Kopf pocht so sehr, dass ich befürchte, er könne explodieren.

Da durchfährt mich ein Ruck und gnädige Schwärze hüllt mich ein.

22. KAPITEL

Es rauscht in meinen Ohren. Stimmen murmeln leise. Unter mir spüre ich den harten Boden. Mein Kopf schmerzt so sehr, dass ich mich kaum traue die Augen zu öffnen. Meine Hand hebt sich wie von allein an meinen Hinterkopf, hinauf zu der Stelle, die pulsiert und brennt. Meine Haare sind verklebt und bei der Berührung der Haut zucke ich zusammen.

»Liv«, höre ich Tristans Stimme dumpf und schlage blinzelnd die Augen auf. Er beugt sich über mich und streicht mir sanft über die Wange. Hinter ihm erkenne ich den Himmel, der bereits heller wird.

Ruckartig richte ich mich auf und fasse mir an den Kopf, als ich im Sitzen schwanke und mir schwindelig wird. Gequält stöhne ich und atme durch, um die aufkommende Übelkeit zu unterdrücken. Meine Haare sind klatschnass.

»Was ist passiert?«, bringe ich nuschelnd heraus.

»Ein Lurr wollte dich in die Tunnel zerren. Wir konnten dich gerade noch rechtzeitig hinausziehen. Du warst ohnmächtig und dein Kopf hat stark geblutet. Du musst auf einen Stein gefallen sein«, erklärt Tristan und ich betaste erneut die Wunde.

Zischend ziehe ich die Luft ein, als die Berührung schmerzt.

Da lässt sich Pamin neben mir nieder und legt ihre Hand auf meine, die noch immer über der Wunde schwebt.

»Nutze die Magie und heile dich selbst«, flüstert sie mir zu und sieht mir tief in die Augen. Als würde sie etwas in mir auslösen, beginnt etwas in meinem Inneren zu arbeiten und durch meinen Körper zu fließen. Die Wunde beginnt zu prickeln und plötzlich schweben leuchtende Farben zwischen mir und der Heilerin umher. Der Schmerz lässt nach und endlich verschwinden auch die Übelkeit und der Schwindel.

»Du hast die beste Medizin in ganz Ru'una zur Verfügung, also wende sie auch an«, rät mir Pamin mit einem Zwinkern und erhebt sich.

Staunend sehe ich ihr nach, als sie wortlos in der Menge untertaucht. Niemand außer uns scheint die Farben bemerkt zu haben. Nur Roanin sieht der jungen Heilerin nachdenklich hinterher. Bei ihrer Berührung habe ich Magie in ihr gespürt. Ist sie wie auch Roanin und Gorloch eine Magierin?

»Geht es dir besser?«, fragt Tristan, aber ich ignoriere ihn und will Pamin nacheilen. Er drückt mich wieder sanft zu Boden und sieht mich eindringlich an.

»Ja, die Magie hat mich geheilt. Was ist mit den Lurrs?«, frage ich, als ich mich auf die letzten Ereignisse besinne.

»Wir konnten alle töten und seit einer Weile kommen keine weiteren aus den Tunneln. Roanin spürt die Aura der Wesen nicht länger und mit den ersten Sonnenstrahlen werden sie sich nicht mehr an die Oberfläche wagen.«

»Gab es viele Verluste?«

»Leider ja«, antwortet er und lässt den Kopf hängen, um auf den Splitter vor meiner Brust zu starren. »Davon dürfen wir uns jedoch nicht abhalten lassen«, sagt er bestimmt und strafft die Schultern. »Kannst du bereits aufstehen?«

Zaghaft nicke ich und Tristan hilft mir auf. Mein Hinterkopf pocht nicht mehr und ich fühle mich kräftig genug, um weiterzuziehen.

Es dauert nicht lange und wir marschieren in Richtung der Berge davon. Am Rande der Baumgruppe ragen mehrere frisch aufgeschüttete Hügel in die Höhe. Ein Junge kniet vor einem davon, bis ihn eine Frau mit sich ziehen will. Der Kleine wehrt sich und schlägt nach ihr. Sein Schluchzen erfüllt mich mit tiefer Trauer und Schmerz. Die Frau spricht auf ihn ein und endlich scheint sie zu ihm vorzudringen. Der Junge ergreift ihre Hand und gemeinsam folgen sie der Gruppe, nicht ohne dem Grab einen letzten und langen Blick zuzuwerfen.

»Es wird Zeit, dass wir unser Bestes geben, um zu verhindern, dass noch weitere Kinder ihre Eltern verlieren müssen«, ertönt Pamins Stimme, als sie neben uns tritt.

Ihr zustimmend sehe ich zum wolkenverhangenen Himmel, der Ru'una in trübes Licht taucht. Die Sonne und auch der Flammenplanet sind nicht zu sehen. Es ist windig und die Blätter der Bäume und Büsche rascheln. Über uns kreisen wieder die drei Dra'ogas, die zu uns aufgeholt haben.

»Bist du eine Magierin?«, frage ich nach einer Weile und nachdem ich mich versichert habe, dass uns niemand belauschen kann. Pamin lacht und betrachtet den Kristallsplitter, der vor meiner Brust baumelt. »Heilerin und Magierin. Wobei ich Letzteres immer zu verbergen suche, seitdem Gorloch die Macht an sich gerissen hat. Er hat bis auf Roanin alle Magier Ru'unas töten lassen. Und bis auf mich. Seitdem bin ich von Dorf zu Dorf gezogen und nie lange an einem Ort geblieben. Bis mich in Kinperun die Dra'ogas überrascht haben.«

»Deshalb hat Tristan noch nie etwas von dir gehört«, entgegne ich und denke an seine Bedenken, nachdem wir von den Hulas überfallen wurden.

»Gorloch hat seine Augen überall. Da ist es normal, dass Rebellen misstrauisch sind.«

»Denkst du, er weiß, dass wir kommen?«

Pamin sieht mich mit einem schiefen Grinsen an. »Natürlich. Er sieht auch durch die Lurrs.«

»Weshalb lässt er uns nicht von seinen Dra'ogas angreifen?«

»Warum sollte er sie losschicken, wenn wir ihm in die Arme laufen? Wenn wir schnurstracks in sein Reich und somit auf das Nest der Dra'ogas zurennen?«

Stumm starre ich sie an und denke über ihre Worte nach.

»Wir bringen ihm den Kristallsplitter. Weshalb sollte er sich dann die Mühe machen und seine Festung verlassen? Er rechnet fest damit zu siegen. Er ist in seinem Machtrausch so verblendet, dass er keinen einzigen Gedanken daran verschwendet, dass er dir unterliegen könnte«, setzt sie fort.

»Woher weißt du so genau, wie er denkt?«

»Weil ich seine Nichte bin«, antwortet Pamin und ich starre sie geschockt an. »Kein Grund zur Beunruhigung, ich hasse ihn«, beeilt sie sich hinzuzufügen. »Er hat meine Eltern getötet – seine eigene Schwester. Ihm ist das Band, das eine Familie zusammenhält, fremd. Er kennt weder Gefühle noch Mitleid.«

»Das tut mir leid. Es muss furchtbar für dich gewesen sein«, sage ich leise und verstehe nun, warum mir ihre Gesichtszüge so bekannt vorkamen.

»Indem ich dir helfe, kann ich ihm mein Leid zurückzahlen.« Sie sieht mich mit ihren dunklen Augen intensiv an und ein zartes Lächeln umspielt ihre Lippen.

Für ihre Stärke und ihren Mut, sich gegen ihren Onkel zu stellen, kann ich sie nur bewundern.

Schweigsam setzen wir unseren Weg fort. Jeder scheint

in seine Gedanken vertieft zu sein. Die Wolken am Himmel lassen kaum Sonnenstrahlen hindurch und so wirkt die Atmosphäre beinahe gespenstisch. Nebel wabert hier und da über den Boden.

In der Ferne tauchen mit einem Mal Menschen auf. Es müssen annähernd so viele sein, wie in unserer Truppe mitziehen. Sie nähern sich schnell und Amphir eilt erfreut auf die Neuankömmlinge zu.

»Das sind die Rebellen, die zu uns stoßen sollten«, erklärt mir Tristan.

Amphir begrüßt einen großen, grauhaarigen Mann mit Handschlag und weist auf uns. Zufrieden nickt der Fremde und sogleich mischen sich die neuen Rebellen unter uns. Tristans Vater begibt sich wieder an die Spitze und führt uns kommentarlos tiefer in Gorlochs Reich.

Zu unseren Seiten erheben sich bald Felsen und in der Ferne ragen die Berge in die Höhe. Dort befindet sich die Festung. Immer häufiger schweifen die Blicke der Rebellen zu den Felsen und in den Himmel, wo die drei Dra'ogas sich im Wind gleiten lassen. Nervosität macht sich breit, je mehr wir uns dem Gebirge nähern.

Eisige Stille legt sich über die Truppe. Auch in mir macht sich ein unangenehmes Kribbeln breit. Meine Hände sind feucht und in regelmäßigen Abständen kriechen mir Schauer über den Rücken.

»Wir werden beobachtet«, spreche ich mein ungutes Gefühl aus.

Amphir wendet sich dem Magier zu. »Roanin, halte deine Farben bereit.«

Der Magier greift langsam in seine Holztruhe, die er vor sich trägt. Ein kleines Gefäß mit einer roten Flüssigkeit kommt zum Vorschein.

»Wir sollten sie einem der Dra'ogas ins Maul schütten, damit er die Farbe großflächig verteilen kann«, schlägt Amphir vor.

Roanin reicht mir das Fläschchen und schon erfasst mich der Wind und trägt mich hinfort. Als Wirbelsturm saust er mit mir auf die Dra'ogas zu, die mich entdecken und uns entgegenfliegen. Doch bevor wir aufeinandertreffen, stockt mir der Atem. Meine Finger krampfen sich um das Gefäß, als ich nach vorne auf das Gebirge starre. In den Felsen ist eine Burg eingeschlagen, die ich sogar aus dieser Entfernung erkennen kann. Zahlreiche runde Türme in der Farbe des Gesteins erheben sich und verbinden die Mauern, in denen Fenster eingelassen sind. Ein Pfad führt vom Fuße des Berges hinauf, doch viel imposanter sind die Dra'ogas, die Statuen gleich auf den flachen Dächern der Türme hocken.

»Die Festung«, hauche ich und halte mich an Aniwas Hörnern fest, als ich sie erreiche.

Puru und Tarakona gleiten neben uns und grummeln zustimmend.

»Es sind unsichtbare Dra'ogas in der Nähe. Spürt ihr sie auch?«, frage ich.

»Sie beobachten uns. Noch haben sie nicht den Befehl anzugreifen«, bestätigt Aniwa meine Vermutungen. »Wir spüren ihre Nähe ebenfalls, aber sehen sie auch nicht.«

»Noch nicht. Denn da kommt ihr ins Spiel«, entgegne ich und präsentiere Aniwa das Gefäß mit der roten Flüssigkeit. »Nimm den Trank auf, ohne ihn hinunterzuschlucken. Kannst du ihn in der Luft verteilen, indem du ihn ausspuckst?«

Aniwa brummt bestätigend und öffnet ihr Maul, damit ich die Flüssigkeit hineinkippen kann. Dann weiche ich zurück und sie geht zum Sinkflug über. Sie saust auf den Boden zu und erhebt sich kurz vor der Spitze der Rebellentruppe wieder in die Lüfte.

Die Felsen führen wie eine Gasse bis zu einer Ebene vor der Festung hin. Dort ist man eingekesselt von den Bergen und ich befürchte, dass Gorloch mit seinen Anhängern dort wartet.

Aniwa fliegt ein gutes Stück voran, bis sie innehält und sich in der Luft aufrichtet. Ihr Hals bläht sich auf und dann spuckt sie die Flüssigkeit aus. Dabei dreht sie sich, sodass sich die rote Farbe wie Sprühregen verteilt und auf die Erde niedergeht.

Mit großen Augen verfolge ich, wie sich am Rande der Gasse auf einem Felsen die Umrisse eines Dra'ogas abzeichnen. Er schlägt wild mit den Flügeln, als seine gewaltige Statur sichtbar wird, und erhebt sich kreischend in die Höhe. Die Rebellen halten inne und manche weichen be-

reits aufschreiend zurück. Doch das Wesen greift nicht an, sondern zieht sich zurück und landet auf einer der Mauern, um einen schrillen Schrei auszustoßen.

Der Sturm bringt mich wieder zum Boden und setzt mich neben Tristan ab.

»Wir müssen so schnell wie möglich zur Festung und die Farben versprühen, bevor Gorloch etwas dagegen unternehmen kann«, sagt Amphir und weist mit dem Kinn auf Roanin. »Liv, bring die Tränke zu den Dra'ogas! Sie sollen sie über der Ebene und der Festung verteilen.« Dann wendet er seinen Pegasum und richtet sich an die Rebellen. »Unsere Zeit ist gekommen, meine Freunde. Erhebt eure Waffen! Das Sturmmädchen muss in die Festung gelangen, um den Kristall zu erreichen. Möge das Glück euch hold sein und mögen wir uns am Ende des Tages wiedersehen – in einem friedlichen Ru'una.«

Die Rebellen stimmen ihm lautstark zu und erheben ihre Waffen. Eine Gänsehaut zieht sich über meinen Körper und ich spüre ihren Willen, der über mich schwappt wie eine Welle. Der Kampfgeist ist überwältigend und ich fühle denselben Mut, den die Menschen um mich herum aufbringen.

»Lassen wir Gorloch und seine Anhänger für ihre Taten büßen«, schreit nun auch Phalea und erhebt ihr Schwert.

Die Rebellen antworten ihr mit einem Schrei und schon setzt sich die Menge in Bewegung. Selbst die Kinder stimmen in das Gebrüll ein und lassen ihre Fäuste kreisen.

Tristan zieht mich zu sich heran und für einen flüch-

tigen Augenblick berühren seine Lippen meine. »Ich bleibe immer an deiner Seite, Liv. Du musst den Kristall an dich nehmen, komme, was wolle. Auch wenn wir anderen unser Leben geben müssen. Entreiße Gorloch den Kristall und führe Ru'una in den Frieden!« Eindringlich sieht er mich mit seinen grünen Augen an.

»Du darfst nicht sterben«, wende ich zornig ein und lehne meine Stirn an seine. »Ru'una braucht dich noch.«

Er lacht und lässt seine Finger durch meine Haare gleiten. »Oder brauchst du mich?«

»Wir brauchen dich beide. Pass auf dich auf! Wir sehen uns auf der Ebene vor der Festung.«

Er küsst mich noch einmal zum Abschied und ich nehme die Truhe von Roanin entgegen. Während mich der Wind bereits in die Lüfte trägt, lasse ich meinen Blick über die Rebellen schweifen, die in schnellem Tempo auf die Ebene zulaufen. Mittendrin läuft Burmin, der blonde Junge, der tapfer sein Schwert in die Höhe hält. Phalea marschiert neben ihrem Vater und ihr Gesichtsausdruck zeigt mir, wie entschlossen sie ist, dem Hexer entgegenzutreten. Roanin und Pamin brüllen ihre Wut hinaus. Amphir reitet an der Spitze und scheint bereit, sein Leben für die Rebellion zu geben. Dann fällt mein Blick auf Tristan, der zu mir hinaufsieht und mich mit einem Schmerz betrachtet, als stünde bereits fest, dass einer von uns den Tag nicht überlebt. Werden wir alle diesen Angriff unbeschadet überstehen? Haben wir denn überhaupt eine Chance zu siegen?

Wehmütig sehe ich zur Festung hinüber und stelle mir vor, dass Maora hinter diesen Mauern sehnlichst auf ihre Rettung wartet. Vor wenigen Tagen noch war ich mit meinen Eltern auf dem Weg in unser Ferienhaus. Mitten im Nirgendwo. Nun steht mir ein Kampf bevor, der meine Vorstellungskraft übersteigt. Ein Kampf, der mich das Leben kosten könnte.

Die drei Dra'ogas gleiten neben mich und ich verteile die Tränke bis auf den letzten Tropfen in ihren Mäulern.

»Macht die Dra'ogas sichtbar, damit sie uns nicht überraschen können«, bitte ich.

»Sobald die Aufgabe erfüllt ist, werde ich dich zum Eingang der Festung bringen«, sagt Aniwa, als ich meine Hand auf ihren Kopf lege.

Dann sausen die drei los und ich gleite auf den Boden zurück. Mein Blick fällt dabei auf die Burg und ich meine, eine schwarz gekleidete Person auf einer der Mauern zu sehen. Schwarzer Nebel schmiegt sich an die Türme und ich spüre ein Ziehen im Magen.

»Gorloch«, hauche ich und ein Blitz schießt über den Himmel, während Donner grollt und das Gebirge erfüllt. Der Kristallsplitter beginnt zu leuchten und ich schließe meine Finger darum. »Ich komme und hole mir den magischen Kristall«, sage ich entschlossen und entsende den Wind, der meine Worte davonträgt. Ein scheußliches Lachen hallt über die Ebene, die wir in diesem Moment erreichen.

Dann bricht Chaos aus.

23. KAPITEL

Das Brüllen der Rebellen heißt mich willkommen, als der Wind mich auf dem Erdboden absetzt. Die Dra'ogas, die zuvor noch von den Türmen der Festung aus die Ebene überblickten, haben sich in die Lüfte erhoben und sausen auf uns zu. Über unseren Köpfen verteilen Aniwa, Puru und Tarakona die Farben. Bunte Tropfen fallen wie Regen herab und zeichnen auf die Felsen um uns herum die Umrisse zahlreicher Dra'ogas. Sie breiten ihre Flügel aus und kreischen ohrenbetäubend, als sie bemerken, dass sie nicht mehr unsichtbar sind. Sie stoßen sich vom Gestein ab und fliegen empor, um über uns hinwegzufegen. Gerade noch kann ich mich ducken, während mich Klauen nur um Haaresbreite verfehlen. Sofort ist Tristan an meiner Seite, packt mich am Arm und zieht mich weiter. Männer in groben Lederrüstungen stürmen den Pfad zur Festung hinab und nähern sich uns mit lautem Gebrüll und erhobenen Schwertern. Es müssen dutzende Soldaten sein, die allesamt massig gebaut sind. Ich sehe mich um und betrachte die dürren Rebellen, die mutig ihre Waffen schwingen und sich nicht einschüchtern lassen.

Schreie hallen über die Ebene, als die ersten Menschen den scharfen Klauen und Zähnen der feindlichen Dra'ogas zum Opfer fallen. Jeder Schrei lässt mich zusammenzucken und bereitet mir Schmerzen. Als Sturmmädchen kann ich nicht einfach zulassen, dass um mich herum Menschen sterben!

»Warte, ich muss ihnen helfen«, rufe ich und stemme meine Füße in den Boden, um Tristan zum Anhalten zu bewegen.

»Du musst in die Festung gelangen«, antwortet er und zieht mich unerbittlich weiter.

Die Spitze der Rebellen trifft in diesem Moment auf die Wachen Gorlochs. Metall klirrt und ich entdecke Amphir, der dem Feind auf seinem Pegasum entgegentritt. Er bohrt einem Soldat seine Klinge in den Körper, der daraufhin aufschreiend zusammensackt. Er brüllt seinen Mitstreitern Anweisungen zu und stürzt sich auf den nächsten Gegner.

»Wir können nicht zulassen, dass ein Mensch nach dem anderen von den Dra'ogas getötet wird«, rufe ich Tristan über den Lärm zu und versuche mich aus seinem Griff zu befreien.

Er hält inne, packt mich an den Schultern und sieht mir eindringlich in die Augen. »Liv, du wusstest, dass es Priorität hat, dich in die Festung zu schmuggeln, während die Wachen und Dra'ogas abgelenkt sind. Es ist nicht deine Aufgabe, jeden Einzelnen auf diesem Feld zu retten.«

»Aber es ist meine Aufgabe, die Dra'ogas zu schwächen, damit die Rebellen eine Chance gegen sie haben. Wir können sie nicht sterben lassen«, entgegne ich mit festem Blick und straffe die Schultern. »Ich bin das Sturmmädchen und hier, um die Bewohner Ru'unas zu schützen!«

Er ringt mit sich und schreit verzweifelt auf, während er sich die Haare rauft. »Du hast wenige Augenblicke, doch dann schleife ich dich – wenn nötig auch bewusstlos – zur Festung! Wir können nicht jeden in dieser Schlacht retten, das musst du dir eingestehen.«

Dankbar drücke ich ihm einen Kuss auf die Wange und versuche die Ebene zu überblicken. Es geschieht so viel auf einmal, dass mir schnell der Kopf schwirrt. Immer wieder stürzen sich Dra'ogas auf die Rebellen und heben sie in die Höhe, um sie hinabstürzen zu lassen. Eines der Wesen speit sein Feuer auf die Menge, die versucht, sich vor den tödlichen Flammen zu ducken oder wegzurennen. Aniwa, Puru und Tarakona attackieren ihre Artgenossen aus der Luft. Puru krallt sich gerade in einen anderen Dra'oga und bemüht sich ihn niederzuringen. Die beiden stürzen gemeinsam auf das Feld und schlagen dort mit einem Poltern ein. Die Fingernägel in die Handfläche gedrückt, bange ich, wer

als Sieger aus diesem Zweikampf hervorgeht. Sie verkeilen sich und plötzlich hüllt eine gewaltige Flamme die beiden ein. Bange Sekunden später erhebt sich Puru aus dem Rauch und stürzt sich auf den nächsten Feind.

Zuerst muss ich den Rebellen helfen und die Dra'ogas schwächen. Also sehe ich zum Himmel hinauf und überlege, welche Möglichkeiten ich habe. Lasse ich es regnen, wird die Farbe abgewaschen und die Drachen werden wieder unsichtbar. Bleiben Wind und Gewitter. Den Blick auf einen Dra'oga gerichtet, der in meiner Nähe mehrere Rebellen angreift, hebe ich die Arme in die Luft und spüre den Wind auffrischen. Silberne Fäden wirbeln um mich herum und vermischen sich mit den Farben der Magie. Mit der Hand weise ich auf den Drachen und der Sturm saust los. Er treibt das Wesen von seinen Opfern fort und schmettert es gegen die Felsen, wo es leblos hinabsinkt. Dankbar sehen die Rebellen zu mir und eilen zu ihren Verbündeten, um ihnen gegen den nächsten Dra'oga beizustehen.

Ich will keine Dra'ogas töten. Es schmerzt, sie sterben zu sehen. Es sind bloß Spielfiguren in Gorlochs Plan.

Über unseren Köpfen türmen sich die dunkelgrauen Wolken immer mehr auf und schlucken das Sonnenlicht. Die Wesen, welche nur durch die Farbtropfen sichtbar über den Rebellen schweben oder zwischen den Menschen Unheil anrichten, müssen für eine Weile kampfunfähig werden. Daher hebe ich die Arme und spüre die Elektrizität, die in der Luft liegt. Wie kleine Stromschläge blitzen Farben vor meinen Augen auf und schwirren über die Ebene. Leise rollt der Donner heran und lässt die Dra'ogas aufhorchen. Ein Blitz zuckt am Himmel und erhellt die finstere Szenerie. Die Rebellen sehen auf und eines der Wesen blickt mich knurrend an. Es hockt nicht weit entfernt auf dem Boden und schleudert gerade einen zappelnden Mann von sich. Der Dra'oga reißt sein Maul auf und stößt einen Schrei aus, der mich zusammenzucken lässt. Er schießt auf mich zu und schleudert dabei jeden, der ihm im Weg steht, beiseite.

»Liv«, mahnt mich Tristan.

»Warte«, antworte ich und konzentriere mich auf den Blitz, der darauf wartet, auf den Dra'oga hinabzusausen.

Doch so weit kommt es nicht. Tarakona stürzt sich auf den Angreifer, bevor er in meiner Reichweite ist, und die beiden verbeißen sich ineinander.

»Nein, so kann ich keinen Blitz einschlagen lassen«, rufe ich und will auf die Dra'ogas zurennen. »Tarakona, flieg weg!«

Tristan hält mich fest und tatenlos muss ich mitansehen, wie der größere Dra'oga Tarakona niederringt. Er schlägt seine Reißzähne in den Hals des kleineren Wesens und reißt daran. Mit geballten Fäusten versuche ich ein Ziel auszumachen, doch wenn der Blitz in ihn einschlägt, so erwischt es auch Tarakona. Am Himmel stößt Aniwa einen Schrei aus und setzt zum Sturzflug an. Sie kommt zu spät.

Der feindliche Dra'oga beißt kräftig zu und bricht Tarakona das Genick, dessen Körper erschlafft.

Ich schreie auf, als etwas in mir zerbricht. Fassungslos sinke ich auf die Knie, während Trauer und Wut mich übermannen. Tarakona hat für mich gekämpft. Er wollte mich beschützen und musste dafür mit seinem Leben bezahlen. Tränen sammeln sich in meinen Augen. Ein Sturm tobt in mir und ich lasse ihm freien Lauf. Blitze bevölkern den Himmel und einer davon rast auf die Erde zu und schlägt in den feindlichen Dra'oga ein, der sich aufbäumt. Der Gestank nach verbranntem Fleisch weht über die Ebene und dann sackt das Wesen zuckend zusammen.

Fassungslos eile ich zu Tarakona und lege meine Hand auf dessen Kopf. »Tarakona?«, wispere ich, doch nichts als Stille antwortet mir. »Nein«, wimmere ich und schluchze, als sich sein Körper in bunte Funken auflöst, die wie kleine Glühwürmchen zu den Wolken emporschweben.

»Das ist Gorlochs Schuld«, würge ich hervor und spüre, wie sich mein Schmerz in puren Hass wandelt. »Donna, Kantra, Tarakona und all die anderen Rebellen, die ihr Leben wegen diesem Monster lassen mussten«, schreie ich und sehe mich auf der Ebene um, die bereits von unzähligen Leichen bedeckt wird. In mir rumort es, die Trauer will mich übermannen. Am liebsten würde ich mich hinkauern und die Toten beweinen, mich dem Schmerz darüber hingeben, dass ich so viele Leben nicht retten konnte – so viele unnötige Tode nicht verhindern konnte. Doch dann würde ich aufgeben. All diese Menschen und auch Tarakona wären umsonst gestorben. Meine Muskeln spannen sich an und ich beginne zu zittern. In meinem Kopf brummt es und ich presse die Hände auf meine Ohren. Jemand rüttelt an mir, aber ich ignoriere es. Silberne Fäden ziehen sich durch mein Sichtfeld und ich denke an den Tag, an dem mich der Strudel hierher gebracht hat. Der Tag, an dem sich alles verändert hat. Die Wut in mir brodelt, nährt die Magie, die dieses Leid ebenfalls beenden will, und macht mich stärker als je zuvor.

»Wirbelstürme fegt über die Ebene und tragt die Dra'ogas so weit weg wie nur möglich. Blitze geht auf die Erde nieder und macht die Soldaten Gorlochs kampfunfähig«, murmle ich gleich einer Beschwörung und lasse die Arme sinken.

Wirbelstürme schießen überall aus dem Boden, als würden sie sich direkt aus dem Erdreich schrauben. Silbern schimmern die Fäden zwischen den Farben der Magie. Meine Finger schließen sich um den Kristallsplitter, der eine extreme Wärme ausstrahlt und dessen Leuchten mich erfüllt. Die bunten Wirbel auf meinem Kleid beginnen zu glühen. Die Rebellen um mich herum starren mich an und auch ihre Gesichter fangen an zu strahlen. Die Magie schenkt ihnen neuen Mut. Sie erheben ihre Waffen und schreien Kampfansagen in das Getöse der Stürme, die Gorlochs Reich überrollen. Der Wind verschluckt die Dra'ogas und trägt sie fort. Die Wesen versuchen zu fliehen und speien ihr Feuer wahllos auf die körperlosen Feinde, doch sie haben keine Chance gegen die Naturgewalten. Regen fällt vom Himmel und löscht die Flammen, die auf der Ebene toben. Blitze zucken aus den Wolken und schlagen in Gorlochs Anhänger ein.

Aniwa landet neben mir und ich greife nach Tristans Hand.

»Bereit, auf einem Dra'oga zu reiten?«, frage ich, als sich der Wind um unsere Körper schmiegt.

Er lacht unsicher und schon werden wir auf Aniwas Rücken getragen. Tristan schlingt hinter mir seine Arme um meine Mitte und der Drache erhebt sich in die Lüfte.

Mein Blick fällt auf die Mauer der Festung, auf der noch immer die in Schwarz gekleidete Person steht. Gorloch muss vor Wut brodeln. Schwarzer Nebel kriecht die Mauern hinab und wabert auf die Ebene zu. Er erfasst die Wirbelstürme, welche die Dra'ogas gefangen setzen, und mischt sich unter die Farben, bis die Winde schwarz erscheinen und den Blick auf die Wesen verwehren.

»Was hat er vor?«, rufe ich und Aniwa verlangsamt ihr Tempo.

Die Rebellen halten in ihrem Tun inne und starren zu den schwarzen Stürmen hin, die mit einem Mal verpuffen und Wesen offenbaren, die wie ein wahrgewordener Albtraum wirken. Sie sind nicht länger unsichtbar und die farbigen Tropfen abgewaschen. Die Schuppen schimmern wie die Nacht selbst und die Augen sind so dunkel wie Obsidiane. Die Wesen drehen sich zu uns um, stellen sich dabei auf ihre Hinterbeine und breiten die ledrigen Flügel aus.

»Nicht doch«, hauche ich, als ich an den riesigen, geraden Hörnern sehe, dass es sich ausschließlich um Alphas handelt. Ich werde sie nicht retten können, wenn ich nicht

den magischen Kristall an mich nehme und Gorlochs Macht breche.

Die Dra'ogas stoßen ohrenbetäubende Schreie aus und Flammen lecken an den scharfen Reißzähnen. Unter uns weichen manche Rebellen bereits zurück, während die Anführer nach vorne drängen und mit ernsten Gesichtern ihre Schwerter umklammern.

Erneut sende ich Stürme aus, um die Alphas zu stoppen, doch schwarzer Nebel schmiegt sich um die riesigen Körper und löst den silbernen Wind auf.

Schnell sehe ich zu Gorloch, der etwas Dunkles vor seiner Brust hält. Es ist der magische Kristall.

»Wir müssen darauf vertrauen, dass sich die Rebellen lange genug gegen die Alphas wehren können, Liv. Wir müssen endlich in die Festung und Gorloch den Kristall entreißen«, wirkt Tristan auf mich ein und legt seine Hand auf meine Schulter. »Die vergiftete Magie wird deine Stürme immer wieder zerstören und irgendwann bist du zu müde oder zu schwach. Das ist Gorlochs Plan. Er will dich nur ablenken und von der Festung fernhalten.«

Über seine Worte nachdenkend kaue ich auf meiner Unterlippe herum und beobachte dabei die Alphas, die nun auf alle viere sinken und den Erdboden erbeben lassen. Sie fletschen die Zähne und gluckern unheimlich, langsam kriechen sie auf die Rebellen zu. Einige sehen immer wieder zu uns herauf. Rauch quillt aus ihren Mäulern und die Hälse erzittern, während die Flammen darin lodern.

Tristan hat recht. Die Magie zehrt an meinen Kräften. Gehe ich auf Gorlochs Spiel ein, werde ich irgendwann zu schwach sein, um ihm entgegenzutreten. Und doch fällt es mir schwer, die Rebellen ihrem Schicksal zu überlassen. Wir müssen schnellstmöglich an den Kristall gelangen, um das hier zu beenden. Es gibt keinen anderen Weg.

Gorloch hebt den Kristall in die Höhe und im Licht eines Blitzes, der in der Nähe hinabschießt, sehe ich den schwarzen Nebel, der das Schmuckstück ausfüllt.

Die Alphas greifen an. Manche strecken ihren Kopf zum Boden und speien ihr Feuer wie Flammenwerfer auf die Rebellen, die ihnen entgegentreten. Viel Schaden können die Flammen allerdings nicht anrichten, weil ich Regen aussende, der prasselnd auf die Ebene niedergeht. Das hindert die Wesen jedoch nicht daran, weiterhin hartnäckig ihr Feuer zu entsenden.

Am Boden entdecke ich Burmin, der gerade einer Flamme ausweicht. Pamin und Roanin ziehen den Jungen zu sich und flüchten in den Schutz eines Felsens, als ein weiterer Feuerschwall auf sie niedergeht. Ein Dra'oga kommt den Dreien gefährlich nahe. Gerade will ich ihnen helfen, da stürzen sich mehrere Rebellen auf das Wesen und greifen es mit ihren Waffen an. Der Dra'oga stößt einen schmerzerfüllten Laut aus und zieht sich schleppend zurück. Burmin, Pamin und Roanin rennen aus ihrer Deckung hervor und schieben sich an den Felsen in Richtung der Festung voran. Hoffentlich schaffen sie es unbemerkt.

»Los, Aniwa! Wir müssen zur Festung!«, brüllt Tristan und die Dra'oga schlägt kräftig mit den Flügeln.

Sie saust los und steuert auf die Alphas zu. Einer davon erhebt sich in die Lüfte und will uns den Weg versperren. Wirbelstürme schrauben sich nach oben und erfassen die Flügel des Wesens, das sich schüttelt und mehr auf den Wind achtet als auf uns. Bevor ich hoffen kann, dass wir an ihm vorbeikommen, steigt ein weiterer Alpha in die Luft und steuert auf uns zu.

»Festhalten«, ruft Aniwa und ich lege Tristans Arme fest um meinen Bauch, während ich inständig hoffe, dass uns der Wind auf ihrem Rücken hält. Die Dra'oga spannt den Körper an und streckt den Schwanz aus, bevor sie wie ein Pfeil losschießt und sich schräg in den Wind legt. Ein Sturm windet sich um ihren Körper und beschleunigt unseren Flug. Tristan drückt sich näher an mich und wir beugen uns vor, um dem Gegenwind keinen Widerstand zu liefern. Tränen schießen mir bei diesem Tempo in die Augen. Aniwas Körper zittert, als sie ihr Feuer sammelt und es in Richtung des Dra'ogas speit, der auf uns zufliegt. Der Alpha bäumt sich auf und versucht den Flammen auszuweichen. Gleichzeitig kann sich der andere Angreifer von meinen Stürmen befreien und nach uns schnappen. Aniwa fliegt einen Looping und entkommt den scharfen Zähnen nur knapp.

Meine Welt steht plötzlich auf dem Kopf und ich verliere die Orientierung. Tristan klammert sich an mich und ich spüre seine angespannten Muskeln. Dann saust Aniwa im Sturzflug auf die Erde zu. Die beiden Alphas sind dicht hinter uns. Gehetzt rufe ich zwei Blitze herbei. Einen Wimpernschlag später schlägt der erste bereits in einen unserer Verfolger ein, dessen Körper erstarrt und unbeweglich zu Boden fällt. Der zweite Alpha hingegen weicht dem Blitz in letzter Sekunde aus und Gorloch lässt seine Augen schwarz aufleuchten.

»Daneben, Sturmmädchen«, ertönt die metallische Stimme und ein höhnisches Lachen folgt, das mir Übelkeit bereitet. Mein Hass auf diesen Hexer ist derart intensiv, dass ich meine, ich müsse explodieren.

Kurz vor dem Boden zieht Aniwa ihren Kopf hoch und biegt sich, bis sie wieder in Richtung der Wolken fliegt.

»Du kannst mir nicht entkommen!«, ruft er hinter uns.

»Das will ich gar nicht«, murmle ich und entsende Stürme, die den Alpha stoppen sollen. Doch schwarzer Nebel umgibt den Dra'oga wie ein Schutzschild und lässt den Wind abprallen.

»Vergiss es, Liv! Gorloch und der Kristall sind so nah, dass der Alpha zu mächtig ist«, ruft mir Tristan zu und ich knirsche zornig mit den Zähnen.

Aniwa ändert immer wieder die Richtung und wendet ruckartig, doch der Alpha bleibt uns auf den Fersen. Blitze und Regenschauer gehen auf meinen Befehl auf das Wesen nieder, lenken es jedoch auch nur kurzzeitig ab.

Zwischendurch erhasche ich einen Blick aufs Schlachtfeld. Die Rebellen wehren sich standhaft, dennoch bedecken

immer mehr leblose Körper das Erdreich. Uns läuft die Zeit davon und je länger wir brauchen, um in die Festung zu gelangen, desto mehr Menschen sterben. Wir müssen handeln! Jetzt!

Auch Aniwas Kräfte schwinden. Ihre Flügelschläge sind nicht mehr so kraftvoll wie zu Beginn. Als ich mich zu dem Alpha umdrehe, meine ich bereits den Triumph in dessen Augen aufblitzen zu sehen.

»Braucht ihr Hilfe?«, ertönt Phaleas Stimme. Die Kriegerin nickt uns zu, als sie auf Taran neben uns fliegt. Sie hält ihr blutverschmiertes Schwert in der Hand und sieht erst Tristan und dann mich intensiv an. Bevor wir etwas erwidern können, dreht Taran ab und steuert auf den Alpha zu.

»Nein, Phalea!«, schreie ich ihr hinterher und sehe ihr nach. Das ist zu gefährlich. Allein hat sie keine Chance gegen einen Alpha, der von Gorloch gesteuert wird und solch eine Macht besitzt. Ihre einzige Waffe ist ein Schwert.

»Lass sie«, raunt Tristan hinter mir. »Phalea würde ihr Leben für die Rebellion geben und schenkt uns damit die Zeit, die wir dringend benötigen.«

Wie kann Tristan seine beste Freundin in ihr Verderben laufen lassen? »Wir müssen ihr helfen. Aniwa, dreh um!«

»Nein!«, sagt Tristan bestimmt und Aniwa behält ihren Kurs bei. »Phalea verschafft uns die Zeit, die wir brauchen. Ihr Opfer soll nicht umsonst sein.«

Machtlos muss ich mitansehen, wie der Alpha in der Luft verharrt und sich aufbäumt, als Phalea mit erhobenem

Schwert und Gebrüll auf ihn zuschießt. Meine Dra'oga sammelt ihre letzten Kräfte und verbündet sich mit dem Wind, um in Richtung der Festung davonzufliegen.

»Bitte, Magie, schütze Phalea«, flüstere ich, als der Alpha und das Mädchen aufeinanderprallen. Flammen hüllen die beiden für einen Wimpernschlag ein, während wir uns immer weiter entfernen. Tristan drückt mich an sich, um mir Halt zu geben. Der Alpha brüllt, weil Phalea ihm ihr Schwert in die Brust gebohrt hat. Sie ist rußgeschwärzt, ihre Kleidung und die langen Haare sind versengt. Dennoch klammert sie sich an den Griff der Waffe, als Taran kraftlos zusammensackt und zu Boden schlingert. Phalea stemmt sich gegen den Körper des Wesens, das sich krümmt und wild mit den Flügeln schlägt. Es dreht sich in der Luft, bis es unkontrolliert auf die Erde stürzt. Phalea zieht ihr Schwert aus ihrem Gegner, um sofort wieder zuzustoßen. Der Alpha kreischt und zappelt. Er erwischt die Rebellin mit einem Bein und schleudert sie von sich. Viel zu schnell rasen beide auf den Erdboden zu.

»Nein!«, brülle ich, während ich mit tränenverschleiertem Blick auf Phalea starre.

Puru saust herbei und fängt ihren Körper in seinem Maul auf. Der Alpha schlägt krachend auf dem Boden ein und bleibt leblos liegen. Dicht neben ihm setzt Puru Phalea ab, die sich nicht bewegt.

»Nein«, hauche ich und sehe noch, wie Pamin und Roanin herbeieilen und sich über Phalea beugen. Dann kann ich nichts mehr erkennen, weil wir zu weit weg sind.

Sie darf nicht tot sein, denke ich immer wieder und spüre, wie erneut etwas in mir zerbricht. Phalea hat sich für die Rebellion geopfert. Es tut weh und doch bin ich stolz auf diese mutige junge Frau.

Tristan schweigt, während mir die Tränen die Wangen hinabrinnen. Vor uns liegt die Festung, deren Mauern verlassen sind. Gorloch muss sich zurückgezogen haben.

Meine Wut und mein Hass strömen ungebremst durch meine Adern. Sie beginnen, mein Denken zu beherrschen, und ich überlege bereits, was ich mit dem Hexer am liebsten anstellen würde. Hitze erfüllt mich und ich spüre, wie die Natur auf mich reagiert. In regelmäßigen Abständen donnert es und der Wind peitscht über die Ebene. Regen prasselt vom Himmel hinab und vermischt sich mit meinen Tränen.

Erschrocken über meinen unkontrollierten Hass atme ich tief durch. Mein Wille, Gorloch niederzuringen, macht mich stark, doch ich darf nicht zulassen, dass mich mein Hass beherrscht und mich kopflos agieren lässt. Das würde Gorloch entgegenkommen und ich wäre leichte Beute für ihn.

Ohne aufgehalten zu werden, fliegt Aniwa zur Festung und so nah wie möglich über eine der Mauern, die von einem Turm zum nächsten führt. Tristan ergreift meine Hand und gemeinsam springen wir vom Rücken des Drachen. Wir landen unsanft auf den Steinen und ich schwanke kurz, als ich mich erhebe. Meine Hände zittern, aber ich verstecke sie schnell hinter dem Rücken. Vor Tristan will ich keine Schwäche zeigen.

Aniwa landet auf einem der Türme und ich lasse mich von dem Wind zu ihr tragen. Sanft berühre ich sie am Kopf und lehne meine Stirn gegen ihre.

»Finde Gorloch und den Kristall! Reinige ihn von seinem Hass, Sturmmädchen! Jeder Feind, der in die Festung eindringen will, muss zuerst an mir vorbei«, verspricht sie.

Ihre Schuppen leuchten in allen Farben auf, als ich darüber streiche. »Pass auf dich auf!« Dann sinke ich zu Tristan zurück, der mit gezogenem Schwert bereits nach einem Eingang sucht.

»Hier entlang«, ruft er und zieht mich mit sich.

Ich versuche, meinen Schmerz über die Toten auszublenden und mich auf unser Ziel zu konzentrieren, doch unaufhörlich tauchen die leblosen Körper vor meinen Augen auf. Tarakonas letzter Kampf und Phaleas Opfer rühren mich erneut zu Tränen.

Dankbar nehme ich die Wärme und Kraft des Splitters in Empfang. Sie schenken mir die Stärke, die ich für den anstehenden Kampf brauche. Die Magie lässt außerdem die quälenden Gedanken und Erinnerungen verstummen. Jedenfalls für den Moment.

Wir stürmen durch eine Öffnung im nächstgelegenen Turm und sehen uns einer steinernen Wendeltreppe gegenüber, die in die Tiefe führt. Fackeln an den Wänden beleuchten unseren Weg und vorsichtig steigen wir die Stufen

hinab. Dicht hinter Tristan gehend meine ich fast zu hören, wie das Pochen unserer Herzen von den Wänden widerhallt.

Die Treppe endet in einem breiten Gang, der tiefer in die Festung hineinführt. Alles erinnert mich an eine mittelalterliche Burg. Gemälde an den Wänden zeigen frühere Könige mit dem magischen Kristall in den Händen. Rein und strahlend lenkt er jedes Mal von den Männern ab, die ihre Krone mit Stolz zu tragen scheinen. Der Splitter beginnt zu leuchten und ich stopfe ihn schnell unter mein Kleid, damit uns das Licht nicht verrät. Die Wärme an meiner Brust wird intensiver und ich zucke zusammen, als die Farben der Magie durch den Stoff dringen und wie Glühwürmchen den Gang entlang schweben.

»Tristan«, flüstere ich und sehe den Farben hinterher, die in einen weiteren Gang abbiegen.

»Pscht«, antwortet er bloß und behält die Umgebung im Auge, während wir voranschleichen.

»Der Splitter will uns zum Kristall führen«, fahre ich unbeirrt fort. Ich zeige in Richtung des Ganges, in dem die Farben verschwunden sind. »Vertrau mir.«

Er atmet tief durch und nickt mir langsam zu, bevor wir weitergehen und in den Gang abbiegen. Auch hier erleuchten Fackeln die Dunkelheit, die in diesem Gemäuer herrscht. Es gibt keine Fenster und somit kann kein Tageslicht in die Gänge dringen. Alles wirkt bedrückend und ich fühle mich gefangen. Die schweren, erdfarbenen Teppiche an den Wänden und auf dem Boden verstärken den Ein-

druck. Auch gibt es keine Türen, die in andere Räume führen. Es erinnert mich immer mehr an eine Höhle mit einem Tunnelsystem. Ob wir uns gerade mitten im Berg befinden?

Plötzlich höre ich Schritte, die sich uns rasch nähern. Wir bleiben stehen und Tristan zieht mich nah zu sich. Drei Männer biegen um eine Ecke und stürmen auf uns zu. Sie tragen schwarze Lederrüstungen und starren uns grimmig entgegen. Noch im Lauf ziehen sie ihre Schwerter und Tristan stellt sich breitbeinig vor mich, um mich zu schützen. Regen und Blitz bringen mir hier tief im Berg nichts. Nur den Wind kann ich herbeirufen, der sich durch alle Öffnungen bis tief ins Innere vorarbeiten kann.

Wieso habe ich mir nicht Pfeil und Bogen mitgenommen? Während ich nachdenke, wie ich Tristan helfen kann, betrachte ich den Boden und den langen Teppich, dessen Anfang und Ende nicht in Sicht sind. Das ist es! Der Wind folgt meinem stillen Ruf und dringt pfeifend durch die Ritze, um unter den Läufer zu sausen. Der schwere Webstoff wird schwungvoll in die Höhe gehoben. Die drei Angreifer können nicht schnell genug reagieren, stolpern und stürzen. Der Erste fällt so unglücklich, dass er sich selbst mit seinem Schwert aufspießt. Ein anderer verliert seine Waffe, die über den Boden auf uns zuschlingert. Sofort ist Tristan bei ihm und bohrt sein Schwert in den Körper des Mannes. Nach einem Aufschrei sackt dieser zusammen und ich ergreife sein Schwert, um es weit von uns zu schleudern. Der Dritte rappelt sich bereits wieder auf und stürmt erneut

auf Tristan zu. Tatenlos muss ich mitansehen, wie die beiden miteinander ringen. Stahl trifft klirrend aufeinander, doch Tristan ist wendiger und kann dem Mann seine Klinge in den Hals bohren. Röchelnd bricht der Feind zusammen. Tristan winkt mich zu sich und ich steige über die leblosen Körper.

Wir eilen weiter und endlich entdecke ich die Farben wieder, die am Ende des Ganges schweben. Rechts und links zweigen weitere Gänge ab und ich spähe in jeden hinein.

»In welche Richtung müssen wir, Liv?«, fragt Tristan und sieht sich um.

»Keine Ahnung, die Farben schweben einfach in der Luft«, antworte ich und verstehe nicht, weshalb die Magie uns nicht mehr weiterführt. Meine Fußsohlen beginnen zu jucken und ich sehe erstaunt auf den Boden. »Das Böse lauert unter uns«, wispere ich und gehe den Bereich ab, über dem die Farben verharren. Hier endet der Läufer. »Schlag den Teppich zurück«, bitte ich Tristan, der meiner Aufforderung zögerlich folgt.

»Ein Geheimgang«, stößt er aus, als eine eiserne Luke unter dem schweren Stoff zum Vorschein kommt.

Die Farben schwirren aufgeregt in der Luft, bevor sie durch den Stahl hindurchdringen, als wären sie Geister. Es ist kein Griff zu sehen, daher steckt Tristan die Spitze seiner Klinge in eine der Ritzen und stemmt die Luke hoch, die sich mit einem Ächzen öffnet.

Eine hölzerne Leiter führt in einen Schacht, der in der

Dunkelheit verschwindet. Tief unten kann ich die leuchtenden Farbpunkte erkennen, die auf uns warten.

»Lass mich zuerst gehen«, sage ich bestimmt und wehre Tristans Einwände vehement ab, bevor ich mich an den Abstieg mache.

24. KAPITEL

Es ist still. Zu still für meinen Geschmack. Einzig das unregelmäßige Knacken der Holzsprossen hallt in dem Schacht wider. Je näher wir dem Ende der Leiter kommen, desto intensiver spüre ich das Böse, das die Magie in mir vibrieren lässt. Noch immer strahlt der Splitter Wärme aus und pulsiert an meiner Brust. Er muss auf die Nähe zum Kristall reagieren.

Mir wird bewusst, dass ich Gorloch das letzte Puzzlestück bringe, das er benötigt, um den Kristall zu vervollständigen und seine finsteren Pläne zu realisieren. Kurz denke ich darüber nach, die Leiter wieder hochzusteigen und den Splitter so weit weg wie möglich zu schaffen. Aber Gorloch würde niemals aufgeben. Er würde die gesamte Bevölkerung Ru'unas auslöschen und so lange mit seinen

Dra'ogas und Soldaten wüten, bis er den Splitter in seinen Händen hält. Das darf ich nicht zulassen.

Noch immer befindet sich Maora in Gorlochs Gefangenschaft und ich werde die alte Frau nicht im Stich lassen!

Mein Fuß berührt festen Boden und ich löse mich von der Leiter. Der weitläufige Raum wirkt wie ein Kellergeschoss. Hinter mir springt Tristan die letzten Sprossen hinab und landet mit einem dumpfen Aufprall auf dem steinernen Boden. Mein Herz schlägt mir plötzlich bis zum Hals.

Gemeinsam wagen wir uns vor. Fackeln an den Wänden spenden Licht und lassen schaurige Schatten in den Ecken tanzen. Große Truhen stapeln sich an den Wänden und Tische in der Mitte des Raumes beherbergen unzählige Glasgefäße mit den unterschiedlichsten Flüssigkeiten. Manche davon leuchten in dem schummrigen Licht, als wäre der Inhalt hochgiftig. Es erinnert mich an Roanins Höhle und seine Experimente mit den Tränken. Wir befinden uns zweifellos in den Räumen des Hexers.

Jede Faser meines Körpers scheint intensiver unter Spannung zu stehen, je mehr wir uns vorwagen. Die Flammen knistern und unsere vorsichtigen Schritte erscheinen mir unnatürlich laut. Meine Nerven sind zum Zerreißen gespannt.

Wo ist Gorloch?

Er muss sich hier unten befinden. Seine bösartige Aura ist präsent und bringt mich immer wieder zum Schwanken.

Ob er uns aus einem sicheren Versteck beobachtet und bereits überlegt, was er mit uns anstellen will?

Tristan weist mich mit einer Geste an, hinter ihm zu bleiben. Langsam zieht er sein Schwert wieder aus der Lederscheide und lässt seinen Blick umherschweifen.

Weiter hinten knickt der Raum nach rechts ab. Er muss größer sein als vermutet. Während ich zurückbleibe, presst sich Tristan an die Wand und schaut um die Ecke.

»Großmutter«, haucht er und eilt los.

Der Gedanke an Maora lässt mich jegliche Vorsicht vergessen. Schnell renne ich Tristan hinterher und erblicke die alte Frau, die am Ende des Raumes am Boden kauert. Ihre Handgelenke stecken in eisernen Fesseln, deren Ketten in der Steinwand verankert sind. Ihr Anblick lässt meine Wut erneut aufschäumen und auch Tristan entweichen derbe Flüche.

Vor Maora fallen wir auf die Knie und ich taste ihren Körper nach Verletzungen ab. Die Handgelenke sind wund, als hätte sie unentwegt versucht, die Fesseln abzustreifen. Ihr Körper wirkt kraftlos, die Haut ist verdreckt und die langen grauen Haare hängen ihr zerzaust vor den Augen, mit denen sie stumpf zu Boden starrt. Sie scheint uns nicht einmal zu bemerken. Mit beiden Händen umfasse ich ihren Kopf und hebe ihn hoch, bis ich in ihre Augen blicken kann. Sie scheint durch mich hindurchzusehen. Ihr Anblick schmerzt mich und trübt die Freude, sie gefunden zu haben. Wir hätten früher hier sein müssen.

»Großmutter«, flüstert Tristan, während er ihre Hand ergreift und zärtlich drückt. »Wir werden dich von hier fortbringen.«

»Wie?«, krächzt sie und blinzelt mehrmals.

»Wir sind es. Liv und Tristan«, spreche ich langsam und schiebe ihr die zotteligen Haare aus der Stirn.

»Was hat er dir bloß angetan, Großmutter?«, wispert Tristan mit tränenerstickter Stimme und zieht sie an sich.

»Gorloch«, antwortet Maora krächzend an seiner Schulter und sieht mich unverwandt an. Allmählich klärt sich ihr Blick und dann sehe ich so etwas wie Erkennen in ihren Augen. »Ihr müsst euch vor dem Hexer in Acht nehmen, Kinder!« Sie schüttelt sich, als würden sie grausame Erinnerungen heimsuchen und Tristan sieht mich mit verzerrtem Gesicht an. Er kann seine Wut kaum mehr zügeln.

»Alles wird gut, Maora. Wir bringen dich nach Hause«, versuche ich sie zu beruhigen und lege meine Hand auf ihren Arm.

Maora beginnt in Tristans Umarmung unruhig hin und her zu rutschen. Er rückt von ihr ab, um sich die Ketten anzusehen. Hektisch sucht er nach einem Schloss, findet aber nichts dergleichen.

»Die Fesseln lassen sich nur mit Magie öffnen«, durchbricht Gorlochs Stimme die Stille und ich zucke zusammen, als hätte mich jemand geschlagen.

Tristan und ich wenden uns dem Hexer zu, der sich lässig an einen der Tische gelehnt hat und uns beobach-

tet, während sich Maoras Körper verkrampft und sie leise wimmert. Schnell schließe ich meine Hand um ihre, um der alten Frau Halt zu geben.

Gorlochs Mundwinkel ziehen sich amüsiert hoch, als er seinen Blick zwischen uns dreien hin und her schweifen lässt. Sein Anblick löst in mir eine Vielzahl an Gefühlen aus. Hass. Wut. Verachtung. Trauer wegen der vielen Opfer.

Tristan springt auf die Beine und stellt sich schützend vor uns. Gorloch soll nicht denken, ich würde vor ihm knien oder ihm nicht aufrecht entgegentreten können, daher rapple ich mich ebenfalls auf.

»Wie überaus entgegenkommend, dass du mir den Splitter persönlich gebracht hast, Mädchen«, höhnt Gorloch.

Am liebsten würde ich ihm ins Gesicht spucken als Zeichen dafür, was ich von ihm und seinen Worten halte.

»Von wegen, ich werde dir den Splitter nie überlassen. Stattdessen hole ich mir den Kristall«, entgegne ich und halte seinem forschen Blick stand.

»Diese Naivität ist wahrlich erfrischend. Du wirst mir noch große Freude bereiten«, lacht er.

Tristan entweicht ein Grummeln und ich sehe ihm an, dass er am liebsten auf den Hexer losstürmen würde. Die Knöchel seiner Hand, die sich um den Schwertgriff schließt, treten bereits weiß hervor.

»Lass Maora frei! Sie hat dir nichts getan«, fordere ich und blicke zu der alten, gebrochenen Frau hinunter, die sich bis zur Wand zurückgezogen hat und den Hexer ängstlich

anstarrt. Sie umklammert die Ketten, als würde sie sich daran hochziehen wollen, doch ihr fehlt die Kraft.

»Sie bedeutet dir viel, nicht wahr? Genauso wie der junge Rebell hier, der denkt, er könne mich mit einem einfachen Schwert besiegen.« Gorloch reibt sich voller Vorfreude die Hände.

Er will uns nur provozieren, damit wir unvorsichtig handeln. Wo hält der Hexer den Kristall versteckt? Seine mächtige Präsenz schwebt in diesem Raum und ich spüre die Magie darin, die mich ruft und an meinem Inneren zerrt.

»Hier kannst du dich nicht hinter deinen Alphas oder deinen Wachen verstecken, Hexer. Hier und heute wirst du für deine Taten bezahlen«, droht Tristan und wagt sich einen Schritt vor. Mit seiner Schwertklinge zielt er auf Gorloch, der ihn lediglich belächelt.

»Weshalb sollte ich mich hinter irgendjemandem verstecken?«, fragt der Hexer amüsiert und hebt eine Hand zu einer lockenden Geste. »Komm nur, kleiner Rebell!«

Tristan stürmt los. Zu spät reagiere ich und bekomme nur noch den Zipfel seines Hemdes zu fassen, der mir entgleitet, als ich ihn zurückhalten will.

»Nicht!«, rufe ich ihm nach, doch er scheint mich in seinem Wahn nicht zu hören.

Tristan stürzt sich brüllend auf Gorloch, der mit der Hand wedelt und den schwarzen Nebel heraufbeschwört. Er erhebt sich wie ein Ungetüm vom Boden und nimmt die

Form eines Dra'ogas an. Tristan kann nicht mehr anhalten und prallt mit dem Nebelmonster zusammen. Unter Gorlochs Lachen und meinem verzweifelten Aufschrei wird er durch den Raum geschleudert und landet auf einem der Tische, der unter der Wucht des Aufpralls krachend zusammenbricht. Holz splittert und Glas zerschellt klirrend auf dem Steinboden.

»Tristan!«, rufe ich geschockt und will zu ihm eilen, doch Gorloch hebt die Hand und das Nebelmonster wendet sich mir zu. Mein Blick huscht immer wieder zu Tristan, während ich vor dem Nebel zurückstolpere.

Ein Stöhnen ertönt, als der Rebell versucht, sich aus den Trümmern aufzuraffen.

»Und nun zu dir, *Sturmmädchen*.« Langsam nähert sich Gorloch und fixiert mich dabei mit seinen dunklen Augen.

Nach unserer mühsamen Reise ist es so weit. Gorloch und ich stehen uns im Kampf gegenüber und es wird sich zeigen, wessen Magie stärker ist. Hoffentlich habe ich mich und meine Gabe nicht vollkommen überschätzt. Meinen Mut zusammennehmend straffe ich die Schultern und rufe den Wind herbei, dessen silberne Fäden sogleich den Raum erfüllen und sich um meinen Körper schmiegen. Den Splitter umklammere ich wie einen Rettungsanker. Seine Kraft und sein Vertrauen in mich sollen mir helfen, nicht vor dem Hexer einzuknicken.

»Da ist ja das gute Stück«, ruft Gorloch verzückt und lässt das Nebelmonster wachsen, bis es zur Decke reicht.

Schwarzer Dunst steigt aus dem Boden, dringt aus jeder Ritze und wabert um meine Beine. Eine Eiseskälte erfasst mich und sticht auf meiner Haut. Noch nie war ich dem schwarzen Nebel so nah. Den Blick zur Decke gerichtet weiche ich zurück, bis ich gegen Maoras Füße stoße.

»Öffne meine Fesseln«, bittet sie möglichst leise.

»Aber wie?«

»Magie«, haucht sie und ich betrachte meine Hand mit dem Splitter. Zwischen meinen Fingern dringt ein Leuchten hervor, das die Luft in allen existierenden Farben glitzern lässt.

Um die Fesseln zu öffnen, brauche ich Zeit. Auf meinen Befehl hin formt der Wind zwei Wirbelstürme, die sich dem Angreifer entgegenstellen. Schnell bücke ich mich zu Maora hinunter, die im schwarzen Dunst zu versinken droht. Meine Hände mit dem Splitter auf die Fesseln gelegt wispere ich: »Öffnet euch und lasst sie frei!« Die Magie erfüllt mich und fließt ins Eisen, doch nichts tut sich.

»Versuche es weiter«, ermutigt mich Maora.

Kurz nehme ich die Hände von den Fesseln. Vor Nervosität sind sie nass geschwitzt und so wische ich sie mir am Kleid ab. Plötzlich werde ich nach hinten geschleudert und pralle mit dem Rücken gegen eine Wand. Nach Atem ringend sacke ich auf alle viere hinab und schaue mich panisch um. Meine Stürme sind verschwunden, als hätte sie der Nebel absorbiert. Schnell sehe ich zu Maora hinüber und gebe einen erstickten Laut von mir. Das Nebelmonster steht über ihr und beugt sich zu ihr hinab. Die Umrisse des Monsters verschwimmen und der schwarze Nebel schießt auf Maora zu. Er dringt in ihren Mund und die Nasenlöcher und erfüllt den schwachen Körper. Die alte Frau bäumt sich auf und rudert hilflos mit den Armen, die noch immer in Ketten liegen. Ein qualvolles Röcheln und Stöhnen hallt durch den Raum, bis der Nebel wieder aus ihrem Mund quillt und Maora zusammensackt.

»Nein!«, schreie ich und stemme mich auf die Beine. Der Aufprall hat Spuren hinterlassen und so muss ich gegen Schwindel ankämpfen, während ich versuche Maora zu fokussieren.

Mit letzter Kraft hebt sie den Kopf und sieht zu mir. »Das Sturmmädchen wird Ru'una den Frieden bringen«, sagt sie mit dünner Stimme und Tränen in den Augen, bevor diese brechen und das Leben in der alten Frau erlischt.

In mir zerbricht erneut etwas und unerträglicher Schmerz durchflutet mich. Maora ... ich konnte ihr nicht helfen.

Gorlochs gehässiges Lachen erfüllt den Raum, während ich meine Trauer hinausschreie und meine Faust verzweifelt gegen die Wand hinter mir sausen lasse. Den Schmerz bemerke ich kaum, denn Maoras Verlust beherrscht mein Fühlen.

Ein Beben geht durch die Festung, als etwas außen gegen die Mauer prallt. Sand rieselt von den Steinen hinab und kleine Brocken lösen sich aus dem Gestein. Verwundert blicke ich hinter mich und sehe die ersten Risse, die sich durch die Wand ziehen. Deutlich spüre ich Aniwas Präsenz. Sie muss meinen Schmerz gefühlt haben und versucht nun, in die Festung zu gelangen.

Ein Aufschrei lenkt meine Aufmerksamkeit auf den Trümmerhaufen, aus dem sich Tristan erhoben hat und nun entsetzt und mit geweiteten Augen zu seiner Großmutter hinüberstarrt. Der Schock in seinen Augen bricht mir das Herz.

»Das wirst du büßen, du Monster!«, schreit er Gorloch an, der die Reaktion des Rebellen sichtlich zu genießen scheint.

Tristan hebt sein Schwert und rennt mit hassverzerrtem Gesicht auf seinen Feind zu. Gorloch ruft den schwarzen Nebel herbei, der in Form eines Schwertes Tristans Hiebe abwehrt. Der Rebell schlägt immer wieder blind auf den Nebel ein und ich kann zusehen, wie seine Kräfte schwinden. Gorloch spielt nur mit ihm.

Aber ich nutze es, dass der Hexer mich nicht beachtet, und sehe zur Wand, die ein zweites Mal bebt, als sich Aniwa dagegen wirft und von draußen ein gedämpftes Brüllen ertönt. Irgendwie muss ich ihr helfen.

Mit aller Macht rufe ich den Wind herbei, der sich durch jede noch so kleine Ritze zwängt und damit die Steine lockert. Es donnert und ich konzentriere mich auf die Wand, bis es ohrenbetäubend knallt, weil ein Blitz in die Festung eingeschlagen ist.

»Was gedenkst du zu tun?«, kommt es zornig von Gorloch, der sich mir zugewandt hat. Noch immer kämpft

Tristan gegen den Nebel an, der den Hexer scheinbar keine Mühe kostet.

Erneut wirft sich Aniwa gegen die Wand und es knirscht, als größere Brocken herausbrechen und am Boden zerschellen. Ich weiche zurück und sehe Aniwas Augen, die mich durch die Luftlöcher suchen. Als sie mich erblickt, stößt sie einen Schrei aus und tritt gegen die Mauerreste, die sich dem Angriff ergeben und vollends in den Raum bröckeln, um ein großes Loch freizugeben.

»Es reicht mir«, keift Gorloch, wendet sich wieder Tristan zu und hebt die Hand, woraufhin der Nebel auf den Rebellen zuschießt und ihm das Schwert aus der Hand schleudert. Bevor der Hexer ihn jedoch weiter angreifen kann, hat sich Aniwa in das Loch gezwängt und speit ihr Feuer auf ihn. Gorloch scheint nicht damit gerechnet zu haben und wirbelt mit aufgerissenen Augen herum, um die Flammen abzuwehren. Der schwarze Nebel lässt von Tristan ab und bildet vor dem Hexer einen Schutzwall.

»Wind werde zu Sturm, Donner und Blitz erfüllt die Luft!«, befehle ich und rufe damit die Naturgewalten herbei. Das Leuchten des Splitters wird intensiver, während er beginnt vor meiner Brust zu schweben. Er pulsiert und sendet sein Licht in Wellen aus, die den Raum erfüllen und sich mit den Stürmen verbinden, die an Aniwa vorbei in die Festung dringen und auf Gorloch zurasen. Glasgefäße fliegen von den Tischen und zerbersten an den Wänden. Splitter rutschen klirrend über den Steinboden und die Fackeln tanzen in ihren Halterungen im Sturm. Gorlochs Schutzwall wackelt deutlich und ich hoffe, dass er nicht mehr lange gegen meine Naturgewalten und Aniwas Feuer standhalten kann.

Der Hexer geht in die Knie. Tristan hat sich sein Schwert geschnappt und will Gorloch von hinten angreifen, denn dort ist dieser ungeschützt. Doch der Hexer schreit wutentbrannt auf und der schwarze Nebel hüllt ihn wie ein schützender Kokon ein, der unsere Angriffe abwehrt.

Aniwa hält inne, um in ihrem Rachen neue Flammen zu sammeln, als aus dem Nebel ein schwarzer Wirbelwind schießt und die Dra'oga aus der Öffnung schleudert.

»Schluss mit den Spielchen«, hallt Gorlochs Stimme durch den Raum und meine Stürme werden von dem Nebel verschluckt. Gorlochs Umrisse werden wieder sichtbar. Er hat sich aufgerichtet und Tristan zugewandt.

Mein Herz beschleunigt sich, als der Hexer dem Rebellen näher kommt. Ohne Magie hat Tristan keine Chance gegen seinen Feind. Schnell entsende ich weitere Stürme, doch Gorlochs Nebel baut sich wie eine Mauer zwischen uns auf und sperrt mich aus. Ein Schrei ertönt und in mir zieht sich alles zusammen.

»Tristan?«, rufe ich verzweifelt und renne auf die schwarze Mauer zu, die die beiden Männer abschirmt. Ich darf Tristan nicht verlieren! Während ich versuche, meine Panik zurückzudrängen und einen klaren Kopf zu bewahren, schlage ich die Hände über dem Kopf zusammen.

Um Gorloch zu besiegen, brauche ich den Kristall!

Die Hände um den schwebenden Splitter gelegt betrachte ich sein Leuchten, das in jede meiner Fasern dringt. Die Farben der Magie tanzen in dem Schmuckstück, als seien es Schmetterlinge, die in die Freiheit wollen.

»Sucht den Kristall«, wispere ich und schon antwortet mir der Wind flüsternd in unzähligen Stimmen. Die Farben dringen aus dem Kristallsplitter und verschwinden im schwarzen Dunst, der noch immer den Boden bedeckt.

Die Mauer senkt sich und offenbart ein Bild, das mich aufschreien lässt. Gorloch hält einen Arm erhoben, während der Nebel um Tristans Hals geschlungen ist und ihn so in die Höhe hebt. Der Rebellenjunge zappelt und schlägt mit dem Schwert um sich, trifft Gorloch aber nicht.

»Lass ihn los!«, fordere ich mit Tränen in den Augen, als ich Tristans bläulich angelaufenes Gesicht sehe. Er bekommt kaum noch Luft. Meine Hände beginnen zu zittern und ich laufe panisch vor der Mauer auf und ab, während ich überlege, wie ich Tristan helfen kann.

»Gib auf, Mädchen. Dann lasse ich den Rebellen laufen. Weigere dich und er stirbt«, bietet Gorloch an und wirft mir einen abfälligen Blick zu. »Deine lächerlichen Stürme werden meinen Nebel nicht durchbrechen und deine Dra'oga dürfte nun mit meinen Alphas beschäftigt sein.«

Die Fäuste geballt sehe ich zu Tristan, der mir mühsam das Gesicht zuwendet und kaum merklich den Kopf schüttelt. Seine Lippen formen Worte, die ich nicht verstehen kann. Doch ich kann mir denken, dass er es nicht gutheißen

würde, wenn ich wegen ihm aufgäbe. Die Rebellen haben so viel riskiert, um bis hierhin vordringen zu können. Die Rebellion darf nicht scheitern, nur weil ich zu schwach bin oder Tristan zu sehr liebe.

All meinen Mut und Willen aufbringend nicke ich Tristan zu, auch wenn mir die Tränen die Wangen hinablaufen und es mir das Herz bricht. Es wird mich zerstören, wenn Tristan durch meine Entscheidung stirbt und doch habe ich keine andere Wahl.

»So viele Menschen haben ihr Leben gelassen, damit ich zu dir gelange. So viele Opfer wurden gebracht, in der Hoffnung, das Sturmmädchen würde Ru'una den Frieden bringen. Nie werde ich zulassen, dass all diese Tode umsonst waren. Du kannst dir deine Erpressungsversuche also sparen!«, schreie ich die Worte hinaus, die mich all meine Überwindung kosten.

Tristan wendet seinen Blick nicht von mir ab und seine Lippen formen einen Satz, den ich problemlos verstehe: Ich liebe dich!

Schluchzer entweichen mir und ich muss die Fäuste ballen, um standhaft zu bleiben, während Gorloch mich erst verständnislos und dann hasserfüllt ansieht.

»Du hast es nicht anders gewollt«, hallt seine donnernde Stimme durch den Raum.

Der Nebel gerät in Bewegung, als würde er sich zu einer Schlange formen, die sich um Tristans Körper schlingt. Zeitgleich schießt ein Teil auf mich zu und formt sich noch

im Angriff zu einem schwarzen Wirbelsturm. Abwehrend hebe ich die Hände und rufe den Wind herbei, der mich im letzten Moment beiseite trägt, bevor der Wirbelsturm gegen mich krachen kann. Aus dem Augenwinkel sehe ich, wie die Nebelschlange sich in Bewegung setzt und sich rasend schnell mit Tristan in ihren Fängen aus der Wandöffnung stürzt.

»Nein!«, schreie ich und strecke die Hand aus, als könne ich Tristan so retten. Vor Schock taumelnd renne ich auf das Loch zu, doch bevor ich es erreiche, prallt etwas seitlich gegen mich und schleudert mich fort. Mit voller Wucht krache ich mit der Schulter gegen die Wand und schreie schmerzerfüllt auf. Am Boden kauernd wird mein Körper von Schluchzern geschüttelt und meine Tränen färben das Gestein unter mir dunkel.

Gorlochs Lachen dröhnt in meinen Ohren und bereitet mir Qualen. Kurz schießt mir der Gedanke durch den Kopf, dass alles keinen Sinn hat und ich zu schwach bin. Aber dann erinnere ich mich an meine eigenen Worte vor wenigen Sekunden. Erinnere mich an Tristans Vertrauen in mich. An Maoras Glauben an das Sturmmädchen. Neue Kraft durchströmt mich und verbindet sich mit meiner Wut, die unaufhörlich wächst. Sie bringt mein Blut zum Brodeln und sendet Hitzeschübe durch meinen Körper. Mit zusammengebissenen Zähnen und den Schmerz in meiner Schulter ignorierend richte ich mich langsam auf.

»Was haben sich die Rebellen bloß dabei gedacht, ein

kleines Mädchen gegen mich in den Kampf zu schicken?«, höhnt der Hexer und lacht aufgesetzt.

»Nur zu, nähre meine Wut, du Arschloch! Sie macht mich stärker«, sage ich in erstaunlich ruhigem Ton. Die Kraft der Magie pulsiert in meinen Adern und schenkt mir eine Sicherheit, die jegliche Zweifel in mir verstummen lässt. »Ich bin das Sturmmädchen und ich werde dich ins Verderben stürzen«, presse ich hervor und blicke mit einem siegessicheren Lächeln zu Gorloch auf.

Meine Ruhe scheint ihn aus dem Konzept zu bringen. Seine Mundwinkel zucken nervös und es muss ihn Kraft kosten, sein überhebliches Grinsen aufrechtzuerhalten.

Er hebt beide Arme empor und sofort steigt der schwarze Dunst am Boden höher und formt sich mit dem Nebel, der mich zuvor noch angegriffen hat, zu einem Wirbelsturm, in dessen Innerem goldene Blitze zucken. Hitze, die von diesem Gebilde ausgeht, streift meine Wangen.

»Nun erlebst du die wahre Macht der dunklen Magie«, raunt Gorloch.

Ein Blitz schießt aus dem Wirbelsturm und schlägt krachend in den Boden vor meinen Füßen ein. Aus Reflex zucke ich zusammen, aber ich weiche nicht. Nie wieder werde ich mich von Gorloch einschüchtern lassen!

Der Wind nimmt zu, als ich meine Hände um den schwebenden Splitter schließe, und wirbelt um das magische Artefakt. Er wächst zu einem Sturm heran, der sich silbern um meinen Körper schmiegt. Sein Flüstern spornt mich an.

Mein Hass auf Gorloch mischt sich mit der Magie, und als ich die Hand in Richtung des Hexers ausstrecke, schießt der Sturm los.

»Sturm gegen Sturm«, schreit Gorloch über das Getöse hinweg, als unsere Wirbelstürme aufeinanderprallen. Blitze zucken in den Wirbeln und krachen gegeneinander. Trümmerteile und Splitter fliegen durch den Raum und zerschellen an den Wänden.

»Magie gegen Magie«, entgegne ich, so laut ich kann. Der Sog, den die beiden Stürme ausüben, zerrt an mir und ich gerate ins Wanken.

Auch Gorloch schwankt auf der anderen Seite des Kampfes. »Deine Magie ist nicht stark genug, Mädchen. Der Kristall gehorcht mir«, trägt der Wind mir seine Worte zu.

Von Hass erfüllte Magie kann nicht stärker sein als reine, von Liebe erfüllte Magie, denke ich. Von der Liebe der Rebellen zu diesem Land. Von meiner Liebe zu Ru'una und den Menschen hier. Von meiner Liebe zu Tristan.

Die Stürme nähern sich mir Stück für Stück. Gorlochs Macht drängt meine zurück. Bereits siegesgewiss folgt er den Wirbelstürmen und fixiert mich mit seinem Blick.

Ganz gewiss nicht, denke ich wütend und balle die Fäuste, bevor ich meinen Hass und den Schmerz hinausschreie. Mein Sturm wächst in die Höhe und die Blitze schlagen krachend in Tische, Wände und den Boden ein. Dunkle Wolken materialisieren sich an der Decke und Regen peitscht durch das Verlies.

Erschrocken weicht Gorloch zurück, als mein Sturm seinem standhält und ihn zurückdrängt.

Die Magie strömt durch meine Adern und übernimmt die Kontrolle. Mit einem Seufzen lasse ich sie frei, denn sie ist die einzige Macht, die Gorloch besiegen kann.

Die Winde verkeilen sich ineinander, sodass es eine Explosion gibt, deren Wucht mich nach hinten schleudert.

Der Raum ist in gleißendes Licht getaucht, das nur durch die Farben der Magie durchbrochen wird, die wie winzige Insekten durch die Luft sausen. Schwer atmend richte ich mich auf und komme schwankend auf die Beine. Mein Körper schmerzt an jeder erdenklichen Stelle, aber ich spüre bereits, wie die Magie mich heilt.

Von der anderen Seite des Raumes ertönt ein gequältes Stöhnen. Das Licht schwindet und mir offenbart sich ein Bild der Zerstörung. Die gegenüberliegende Wand ist komplett herausgebrochen und ich kann einen Blick auf das Schlachtfeld werfen, auf dem noch immer gekämpft wird. Stürme fegen über die Ebene und ein Gewitter wütet.

Mein Blick schweift zu Gorloch, der sich aufgerappelt hat und mich mit bohrenden Blicken bedenkt. Unsere Stürme haben sich gegenseitig aufgelöst.

»Du wirst mich nie besiegen«, sagt Gorloch abfällig und gleichzeitig außer Atem. »Gib mir den Splitter und ich lasse dich gehen. Dich bindet doch nichts an diese Welt und die Rebellen. Du kannst Ru'una unbeschadet verlassen und nach Hause zurückkehren. Versprochen.«

Fassungslos über dieses dreiste Angebot schüttle ich den Kopf. Gorloch hat nichts verstanden. Er selbst kennt keine Loyalität. Gerade will ich ihm eine Erwiderung an den Kopf werfen, als eine weibliche Stimme ertönt.

»Dein Versprechen ist nichts wert.«

Überrascht sehe ich in die Richtung, aus der Pamin und Roanin auftauchen.

Der alte Magier schreit auf, eilt sofort zu Maora und sinkt zu dem leblosen Körper hinab.

»Pamin«, haucht Gorloch und starrt seine Nichte fassungslos an. »Mit dir hatte ich nicht mehr gerechnet.«

»Natürlich nicht«, entgegnet Pamin mit auf dem Rücken verschränkten Armen. »Du dachtest wohl, einer deiner Dra'ogas hätte mich erwischt.« Sie nimmt ihre Arme nach vorne und mein Herz steht kurz still. In ihren Handflächen ruht der schwarz verfärbte Kristall.

Gorloch verkrampft sich und reißt entsetzt die Augen auf. Pamin muss die Farben der Magie gesehen haben, als sie und Roanin den Raum betreten haben. Mir blieb keine Möglichkeit, den Farben bis zum Kristall zu folgen. Gorloch hat ihn tatsächlich in diesem Raum versteckt.

Mit dem Kristall können wir Gorloch endgültig besiegen. Aber noch befindet er sich nicht in meinen Händen. Pamin ist ebenfalls Magierin. Bitte lass sie standhaft bleiben, damit sie nicht von der dunklen Magie verführt wird!

»Sei ein braves Mädchen und gib mir den Kristall«, säuselt Gorloch, der sich seiner Nichte mit ausgestreckten

Armen nähert. »Tief in dir schlummert dieselbe Sehnsucht nach Macht wie in mir. Sie existiert in jedem Menschen.«

Pamin wirft mir einen Blick zu und ich schüttle mit flehendem Blick den Kopf.

»Was bekomme ich dafür?«, richtet sich Pamin an Gorloch, dessen Mundwinkel nervös zucken.

»Pamin«, hauche ich und starre die junge Frau an, die ihrem Onkel entschlossen entgegenblickt.

»Wenn wir den Kristall und den Splitter besitzen, werden dir alle Planeten und deren Bevölkerungen zu Füßen liegen. Du selbst kannst die Magie leiten, meine Liebe. Dir wohnt eine Begabung inne, das wusste ich schon immer«, schleimt sich Gorloch bei seiner Nichte ein.

Der dunkle Dunst wabert über den Boden und kriecht an Pamins Beinen hinauf. Die vergiftete Magie bohrt sich in ihre Brust und ihre Augen färben sich schwarz.

»Pamin, du darfst ihm nicht vertrauen! Er hält seine Versprechen nicht. Denk an deine Familie«, flehe ich sie eindringlich an und sie mustert mich mit schiefgelegtem Kopf.

»Höre nicht auf sie! Sie will unseren Untergang und den Kristall nur für sich«, redet Gorloch weiter auf sie ein.

»Nicht, Pamin!«, ruft nun auch Roanin und Gorloch entsendet den Nebel, um Roanin einzuhüllen und zum Schweigen zu bringen.

Der Magier ist bloß noch wenige Schritte von ihr entfernt. Steif steht Pamin da und hält den Kristall in ihren Händen.

»Gib ihn mir!«, raunt Gorloch und greift nach dem Kristall. Seine Finger streifen das magische Artefakt, aber Pamin weicht im letzten Moment zurück, um ihn an ihre Brust zu pressen.

»Du bist schon lange nicht mehr mein Onkel, sondern ein Monster«, wirft sie dem Hexer an den Kopf und strebt langsam von ihm fort. »Wie konntest du deine eigene Familie ermorden? Ich hasse dich!« Sie wendet sich mir zu.

Gorloch schreit auf, und während sie mir den Kristall zuwirft, sendet der Hexer den Nebel aus, welcher die junge Frau wie ein Pfeil durchbohrt.

Als der Kristall in meinen Händen landet, sinkt Pamin stöhnend zu Boden und haucht ihren letzten Atem aus.

»Nein!«, schreie ich und starre zu der jungen Frau, die ihr Leben für die Rebellion gegeben hat. Dann sehe ich mit zornigem Blick zu Gorloch, der wiederum mich mit vor Schrecken geweiteten Augen betrachtet, bis er aus seiner Starre erwacht und brüllend auf mich zustürmt.

Schützend presse ich den Kristall an meinen Körper und die Naturgewalten erheben sich, um sich wie ein Schutzschild um mich zu schließen. Gorloch schreit gegen das Getöse an und ich sehe noch, wie er dunkle Stürme herbeiruft und sie auf mich hetzt. Dann wird mir der Blick auf ihn versperrt. Ein silberner Wirbelsturm umgibt mich, in dessen Windungen bunte Regentropfen leuchten. Es ist, als wäre ich in einem Kokon, der mich vor der Außenwelt abschirmt und die Zeit außerhalb dieses Sturms stillstehen lässt.

Im Innern des Kristalls schwebt der schwarze Nebel. Purer Hass steckt in diesem magischen Artefakt und die abscheulichen Gefühle wollen mich locken. Sanft lasse ich meine Fingerkuppen über das glatte Material gleiten.

Auch ich bin von Hass und Wut erfüllt. Doch waren es nicht erst ebensolche vergifteten Gefühle und Gedanken, die den Hexer so weit getrieben haben? Um nicht auf eine Stufe mit ihm zu sinken, muss ich meinen Hass bändigen. Die reine Magie darf nicht von schlechten Gedanken bestimmt werden.

Etwas verändert sich in mir und Leichtigkeit und Freiheit erfüllen meinen Geist.

Was muss ich nun tun? Den Kristall zerstören, damit ihn Gorloch nie wieder missbrauchen kann?

»Reinige die Magie«, höre ich eine Stimme, die mir der Wind herbeiträgt.

»Maora?«, frage ich und blicke mich um. »Wo bist du?«

»Mein Platz ist nun in der Magie, in der ich weiterlebe, mein Sturmmädchen. Wir alle leben in der Natur und der Magie des Lebens weiter, wenn wir unseren Körper verlassen. Du bist nicht allein, wenn du deine Aufgabe erfüllst. Beende es, Liv! Schenke der Magie und Ru'una Frieden!«, flüstert der Wind mit Maoras Stimme und ich wische mir die Tränen ab, die meine Wangen hinabrollen.

Eine davon tropft auf den Kristall und ein Zischen ertönt, als sich die Stelle färbt. Das Schwarz verschwindet und wird zu einem Gelb, das strahlt wie die Sonne selbst.

»Die Magie lebt in dir«, erinnert mich Maoras Stimme und der Druck der letzten Tage bricht aus mir heraus. Ich lasse mich auf den Boden sinken und bette den Kristall in meinen Schoß. Die Tränen wollen nicht enden, als ich an all die Verluste denke. Tristans Mutter, sein Großvater, Kantra, Maora und Pamin. Womöglich auch Phalea und Tristan. Tarakona und all die anderen Dra'ogas, die von Gorloch missbraucht wurden. Mit jeder Träne, die auf den Kristall tropft, färbt sich das Schmuckstück bunter und der Hass verschwindet immer weiter. Bald erfüllen die Farben der Magie meinen schützenden Kokon und der Kristall beginnt ebenso zu leuchten wie der Splitter.

Das magische Artefakt pulsiert zwischen meinen Fingern und ich ziehe mir die Kette über den Kopf. »Vereine dich mit dem Kristall, auf dass ihr dieser Welt Frieden bringen könnt! Die Magie soll wieder rein sein und frei von Hass und Machtgier«, wispere ich und stecke den Splitter in die kleine Kerbe an der Oberfläche.

Die Teile verschmelzen miteinander und das Leuchten wird so hell, dass ich die Augen schließen muss. Wärme durchflutet mich und ich fühle mich, als würde ich auf Wolken getragen.

Als ich die Augen wieder öffne, löst sich der Wirbelsturm auf und ich schwebe in der Luft. Der Kristall erstrahlt in seiner Reinheit und die Farben der Magie schwirren darin umher. Mein Blick fällt auf Gorloch, der in seiner Bewegung erstarrt ist. Er erholt sich rasch von seinem Schock und stürzt weiter auf mich zu. Als er den Kristall sieht, hält er inne und starrt mich an. Sanft sinke ich hinab, und als meine Füße den Boden berühren, bemerke ich hinter dem Hexer eine Bewegung. Meine Augen weiten sich, als ich Aniwa entdecke, die Tristan mit den Zähnen an seinem Hemd trägt und auf den Resten der Wand absetzt. Er strahlt mir entgegen und weist auf das Schlachtfeld, das weit unter ihm liegt. Die Kämpfe haben geendet. Dra'ogas und Rebellen greifen sich nicht mehr an. Nur Gorlochs Anhänger werden gefangen genommen.

Tränen schießen mir in die Augen, als mein Verstand endlich begreift. Tristan ist am Leben und Gorlochs Einfluss auf den Kristall und die Dra'ogas wurde gebrochen. Die Rebellion hat gesiegt!

»Du …«, stammelt der Hexer und sein Gesicht läuft rot an.

Meine Finger gleiten über den Kristall und ich genieße das Gefühl der reinen Magie.

»Deine Schreckensherrschaft ist vorüber, Gorloch«, sage ich und nähere mich ihm.

Da rennt Tristan auf ihn zu und schleudert ihn nach vorne, sodass er auf dem Boden aufschlägt. Der Hexer rollt sich herum und sieht zu Tristan hinauf, der sich mit einer großen Glasscherbe in der Hand über seinem Feind aufbaut. Tristan richtet die Spitze auf Gorlochs Herz und starrt ihn ausdruckslos an.

»Nicht, Tristan!«, bitte ich ihn und er sieht verwirrt zu mir herüber. »Du bist nicht wie er. Gorloch muss büßen, ja,

aber das tut er nicht, wenn du ihn jetzt tötest. Lass deinen Vater entscheiden, was mit ihm geschieht. Er soll Wiedergutmachung leisten«, sage ich und sehe Tristan eindringlich an. »Die Zeit des Mordens muss endlich aufhören.«

»Er hat Maora umgebracht«, bringt Tristan hervor. Tränen glitzern in seinen Augen.

»Er hat so viele umgebracht. Und doch bringt sein Tod sie uns nicht zurück.«

»Aber ich werde mich besser fühlen.« Mit sturem Blick starrt er Gorloch an, der vor Angst erstarrt scheint.

»Sein Tod wird die Trauer nicht vertreiben. Lass ihn auf andere Art und Weise für seine Taten büßen. Genau wie du hasse ich ihn, Tristan. Aber ihn umzubringen, bringt uns die Toten nicht zurück«, appelliere ich erneut an seine Vernunft.

Tristan verzieht missmutig das Gesicht. Er ringt mit sich, während seine Arme zittern und er das scharfe Ende der Scherbe tiefer gleiten lässt. Dann schreit er auf und zieht seine Waffe hoch. Schwungvoll entfernt er sich von Gorloch, der sich auf alle viere stemmt, und schleudert die Scherbe frustriert in die Ecke.

»Er wird leiden, Liv! Dafür sorge ich«, raunt Tristan und weist mit dem Finger auf den Hexer.

Mehrere Rebellen stürmen das Verlies und ziehen Gorloch unsanft auf die Beine, um ihm die Hände auf den Rücken zu drehen. Gorloch starrt uns finster an.

»Es ist noch nicht vorbei«, keift er in meine Richtung und windet sich in dem Griff.

Mit wenigen Schritten ist Tristan bei ihm und schlägt ihm mit der Faust ins Gesicht, sodass der Hexer zusammensackt und schlaff in den Armen der Rebellen hängt.

»Und wie es vorbei ist«, presst Tristan hervor und sieht entschuldigend zu mir.

»Das hat er durchaus verdient«, sage ich und wende mich Roanin zu, der noch immer bei Maora kauert und mir zunickt. Den Kristall gegen meine Brust gepresst versuche ich, das Zittern zu verscheuchen, das meine Muskeln erfasst. Die letzten Stunden haben mir alles abverlangt.

Tristan tritt auf mich zu, zieht mich an sich und drückt mir einen Kuss auf den Haarscheitel.

Glücklich schmiege ich mich in seine Umarmung. »Ich dachte schon, ich hätte dich für immer verloren«, flüstere ich und denke nicht gerne an den Schmerz zurück, als er in die Tiefe geschleudert wurde.

»Tatsächlich hatte ich bereits mit meinem Leben abgeschlossen, da fing mich Puru auf, bevor ich auf dem Boden einschlagen konnte. Das Schicksal hat wohl noch etwas mit mir vor«, erzählt er lächelnd und reibt seine Nasenspitze an meiner. »Wir haben gesiegt«, flüstert er, als könne er es selbst noch nicht fassen. Dann schweift sein Blick zu Maora und unendliche Trauer zeichnet sich in seinem Gesicht ab.

Tröstend schließe ich meine Arme um ihn und halte ihn, bis seine Schluchzer verebben.

»Sie lebt in der Magie weiter, Tristan. So wird sie immer bei dir sein«, flüstere ich ihm zu und blicke in seine Augen.

Tristan lächelt, umfasst mein Gesicht mit beiden Händen und küsst mich. Als ich mich von ihm löse, gehe ich zu Pamin, deren Augen an die Decke starren, lasse mich zu ihr hinabsinken und schließe ihre Augenlider. Auch wenn ich sie nur so kurz kannte, war sie mir eine Freundin. Sie hätte noch so viel erreichen können.

»Danke für dein Opfer, Pamin! Ohne dich hätte ich es nicht geschafft«, sage ich mit Tränen in den Augen und lasse meine Finger über ihre Wange gleiten. »Vielleicht sehen wir uns eines Tages wieder.«

Eine kühle Brise streicht mir durchs Haar und lässt es fliegen. Lächelnd sehe ich den silbernen Fäden hinterher, die aus der herausgebrochenen Wand drängen und in die Freiheit schweben.

»Auf Wiedersehen, Pamin«, flüstere ich und erhebe mich.

25. KAPITEL

Amphir stürzt auf uns zu, als wir den Pfad hinabsteigen. Er schlägt sich die Hand vor den Mund, als er Maora sieht, die auf einem Brett ruht. Nachdem weitere Rebellen die Festung gestürmt haben, können wir unsere Toten mit uns nehmen.

»Es tut mir so leid«, richte ich mein Wort an Amphir, in dessen Augen Tränen schimmern. Maoras Tod schmerzt mich sehr, doch dieser Mann hat seine Mutter verloren. Es tut noch mehr weh, seinen Schmerz zu erahnen.

»Sie ist gestorben, weil sie sich Gorloch nicht ergeben hat«, sagt Tristan und sieht seinen Vater fest an.

»Wir können stolz auf sie sein«, haucht Amphir und zieht Tristan in seine Arme.

Sein Blick fällt auf den Hexer, der in Ketten gelegt von bewaffneten Rebellen abgeführt wird. Hass und Verachtung blitzen in seinen Augen auf, doch er atmet tief durch und scheint sich zu besinnen. »Er wird für seine Taten büßen und die Bewohner Ru'unas werden über ihn richten. Wir werden ihn bis ans Ende seines Lebens das Leid spüren lassen, das er verursacht hat.«

Die Umstehenden stimmen ihm mit Nachdruck zu. Dann entdeckt Amphir den Kristall, den ich noch immer in den Händen halte. Er zieht auch mich zu sich heran und schließt mich in die Umarmung ein.

»Danke, Liv«, flüstert er an meinem Ohr.

Immer mehr Rebellen versammeln sich um uns und Amphir wendet sich den Männern, Frauen und Kindern zu, die diese Rebellion überlebt haben.

»Bewohner von Ru'una«, hallt seine Stimme über die Ebene. Selbst die Dra'ogas, die sich auf dem Schlachtfeld versammelt haben, wenden sich ihm zu. Zwischen ihnen haben sich Aniwa und Puru erschöpft auf dem Boden zusammengerollt. »Der Hexer ist geschlagen und befindet sich in Gewahrsam. Der magische Kristall ist gereinigt und erstrahlt im alten Glanz. Endlich kann in Ru'una wieder Frieden einkehren. Das ist jedem Einzelnen von euch zu verdanken. Jeder, der durch Gorlochs Hand gefallen ist, hat zu unserem Sieg beigetragen. Wir wollen ihr Opfer ehren und für alle Zeiten in Erinnerung behalten. Der Frieden Ru'unas ist ihr Erfolg. Das Sturmmädchen hat uns zu dieser Stunde geführt und sie trägt nun den magischen Kristall. Bewohner von Ru'una, wir sind endlich frei.«

Die Menschen jubeln und viele fallen sich weinend in die Arme. Tristan zieht mich zu sich heran und ich spüre die Freude und Erleichterung, die auf mich einströmen. Wir haben es tatsächlich geschafft. Ich kann es noch immer nicht fassen.

Meine Freude mischt sich mit der Trauer um die Toten. Die Menschen sehen dem Frieden mit einem lachenden und einem weinenden Auge entgegen.

Aufgeregt ziehe ich Tristan am Ärmel, als ich das dunkelhaarige Mädchen entdecke, das von seinem Vater gestützt nach vorne tritt.

»Phalea«, rufe ich aus und sie grinst mir zu.

»Du hast uns zum Sieg geführt«, sagt sie und nickt mir anerkennend zu.

Meine Freude ist groß, dass sie überlebt hat, auch wenn vielen anderen dieses Glück nicht vergönnt ist. Sie sind nicht umsonst gestorben. Mit diesem Gedanken sehe ich zu Pamins und Maoras Leichnam hinüber. Wir alle danken ihnen für ihr Opfer. Sie haben ihr Leben für ihre Freunde und Verwandten gegeben. Damit diese einer friedlichen und glücklichen Zukunft entgegenblicken können. Die beiden und auch die anderen gefallenen Rebellen sind die größten Helden, die ich kenne.

Am Himmel tummeln sich nur noch vereinzelte Wolken und ich lausche dem Flüstern des Windes. Sie werden immer an unserer Seite sein. Verborgen in der Magie.

»Wer wird nun über Ru'una herrschen?«, ruft einer der

Rebellenanführer in den Jubel hinein und jegliche Rufe verstummen.

Amphir sieht zu mir und dem Kristall. »Das Sturmmädchen besitzt die Macht der Magie. Sie soll entscheiden, wer den Thron besteigt.«

Alle Blicke ruhen auf mir und ich drehe den Kristall nachdenklich in meinen Händen. »König Herlosh ist mir nicht bekannt, doch er ließ sich von Gorloch bezwingen. Es ist an der Zeit, einen neuen König zu krönen.« Nervös schaue ich mich um und sehe von einem Rebellenanführer zum nächsten. Dann betrachte ich Roanin, der mich anlächelt und in dessen Augen ich den Stolz erkenne. Tristan drückt ermutigend meinen Arm und plötzlich weiß ich, wem ich es zutraue, Ru'una weiterhin in Frieden zu regieren.

Mit dem Gefühl, alles richtig zu machen, gehe ich zu Roanin und biete ihm den Kristall an. Irritiert streckt er die Hände aus und nimmt das Schmuckstück entgegen. Mit einem feierlichen Lächeln im Gesicht drehe ich mich zu Amphir um.

»Amphir wird König von Ru'una. Mit Roanin als Wächter des Kristalls und der Magie an seiner Seite.«

Der Rebellenführer starrt mich ungläubig an. Dann erklingt die Zustimmung seiner Gefolgsleute, die jubeln und ihren neuen König feiern.

»Ich soll König werden?«, fragt Amphir fassungslos und seine Mundwinkel beginnen zu zucken.

»Du hast die Rebellion zum Sieg geführt, so wirst du

Ru'una auch in ein neues Zeitalter führen«, bestätige ich und er zieht mich strahlend in seine Arme. Er lacht befreit und ich höre seinen aufgeregten Herzschlag.

»Weise Entscheidung«, flüstert mir Roanin zu, als mich Amphir aus seiner Umarmung entlässt.

»Es ist die einzig Richtige«, entgegne ich lächelnd.

Die Toten sind noch am selben Tag beerdigt worden und lange habe ich an Maoras Grab gestanden und an die alte Frau gedacht, die mich nach Ru'una gelockt hat.

Bevor die Sonne untergegangen ist, konnten Roanin und ich mit Hilfe des Kristalls die restlichen Lurrs aus Ru'una vertreiben. Wir haben unsere Kraft gebündelt und einen mächtigen Sturm erschaffen, der die Wesen in den Himmel und in Richtung eines unbewohnten Planeten getragen hat. Es hat sich berauschend angefühlt, die Magie des vollständigen Kristalls zu spüren. Der Hüter über dieses Artefakt hält nun die geballte Macht der Magie in Händen. Roanin genießt mein vollstes Vertrauen und ich bin mir sicher, dass er sich nicht vom richtigen Weg abbringen lässt und den Kristall bestmöglich beschützt.

Während auf der Ebene gefeiert und gleichzeitig der Toten gedacht wird, sitzen Tristan und ich auf einem der Felsen und sehen in den Nachthimmel hinauf, an dem die Sterne rötlich funkeln.

Mein Kopf lehnt an seiner Schulter und wir beide wissen nicht, was wir sagen sollen. Gorloch ist besiegt und die Magie wieder rein. Meine Aufgabe ist erfüllt. Das Heimweh macht sich erneut bemerkbar und ich sehne mich nach all dem nur noch nach meinen Eltern.

Tristan und ich wissen, dass der Abschied naht.

»Geh nicht«, haucht er und ich richte mich auf, um ihm in die Augen zu sehen.

»Ich möchte dich auch nicht verlassen, aber dies ist nicht meine Welt, Tristan. Meine Eltern sind bestimmt krank vor Sorge. Du weißt, dass ich nicht in Ru'una bleiben kann.« Es bricht mir das Herz, ihn zu verlassen, und gleichzeitig will ich nur noch nach Hause. Mein Herz gehört Tristan und ich wünschte, ich könne mit ihm zusammenbleiben. Eine normale Beziehung führen, sich besser kennenlernen und die Liebe wachsen lassen. Doch wir wussten von Anfang an, dass dieser Moment der Trennung kommen würde.

»Wirst du wiederkommen?«, fragt er leise.

»Wenn es mir möglich ist.«

Er streicht mir mit den Fingerspitzen über die Wange und vergräbt sie in meinen Haaren. »Versprichst du es?«

Leise lache ich. »Versprochen.«

Zärtlich küsst er mich und ich schmiege mich an ihn. Mein Körper beginnt auf seine Nähe zu reagieren und doch kann ich diesen Kuss nicht genießen. Er fehlt mir schon jetzt. Sein Duft nach Leder und Pferd. Seine Berührungen.

Tristan seufzt frustriert an meinen Lippen. Er scheint

meine Unruhe zu spüren. »Dann ist es wohl an der Zeit, Abschied zu nehmen.«

Zaghaft nicke ich und dränge die Tränen zurück. Tristan erhebt sich und hilft mir auf. Hand in Hand gehen wir zu Roanin, der gemeinsam mit weiteren Rebellen an einem Feuer sitzt und den Kristall nicht aus den Augen lässt.

»Ist es so weit?«, fragt er, als er aufsieht. Die Flammen spiegeln sich im Kristall und ich verspüre Sehnsucht nach der Magie, die dem Schmuckstück innewohnt.

Tristan nickt und Amphir erhebt sich. Er umarmt mich und fasst mich an den Schultern, um mir tief in die Augen zu sehen. »Du bist jederzeit in Ru'una herzlich willkommen, Liv. Warte nicht zu lange mit deinem Besuch.«

Der Abschied fällt mir schwerer als gedacht und so nicke ich bloß und versuche nicht zu heulen. Ich winke den restlichen Rebellen zu, die mir ihre besten Wünsche zurufen.

Roanin tritt zu uns und Burmin führt Maoras weißen Pegasum herbei. Der blonde Junge streckt mir breit grinsend ein Bündel Kleidung entgegen, das ich überrascht entgegennehme. Es sind die Sachen, die ich bei meiner Ankunft in Ru'una getragen habe.

»Ich bin ins Lager geflogen und habe die Sachen gesucht. Tristan meinte, du würdest sie vielleicht gerne tragen, wenn du nach Hause gehst«, erklärt Burmin und ich danke ihm. Meine Eltern wären bestimmt erstaunt, wenn ich in dieser Aufmachung zurückkehre. Wie sollte ich ihnen diese Kleidung erklären?

»Hast du auch mein Handy gefunden?«, frage ich und der Junge sieht mich irritiert an. Dann hellt sich sein Gesicht auf und er zieht etwas aus seiner Tasche. Zum Vorschein kommt mein völlig zerstörtes Smartphone.

»Das hat unter einem Steinbrocken hervorgeschaut. Willst du es mitnehmen?«

»Ähm, nein, das kannst du behalten«, entgegne ich und verabschiede mich mit einer Umarmung von dem Jungen.

Rasch verschwinde ich hinter einem Felsen und ziehe mir meine Kleidung über. Die Kleider, die mir Maora geschenkt hatte, übergebe ich Burmin, der sie für mich aufbewahren will.

Tristan und der Magier steigen auf den Pegasum mit der silbernen Mähne und ich rufe Aniwa herbei.

Der Wind trägt mich auf den Rücken des Dra'ogas und während ich den Rebellen zuwinke, erheben wir uns in die Luft.

»Wirst du mit den anderen Dra'ogas hierbleiben?«, frage ich, als mir der Wind um die Nase weht und ich die Freiheit in meinem Herzen fühle.

»Nein. Wir werden uns in den magischen Wald zurückziehen, wo wir in Frieden leben können. Es war mir nur ein Bedürfnis, mich von dir zu verabschieden.«

Zärtlich streiche ich ihr über die bunten Schuppen und spüre den Stich in meinem Herz. In Ru'una habe ich Freunde gefunden, die mir mehr bedeuten, als die meisten Freunde in meiner Heimat. Die Rebellion hat uns zusammengeschweißt.

»Du wirst mir sehr fehlen«, sage ich und Aniwa brummt rhythmisch, sodass ihr gesamter Körper bebt.

»Du mir auch, liebste Freundin. Aber wir werden uns wiedersehen. Das spüre ich.«

Nach vorne gelehnt schmiege ich mich an ihren Hals. So verharre ich, bis die Dra'oga zur Landung ansetzt.

Wir befinden uns inmitten der endlos scheinenden Grasebene. Lange Halme kitzeln mich an den Beinen, als ich von Aniwa absteige.

»Vergiss mich nicht, Sturmmädchen«, bittet der Drache, als ich meine Hand an ihren Schuppen hinabgleiten lasse.

»Niemals«, rufe ich ihr hinterher, als sie mit den Flügeln schlägt und sich in die Lüfte erhebt. Sie fliegt davon und ich sehe ihr nach, bis ich sie am dunklen Himmel nicht mehr erkennen kann.

»Bist du bereit?«, fragt Tristan und drückt meine Hand.

»Bereit«, gebe ich zurück und atme tief durch.

Roanin tritt auf mich zu. »Schließ die Augen.«

Bereitwillig gehorche ich und spüre, wie er mir etwas über den Kopf stülpt. Überrascht öffne ich die Augen und betrachte einen Splitter des Kristalls, der vor meiner Brust baumelt. Er ist größer als der erste.

»Damit du jederzeit zu uns zurückkehren kannst«, erklärt Roanin lächelnd und drückt mich an sich. »Ich danke dir, Liv«, haucht er in mein Ohr und streicht mir über die Haare.

Dann löst er sich von mir und hält den Kristall in die Höhe, der zu leuchten beginnt. Die Farben der Magie schwirren umher und regnen auf uns herab.

»Wünsch dir, nach Hause zu kehren. Jetzt, da der Kristall gereinigt ist, kannst du mit Hilfe deines Splitters den Weltenstrudel herbeirufen«, erklärt Roanin und ich blicke in den Himmel hinauf.

»Bring mich nach Hause«, flüstere ich und die Farben sausen wie auf Befehl in die Höhe. Sie wirbeln umeinander und vermehren sich, bis sich vor mir allmählich ein Strudel bildet. Meine Haare heben ab und ich spüre die Elektrizität in der Luft. Es knistert leise. Im Zentrum des Wirbels entsteht eine silberne Fläche, die mich magisch anzieht.

Schnell wende ich mich Tristan zu, der mich traurig anlächelt. Alles in mir begehrt auf und will mich zum Bleiben überreden. Er ergreift meine Hand und unsere Finger verweben sich ineinander. Mich zu verabschieden fällt mir so schwer, dass ich mich zwingen muss.

»Wenn ich wiederkomme, musst du mir Ru'una in all seiner Schönheit zeigen«, sage ich und versuche tapfer zu lächeln.

»Ich werde auf dich warten, Liv«, entgegnet er und presst seine Lippen auf meine. Zärtlich küsst er mich und mir wird heiß. Ewig könnte ich so stehen bleiben, doch Roanins Räuspern reißt mich aus meinem Glück.

»Der Strudel wird nicht ewig bestehen«, warnt er uns und ich entziehe Tristan meine Finger. Er sieht mich unver-

wandt an und ich präge mir sein Gesicht genau ein. Seine grünen Augen, die braunen, struppigen Haare und das stolze Gesicht eines Kriegers.

Es schmerzt so sehr, ihn zu verlassen.

Mit Tränen in den Augen hebe ich die Hand zum Abschied und trete in den Strudel. Sofort werde ich angezogen und verschluckt. Um mich herum schwirren die Farben und silbernen Fäden. Sie wirbeln mich um meine eigene Achse, bis ich nicht mehr weiß, wo oben und unten ist.

Dann finde ich mich in dem Strudel wieder, der mich vor nicht allzu langer Zeit nach Ru'una gebracht hat. Mit dem Unterschied, dass mein Fall diesmal schnell endet und ich vom Wind getragen schwebe. Die Farben beginnen zu verblassen und ich blicke hinab auf die Gebirge Neuseelands. Die Sonne geht gerade unter und die Dämmerung zieht sich über den Himmel. Endlich entdecke ich das Feriendorf, in dem wir unseren Sommer verbringen, während ich immer weiter sinke.

Kurz vor dem Boden spuckt mich der Wirbel aus und ich lande auf einem staubigen Felsen. Schnell sehe ich zum Himmel hinauf und blicke dem bunten Strudel nach, der sich in die Höhe schraubt. Meine Finger umfassen den Splitter und ich seufze.

»Ich komme wieder«, wispere ich und versuche den Stich in meinem Herzen zu ignorieren.

Überrascht stelle ich fest, dass ich mich an derselben Stelle befinde, an der vor wenigen Tagen alles begonnen

hat. Mit großen Schritten eile ich den Pfad entlang, der vom Hochplateau und zwischen den niedrigen Felsen hindurchführt. Schnell gelange ich auf den Hauptweg zum Dorf.

»Liv«, ertönt plötzlich eine mir bekannte Frauenstimme und ich wirble herum.

»Mum, Dad«, hauche ich und renne auf meine Eltern zu, die den Weg hinaufeilen. Mit Tränen in den Augen werfe ich mich in ihre Arme und sauge den blumigen Duft von Mums Parfüm ein.

»Wo warst du bloß? Du wolltest dich doch nur umschauen?«, fragt Mum und schiebt mich von sich, um mich zu mustern. »Wie siehst du überhaupt aus?«

»Und wieso gehst du nicht an dein Handy?«, will Dad wissen und ich lächle entschuldigend.

»Das habe ich verloren. Es tut mir so leid, dass ihr euch Sorgen gemacht habt!« Meine Eltern betrachten mich glücklich und ich wundere mich, dass sie so locker reagieren, obwohl ich tagelang weg war.

»Gut, dass wir dich so schnell gefunden haben, sonst hätten wir die Polizei informieren müssen«, sagt Dad und ich sehe die beiden irritiert an.

»So schnell?«

»Wir hatten am frühen Nachmittag mit dir gerechnet und nun ist es neun Uhr am Abend. Die Sonne geht bereits unter. Was für eine Vorstellung, du hättest die Nacht im Gebirge verbringen müssen«, erzählt Mum und schiebt mich weiter, damit wir vor der Dunkelheit vom Berg kommen.

»Welcher Tag ist heute?«, frage ich und meine Eltern sehen mich schief an.

»Derselbe wie heute Morgen, als du aufgebrochen bist, Liv«, sagt Dad und schüttelt lachend den Kopf.

»Hast du dich irgendwo gestoßen?«, fragt Mum und tastet mich überall ab.

»Mum! Lass das, bitte!«, wehre ich mich und betrachte den Splitter, der bei jedem Schritt vor meiner Brust baumelt.

»Das ist ja ein schöner Anhänger. Hat ihn dir ein Verehrer geschenkt?«, erkundigt sich Mum mit einem Augenzwinkern und ich spüre, wie mir das Blut in die Wangen schießt.

»Das verrate ich nicht«, murmle ich und schiebe die Hände in meine Hosentaschen.

Die Magie muss bewirkt haben, dass die Zeit hier während meines Aufenthaltes in Ru'una langsamer verlaufen ist. Anders kann ich es mir nicht erklären. Darüber grübelnd schaue ich wieder auf den Splitter hinab und stelle erschrocken fest, dass er zu leuchten beginnt. Rasch entsinne ich mich, dass niemand außer mir die Farben der Magie sehen kann und entspanne mich.

»Du wirkst so gut gelaunt. Hat dir die Ruhe in der Natur geholfen, nachzudenken?«, fragt Dad vorsichtig und ich blicke ihm lange in die Augen.

»Kann gut sein. Ihr hattet recht, was Donna betrifft. Ich darf mir keine Schuld an ihrem Tod geben und muss nach vorne blicken. Das habe ich nun begriffen. Mittlerweile freue ich mich sogar auf unseren gemeinsamen Urlaub«, gestehe ich.

»Oh, wie gütig von unserer Tochter«, sagt Dad und schlingt seinen Arm um meine Schulter, um mich an sich zu ziehen. »Hast du gehört, Liebling? Unsere alte Liv ist wieder da«, schwärmt er und drückt mir einen Kuss auf den Haarscheitel.

Lachend wehre ich mich und drücke mich sachte von ihm weg. Dann laufe ich den Pfad rückwärts hinunter und sehe zum Berg hinauf, dessen Gipfel im Licht der untergehenden Sonne grau leuchtet. Die Farben der Magie schweben empor und mischen sich unter die funkelnden Sterne. Der Wind frischt auf und fährt mir durchs Haar. Leise flüstert er mir zu.

Die alte Liv existiert nicht mehr. Aber dafür gibt es eine neue, bessere Liv, die so viel mehr weiß, als jeder Mensch auf dieser Erde. Ich kenne das Geheimnis der Magie. Ich war in einer fremden Welt. Und ich werde dorthin zurückkehren. Nach Ru'una. Zu Tristan.

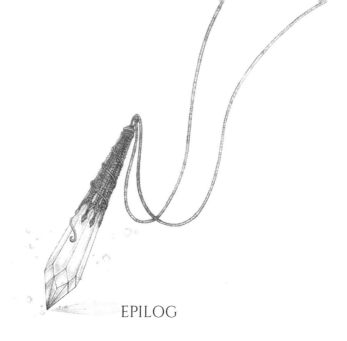

EPILOG

Seit meiner Rückkehr aus Ru'una sind zwei Wochen vergangen. Vierzehn Tage, drei Stunden und fünf Minuten, um genau zu sein. Zeit, die ich mit meinen Eltern verbracht habe, die überglücklich sind, dass meine schwere Trauerphase überwunden ist. Dabei habe ich getrauert. Um Donna, um Maora, Kantra, Pamin und Tarakona. Um all die Menschen, die mit mir gemeinsam in Ru'una gekämpft haben. Doch immer schwebte über all der Trauer das Wissen, dass diese fremde Welt, die mir so sehr ans Herz gewachsen ist, in Frieden erblühen kann. Dieser Gedanke hat mir dabei geholfen, den Tod vieler Menschen zu verstehen und zu überwinden. Endlich konnte ich wieder unbeschwert sein.

Zwei Wochen lang habe ich mit meinen Eltern gelacht und den Urlaub genossen. Und doch habe ich jeden Tag bei

Anbruch der Nacht sehnsüchtig in den Himmel geschaut und den Farben der Magie dabei zugesehen, wie sie über die Berge flimmern. Das Flüstern des Windes hat mich jeden Abend in den Schlaf begleitet, während ich Tristan vor mir gesehen habe und mein Wunsch, ihn wiederzusehen, mich beinahe aufgefressen hat.

An diesem Morgen stehe ich auf dem Castle Hill und sehe auf das Feriendorf hinunter, in dem meine Eltern gemütlich frühstücken. Sie denken, ich wolle die Ruhe des Gebirges genießen.

Abseits des Hauptweges biege ich hinter einen Felsen und das Feriendorf verschwindet aus meinem Sichtfeld. Mit zittrigen Fingern ziehe ich den Kristallsplitter unter meinem Shirt hervor. Meine Nervosität bringt mich noch um und gleichzeitig könnte ich vor Vorfreude explodieren.

Der Splitter funkelt und die Farben schwirren heraus, um meinen Körper zu umgarnen. Ihre Berührung lässt mich wohlig seufzen. Die Magie kennt meinen Wunsch bereits.

Mit einem Lächeln auf den Lippen sehe ich dabei zu, wie sich die Farben ausdehnen und um das silberne Zentrum herumwirbeln, das sich vor mir bildet. Meine Fingerspitzen kribbeln und ich vernehme das Knistern, das den Weltenstrudel ankündigt.

»Führe mich nach Ru'una«, wispere ich und trete in die Farben. Mit geschlossenen Augen genieße ich das Gefühl, auf Wolken zu schweben. Als ich die Augen öffne, trägt mich der farbenprächtige Wirbelsturm über eine weite Grasebene. In der Ferne erblicke ich Gebirge und am Himmel thront der rote Flammenplanet Vashnerin.

Ich bin wieder in Ru'una, denke ich glücklich, während der Sturm auf den Boden zusteuert. Mein Herzschlag beschleunigt sich und ich wische mir die feuchten Handflächen an der Jeans ab.

Die langen Grashalme berühren bereits meine Schuhe, als mich der Sturm absetzt. Die Farben fliegen zum Himmel empor, während ich die Dra'oga entdecke, die sich mir nähert.

»Aniwa«, rufe ich aus und winke ihr wild zu.

Sie landet in meiner Nähe und brummt rhythmisch. Eilig renne ich auf sie zu und umarme ihren Kopf, den sie an mich schmiegt.

»Woher wusstest du, dass ich hier bin?«

»Seit du in die Atmosphäre Ru'unas eingetaucht bist, habe ich dich gespürt«, erklärt sie und reibt ihren Kopf an meiner Handfläche.

»Du hast mir gefehlt, liebste Freundin«, sage ich und erhalte ein zufriedenes Gluckern als Antwort.

»Soll ich dich zu Tristan bringen?«, fragt Aniwa und ich spüre ihre Vorfreude, mit mir gemeinsam in die Lüfte aufzusteigen.

»Nichts lieber als das«, erwidere ich und lache, als mich der Wind auf ihren Rücken trägt.

In meiner Welt wage ich es nicht, die Magie anzuwenden. Sie ist zwar allgegenwärtig und der Wind hat mich

stets umschmeichelt, doch dieses Gefühl, die Magie in mir zu spüren, und wie ihre Energie in meinen Adern pulsiert, ist unbeschreiblich. Wie habe ich es vermisst.

Aniwa breitet ihre ledrigen Flügel aus und erhebt sich mit kraftvollen Schlägen in die Luft. Wir gleiten über Ru'una und erstaunt betrachte ich die vielen Dörfer und Häuser, die sich an Berge schmiegen oder auf den Grasebenen emporragen.

»Die Bewohner Ru'unas haben sich einen Tag nach deiner Heimreise an den Wiederaufbau gemacht. Das Leben ist erblüht und die Bewohner bauen sich eine glückliche Zukunft auf. Dörfer schießen wie Pilze aus dem Boden und das Lachen der Leute erfüllt die Luft«, erzählt Aniwa. »Gorloch schmort in einem magischen Verlies und wartet noch auf sein Urteil.«

In der Nähe eines Dorfes entdecke ich mehrere Menschen, die einen Acker bewirtschaften. Sie sehen zu uns hinauf und winken.

»Sie fürchten sich nicht mehr vor uns.« Deutlich kann ich die Freude darüber in Aniwas Stimme vernehmen.

»Wie wundervoll«, rufe ich aus und streiche der Dra'oga über die bunten Schuppen. »So habe ich es mir gewünscht und jeden Abend vorgestellt, wenn ich mich nach Ru'una gesehnt habe.«

»Nur nach Ru'una?«

»Und nach Tristan«, bestätige ich und blicke nach vorn. Die Ebene wandelt sich und wächst zu einem Gebirge

heran, in dessen Felsen die Festung prangt. Nichts zeugt mehr von dem lehmigen und abgestorbenen Boden, über den wir noch vor zwei Wochen gezogen sind. Überall erblühen Bäume, die pralle Früchte tragen. Saftiges Grün bedeckt den Boden, auf dem Vieh steht, das mich an Kühe erinnert. Am Fuße des Berges wurde ein Dorf errichtet, in dem es vor Menschen wimmelt. Sie winken uns zu und ihr freudiges Lachen wird vom Wind zu uns heraufgetragen.

»Die Magie half dabei, dass sich die Natur erholen konnte«, erklärt Aniwa. »Es gibt keinen Hunger mehr. Niemand muss mehr leiden.«

Sie geht in den Sinkflug über und landet vor dem Dorf aus massiven Holzhütten. Ungeduldig springe ich von ihrem Rücken und streiche über ihre Schuppen, während ich zu ihrem Kopf gehe.

»Liv«, ruft jemand meinen Namen.

Das Atmen fällt mir schwer, als ich Tristan entdecke, der ungläubig aus dem Dorf heraustritt und langsam auf mich zukommt. Die Sehnsucht nach ihm lässt mich erschaudern.

Hinter ihm mache ich Amphir und Roanin aus. Der König von Ru'una nickt mir erhaben zu und der Magier lächelt mir freundschaftlich entgegen. Es haben sich so viele Menschen versammelt, die mir winken und meinen Namen rufen. Mir schwappt eine überwältigende Wiedersehensfreude entgegen. Tränen füllen meine Augen. Tränen der Freude.

Dann hält mich nichts mehr und ich renne auf Tristan zu, um in seine Arme zu springen. Er presst mich an sich

und tief atme ich seinen ledrigen Duft ein. Er küsst mich stürmisch, als ich zurücktrete, und bringt mich damit zum Lachen. Seine weichen Lippen fühlen sich richtig an. Zwei Wochen habe ich mich nach diesem Gefühl gesehnt. Sein Kuss wird zärtlicher, bis mein Körper auf ihn reagiert und mir heiß wird. Mit einem Rauschen in den Ohren löse ich mich von ihm und blicke tief in seine grünen Augen.

»Dir ist hoffentlich bewusst, dass ich dich nicht mehr gehen lasse«, sagt er mit ernstem Gesichtsausdruck, bevor er breit grinst. »Jede Sekunde, die ich mit dir verbringen darf, werde ich genießen.« Sanft streicht er mir mit den Fingerspitzen über die Wange und fährt mir durchs offene Haar.

»Wie gut, dass die Magie die Zeit in meiner Welt beeinflussen kann«, entgegne ich und zwinkere ihm zu.

»Was meinst du damit?«

»Das erkläre ich dir später«, antworte ich, stelle mich auf die Zehenspitzen und küsse ihn.

»Kommt schon, wir wollen Liv auch umarmen«, ruft uns Phalea zu, die sich zu Amphir und Roanin gesellt hat.

Lachend und Hand in Hand gehen Tristan und ich auf das Dorf zu. Ich sehe noch einmal über die Schulter, um meinen Blick über die Weite dieser faszinierenden Welt schweifen zu lassen.

Ru'una – meine zweite Heimat.

DANKSAGUNG

So vielen möchte ich danken, aber ich beschränke mich hier auf die Wichtigsten.

Ich danke meinen Eltern, die mich stets darin bestärken, meiner Leidenschaft nachzugehen, und die noch immer jedes meiner Bücher lesen. Ihr habt mir die Liebe zu Büchern überhaupt erst vermittelt.

Ein großes Dankeschön geht an meine beiden Testleserinnen Laura und Kerstin. Ihr habt mir dabei geholfen, mein Sturmmädchen besser und hoffentlich epischer zu machen. Laura, deine Kommentare haben mich oft durch den Tag gebracht und mich schmunzeln oder laut lachen lassen. Ich bin euch beiden für eure Aufopferung für meine Bücher und auch für eure Freundschaft dankbar! :-*

Ich danke meiner wundervollen Verlegerin Nadine, die mich und Liv so liebevoll in der Zeilengold-Familie aufgenommen hat. Bei euch fühle ich mich wirklich pudelwohl und bin stolz, dass mein Sturmmädchen bei euch ein Zuhause gefunden hat!

Sabrina, dir danke ich für deine Engelsgeduld mit meinem Sturmmädchen und dein wahnsinniges Gespür. Durch dein Lektorat habe ich viel dazugelernt und über den ein oder anderen Kommentar musste ich wirklich schmunzeln. Dein Sarkasmus ließ mich über die eigenen Fehler lachen.

Da das Beste bekanntlich zum Schluss kommt, danke ich jedem Leser, der gemeinsam mit mir und Liv nach Ru'una gereist ist und gegen Gorloch gekämpft hat. Es ist das Größte für mich, wenn ich euch begeistern und mit Livs Geschichte für eine Weile fesseln konnte.

Hunter - Ich jage dich
Katharina Sommer

Manchmal genügen wenige Worte, um deine Welt zum Einsturz zu bringen ... Merke dir, wenn du nach Geheimnissen suchst, findest du die düstersten häufig genau dort, wo sie dir schon immer am nächsten waren: in deiner Familie.

Oh Sweet Sixteen. Erst an ihrem sechzehnten Geburtstag erfährt Ginny, dass sie zu einer Familie von Dämonenjägern gehört. Sie hat kaum Zeit, sich mit ihrem neuen Schicksal anzufreunden, denn die Dämonen gewinnen an Macht und die Clans stehen kurz vor dem Zerfall. Jetzt gibt es kein Zurück. Die Jagd hat begonnen und Ginny steckt mittendrin.

Vom Wind geküsst
Lin Rina

Als letzte Überlebende des Windvolks will Cate nur eins: Ein Leben in Freiheit. Doch das ständige Versteckspiel beim Feuervolk lässt das nicht zu. Als auch noch ihre Gefühle verrücktspielen und der Wind spurlos verschwindet, steht plötzlich alles auf dem Spiel.
Nichts ist mehr sicher, nicht einmal sie selbst. Stattdessen erwachen zerstörerische Kräfte in ihr zum Leben ...

Vampire, die bellen, beißen nicht
Christin Thomas

Als die Privatdetektivin Caitlyn einen Routineauftrag annimmt, ahnt sie nicht, auf was sie sich einlässt. Statt einen untreuen Ehemann auf frischer Tat zu ertappen, stolpert sie in eine Welt jenseits ihrer Vorstellungskraft. Nicht nur dass Jonathan Green ihr Herz durcheinanderbringt, obwohl sie eigentlich auf ihn angesetzt ist. Nein, auf einmal wird Cait auch noch von einem mächtigen Vampir gejagt, der ein unerklärliches Interesse an ihr zeigt. Bald hat sie nur ein Ziel: überleben – um jeden Preis.

Humorvoll, spannend und mit einem gehörigen Schuss Romantik – Vampire zum Verlieben!

Die Tränen der Göttin
Bettina Auer

Dass dieser Tag kommen würde, stand für Káyra immer fest... aber so? Mitten in der Nacht wird sie von Semar, einem Priester, entführt und auf die Festung Lýdris verschleppt. Dort soll Semar sie auf ihre Aufgabe als Auserwählte der Heiligen Göttin vorbereiten. Was diese beinhaltet, vermag Káyra jedoch keiner zu sagen. Eines aber ist gewiss – ihr Überleben ist nicht eingeplant.